O AMANTE CIGANO

Américo Simões
Ditado por Clara

O AMANTE CIGANO

Barbara

Revisão: Sumico Yamada Okada

Capa e diagramação: Meco Simões

Foto capa: Getty Images

Dados Internacionais de Catalogação na Publicação (CIP)
(Câmara Brasileira do Livro, SP, Brasil)
Garrido Filho, Américo Simões
Por amor, somos mais fortes/ Américo Simões. - São Paulo: Barbara Editora, 2017.

ISBN: 978-85-99039-88-5

1. Espiritismo 2. Romance espírita I.Título.
08-0616   CDD-133.93

Índices para catálogo sistemático:
1. Romances espíritas: Espiritismo   133.93

BARBARA EDITORA
Rua Primeiro de Janeiro, 396 – 81
Vila Clementino – São Paulo – SP – CEP 04044-060
Tel.: (11) 9 5905 58 42
E-mail: editorabarbara@gmail.com
www.barbaraeditora.com.br

Todos os direitos reservados.
Nenhuma parte desta obra pode ser reproduzida ou transmitida por qualquer forma e/ou quaisquer meios (eletrônico ou mecânico, incluindo fotocópia e gravação) ou arquivada em qualquer sistema de banco de dados sem permissão expressa da Editora (lei n° 5.988, de 14/12/73).

Primeira Parte

Capítulo 1

Espanha, 1919

Por sobre um imponente garanhão, seguia Alejandro Ramirez, um rapaz de 18 anos de idade, alto e moreno, filho de um dos sitiantes do lugar. Enquanto o belíssimo cavalo trotava veloz, levantando poeira pela estreita estrada que ligava as propriedades rurais do vilarejo de El Corazón, o jovem refletia mais uma vez sobre o propósito da sua missão: entregar o convite de casamento de seu único irmão, mais velho do que ele.

Ainda custava-lhe acreditar que Ricardo tivesse decidido se casar e em tão pouco tempo com uma jovem que mal conhecia, escolhida por seu pai, porque assim ditavam as regras dos patriarcas na época. O nome dela era Lucrecia Borrego, filha de um senhor muito abastado, um dos mais prósperos da região.

Para seu pai, não importavam os sentimentos, porque nada valia mais na vida do que encaminhar seus filhos para um bom casamento, cuja esposa pudesse lhes garantir um excelente dote e, mais tarde, uma próspera herança. Ricardo aceitara a decisão do pai porque lhe fora sempre submisso. Quando o pai viesse a faltar, sabe Deus como ele comandaria sua vida sem tê-lo ao seu lado.

Ele, Alejandro Ramirez, nunca fora submisso ao pai. Tratava-o com o respeito devido, mas sem submissão. Quem haveria de escolher a moça para ele se casar seria ele próprio. Seguiria o instinto do seu coração e não os princípios paternos.

Alejandro e Ricardo Ramirez eram os dois únicos filhos de Juan Manuel Ramirez. Sujeito determinado a encaminhar seus filhos para um bom casamento, unindo famílias prósperas, garantindo, assim, ascensão ou estabilidade econômica entre os seus.

A propriedade do Senhor Leocádio Gonzáles se aproximava. Sujeito que em vida fora de extrema bondade e por isso, acabou sendo feito de bobo por muitos. Depois de viúvo de sua primeira esposa, com quem teve uma filha, Leocádio Gonzáles se casou com Constância Millanges Pazuelos, também viúva e mãe de duas meninas nascidas de seu primeiro casamento: Emmanuelle e Rachelle.

Nenhuma das duas aceitavam, por nada desse mundo, a filha de seu padrasto que morreu prematura e inesperadamente. Assim sendo, ambas e a madrasta fizeram da jovem a empregada da casa, uma espécie de Cinderela só que da vida real. E dessa vez não havia bichinhos nem fada madrinha para ajudá-la. A realidade nua e crua não era nada bonita de se ver, tampouco de se contar, ainda que fosse num simples conto de fadas.

Maria Alice Gonzáles aceitou seu destino sem protestar, sua alma não lhe permitiria revolta, tampouco despeito para com as mulheres que se uniram a ela por intermédio de seu pai. Trabalhava como gigante, não apenas com os braços e as mãos calosas, mas também com o coração e o espírito.

A casa onde as quatro mulheres residiam era espaçosa, Alejandro nunca antes estivera ali. Se não tivesse sido incumbido de entregar o convite, talvez nunca conhecesse o lugar.

Já ouvira falar do Senhor Leocádio Gonzáles e que ficara entrevado numa cama por uns dois, três anos até sua morte, mas jamais havia visitado sua morada. O rapaz parou o cavalo em frente ao casarão e se fez anunciar:

– Ô de casa! – Bateu palmas.

Ouviu-se um cacarejar de galinhas, seguido do balido de algumas ovelhas. Alejandro estava prestes a repetir o chamado quando Maria Alice, toda suada, cabelo desmantelado, usando um avental molhado e sujo, apareceu, vinda dos fundos da casa.

– Pois não? O que deseja?

Alejandro admirou-se com seu estado, ainda mais por ter conseguido ver seus traços belos e delicados, muito além de sua aparência descuidada.

– Olá, bom dia. Sou Alejandro Ramirez, filho de Juan Manuel Ramirez. Venho até aqui trazer o convite de casamento para a viúva do Sr. Leocádio Gonzáles. Dona Constância está?

– Ainda repousa, mas se o cavalheiro preferir, posso anunciá-lo.
– Não é necessário.

Alejandro desmontou do cavalo e, segurando o animal pelas rédeas, adiantou-se rumo à jovem, querendo muito vê-la de perto para confirmar o que já sabia. Sim, por trás de toda aquela aparência descuidada, havia uma linda jovem, uma das mais belas que já vira em toda vida. Os cabelos eram castanho-escuros, os olhos no mesmo tom, vivos e expressivos, e a tez clara e delicada. Ao todo, uma criatura angelical.

Num gesto de estrema elegância, Alejandro respeitosamente tirou o chapéu e curvou-se diante da moça.

– Sua graça?
– Maria Alice.
– Maria Alice... – repetiu ele cuidadosamente, apreciando intimamente cada sílaba. – Você trabalha aqui?
– Não. Apenas ajudo nos afazeres da casa. Sou a filha do Sr. Leocádio Gonzáles. De seu primeiro casamento. Dona Constância Pazuelos é sua segunda esposa.
– Compreendo. Você me parece tão cansada. Anda trabalhando demais, não?
– Sim, confesso que tem sido bem puxado.
– Onde estão os demais membros da criadagem?
– Não há mais ninguém trabalhando aqui. Só eu mesma.
– Quer dizer que você cuida disso tudo, sozinha?
– Eu me esforço.

Alejandro voltou o olhar para o convite em suas mãos.

– Este convite é para Dona Constância Pazuelos e filhas. Certamente você tem irmãs, digo, por parte de sua madrasta, não?
– Sim. Emmanuelle e Rachelle.
– E elas não a ajudam nos fazeres domésticos?
– Não. São muito frágeis para esse tipo de serviço.

Alejandro novamente sentiu pena da moça.

– Gostaria de poder revê-la antes do casamento a que você certamente irá. Seria possível?
– Pouco tempo livre tenho para mim. Só mesmo aos domingos, pela tarde, tenho permissão para caminhar um pouco pela redondeza e espairecer.
– Poderíamos nos ver então no domingo próximo?
– Não, é claro que não! Minha madrasta não permitiria.
– Ela não precisa saber. Poderíamos marcar um lugar nas proxi-

midades para que pudéssemos conversar sem sermos interrompidos. Só assim para nos conhecermos melhor.

– Por que esse interesse por mim?

– Porque gostei de você, Maria Alice. Gostaria de conhecê-la melhor. Permita-me fazer.

– Não sei se devo.

– Por favor. Sou de confiança. Como lhe disse: sou filho de Juan Manuel Ramirez, homem bastante respeitado na região.

– Sim, meu pai lhe queria muito bem. Quando mencionava seu nome, fazia-o sempre envolto de elogios.

Alejandro gostou de ouvir aquilo. Recolocando o chapéu, sorriu e completou:

– Tenho de ir. Outros afazeres me aguardam. Volto para revê-la no domingo à tarde. É só me dizer onde e a hora que devo encontrá-la.

Diante da resistência da jovem e do medo transparente de estar se comprometendo com algo que não deveria, Alejandro mais uma vez insistiu:

– Dê-me uma chance, por favor.

Maria Alice o olhou bem dentro dos olhos, continuando a pender entre o sim e o não.

– Por favor – insistiu ele, mais uma vez, interrompendo seus pensamentos.

Ainda que em dúvida, a jovem concordou em encontrá-lo.

– Está bem – disse, timidamente. – Encontre-me às três da tarde junto ao pé de magnólia em frente ao lago que passa pela propriedade do Senhor Telles da Costa.

– Estarei lá.

Com uma reverência cavalheiresca típica da época, Alejandro Ramirez montou novamente seu possante cavalo e partiu.

Maria Alice ficou a admirá-lo, apreciando novamente sua determinação e beleza. Não acreditou que ele voltaria para revê-la. Apesar de ela querer e muito, não se achava digna de um moço como ele.

O berro da madrasta despertou Maria Alice de seus pensamentos. Rapidamente ela se ajeitou e foi atender ao chamado da mulher. Aproveitou também para lhe entregar o convite recebido.

– Acabaram de entregar.

– Quem trouxe? – empertigou-se Constância Millanges ainda na cama.

– Foi o filho do Senhor Juan Manuel Ramirez.

– E você não me chamou?!

– A senhora ainda não havia se levantado. Não quis aborrecê-la.

– É mesmo uma estúpida!

A mulher saltou do leito e berrou o nome das filhas. Logo, Emmanuelle e Rachelle Pazuelos apareceram, esbaforidas.

– Estamos aqui, mamãe!

– Filhas, acabamos de receber o convite para o casamento do filho do Sr. Juan Manuel Ramirez. Será uma ótima oportunidade para vocês, definitivamente, conhecerem um bom partido. Segundo sei, o filho mais novo do Senhor Juan Manuel Ramirez ainda está solteiro. Seu pai, inclusive, está à procura de uma noiva ideal para ele, e com um belo dote.

– Hum!!! – suspiraram Emmanuelle e Rachelle ao mesmo tempo.

– Precisamos imediatamente providenciar o vestido de vocês. Ambas terão de ser as jovens mais lindas da ocasião, capazes de impressionar até mesmo os homens casados.

Ao contrário do conto de Cinderela, as filhas da madrasta não eram feias. Emmanuelle e Rachelle eram belas de corpo e de rosto, porém, o caráter duvidoso de ambas afastava os homens, até mesmo os interesseiros.

Constância Pazuelos, por sua vez, lembrava e muito a madrasta má. Sempre vestida de preto, no mesmo tom dos cabelos, esticados e presos em coque no alto da cabeça, lembrava um corvo assustador a perturbar um tímido espantalho. Por levar vida sedentária e distante do sol, sua tez era branca e pálida, quase como a de uma morta.

Ao voltar para casa, depois de cumprir as incumbências, exigidas pelo pai, Alejandro foi diretamente falar com seu irmão.

– Ricardo, bom encontrá-lo. Gostaria de lhe falar.

– Pois não, Alejandro. O que é?

– Acha mesmo que deve...

A conversa dos dois foi interrompida pelo chamado do pai, anunciando que o almoço estava servido.

Ocupando seu lugar à cabeceira da mesa, Juan Manuel Ramirez fez uso da palavra:

– Façamos agora a nossa prece. Agradecemos, Senhor, pelo que vamos comer. Pelo bem dos meus filhos e de toda essa família. Amém!

– Sua voz soou como um verdadeiro cântico gregoriano.

Juan Manuel Ramirez era um espanhol de cinquenta anos, forte e robusto; cabelos vastos e encanecidos, pele morena e olhar enérgico. O rosto era quase sempre duro e fechado, com os olhos sempre a observar as generalidades nos seus mínimos detalhes.

O almoço transcorreu em profundo silêncio como era de hábito. Ainda que um dos filhos quisesse descontrair o momento com algum assunto digno de ser abordado, deixava-se para depois, visto que o pai não gostava de conversas àquela hora.

Após a refeição, Alejandro voltou a procurar Ricardo para lhe dizer o que pretendia.

– Ricardo, meu irmão, você acha mesmo que deve se casar com Lucrecia? Você mal a conhece. É o papai quem quer vê-lo casado com ela, não você. É um desejo dele, não seu.

– É um desejo meu também, Alejandro – defendeu-se Ricardo a toda voz. – Acho Lucrecia uma jovem bonita e atraente.

– Mas é dela mesmo que você gosta? Ainda me recordo do seu interesse por Janete Piovesan, você falava dela com tanta empolgação...

– Sim, eu sei, mas o papai me fez perceber que com Lucrecia eu serei bem mais feliz.

– Por causa da estabilidade financeira que você terá ao desposá-la, não é mesmo?

– Que seja! Seguirei os conselhos do papai, pois ele sempre soube o que é melhor para nós.

Ao ver Juan Manuel junto à porta do gabinete, Ricardo se assustou.

– Papai! – exclamou, temeroso como sempre de sua figura controladora.

O pai nada lhe respondeu. Simplesmente adentrou o recinto, dirigindo um olhar furioso para Alejandro que, naquele momento, amarelou diante de sua aparição inesperada.

– O que pretende, Alejandro? – indagou Juan Manuel lançando um olhar em chamas para o rapaz. – Bagunçar a cabeça do seu irmão? Deixá-lo com caraminholas?

O ímpeto de Alejandro ressurgiu:

– É muito simples, papai. Não acho certo que os pais determinem com quem seus filhos devam se casar. A escolha deve partir do coração de cada um. Simples assim.

Juan Manuel Ramirez tirou os óculos, enxugou a umidade das lentes e só então falou o que achou ser necessário:

– E desde quando um jovem inexperiente como você é capaz de escolher a mulher certa para se casar? Nenhum jovem da sua idade foi capaz, até hoje, de decidir o que é melhor para si ao longo da vida. Só os pais sabem o que é melhor para seus filhos. Por serem mais velhos e experientes. Por isso, não permitirei que estrague sua vida. Culpar-me-ia eternamente se o fizesse.

Alejandro não esmoreceu, encarando o pai, sem vacilar, respondeu com precisão:

– Pois eu ainda acho que isso é errado. Agora, se Ricardo está convencido de que Lucrecia é mesmo a mulher certa para ele se casar, que o faça. Comigo será diferente. Só me casarei com aquela por quem eu realmente me apaixonar.

Juan Manuel Ramirez lhe respondeu à altura:

– Se tiver um bom dote, fará! Se não tiver, não permitirei. Não quero que meu filho, num futuro próximo, chore sua desgraça na rua da amargura.

Visto que o pai não mudaria de ideia, pelo menos por hora, Alejandro achou melhor evitar novo confronto. Simplesmente pediu licença e se retirou do recinto. Assim que saiu, Juan Manuel voltou-se para o filho mais velho e se fez objetivo novamente:

– Alejandro não sabe o que é melhor para ele. Nenhum jovem sabe. Por isso eu tenho de instruí-lo como estou fazendo com você. Do mesmo modo que meu pai fez comigo e o pai dele fez com ele. Um dia, Ricardo, você me agradecerá. Agradecerá esse seu velho pai por tê-lo feito escolher o melhor para si, como eu, um dia, agradeci ao meu pai.

E o rapaz assentiu, olhando com grande respeito para a figura paterna. Nesta época, muitos filhos jamais fitavam seus pais nos olhos, em sinal de respeito ou submissão; com Alejandro era diferente, encarava o pai sem temor.

Ao ver-se sob o sol, na esperança de clarear seus pensamentos, Alejandro voltou a pensar em Maria Alice Gonzáles. Nunca uma moça o deixara tão fascinado. Mal via a hora de reencontrá-la para conhecê-la melhor. E caso os dois se entendessem, seu pai haveria de aceitá-la como sua futura nora, primeiramente por ser filha de um grande amigo seu no passado, e também por ter posses. Que o domingo chegasse logo!

Capítulo 2

Desde que conhecera Alejandro, Maria Alice pensava no rapaz constantemente. Nunca um jovem despertara tanta sua atenção. Seu sorriso, sua covinha no rosto ao sorrir, seus lábios belos e carnudos, sua voz grave e atraente, seus olhos a brilhar de empolgação pela vida e sua determinação em querer revê-la para conhecê-la melhor, mantinham-na fascinada por ele.

Constância, ao encontrar Maria Alice com o pensamento longe, zangou-se.

– Acorda, menina! – trovejou, arrancando-a da meditação. – O trabalho a espera, vamos! Quero essa casa um espelho! E quando o maltrapilho do Edmondo Torres aparecer, diga-lhe para estripar um leitão. Detesto ficar sem carne de porco nas refeições.

– Está bem, Dona Constância. Dar-lhe-ei o recado.

Quando o mascate, Edmondo Torres, chegou à propriedade, trazendo carne fresca para vender em sua charrete de rodas rangentes, foi Maria Alice, como sempre, quem o recebeu.

Edmondo já estava com seus quase 28 anos de idade. Sujeito esforçado, daqueles que compreendeu, muito cedo na vida, que sem trabalho o homem padece na miséria, de tédio ou de vício. As íris de seus olhos eram de um castanho, com linhas verdejantes que conduziam aos vórtices das pupilas. E no fundo de cada uma delas podia se ver o brilho do entusiasmo e do interesse com que o moço tinha pela vida, apesar dos pesares diários.

– Olá, Maria Alice. Como vai? – Ele saudou a jovem com um sorriso simpático. – É sempre bom revê-la.

Ela nada disse em retribuição ao elogio, apenas sorriu e lhe passou o recado da madrasta.

– Sua madrasta ficará contente, pois trago carne de porco fresquinha. Abati um leitão ainda ontem.

A jovem assentiu, como quem faz por fazer. Havia algo diferente em torno dela, notou Edmondo de imediato. Uma discreta ansiedade, um fulgor que antes não havia. O que teria acontecido?

– Maria Alice, você está bem? Parece-me diferente hoje.

– Você acha?

Ele assentiu enquanto ela fugia do seu olhar, tomada de súbito constrangimento.

Depois de deixarem toda carne adquirida no devido lugar da cozinha, Maria Alice acompanhou Edmondo até sua carroça. O mascate então surpreendeu a jovem com nova pergunta:

– Tem mesmo certeza de que está tudo bem? Conheço-a há anos e, por isso, sei que está diferente. Algum problema? Posso ajudá-la em algo?

– Não há problema algum, Edmondo. Está tudo bem. Eu juro!

– Que bom!

Ele se mantinha atento aos olhos dela quando comentou:

– Aquele domingo à tarde, em que nos encontramos por acaso nas imediações, foi tão bom. Poderíamos repetir o passeio, o que acha?

– Sim, mas não neste domingo. Estarei ocupada.

– Quando puder me fale.

– Direi.

Edmondo Torres partiu da propriedade da Senhora Pazuelos, certo de que Maria Alice lhe escondia alguma coisa. O que seria? Ficou preocupado. Não queria vê-la sofrendo mais do que já sofria nas mãos da madrasta e de suas filhas. Por isso, ansiava se declarar para ela o quanto antes, para poder tirá-la dali e levá-la para um lugar onde pudesse viver com mais dignidade e afeto.

Sim, ele amava Maria Alice Gonzáles. Desde garotinha, sempre a viu com bons olhos. Ao se tornar jovem, quase uma mulher, viu florescer nela a alma feminina que tanto procurava para complementar sua vida. Ainda não sabia se ela o via com os mesmos olhos, mas um dia, muito em breve, de algum modo, ele a faria amá-lo da mesma forma.

O domingo finalmente chegou. Alejandro montou seu cavalo, numa subida rápida, e esporeou o animal, que partiu ligeiro. Tinha pressa em alcançar a propriedade dos Gonzáles. Quanto mais cedo chegasse, mais tempo poderia usufruir da companhia de Maria Alice.

Além dos limites do vilarejo em que morava com o pai e o irmão, tudo o que se via era o verde esplendoroso da vegetação espanhola. Alcançando o lugar combinado para o encontro, o rapaz maravilhou-se ao avistar Maria Alice também chegando. Depois de amarrar seu garanhão em um tronco, ele correu até ela.

– Alice, minha Alice... – ele pronunciou seu nome com tanto entusiasmo que a jovem imediatamente se sentiu contagiada por sua alegria. – Que bom que veio! Tive medo de que não viesse.

Ela mordeu os lábios, corando explicitamente.

– O que foi? – empertigou-se ele bem humorado.

– É que, bem... Também pensei que você não viesse. Que combinara comigo por impulso.

Ele riu, jogando a cabeça para trás.

– Desde o instante em que a conheci, Maria Alice, não consegui mais deixar de pensar em você. Minha vida se tornou outra desde então. Agradeço a Deus, constantemente, por ter ido a sua morada entregar aquele bendito convite. Condeno meu irmão por causa do seu casamento precipitado, por outro lado, graças a ele, pude conhecê-la. Sou-lhe eternamente grato por isso.

– Suas palavras me comovem. Devo admitir que sinto o mesmo em relação a você.

– Então confie em mim. Para que cada segundo que passemos lado a lado seja feito somente de paz e harmonia.

As palavras dele trouxeram paz ao coração da jovem. Percebendo a mudança no seu estado de espírito, o rapaz completou:

– Vejo um amanhã muito lindo e cheio de perspectivas maravilhosas depois que a conheci.

– Fala sério?

– Sim, eu não teria por que mentir.

Breve pausa e ela perguntou:

– Alejandro, diga-me, com sinceridade. O que você quer de mim? Sem rodeios, por favor.

– Quero conhecê-la até onde me permitir para que possamos ficar juntos num futuro próximo.

– Juntos?!

– Sim, juntos! Se você também me quiser, é claro. E quero imensamente que me queira. Porque quero amá-la, fazê-la feliz e ser feliz ao seu lado.

Os olhos dela brilharam.

– Venha! – chamou ele, estendendo-lhe a mão. – Caminhemos

lado a lado.

Ao percebê-la incerta, ele rapidamente perguntou:

– O que há? Teme a mim?

– Não, é lógico que não! – Mentiu ela, corando levemente.

– Nada de mal lhe farei. Sou bastante conhecido na região. Meu pai é um homem de destaque por aqui. Se eu agir errado com você, todos saberão e me condenarão.

– Eu sei. É lógico que sei!

Os dois seguiram por uma trilha linda, ladeada de magníficos pinheiros enquanto ele dava seu parecer sobre o casamento de Ricardo, seu irmão.

Mais uns passos e eles subiram a colina para contemplar a vista linda que se tinha dali. Ficaram em silêncio por algum tempo, aspirando pacificamente o ar fresco do lugar até ela soltar a voz, opinando sobre algo, pela primeira vez:

– Daqui de cima, pensamos que o mundo todo se resume a essas terras que nossos olhos podem avistar. Esquecemos, muitas vezes, que o mundo é muito maior do que isso.

– Sem dúvida.

– Você acredita em Deus? Eu acredito. Pois nenhum homem, por mais sábio que seja, pode criar um lugar tão lindo como esse sob esse céu azul, esplendoroso. Só mesmo Deus tem esse poder.

Nos olhos dela havia um brilho tão intenso, ao falar do Criador, que seu rosto tornou-se ainda mais lindo e jovial.

Logo, Maria Alice se sentia à vontade para conversar com o rapaz como faria com uma irmã. Meia hora depois, riam-se e entretinham-se tanto, que todas as inseguranças por parte dela em relação a ele foram esquecidas.

Os minutos se escoaram com tanta rapidez que quando ela percebeu, já havia passado da hora de voltar para casa.

– Preciso ir!

Alejandro admirou-se:

– Tão cedo?!

– Estamos aqui já faz um bocado de tempo. O sol já está se pondo.

– Passou tão rápido que nem me dei conta. Foi tão bom. Não é à toa que dizem que tudo que é bom, passa rápido.

– Se você realmente me quer, teremos a vida toda para desfrutarmos da companhia do outro.

16

– Se quero?! É claro que sim! É o que mais quero da vida nos últimos dias. É só o que me interessa.

Apertaram o passo e logo estavam novamente aonde haviam amarrado seus cavalos.

– Gostou do passeio? – perguntou ela enquanto desamarrava o animal do tronco.

– Adorei ainda mais a companhia – respondeu ele enquanto fazia o mesmo.

Ela novamente sorriu, tímida, e montou o animal.

– Tenha um ótimo fim de dia.

– Você também – respondeu ele sem tirar os olhos dela. – Nos vemos aqui a semana que vem?

Ela fez que sim com a cabeça, em meio a um leve sorriso.

– Não poderia ser amanhã? Todos os dias?

– Eu não posso. Durmo muito cedo. Trabalho o dia todo.

– Isso não é certo. Não é justo o que sua madrasta faz de você.

– Faço o que faço de bom grado. É cansativo, sim, mas...

– Elas deveriam ajudá-la.

– Reclamar é sofrer duas vezes.

– Verdade. Nunca havia percebido isso.

– Só mais uma coisa – salientou Maria Alice, seriamente. – Não conte nada a ninguém sobre o nosso encontro. Se minha madrasta souber, não vai gostar nem um pouco.

– Você tem tanto medo dela, assim?

– Não é medo, é respeito. Depois que meu pai morreu, fiquei, de certo modo, sob a sua guarda.

– Está bem. Mas um dia ela terá de saber.

E novamente o sorriso repuxou os lábios bonitos de Alejandro que num movimento quase que invisível, tomou a mão da moça e a beijou afetuosamente.

Partiu a seguir, sem ter certeza de que conseguiria aguardar por uma semana para rever Maria Alice Gonzáles. Apaixonado como estava, o que ele mais queria era vê-la todos os dias, para compartilharem momentos de alegria e afeto.

A jovem, por sua vez, voltou para sua casa, com Alejandro ocupando todos os seus pensamentos. Havia tanto que ela ainda queria lhe perguntar, mas tudo haveria de ficar para outro encontro, tão íntimo quanto o que tiveram naquela agradável tarde do início do verão de 1919.

Capítulo 3

No domingo seguinte, lá estavam os dois novamente a se encontrar em frente ao grande pé de magnólia.

– Não faz ideia do quanto senti sua falta. E por quantas vezes quis ir até sua morada, com uma desculpa qualquer, só para vê-la. É penoso eu ter de esperar por uma semana para revê-la. Quase uma tortura.

– Eu também gostaria de vê-lo com mais assiduidade, mas o momento não me permite.

– Isso logo há de acabar. Não é certo levar tanto tempo assim, para duas pessoas que se gostam, se reencontrarem.

– Esse dia chegará. Só lhe peço paciência.

– Está bem.

Os dois seguiram por uma nova trilha, ladeada de belíssimas árvores, enquanto Alejandro compartilhava com ela suas impressões e opiniões sobre a vida e a sociedade da época. Para Maria Alice, o rapaz era perfeito, o que muito a espantava, pois sempre ouvira dizer que homens não são perfeitos.

Então, subitamente, a mão direita dele alcançou a dela, despertando-lhe de suas observações mais íntimas. Ele travou os passos, voltou-se para ela e disse, apaixonadamente:

– Estou amando você, Maria Alice... Amando lindamente.

Ela simplesmente não soube o que responder. Estática, perdeu-se ainda mais da realidade ao sentir os lábios dele, tocando-lhe o dorso da mão num beijo doce e inesperado.

– Só mesmo alguém como você, Alejandro, para trazer alegria à minha vida tão sem graça.

– E isso é só o começo, Maria Alice. Apenas o início da nossa linda história de amor. – Acariciando seus cabelos, tão repentinamente, ele completou: – Ah, Maria Alice, como é bom saber que é minha...

Só minha.

– Você é tão bom para mim, Alejandro. Tão carinhoso que às vezes penso ser uma ilusão.

– Sou real, muito real. Acredite.

– Sei, mas...

Mirando fundo seus olhos, ele se aproximou de seu rosto e a beijou. Um beijo intenso, forte e apaixonado. Quando recuou, ela acariciou seus próprios lábios com a ponta dos dedos, ainda envolta pela deliciosa sensação de ter sido beijada pela primeira vez em toda vida.

Outro beijo veio a seguir e mais um e outro e, de repente, nada mais importava no mundo senão os dois. Despediram-se naquela tarde com a certeza de que nada mais na vida teria graça se ficassem por muito tempo longe um do outro.

Para Alejandro, até então, as mulheres jamais haviam tido um significado tão especial. Nenhuma fora capaz de surpreendê-lo como fazia Maria Alice e de forma tão sutil. Ela sabia falar no momento certo, opinar com sabedoria e ouvir com diplomacia. Para ele, ela muito mais do que uma mulher atraente com quem pudesse compartilhar momentos de amor, era, sem dúvida alguma, a mulher certa para ele se casar e gerar seus filhos.

Ao chegar a sua casa, o pai aguardava por ele.

– Onde esteve, Alejandro?

O rapaz realmente não esperava por aquela abordagem inesperada de Juan Manuel Ramirez.

– Por aí, papai. Estava por aí.

O pai olhou-o com desconfiança.

– Pois bem. Tenho a lhe falar. Sexta passada recebi a confirmação de que meu grande amigo Gonçalo Namiaz de Amburgo virá para a cerimônia de casamento de seu irmão. Virá ele acompanhado de sua filha, a quem prometi você em casamento.

– O quê?!

– Foi um trato entre mim e o pai da moça feito há muito tempo.

– O senhor não precisa escolher moça alguma para eu me casar, já tenho uma em vista.

– Não vou permitir que se case com qualquer uma, Alejandro!

– Ela não é qualquer uma, papai. Será do seu agrado, acredite! Além de bela, possui um dote generoso.

– Que moça é essa, Alejandro?

– Prefiro ainda manter segredo dela. Estamos nos conhecendo. Logo terei o prazer de apresentá-la ao senhor.

– Nenhuma moça do vilarejo ou das propriedades rurais que conheço, está à altura daquela que escolhi para você desposar, Alejandro.

– Escolheu?! Ora, papai, quem tem de escolher a garota para eu me casar, sou eu, não o senhor. Já falamos sobre isso!

– Sim! Só que você já está prometido à filha do Gonçalo há muito tempo. Um acordo mútuo entre mim e ele.

– Desfaça o acordo.

– Nunca! Seria uma vergonha para mim, uma desonra para a moça. Quando você for apresentado a ela, perceberá de fato que ela é a mulher certa para você se casar. Além de rica, muito rica...

– Desde quando o dinheiro é tudo na vida, papai?

– Desde que o mundo é mundo, Alejandro. Só que você não pode me entender, tampouco compreender a importância do dinheiro na vida de todos, porque nasceu e cresceu na fartura. Se tivesse crescido na pobreza saberia o quanto é importante somar, não dividir.

Alejandro achou melhor não contrariar o pai, pelo menos por ora. Quando ele soubesse que Maria Alice era filha de Leocádio Gonzáles, que fora seu grande amigo, haveria de aceitar e abençoar a união do casal.

Ao longo da semana, um crescente entusiasmo pela vida cresceu no coração de Maria Alice Gonzáles e Alejandro Ramirez. Tanto um quanto o outro aguardavam com ansiedade o próximo encontro, no mesmo local e na mesma hora.

A moça trabalhava com mais energia, deixando a madrasta e suas filhas intrigadas com sua renovada disposição. Edmondo Torres também percebeu a mudança na jovem. Ao chegar à propriedade, com sua carroça barulhenta, notou de imediato sua transformação.

– Você me parece mais disposta, Maria Alice. Mais disposta e mais feliz.

– Você acha, é?

– Sim. – E diante do grasnado dos patos, Edmondo completou, com bom humor: – Veja, até os patos notaram.

Ela riu, ele também. E quando o mascate a convidou para fazerem um novo passeio, Maria Alice desconversou e encerrou o assunto, alegando pressa para terminar seus afazeres domésticos.

Edmondo Torres partiu dali, naquele dia, querendo muito pensar em algo que não fosse Maria Alice. Quem dera ela ficasse distante do seu pensamento. Só assim, talvez, se sentisse menos vazio.

Um mês depois acontecia a cerimônia de casamento de Ricardo Ramirez com Lucrecia Borrego.

A igreja encontrava-se repleta de convidados e curiosos. Ao soar do órgão, a noiva, elegantemente vestida de branco com renda francesa, entrou conduzida pelo braço forte de seu pai. Seus olhos, marejados pela emoção, contemplavam o noivo, aguardando por ela no altar, embevecido por sua chegada.

Ricardo Ramirez também estava muito elegante em seu terno de veludo negro, com seus sapatos devidamente lustrados.

À beira do altar, o pai da moça entregou a filha ao rapaz que a beijou na testa, como mandava a tradição. Só então o padre deu início à cerimônia religiosa.

Nesse ínterim, Alejandro mantinha-se atento aos convidados que lotavam a igreja, procurando, ansioso, por Maria Alice Gonzáles que, até então, não vira entre os convivas.

Ao som de sinos, um casal de crianças levou até o altar uma cesta florida onde estavam as alianças do casal. Um minuto depois, o padre voltava-se para o noivo, perguntando:

– Ricardo Ramirez, você aceita Lucrecia Borrego como sua legítima esposa?

– Sim – respondeu Ricardo sem pestanejar.

– E você, Lucrecia Borrego, aceita...

E a moça também concordou, concluindo, minutos depois, a cerimônia religiosa.

Foi sob forte chuva de arroz, palmas e urros de alegria por parte dos convidados que os recém-casados deixaram a paróquia. Dali, seguiram numa pomposa carruagem, enfeitada com hibiscos brancos, até o casarão da família da moça onde aconteceria a festa de casamento.

Juan Manuel Ramirez mal se continha de alegria por ver o filho mais velho unido a uma moça que realmente valia a pena, um sonho longamente acariciado por ele.

Em meio ao auge da festa, Alejandro voltou a procurar por Maria Alice Gonzáles em meio aos convivas. Já perdera a esperança de encontrá-la ali. Se tivesse realmente comparecido à cerimônia, já a teria localizado. Por algum motivo, ela não foi. O que teria acontecido?

Foi então que Alejandro avistou uma moça de olhos negros como

21

opalas, nariz majestoso e os lábios finos que conferiam à sua expressão um toque de severidade. Não era bonita, mas também não era feia em sua opinião.

Estava acompanhada de um senhor idoso, provavelmente seu pai. Não deveriam ser da cidade, pois nunca os vira antes.

Ao notar o interesse com que o filho olhava naquela direção, Juan Manuel correu até ele.

– Ela é bem bonita, não? – perguntou ele puxando o rapaz pelo braço.

– O que disse? – assustou-se Alejandro, lançando um olhar severo para o pai.

– Venha, filho, vou apresentá-los.

Mesmo que Alejandro não quisesse, Juan Manuel já o havia arrastado com ele.

– Essa é uma jovem de berço, Alejandro – comentou o pai enquanto encaminhava o filho na direção da moça. – Seu nome é Alice. Alice Namiaz de Amburgo. É filha única de Gonçalo Namiaz de Amburgo. Como lhe disse: um sujeito de bens, de muitos bens. De excelente patrimônio.

– De que me importam as posses desse homem, papai? Não quero seus bens. Ouça-me!

– Ouça-me você, Alejandro! Ouça-me você!

Apresentações foram feitas, risos forçados foram soltos enquanto Alejandro e Alice trocavam olhares hostis. Puxando o pai da moça pelo braço, Juan Manuel se afastou, para dar oportunidade ao casal de se conhecerem.

– Vou deixá-los a sós. Para que se conheçam melhor! – falou já a certa distância.

Por ser polido, Alejandro se fez de simpático, fingindo interesse pela jovem.

– Que bom que a senhorita e seu pai vieram ao casamento de meu irmão. Meu pai está muito feliz pela presença de vocês. Ele sempre me falou muito bem do seu pai.

– Obrigada. – Ela também parecia fazer esforço para agradar. – A festa está muito bonita.

– Sim, papai caprichou. Pudera, trata-se do casamento de seu primogênito. Não poderia ser diferente.

– Sou filha única, por isso não sei dizer se para um pai, com dois ou mais filhos, há um predileto.

– Eles dizem que não há. Que filhos são que nem os dedos das mãos. Se machucar um, a dor é a mesma.

– Você acredita que seja realmente assim?

– Para lhe dizer a verdade, nunca parei para pensar realmente a respeito. Penso, porém, que no caso do meu pai, o amor dele seja igual para conosco. Digo, para comigo e meu irmão.

Ela fez ar de forçosa compreensão e ele completou:

– Agora, diga-me. Sendo você, filha única. É mesmo verdade que os filhos únicos se sentem sós por demais?

– Quer minha opinião sincera?

– Se puder.

– Se eu tivesse tido um irmão ou uma irmã, eu já os teria matado. Vivo muito bem sozinha, nunca me senti só.

– É, cada um é um.

– Pois é.

A conversa morreu e antes que Alejandro se sentisse muito sem graça diante da situação, decidiu perguntar sobre a cidade de Toledo onde viviam Alice Namiaz de Amburgo e se pai. Ela não parecia muito disposta a falar de lá, foi simplesmente monossilábica, o que deixou Alejandro ainda mais enfadado com a situação.

Por sorte, o pai retornou, acompanhado do Senhor Gonçalo. Outra prosa insignificante se estendeu até que Alejandro interrompesse o pai e perguntasse:

– Ainda não vi Dona Constância Pazuelos e suas filhas. Elas não vieram?

Juan Manuel não gostou da pergunta. Onde já se viu perguntar de outras mulheres diante de Gonçalo Namiaz e sua filha. Mesmo assim, respondeu com categoria:

– Vieram, sim, Alejandro. Estão ali. Veja! Aquela senhora vestida de negro e as duas moças ao seu lado.

A empolgação com que Alejandro olhou na direção das três mulheres desmoronou assim que percebeu que Maria Alice não estava presente. Só havia mesmo a madrasta com suas duas filhas a abanar freneticamente seus leques para espantarem o calor e enfado.

Ele pensou em ir até elas, perguntar por que Maria Alice não havia comparecido, mas sua intuição o aconselhou a não fazê-lo. A própria Maria Alice lhe diria quando se reencontrassem.

Enquanto isso, na propriedade de Constância Pazuelos, Maria

Alice Gonzáles e Edmondo Torres conversavam. Presumindo que a madrasta não tivesse permitido que a jovem fosse ao matrimônio, o mascate aproveitou a oportunidade para ir visitá-la. Estando só, poderiam conversar sem serem interrompidos.

– Você não quis ir ao casamento?

– Dona Constância disse que eu não tinha um vestido apropriado para a ocasião.

– Poxa, Maria Alice, assim você nunca vai a lugar nenhum.

– Mas ela tem razão. Uma moça deve se vestir adequadamente. Não pode sair por aí, usando qualquer coisa. Ainda mais no meio de pessoas importantes.

– Você realmente pensa assim?

– Verdade seja dita, Edmondo. As pessoas realmente se importam com esses detalhes.

– Sim, de fato.

Ele concordou e ela aproveitou para enveredar o diálogo por outro rumo:

– Você é mais velho do que eu, Edmondo. Por ser, talvez possa me responder. Como podemos saber que estamos amando de verdade? Quais são os indícios? E o pior de tudo: como saber, com certeza, de que o outro também nos ama da mesma forma?

Surpreso com a pergunta, o mascate levou alguns segundos para se recompor e opinar:

– Quando se fica pensando muito numa pessoa, de manhã, de tarde e de noite, é sinal de que ela tem um significado muito importante na nossa vida. Se ao vê-la passar, algo se acender em seu peito, uma onda de calor fazê-la suspirar, é mesmo sinal de que você a ama ou está começando amá-la.

– Então você já amou.

– Ainda amo. Amo-a imensamente. Mas ela ainda não sabe. Não notou.

– Que pena!

– Sim. E isso dói demais em mim.

– Por que não se declara para ela?

– Porque dói menos a incerteza de que ela possa me querer, reciprocamente, do que a certeza absoluta de que ela não me quer da mesma forma.

Ele se agachou de cócoras, pegou um graveto e desenhou um coração na terra escura. Com pesar, comentou em tom de desabafo:

– Às vezes sinto minha garganta se apertar de vontade de me

declarar para ela.

– Deveria tentar. Ainda que se machuque.

– Você acha mesmo?

– Sim. Ela vai adorar saber que você gosta dela. Porque é um sujeito e tanto. Se for com ela tão gentil e prestativo quanto é para mim, ela será muito feliz ao seu lado.

– Poxa, obrigado.

– É verdade. Agora, se ela não o quiser quem perde é ela muito mais do que você.

Ele novamente se surpreendeu com suas palavras e sorriu.

– Desejo-lhe uma vida feliz, Edmondo. Você realmente merece ser feliz.

E Maria Alice falava aquilo de coração, um desejo verdadeiro vindo de sua alma.

Edmondo Torres partiu dali, naquela tarde, reforçando em seu coração a esperança de um dia conquistar Maria Alice e fazê-la muito feliz ao seu lado.

Quando a madrasta e as filhas retornaram para casa, Maria Alice prontamente ajudou as três a tirarem seus vestidos de ocasião. Estava ansiosa para saber detalhes da cerimônia e da festa de casamento. As três mulheres, no entanto, pouco atenção lhe deram. Mas o que Emmanuelle disse, minutos depois, deixou Maria Alice preocupada.

– O tal do Alejandro Ramirez é realmente um moço de tirar o fôlego.

– Se é – concordou Rachelle, suspirando. – Pena que ele sequer se dirigiu a mim. Achei-o um pouco esnobe.

A mãe interrompeu as filhas, com sua voz rasgada e seu olhar de corvo assustador:

– Pois eu irei, ainda esta semana, procurar o Senhor Juan Manuel Ramirez para marcar um encontro de vocês duas com o filho dele. Poderá ser aqui ou na casa dele mesmo, durante um jantar. Farei isso antes que outra qualquer arraste as asinhas para cima do rapaz.

A decisão da madrasta deixou Maria Alice arrepiada e desconcertada. Ainda bem que nada dissera as três sobre os encontros secretos que ela e Alejandro vinham tendo nas tardes de domingo. Se soubessem, certamente seriam capazes de aprisioná-la na casa para impedir a aproximação dos dois.

25

Capítulo 4

No dia seguinte ao casamento de Ricardo e Lucrecia, Juan Manuel Ramirez recebeu em sua casa, Gonçalo Namiaz de Amburgo e sua filha para um almoço especial.

Ao vê-los chegando, Alejandro perdeu o chão. O que menos queria naquele dia era ter de fazer sala para gente que não tinha vontade de conhecer, tampouco se tornar amigo. Todavia, sua polidez falou mais alto.

Após o almoço, ainda à mesa, Juan Manuel se levantou e solenemente pediu a Gonçalo Namiaz de Amburgo a mão de Alice, sua filha, para Alejandro Ramirez, seu filho. O acontecimento surpreendeu tanto Alejandro quanto a própria Alice.

– Papai – tentou falar o rapaz, mas não foi além. Juan Manuel o interrompeu, dizendo:

– Façamos um brinde!

E todos se levantaram para brindar, obrigando Alejandro e Alice a fazerem o mesmo. Mais tarde, Alejandro haveria de conversar com o pai, para fazê-lo entender que pretendia se casar com outra moça que, coincidentemente também se chamava Alice. Maria Alice Gonzáles.

Minutos depois, pedindo licença aos convidados, Juan Manuel guiou Alejandro até o gabinete da casa.

– Papai. O que está havendo?

– Shhh!...

Do porta-joias que guardava no cofre, Juan Manuel pegou uma gargantilha para o filho presentear Alice.

– Mas papai, essa joia pertencia a minha mãe.

– Eu sei. Só que sua mãe está morta, esqueceu-se? Não vai poder usar isso aqui nunca mais. Temos de encarar os fatos. Nem você nem seu irmão usarão isso. Portanto, acabaram sendo mesmo de suas esposas.

– Mas, papai...

Alejandro pensou novamente em impedir tal loucura, mas se falasse algo, pelo menos naquele instante, o pai poderia se irritar e, com isso, causar um desconforto para todos na casa. Sem dar-lhe tempo para maiores reflexões, Juan Manuel arrastou o filho de volta à sala de estar, onde os convidados se encontravam e disse alto e em bom tom:

– Meu filho Alejandro tem algo a lhe dizer, Alice!

A moça sorriu, um sorriso tão forçado que Alejandro teve vontade de lhe dar as costas e deixar a sala no mesmo instante. Impaciente, Juan Manuel acabou se adiantando nas palavras:

– Alejandro tem um lindo presente para você, minha querida. Ele é tão tímido que se eu não ajudá-lo...

E sorrindo tão amarelo quanto a jovem, Alejandro lhe estendeu o objeto que o pai havia lhe dado para dar a ela. Alice abriu o presente, fingindo interesse, e quando descobriu o que era, novo sorriso sem graça emitiu.

– Muito lindo, obrigado – adiantou-se o pai da jovem.

– Espero que tenha gostado – falou Juan Manuel, olhando afetuosamente para a moça. – Pertenceu a minha esposa. Ida Ramirez.

– Gostei – mentiu ela. – Gostei muito.

Se tinha uma coisa que Alice Namiaz de Amburgo detestava, era ganhar algo que fora de outro alguém. Ainda mais de uma morta.

Assim que a jovem e seu pai foram embora da casa, Alejandro conversou seriamente com Juan Manuel.

– Papai, sei que tem boas intenções para mim, ao querer me ver casado com Alice Namiaz de Hamburgo, mas eu não a amo e duvido que ela também me ame.

– Que história é essa de "eu não a amo e duvido que ela também me ame", Alejandro? Amor se adquire com o tempo. Sempre foi assim, e assim será.

– Não acredito nisso. Para mim, o amor entre um homem e uma mulher acontece de imediato, quando se veem e os olhos brilham e coração palpita.

– Lá vem você de novo com essas tolices. Não me envergonhe. Sei que jovens da sua idade não têm maturidade suficiente para falar de algo sensato.

– Papai, com todo o respeito que tenho pelo senhor. Desfaça o pedido que fez ao pai de Alice. Desfaça antes que se torne vergonhoso para o senhor e para a moça.

– Não farei, porque você há de se casar com Alice Namiaz. E nada mudará meus planos em relação a vocês dois.

– Papai, ouça-me! A mulher que amo, por coincidência também se chama Alice. Maria Alice para lhe ser mais exato.

Juan Manuel se enervou ainda mais:

– Não estou entendendo nada. Alice, Maria Alice... Isso é algum tipo de brincadeira, Alejandro?

– Não, papai. Como lhe disse, a jovem por quem me apaixonei também se chama Alice. Maria Alice.

– Não me recordo de nenhuma Alice ou Maria Alice das redondezas. Essa moça é daqui?

– Sim, e filha de um grande amigo seu. Também de posses.

– Quem é ele? Qual o seu sobrenome? Diga-me logo, Alejandro.

– Falo do Senhor Leocádio Gonzáles. Recorda-se dele, não?

– Sim, mas este homem já está morto.

– Sim, eu sei. Maria Alice é sua filha. Sua única legítima filha. A conheci no dia em que fui a sua propriedade levar o convite do casamento do Ricardo. Ela mora lá com a madrasta e as filhas dessa senhora.

– Sim, agora me recordo...

– Então, papai. Ela não é má pessoa e preenche os requisitos que o senhor tanto quer numa mulher para eu desposar.

Juan Manuel fechou os punhos e bateu, com toda força, sobre o tampo da escrivaninha.

– Vocês jovens são mesmo uns tolos! Uns tolos! – explodiu, mordendo os lábios de raiva. – Essa tal de Maria Alice não tem aonde cair morta. É uma pobretona. Se não fosse a madrasta, a coitada estaria na sarjeta, fazendo trabalho braçal ou se prostituindo para sobreviver.

A atitude do pai e a informação a respeito de Maria Alice deixaram Alexandre perplexo.

– E a propriedade onde ela mora?

– Pertence à madrasta e suas filhas legítimas. Essas, sim, possuem alguns bens e dinheiro, a enteada, não! Quando o pai da moça, Leocádio Gonzáles se casou com Constância Pazuelos, ele estava falido. Havia gastado tudo o que tinha e o que não tinha com a doença de sua primeira esposa. Comentou-se até, na ocasião, que ele só se interessara por Constância Pazuelos por ver nela sua tábua de salvação. Dele e da filha.

– Mas... – Alejandro estava bobo.

Juan Manuel continuou impostando a voz:

– Só mesmo quem vai a bancarrota, como aconteceu ao falecido

Leocádio Gonzáles, é capaz de compreender o real valor do dinheiro na nossa vida. Que isso jamais aconteça a você, Alejandro. Jamais! Viver na miséria não é nada agradável. Por isso, case-se de bom grado com Alice Namiaz de Amburgo, não seja imbecil de trocá-la por essa outra Alice cujo destino lhe foi tão desfavorável.

– Eu gosto dela, papai.

– Desgoste. Simples assim.

– Não é tão simples.

– É simples assim, sim, Alejandro! Não me decepcione. Por favor!

Um profundo suspiro cortou-lhe a frase. Ele tomou ar e prosseguiu:

– Sabe quantos sacrifícios um pai pode fazer por um filho, para que possa crescer e ter estrutura para viver uma vida digna? Inúmeros. Mais do que justo que um filho faça um sacrifício, se é que se pode chamar de sacrifício, em nome de seu pai para alegrá-lo, para deixá-lo em paz.

Cabisbaixo, Alejandro deixou o gabinete e seguiu para o seu quarto. E agora, o que fazer? Era tudo o que ecoava em sua mente naquele instante em que parecia sem bússola na vastidão de um mar.

Ao chegar a Toledo, Verusca, a criada de confiança de Alice Namiaz quis saber as novidades.

– E então, Dona Alice? O que achou do rapaz que lhe foi prometido em casamento?

Alice não precisou pensar muito para responder:

– Bonito, sem dúvida. Mas me pareceu insosso como uma sopa mal temperada.

– Se é bonito, já é um bom começo – opinou a criada, querendo alegrar a patroa.

– E desde quando, Verusca, a beleza de um homem é suficiente para fazer uma mulher feliz? A mulher quer um homem, um macho de verdade. Não uma embalagem bonitinha.

– Ainda é muito cedo para a senhora opinar – redarguiu Verusca sem perder o entusiasmo na voz. – Com o tempo, a senhora há de conhecê-lo melhor e com isso descobrir que é um bom sujeito.

– Mas Verusca, minha querida. Não dizem que a primeira impressão é a que fica? E daí?

A criada achou melhor mudar de assunto.

Ao reencontrar Luminita Cardosa, melhor amiga de Alice desde os tempos de infância, a moça também quis saber de Alice o que ela havia achado do rapaz que lhe fora prometido em casamento. A resposta de Alice foi a mesma que deu para a criada.

– Ah, mas... – murmurou Luminita um tanto decepcionada.

– Luminita, minha querida. Não quero um homem bonitinho para me casar. Quero um homem de verdade, que saiba exercer seu papel de macho com uma mulher.

– Não fale assim, Alice – repreendeu-lhe a amiga –, não são modos de uma moça da sua estirpe falar de um rapaz.

– Que se danem os bons modos, Luminita. O que importa é a minha felicidade. E tem mais, você acredita que o fulano me deu uma joia de presente que pertenceu a mãe dele? A joia de uma morta, Luminita! Uma morta! Pode?!

– Ele lhe quis ser gentil.

– Pois que me desse uma rosa, simplesmente, não algo de quem já morreu. Eca!

– Não seja tão exigente, Alice.

– Mas sou! Sempre fui. Não vou mudar.

Breve pausa e Alice, mais comedida mudou o tom:

– Agora me fale de você, Luminita. Como vai o seu namoro com Aparício?

– Ele é mesmo um amor. Estou realmente apaixonada por ele.

– Que bom! Isso vai acabar em casamento.

– Espero! – exclamou Luminita, feliz, provocando riso nas duas.

Alice ia indo embora da casa da amiga quando Aparício chegou para cortejar a jovem. Os dois se cumprimentaram respeitosamente e quando Alice partiu, o sujeito voltou-se para a namorada e se fez sincero:

– Luminita, desculpe a minha sinceridade, mas, não gosto muito dessa sua amiga.

– Alice é uma boa moça.

– Me parece leviana. Uma péssima companhia para você.

– Que nada, somos amigas desde pequeninas. É filha de um senhor muito idôneo. A mãe dela também era uma excelente mulher. Pobrezinha, morreu ainda moça, de câncer.

– Não quero vê-la levando-a para o mau caminho.

– Fique tranquilo, se eu perceber que ela não me faz bem, eu mesma me afastarei dela de livre e espontânea vontade.

Sem mais, o casal entrou na casa.

30

Capítulo 5

No próximo encontro do casal, Maria Alice percebeu de imediato que Alejandro estava preocupado ou aborrecido com algo.

– O que houve? – perguntou ela no seu doce tom de voz.

– Problemas com o meu pai.

– Espero que se resolvam.

– Hão de se resolver.

A seguir ela lhe perguntou sobre o casamento de Ricardo e lhe explicou por que não pôde comparecer à cerimônia. Alejandro então lhe perguntou:

– Essa propriedade, é realmente de posse de Dona Constância?

– É, sim. Herança do primeiro marido dela.

– Compreendo.

– E você não herdou nada do seu pai? Nenhuma morada sequer?

– Nada. Pobre papai, gastou tudo na esperança de salvar minha mãe da morte e... Ainda bem que papai se casou com Dona Constância, caso contrário, sabe Deus onde eu estaria morando a uma hora dessas. Entende agora porque faço a limpeza da casa e assumo outras funções? É uma forma de compensar Dona Constância pela casa, comida e roupa lavada que me oferece. Por isso me sujeito aos seus caprichos e faço com gosto. Não sou de reclamar.

– Entendo.

Naquele domingo, depois do namoro com Maria Alice, Alejandro voltou para casa, pensando num modo de convencer o pai a abençoar seu casamento com a jovem. Tinha de haver uma forma, sem que o pai se revoltasse com sua decisão. Porque ele, Alejandro, queria Maria Alice de todo jeito. Estava perdidamente apaixonado por ela e nada afastaria um do outro.

O próximo encontro dos dois foi retardado por forte pancada de chuva. Nunca o céu ficara tão preto de nuvens como naquela tarde. Inconformado com a situação, impetuoso como sempre, Alejandro selou seu garanhão favorito, e partiu com ele, em direção à propriedade de Constância Pazuelos, enfrentando a chuva torrencial e assustadora. Quando lá, amarrou o cavalo num lugar apropriado e se encaminhou para as proximidades da casa. Espiando discretamente pela janela, conseguiu localizar Maria Alice que ao vê-lo, todo encharcado, por pouco não gritou.

– Ficou louco, foi? Onde já se viu sair numa chuva dessas?

– Atravessaria quantas fosse preciso para vê-la, Maria Alice. Estou louco sim, louco por você. Não suportaria ter de esperar mais uma semana para revê-la.

– Aguarde-me no curral.

– Está bem, não se demore.

Para lá ele seguiu, onde tirou o sobretudo com o qual pretendera evitar o impacto da água caída do céu. Quando ela ali chegou, um sorriso bonito iluminou sua face e uma quentura gostosa se espalhou pelo seu corpo.

– Não quero molhá-la, mas preciso imensamente de um beijo seu! – admitiu ele, fervorosamente.

E antes que ela dissesse alguma coisa, ele segurou seu rosto com suas mãos fortes e a beijou!

– Eu precisava disso – declarou, aflito e extasiado.

Ela sorriu, ele também e novamente se beijaram, se abraçando um ao outro, pouco sem se importando que o vestido dela ficasse molhado.

Emmanuelle havia visto, pela janela de seu quarto, Maria Alice seguindo na direção do curral. Estranhando seu comportamento, decidiu ir até lá ver o que ela fazia. Ao encontrá-la nos braços de Alejandro Ramirez, Emmanuelle soltou um grito de horror.

– Você, sua pervertida! – exclamou, olhando horrorizada para Maria Alice. – Você e Alejandro Ramirez...

Sem delongas, a moça voltou para casa, gritando pelo nome da mãe e da irmã. Logo, as duas estavam na varanda da casa e puderam avistar Maria Alice ao lado de Alejandro Ramirez, saindo do curral.

– O que está acontecendo aqui? – perguntou Constância Pazuelos parecendo um corvo assustado. – Que pouca vergonha é essa, Maria Alice?

O rapaz foi até lá e encarando a mulher, assumiu seu amor por Maria Alice. Constância, Emmanuelle e Rachelle olhavam horrorizadas para o moço, não acreditando que ele fora capaz de assumir aquilo perante as três.

– Essa moça aí não é minha filha! – informou Constância Pazuelos, furiosa. – É por Emmanuelle e Rachelle que você deveria se interessar, meu caro.

– Meu coração já tem dono, minha senhora. É de Maria Alice.

Ele voltou até a jovem que tal como ele permanecia debaixo da chuva, pegou sua mão, entrelaçou seus dedos aos dela e repetiu:

– Inclusive, é com Maria Alice que hei de me casar.

A madrasta e as filhas, indignadas e furiosas com o que viam, simplesmente voltaram para dentro da casa.

– Não posso tolerar isso! – reclamou Constância Pazuelos, enfurecida. – Isso não pode estar acontecendo. Não pode!

Voltando-se para Maria Alice, trêmula de medo pelo que havia acontecido e pela chuva que lhe banhava, Alejandro lhe pediu calma.

– Você tem o direito de ser feliz ao lado de quem quiser. Ela não manda em você. Não tenha medo.

Ela se abraçou a ele como se pudesse encontrar naquele abraço um porto seguro para se defender do que ainda estava por vir. Ao reencontrar a madrasta e as filhas, Maria Alice foi explicitamente caçoada pelas três.

– Você não passa de uma tola nas mãos desse sujeito. Só quer usar você, nada além. Não espere outra coisa dele. Quem avisa amigo é, ouviu? – falou Constância por entre risos irônicos junto às filhas.

No dia seguinte, logo pela manhã, a madrasta má se encontrava na sala da casa de Juan Manuel Ramirez, ansiosa por lhe falar.

– A que devo a honra? – saudou-lhe o proprietário da casa.

– Tenho algo muito importante a tratar com o senhor.

E no segundo seguinte, a madrasta má despejou tudo o que descobrira no dia anterior a respeito de sua enteada.

– Obrigado pela informação. Sou lhe realmente muito grato, Dona Constância. Falarei com meu filho imediatamente. Como a senhora mesma disse: isso tem de parar. Com tantas moças disponíveis e de bem para ele se casar, não é certo querer uma pobretona como esposa.

– Aproveito para marcar com o senhor um jantar em minha casa ou aqui mesmo se preferir, para que seu filho possa conhecer melhor minhas duas filhas.

– Farei muito gosto.

Constância Pazuelos voltou para sua casa, certa de que havia feito o que era certo e que em breve, teria uma de suas filhas casada com Alejandro Ramirez.

Assim que se foi, Juan Manuel ficou a matutar.

– De nada adiantaria chamar a atenção de Alejandro quanto a sua insistência em cortejar Maria Alice Gonzáles. Se quisesse realmente convencê-lo a se casar com Alice Namiaz de Amburgo, teria de agir com inteligência redobrada.

Minutos depois, Ricardo chegava ao casarão dos Ramirez para visitar o pai e o irmão.

– Ricardo, meu irmão! – exclamou Alejandro com certa ironia. – Como vai a vida de casado?

– Muito bem, Alejandro. Lucrecia é adorável.

Antes que Alejandro fizesse uso de novas palavras, Juan Manuel falou com forçado entusiasmo:

– Logo teremos um novo casamento nesta casa, Ricardo. O de Alejandro com Alice Namiaz de Amburgo.

– Papai... – Alejandro tentou interrompê-lo e nova discussão se elevou por causa daquela história.

– Você vai se casar com essa moça, sim, Alejandro, ou... – Juan Manuel levou a mão ao peito, abrindo a boca e perdendo a voz.

Os filhos rapidamente tentaram ajudá-lo, fizeram-no deitar no sofá e Alejandro partiu em disparada em busca de um médico que assim que examinou o paciente, não fez um diagnóstico tranquilizador.

– Se eu morrer... – falou Juan Manuel para Ricardo que desde o acontecido não o deixara só. – A culpa é do seu irmão! Que me desrespeita constantemente e insiste em me contrariar.

Juan Manuel gemeu, levando novamente a mão ao peito.

– Alejandro – enervou-se Ricardo, olhando com aflição para o rapaz. – Não mate o meu pai, por favor.

– Eu...

Assim que Ricardo se foi, Alejandro se entristeceu demais. Amava o pai e o irmão, jamais quisera feri-los com suas atitudes. Juan Manuel voltou-se então para o rapaz e disse com forjado cansaço na voz:

– Saiba, meu filho... Não é somente porque você me contraria que passei mal esta tarde. Há outro motivo tão forte quanto este que também está me matando. Minha situação econômica não é nada boa, o que tenho, com muita sorte, deve servir para me sustentar até o dia de minha morte. Isso se eu continuar economizando como venho economizando.

— Se anda tão mal das pernas, financeiramente, meu pai, por que fez uma festa tão generosa para o casamento do Ricardo?

— Não fui eu quem pagou pela festa, Alejandro. Foi o pai de Lucrecia. Eu não teria condições. Compreende agora por que ando tão ansioso e doente?

— Papai...

— Você ainda vai me matar de desgosto se continuar insistindo em se casar com a tal filha do falido Leocádio Gonzáles.

— Mas...

O pai fez um gesto com a mão para que o filho nada mais lhe dissesse. Virou-se para o lado e fechou os olhos, procurando respirar fundo para expelir a tensão. Desde então, Alejandro não mais teve paz.

No seu próximo encontro com Maria Alice Gonzáles, a jovem novamente o sentiu tenso e infeliz.

— O que foi? — perguntou, receando o pior.

— Meu pai não está nada bem de saúde. O médico nos disse que pode ser muito grave. Coitado.

— Eu sinto muito.

Alejandro queria se abrir com ela, contar-lhe o martírio que vinha vivendo nos últimos dias. Se o fizesse, porém, ela poderia se ofender; querer se afastar dele para evitar tão tamanha discórdia entre ele e o pai.

Equilibrando-se na ponta de uma faca, era assim que vinha se posicionando o relacionamento dele com Maria Alice, e aquilo não podia continuar, ambos se amavam, verdadeiramente, nada poderia separá-los.

Ele haveria de vencer a resistência do pai, convencê-lo, sem fazer drama, a abençoar a união dele com Maria Alice Gonzáles.

Mas diante do estado precário de saúde de Juan Manuel, cada dia mais entregue ao leito, Alejandro acabou cedendo aos seus caprichos.

— Está bem, papai. Eu me casarei com Alice Namiaz de Hamburgo. Pode comunicar ao pai dela minha decisão.

— Não há o que comunicá-lo, Alejandro. Para ele já está certo de que vocês dois se casarão. Só falta mesmo confirmar a data do casamento.

– Está bem, que se confirme então.

E assim foi telegrafado para o homem na cidade onde vivia. Alejandro queria morrer de desgosto, mas pelo pai estava disposto a fazer o que fosse preciso para impedi-lo de morrer desgostoso e prematuramente por sua causa. Quanto a Maria Alice Gonzáles, ela haveria de entender sua decisão. Se o amava mesmo, haveria de compreendê-lo.

No próximo encontro do casal, Alejandro se preparou para lhe contar o que havia decidido fazer de sua vida.

– Seu pai melhorou? – foi a pergunta que Maria Alice lhe fez assim que ficou frente a frente com ele.

– Infelizmente, não! – Foi a resposta que Alejandro lhe deu com pesar.

– Tenho rezado por ele.

– Obrigado.

Diante dos olhos dela, tão lindos e apaixonados, como ele poderia dar fim àquele amor que os unia até a alma? Ele não conseguiria.

Os dedos dela paralisaram em seu braço por um breve segundo. Ato que o fez voltar os olhos para a mão dela e depois para os seus olhos, brilhantes e profundos, que pareciam ter o poder de penetrar-lhe a carne, sua alma, desvendar seus mistérios, revelar o oculto que havia em si.

– Não se entristeça – disse ela amavelmente. – Tudo será como Deus permitir. Também já passei pelo que está passando. Tive meu pai adoentado por quase dois anos. Não é fácil.

E novamente ele se emocionou diante dos olhos dela, e a beijou de leve nos lábios, entregue à paixão que os unia. Ao perceber que Maria Alice seria de outro, ao terminar o relacionamento com ela, outro qualquer que a possuiria como ele tanto desejava fazer, o ciúme ardeu em sua alma. Não, ela não podia ser deflorada por outro. Ele é que tinha de ser seu primeiro homem.

Ao recuar, ele agarrou firme seu punho e falou, seriamente, com sua voz grave e intensa:

– Quero você, Maria Alice. Quero-a mais do que tudo nessa vida.

Os olhos dela piscaram, assustados.

– É isso mesmo que você ouviu. Seja minha, deixe-me ser seu para sempre.

– Eu...

– Sei que me deseja tanto quanto eu a desejo.

Ao sentir seu hálito bom tocando seu rosto, instintivamente, ela se achegou a ele, inspirando e confessou:

– Sim, Alejandro, eu o desejo. Eu...

Alejandro não lhe permitiu completar a frase, beijou-a novamente com toda intensidade.

– Não, Alejandro... Não... – murmurou ela, enquanto o nariz dele deslizava pelo canto de seu queixo. Depois, mais leve do que uma borboleta, ele afastou seu cabelo da nuca com uma das mãos, para que seus lábios pudessem tocar o espaço abaixo de sua orelha.

– Quer mesmo que eu pare? – questionou ele sem deixar de dominar o corpo da jovem.

A respiração dele, quente e intensa sobre o pescoço dela, deixava Maria Alice ainda mais embriagada de paixão.

– Alejandro... – foi tudo o que ela conseguiu dizer, arfante.

– Seja minha. Só minha, agora! Já!

As mãos dele corriam pelas linhas de suas costas, deixando a jovem ainda mais entorpecida de prazer. Ao senti-la entregue, paralisada em seus braços, ele se aproximou do ouvido dela e sussurrou calorosamente:

– Maria Alice, você me completa, sabia? Quando estou com você, quando me encaixo em você, quando me sinto em você.

Ela já não podia mais pensar em nada, estava plenamente entregue a ele que a possuiu com afeto e paixão em meio à natureza verdejante.

Quando tudo teve fim, os olhos dela se reencontraram com os dele que sorriu lindamente para ela e disse:

– Eu a fiz feliz?

A resposta dela foi automática:

– Sim, imensamente. Dê-me um minuto para o meu coração voltar a bater na velocidade certa.

– Não tenho pressa, meu amor. Relaxe.

Assim fizeram os dois ainda imersos pelas ondas de prazer. O encontro terminou com Alejandro partindo sem conseguir dizer a moça o que era preciso. Haveria de encontrar outra oportunidade para aquilo, pelo menos assim acreditou. O importante para ele é que havia sido o primeiro homem de Maria Alice a quem tanto amava de paixão.

Capítulo 6

A notícia de que Alejandro Ramirez estava de casamento marcado com Alice Namiaz de Amburgo logo se espalhou pelo vilarejo e adjacências. Ao saberem da novidade, Constância e as filhas ficaram indignadas e com prazer contaram a Maria Alice que até então nada sabia.

Diante da notícia, a jovem teve um sobressalto e seus lábios tremeram consideravelmente. Os dedos da mão direita se contraíram para a palma, enquanto a mão esquerda procurava se agarrar à bainha do vestido. A madrasta, ao vê-la naquele estado de choque, riu, perversamente. As filhas logo riram com ela, divertindo-se com a situação.

— Você achou mesmo que ele se casaria com você, sua boba? Quanta inocência.

Os olhos frios e cruéis de Constância Pazuelos, voltados para a jovem enteada, fizeram Maria Alice se sentir ainda mais fragilizada e boba.

— A nobreza não lhe pertence, minha cara. Aceite isso! O mancebo já tinha destino traçado pelo pai. Ricos devem se unir para somarem. Essa é a regra.

Maria Alice, movida pela angústia, deslizou como um gato para fora da casa, desesperada por ar, como se tivesse ficado sem por um longo tempo. Ela queria correr, para bem longe, como se a distância pudesse separá-la de sua triste realidade.

Edmundo Torres chegava à propriedade naquele instante, conduzindo calmamente sua carroça de rodas barulhentas. Ao avistar a moça naquele estado, soube de imediato que algo de muito grave havia lhe acontecido.

— Maria Alice... — disse ele, aproximando-se cautelosamente dela.

Ela nada respondeu. Era como se não estivesse viva. Edmondo

insistiu:

— Diga-me alguma coisa, Maria Alice. O que foi? Em que posso ajudá-la?

— Nada não... — respondeu ela finalmente, movendo os lábios com certa dificuldade.

— Sou seu amigo. Você sabe que pode contar comigo sempre que precisar.

— Sim, eu sei.

Ela fechou a boca firmemente, com os dentes afiados, mordendo o lábio inferior. Com carinho, ele completou:

— Seu pai foi como um pai para mim e você como uma irmã. O tempo estreitou nossos laços.

Ela removeu as lágrimas com o contorno dos dedos e num tom desolado, disse:

— Dona Constância disse-me há pouco que fui uma tola. Uma estúpida em acreditar nele. Ela está certa. Emmanuelle e Rachelle também estão. Por que haveria ele de se interessar por uma pobretona como eu?

— Ele, quem, Maria Alice?

— Alejandro Ramirez. Eu e ele vínhamos nos encontrando há três meses.

— Você e o filho do Senhor Juan Manuel Ramirez?

— Sim. Estava apaixonada por ele e pensei que ele também estivesse por mim. Mas soube há pouco que ele está de casamento marcado com outra. A própria Dona Constância fez questão de me contar. Disse-me com muito prazer. Para me ferir, machucar, me espezinhar! Emmanuelle me flagrou certo dia nos braços de Alejandro e contou tudo para ela.

— Eu sinto muito. Não queria vê-la, sofrendo dessa forma. Mas foi melhor assim. Antes a verdade do que uma ilusão.

Ela lutou para se controlar e o esforço transpareceu em seu rosto. Ao voltar para casa, Maria Alice foi novamente espicaçada pela madrasta e suas filhas. Riam dela, descabidamente. O dia terminou com a jovem sozinha em seu quarto triste e friorento, sentindo-se a pessoa mais desamparada e infeliz do mundo.

No dia seguinte, ao cair da tarde, Edmondo Torres voltou à propriedade em busca da jovem.

— Precisava lhe falar. Como está?

39

Ela mordeu os lábios. A voz não saía.

– Trago-lhe boas notícias, Maria Alice.

O tom do moço despertou seu interesse.

– O filho do senhor Juan Manuel Ramirez pretende mesmo se casar. Soube disso no vilarejo. Mas é com você que ele vai se casar.

– Comigo?! – espantou-se a jovem.

– Sim, minha querida. A moça com que ele pretende se casar chama-se Alice. Alice, ouviu? Só pode ser você. O tal rapaz não mentiu tampouco a iludiu.

Maria Alice mal podia acreditar no que ouvia.

– Tem certeza? – perguntou, confusa.

– Absoluta!

– Quer dizer então...

Ela refletiu, pelo momento necessário para compreender que ele realmente falava sério.

– Quer meu conselho? – continuou Edmondo, olhando seriamente para a jovem. – Não conte nada para sua madrasta e as filhas dela. Deixe-as continuarem pensando que você foi iludida.

– Mas...

– Será melhor assim.

A moça respirou aliviada.

– Eu sabia que Alejandro me amava. Sabia que dizia a verdade quando se declarava para mim. Eu sentia, sabe? Bem aqui no meu coração.

– Pois você estava certa, Maria Alice. Já não há mais por que se entristecer.

A única tristeza agora era a dele, pensou Edmondo Torres em segredo. Pois a união da jovem com Alejandro Ramirez implicava na sua desilusão amorosa com ela.

A megera da madrasta e suas filhas logo notaram a melhora no estado de espírito de Maria Alice. Melhora que durou até o dia em que o convite de casamento do rapaz foi entregue na propriedade de Constância Pazuelos. Diante dos seus olhos de perplexidade e decepção voltados para o convite em suas mãos, a madrasta e as filhas logo perceberam o que havia se passado pela cabeça da jovem. Rindo dela, Emmanuelle comentou em tom de deboche:

– Ele vai mesmo se casar com uma Alice, minha querida. Mas é outra Alice. De outra cidade.

Maria Alice foi dominada por uma névoa de letargia intensa e seus olhos se fecharam sem a sua permissão. Sua mente lutou contra a névoa, para que pudesse encarar o que tivesse de ser encarado.

– Você ainda tinha esperanças quanto a ele? – indagou Emmanuelle. – Ah, por favor! Você não pode ser tão tola.

– Além de sonsa, é burra – arrematou Rachelle tão insensível quanto a irmã. – Só mesmo uma toupeira para acreditar que a Alice com quem Alejandro Ramirez vai se casar era você.

Maria Alice se segurou. O destino novamente havia se mostrado cruel para com ela. Cruel e assustador. Enquanto a madrasta e suas filhas gargalhavam de sua pessoa, ela se retirou da sala, seguindo diretamente para os seus aposentos.

Ao fechar-se em seu quarto, jogou-se na cama e chorou copiosamente. Ela pensara encontrar em Alejandro, o homem perfeito para ela. Tudo não passara de uma ilusão. Quão estúpida fora em acreditar nele. Nunca mais permitiria repetir aquilo na vida. Nunca mais!

Não levou quinze minutos e a porta do cômodo se abriu com toda força, pelas mãos enrugadas e esbranquiçadas de Constância Pazuelos. Sem rodeios e sem dó, a mulher falou, autoritária:

– Chega de frescura, menina! Vá cuidar dos seus afazeres, vamos! Não foi dessa vez que seu príncipe encantado apareceu para salvá-la da miséria e da solidão. Nem será da próxima.

Sem mais, deixou o aposento, batendo a porta com tanta força que o quarto estremeceu.

Ao saber do mal entendido, Edmondo Torres pediu-lhe inúmeras desculpas a Maria Alice Gonzáles. Quanto mais tentava se explicar, pior se sentia.

– Está tudo bem, Edmondo. Foi coincidência demais o nome da moça ser igual ao meu. Qualquer um cometeria o mesmo engano. – Ela tomou ar e completou: – Só lhe digo uma coisa. Nunca mais eu hei de gostar de outro sujeito. Acredite!

– Nem todos os homens são iguais, Maria Alice.

– Mesmo assim, não quero correr o risco.

O moço achou melhor não contrariá-la. De tão triste e decepcionada que estava com a situação, nada a faria mudar de ideia. Tampouco perceber que ele seria capaz de amá-la com sinceridade e fidelidade.

Desde esse dia, Edmondo Torres visitava Maria Alice constantemente. Temia deixá-la só e por desespero, atentar contra a própria vida. Aparentemente ela se mostrava inabalada diante de tudo aquilo, mas no íntimo, ele sabia que ela chorava sua desgraça e sua equivocada paixão.

O surpreendente aconteceu numa tarde, quando Alejandro apareceu a cavalo, inesperadamente, na propriedade de Constância Pazuelos. Ao vê-lo, Maria Alice por pouco não saiu correndo, para não ter de encará-lo, enfrentar tão hedionda situação. Mirando os olhos da jovem, Alejandro fez grande esforço para dizer ao que vinha:

– Sinto tê-la feito alimentar ilusões por mim. A essas alturas já deve saber que estou de casamento marcado com outra moça. Procure me esquecer. Isso passará. Deve passar. Há muitos moços que suspiram por você e podem fazê-la feliz.

Diante dos olhos tão tristes de Maria Alice, Alejandro quis mesmo saltar do animal, agarrá-la e fazê-la sua para sempre, como tanto desejou sobremaneira. Se não fossem as exigências de seu pai, sua precária condição de saúde, sua necessidade de agradá-lo, de ser valorizado por ele tudo aconteceria como ditava o seu coração.

Sem mais, ele esporou o cavalo, que logo se afastou a galopes ligeiros, deixando Maria Alice Gonzáles, lutando para dominar-se.

Ainda que imerso no sentimento de culpa, Alejandro cumpriria o que prometera a seu pai. Cada vez mais arrasado com a situação, por ter sido tão cruel com Maria Alice, seu rosto já não tinha mais alegria e encanto pela vida.

Seu casamento com Alice Namiaz de Amburgo aconteceu em Toledo, a cidade onde a moça sempre residira com seu pai. Ao ver Juan Manuel, forte novamente como um touro, rindo à toa, feliz por ver o filho se casando com Alice Namiaz de Amburgo, como tanto sonhou, Alejandro se perguntou, intimamente, se era certo garantir a felicidade alheia à custa da sua infelicidade e da jovem que tanto amava. Todavia, já era tarde demais para voltar atrás. Ele havia sido um canalha para com Maria Alice e ela não o merecia mais. Que fosse feliz com um sujeito de caráter, que valorizasse sua pessoa, seu amor e seu carinho.

Ao voltarem para casa, Constância e as filhas fizeram questão de contar a Maria Alice, detalhes sobre a cerimônia de casamento entre o jovem Ramirez e Alice Namiaz de Amburgo. Regozijavam-se do prazer de ver a mocinha sofrer, calada, a traição de seu grande amor.

Capítulo 7

A lua de mel de Alejandro e Alice foi em Saragoza, com tudo pago pelo pai da moça. Alejandro já ouvira falar que o sogro tinha muitas posses e dinheiro, mas não pensou que fosse tanto.

Na hora de consumar o ato, Alejandro falhou, o que muito o surpreendeu e o irritou. Como poderia relaxar se na sua mente estava estampado o rosto da outra Alice? Com quem fizera amor por espontaneidade e afeto, não por imposição, tampouco exigência.

Enquanto o desconforto de Alejandro se acumulava, uma inóspita tensão envolvia Alice Namiaz de Amburgo. Seus olhos estavam frios e parados, suas unhas pontiagudas unhavam a seda do vestido, desfiando-a.

– O que há? – perguntou ela sem reticências. – Está me evitando, por acaso? Ontem à noite me evitou. Hoje parece fazer o mesmo.

Alejandro a encarou com olhos aturdidos e rapidamente tentou fugir do seu olhar severo. Voltou a pegar a garrafa de vinho, encheu seu copo e entornou-o.

– Responda-me! – bramiu ela, enquanto sentia crescer em seu coração um profundo ódio por ele.

Alejandro continuou apegado à bebida como se dependesse dela para sobreviver.

– Você não é homem? – perguntou ela, a seguir, furiosa. – Pelo visto não é. Casei-me com um pederasta. Quem diria que um rapagão desses fosse...

Alejandro finalmente reagiu:

– Cale sua boca! Sou homem, sim!

– Por fora! Quero saber, por dentro!

Alice nunca pensou que suas núpcias fossem deixá-la tão irritada e que se tornassem também uma grande decepção. Desde então, ela passou a desprezar e evitar o marido. Ao tentar consumar o casamento,

43

o cheiro de bebida alcoólica em Alejandro era tão forte que ela chegava a sentir seu estômago se embrulhar.

– Afaste-se de mim!

– Você é minha esposa, deve honrar o papel.

– Não sou obrigada a querê-lo – dizia com nojo. – Ainda mais cheirando à bebida como está. Se mal pode parar em pé, de que adianta querer se deitar comigo?

Novamente ela conseguira acertá-lo em cheio, ferindo-lhe o ego.

Certa noite, Alejandro tentou agarrá-la, mas ela, muito ágil, estapeou-o com tanto ímpeto, que ele escorregou e caiu, chegando a perder os sentidos por algum tempo.

– Posso anular esse casamento – disse Alice, decidida, assim que ele voltou a si. – Tenho motivos. Sei bem como fazer.

Aquilo não poderia acontecer, pensou Alejandro em estado de alerta. Seria uma vergonha para seu pai e para ele próprio. Além do mais, Maria Alice González nunca mais o aceitaria a seu lado, não depois do que fizera a ela. Se Alice conseguisse realmente anular o casamento dos dois, ele estaria arruinado. Desmoralizado e arruinado.

Enquanto Alejandro vivia seu drama, Maria Alice vivia mais um. Estava grávida e a descoberta a deixou completamente desnorteada. Assim que deixou o consultório médico não sabia mais que rumo tomar ou dar para sua vida. Ser mãe solteira, na sociedade da época, era vergonhoso. E como seria triste para a criança crescer sem ter um pai ao seu lado. Sem sequer saber quem era ele, pois ela nunca lhe diria o nome do canalha que a pusera no mundo. Seria uma vergonha. Que Deus pusesse a mão sobre sua cabeça, agora mais do que nunca.

Ao saber de tudo, Edmundo procurou acalmá-la:

– Não se desespere. Se quiser, assumirei a paternidade do seu filho.

– Você?! Não Edmondo, você merece ser feliz ao lado de uma jovem que possa amá-lo como merece ser amado.

– Alice, deixe-me ajudá-la, por favor.

– E quanto a jovem que tanto ama? Que me disse, certo dia, ser apaixonado por ela? Por que não a procura, por que não se declara a ela de uma vez por todas?

Finalmente Edmondo teve coragem de se declarar para ela:

– Essa jovem, Maria Alice... Essa jovem é você.

– Eu?!

– Sim, minha querida. É de você que eu gosto e já faz muito tempo.

– Eu sinto muito. Como é que nunca percebi?

– Porque nunca me viu como um homem, apenas como um amigo, um irmão.

Ela estava pasma.

– Deixe-me assumir seu filho, faço gosto em fazer. Assim ele terá sobrenome e um pai. Serei um pai presente se você me permitir.

– Sim, Edmondo, você seria um pai perfeito para ele.

Havia lágrimas agora nos olhos da jovem, tão correntes quanto as que transpassavam pelos olhos castanhos do moço a sua frente.

Dias depois, Edmondo voltava à propriedade de Constância Pazuelos, levando consigo uma grande novidade.

– Alice, minha querida! Trago-lhe notícias boas para mim e para você. Pelo menos assim penso eu. Consegui um emprego numa cidade mais próspera. Se você for comigo, será bem cuidada, alimentada, e finalmente terá uma vida digna.

– Eu, ir com você, Edmondo?!

– Sim, farei gosto.

Com um lampejo de seriedade no olhar, ela o interrogou:

– É isso mesmo o que você deseja, Edmondo? Tem certeza?

– Tenho.

– Ainda que saiba que eu não o desejo como homem, nem como marido, continua disposto a me levar com você?

– Sim, minha querida. Continuo. Porque você continua sendo especial para mim. Sempre será. E continuo também disposto a assumir a paternidade do seu filho.

Maria Alice logo percebeu que seria uma tola se recusasse o convite. Só mesmo um homem boníssimo lhe faria tal proposta. Um homem com H maiúsculo.

Quando Constância Pazuelos e suas filhas viram Maria Alice toda arrumada, de malas prontas para partir, espantaram-se.

– Onde pensa que vai? – indagou a madrasta, desafiando a enteada pelo olhar.

– Vou-me embora. Já sou grande o bastante para determinar o que quero para mim.

– Vai sofrer um bocado longe daqui.

– Não mais do que já sofri.

Ao verem Edmondo, chegando, a mulher e as filhas novamente se arrepiaram de espanto.

– Então, a belezinha já começou a mostrar suas asinhas... – zombou Constância, endereçando um olhar felino para Maria Alice. – Seduziu esse pobre coitado... Ele não vale muito, de qualquer modo...

A resposta da enteada não poderia ter sido melhor:

– Meu pai, quando se casou com a senhora, também não valia muito, lembra-se? Estava totalmente falido. Mesmo assim, a senhora apostou nele. Aceitou-o em sua vida e acredito que devam ter sido felizes por um tempo. Ou seja, Edmondo não é um sujeito de posses, mesmo assim pode vir a me fazer muito feliz. Não são os dotes que garantem a felicidade de alguém e sim, o amor que pode existir entre um casal.

Sem mais, Maria Alice apanhou suas malas e se dirigiu até a carroça onde com a ajuda de Edmondo, colocou sua bagagem, subiu e tomou assento.

Sob os olhos atentos de Constância Pazuelos e de suas melindrosas filhas os dois partiram. Antes de atravessarem a porteira, Maria Alice lançou um último olhar para a casa onde passou poucas e boas nos últimos anos. Aquilo em breve seria página virada de sua história. Novas páginas seriam escritas por ela e, dessa vez, com a graça de Deus, de forma muito mais feliz do que antes.

Levou quase um dia até que Edmondo e Maria Alice chegassem a Torrijos, o município onde agora iriam residir. O emprego ali seria uma experiência e tanto para Edmondo que nunca fora empregado, sempre patrão, na sua vida de mascate. O excelente salário e o fato de ele poder levar Maria Alice consigo para lá, tirando-a das garras da madrasta e suas filhas, compensava tão radical mudança de posição.

Seu patrão chamava-se Pino Pass de Leon, um senhor muito rico cujos filhos pouco apareciam para visitá-lo. Ao saber que Maria Alice teria um bebê, o dono da morada se alegrou imensamente. Uma criança na mansão afugentaria o silêncio e a solidão tão desconfortáveis à sua pessoa.

Um dia, ao limpar a estante de livros da sala aconchegante com lareira, Maria Alice encontrou obras que muito lhe chamaram a atenção.

— Meus filhos pensam que sou louco por ler livros desse estilo – explicou-lhe o homem. – Pois pensem de mim o que quiserem. Não lhes devo satisfação.

— São livros de quê, exatamente? Romances?

— Não, minha querida. São livros que falam sobre reencarnação. Escritos por autores que desenvolveram o dom da mediunidade e, assim, puderam receber informações preciosas sobre a vida por intermédio dos espíritos de luz, ou seja, espíritos evoluídos.

O homem explicou com maiores detalhes o que significava tudo aquilo, ao perceber que a jovem não o compreenderia com meias palavras. Ao término, muito pensativa, Maria Alice indagou:

— Será mesmo que já vivemos antes? Se isso realmente aconteceu, quem fui eu? Por onde será que andei, por quem me apaixonei, será que fui feliz?

— Só mesmo o tempo poderá lhe revelar. Porém, sinto em minha alma que já fui pirata. Não um sanguinário como muitos, mas um bom, se é que já existiu algum no passado.

Ela achou graça e ele riu com ela.

— Gosto de você, menina. – Desabafou o Senhor Leon, tomado de súbita emoção.

— Também gosto muito do senhor. Obrigada mais uma vez por tudo que tem feito por mim, Edmondo e o filho que espero.

O homem olhou bem para ela, hesitou por duas, três vezes antes de perguntar:

— A criança não é do Edmondo, não é mesmo?

Maria Alice fora pega desprevenida. O que dizer? O Senhor Pino Pass de Leon acabou falando por ela:

— Minha querida, não estou aqui para julgá-la. O que importa para mim, de coração, é que seu filho, menino ou menina, nasça num bom lar. Se Edmondo decidiu assumir a criança, mais admiração tenho por ele.

Maria Alice admirou suas palavras e, no mesmo instante contou a ele sua triste história.

— Eu sinto muito – disse Pino Pass de Leon com o coração. – Pelo pouco que me contou, sei que esse rapaz só se casou mesmo com essa outra moça por imposição de seu pai.

– O senhor acha, mesmo?

– Sim, minha querida. Porque vivi o mesmo no passado.

Dessa vez, foi Pino Pass de Leon quem compartilhou com a moça, sua grande história de amor.

Ambos estavam a chorar ao fim da narrativa. Com palavras de solidariedade ambos tentaram apoiar um ao outro, com imensa vontade de abrandar a tristeza de seus corações feridos.

– Mas a vida continua... – disse o homem, enfim.

– É isso aí.

No fim de semana seguinte, Edmondo levou Maria Alice para conhecer melhor a bela Torrijos. Ao verem o Senhor Pino Pass de Leon tão solitário, convidaram-no para ir com eles.

– Não, obrigado. Um velho como eu só vai atrapalhar o passeio de vocês.

– Que nada. Será um prazer ter a companhia do senhor.

Ambos sabiam o quanto o homem adoraria se juntar a eles no passeio e, por isso, insistiram para que fosse junto. Há tempos que não saía daquela casa fria, solitária e lúgubre.

Foi uma tarde excepcional. Muitos risos, muitas alegrias. De todos os pontos da cidade a Igreja do Santíssimo Sacramento foi o que mais encantou Maria Alice. Desse dia em diante, novas aventuras foram vividas pelos três que se sentiam cada vez mais felizes na companhia um do outro.

Os filhos do Senhor Leon logo descobriram o que se passava com o pai e foram a sua casa, repreendê-lo por seus atos.

– Papai, o que está acontecendo nesta casa? Quem são essas pessoas com quem o senhor vem saindo pela cidade?

– Ora, são meus funcionários. Novos contratados.

– Desde quando há intimidade desse nível entre patrões e empregados, papai?

– Desde que os filhos do patrão abandonaram o pai, e só estão interessados na sua morte, para poderem herdar sua fortuna e gozarem a vida sem sequer lembrar-se do esforço que esse pai fez para conquistar o que conquistou.

– O senhor não está bem.

– Nunca me senti melhor em toda vida.

– Esse casal está manipulando o senhor, querendo agradá-lo para tirar proveito próprio.

– Pois que tirem. Ao lado dos dois, pelo menos, não me sinto só. E agora, queiram se retirar. E não voltem mais aqui para me repreender.

– Isso não vai ficar assim, papai. Tomaremos providência.

– Façam o que bem entenderem.

Voltando-se na direção de Edmondo, com o dedo em riste, o filho do Senhor Leon falou, severo:

– Estamos de olho em vocês. Cuidado.

Edmondo nada respondeu, o patrão fez sinal para ele se manter quieto. Sem mais, os visitantes se retiraram da casa. Assim que se foram, o Senhor Pino Pass de Leon gargalhou, e erguendo um cálice cheio de vinho, falou, entusiasmado:

– Um brinde a nós! Pela nossa amizade. Pela vida!

E assim fizeram Edmondo e ele. Maria Alice não podia beber por causa da gravidez. Finalmente a vida daquele sujeito voltara a ser tão significante quanto antes. Por não ter convivido com os netos, ele aguardava a chegada do filho de Maria Alice como se fosse o próprio avô da criança.

Capítulo 8

Se por um lado, Maria Alice Gonzáles redescobria a felicidade de viver, Alejandro Ramirez mergulhava num poço de infelicidade cada vez mais fundo. Alice Namiaz de Amburgo fazia da vida do marido um inferno, deixando-o cada vez mais humilhado e infeliz. Exigiu que dormissem em quartos separados e que ele sequer pensasse em se aproximar dela.

Cansado de tanta humilhação, Alejandro partiu em busca de Maria Alice Gonzáles, a verdadeira Alice que tanto adorava. Ao descobrir que ela fôra embora da propriedade, sem deixar paradeiro e na companhia de um mascate, chocou-se duplamente.

Ficou tão revoltado com o que descobriu que partiu da propriedade sem se despedir adequadamente de Constância Pazuelos e suas filhas.

Seu ódio era tanto pelo destino que traçara para sua vida que, ao visitar seu pai, rompeu-se num choro agonizante, perdendo o controle sobre si.

– Por sua culpa, meu pai. Por sua culpa, sou infeliz. O senhor me forçou a casar com aquela moça insuportável, arruinou a minha vida!

Juan Manuel não poupou o filho. Disse-lhe tudo que há muito estava entalado na sua garganta:

– Você achou mesmo que eu ia deixá-lo estragar sua vida, cometendo a burrada de se casar com aquela moça sem futuro? Juntos, vocês seriam dois pobres. Não, isso não! Percebendo que de nada adiantaria tentar convencê-lo do contrário, mexi meus pausinhos.

– O senhor, o quê?! – Alejandro estava assustado. – O que quis dizer com "mexi meus pausinhos"?

O homem bufou:

– Entenda como quiser.

– Papai, por favor...

– Alejandro, meu filho, é muito cedo ainda para você desistir de sua esposa. Com o tempo vocês se acostumarão um com o outro.

Alejandro continuava inconformado.

– O senhor foi cruel comigo, meu pai. Cruel!

Juan Manuel Ramirez jamais pensou que um dos filhos se revoltaria pelo que ele, com tão boa vontade, traçou para mantê-lo próspero e feliz. Ao tentar se defender, forte dor no peito sentiu. Uma pontada, duas e a morte súbita. Ao ver-se diante do pai, estirado ao chão, morto, Alejandro mal podia acreditar que aquilo realmente estivesse acontecendo.

Depois do funeral, Alejandro e Ricardo Ramirez estavam reunidos no gabinete da casa onde nasceram e cresceram.

– Quão estúpido fui eu – declarou Alejandro, atolado em ressentimento. – Casei-me para alegrar meu pai que agora está morto e eu aqui, sem norte e infeliz. Isso não é justo. Não é.

Seu desabafo fez Ricardo perceber o que até então não havia:

– Você! – exclamou, avermelhando-se de fúria. – Foi você quem causou a morte do papai, não foi? Culpou-lhe por sua infelicidade e, de nervoso, ele enfartou, não é isso?

Alejandro não esperava por aquela reação do irmão.

– Responde! – berrou Ricardo, furioso.

Diante da paralisia de Alejandro, o rapaz saltou sobre ele, agarrou-lhe pelo colarinho e o chacoalhou, gritando mais uma vez: – Diga!

Alejandro tentou abafar o caso e não conseguiu, sua sinceridade falou mais alto:

– Culpei-o por meu casamento infeliz, sim! Porque é verdade. Ele se fingiu de doente para me convencer a casar com Alice Namiaz de Amburgo. Ele...

Ricardo atropelou suas palavras:

– Então foi mesmo por sua causa que ele morreu. Você matou o nosso pai!

Alejandro rompeu-se num choro agonizante. Ricardo também chorava, desesperado.

– Você o matou! – repetia Ricardo, inconformado. – Matou o nosso pai!

O clima pesou entre os dois, deixando o ambiente ainda mais funesto.

O pior veio depois, ao descobrirem que todos os bens que ainda restavam a Juan Manuel Ramirez, haviam de ser vendidos para saldar suas dívidas, cuja falta de sorte, nos últimos anos, atraíra para si. Não restou um centavo sequer de herança para Alejandro nem para Ricardo. Nesse ponto, Juan Manuel não havia mentido para Alejandro na intenção de convencê-lo a se casar com Alice.

Com pena do irmão, Ricardo acabou perdoando-lhe pelo ocorrido. E diante de sua triste realidade, aconselhou-o:

— O melhor que você tem a fazer, meu irmão, é voltar para sua esposa e procurar ser feliz ao lado dela. É isso ou a rua da miséria.

Alejandro se fez sincero novamente com Ricardo:

— Ainda bem que voltou às boas comigo, meu irmão. Não suportaria viver sabendo que não me ama mais.

Comovidos e movidos por aquelas palavras, ambos se abraçaram e choraram mais uma vez um no ombro do outro.

Ter de voltar para a casa onde residia com Alice, sabendo que dela não poderia escapar casò quisesse continuar vivendo com dignidade, foi uma nova derrota para Alejandro Ramirez.

Ao vê-lo chegando a casa, cabisbaixo, seu sogro quis saber o porquê de tão tamanho abatimento. Entre lágrimas, Alejandro lhe contou sobre a morte do pai.

Ao saber de tudo, Alice não mais poupou esforços para humilhar o marido. Sentia-se satisfeita em vê-lo tão infeliz e revoltado quanto ela. Eram a imagem e semelhança do outro, refletidas no espelho da vida.

Quando o bebê de Maria Alice nasceu, foi só alegria. Eram meados de março de 1920. Veio ao mundo com a ajuda de uma parteira experiente. Nasceu de oito meses, mas saudável. O primeiro choro foi acolhido por todos com grande entusiasmo. O menino sadio foi batizado com o nome de Diego Gonzáles Torres e se tornou a alegria da casa e da vida do Senhor Pino Pass de Leon.

Diante de tudo que Edmondo vinha fazendo pelo filho, Maria Alice só tinha a agradecer-lhe:

— Você é um sujeito e tanto, Edmondo. Serei eternamente grata por tudo que tem feito por mim.

— Faço o que faço por gosto, você sabe.

— Sim, eu sei. Só fico descontente por não fazê-lo feliz como deveria ser. Se houvesse um modo de esquecer tudo o que Alejandro Ramirez me fez, todo mal que me causou quem sabe eu não voltaria a me interessar por outro homem. Você, por exemplo.

— Um dia você esquece ou supera esse trauma.

– E você vai esperar por mim até esse dia chegar? Acha certo fazer isso com você?

– Amo você, Maria Alice. Amo-a de verdade. E por amor somos capazes de tudo.

As palavras dele a impressionaram.

Nesse ínterim, na propriedade de Constância Pazuelos, a mulher e as filhas tentavam se adaptar arduamente às criadas que contrataram para substituir Maria Alice.

– São duas imprestáveis, mamãe! – reclamava chorosa, Emmanuelle. – Queimaram meu vestido com o ferro.

– E as minhas roupas estão mal passadas. E a casa não está limpa como a Maria Alice costumava deixar.

– É verdade, mamãe. Com Maria Alice aqui tudo era bem melhor.

Constância Pazuelos não podia discordar das duas, pois o que diziam era verdade. Maria Alice como empregada realmente fazia falta na vida das três.

Dois meses depois do nascimento do pequeno Diego, Maria Alice deixou o bebê com Edmondo e foi visitar algumas lojas do bairro onde morava, em busca de tecidos para fazer vestidos para ela e roupas para o menino. Foi quando o destino novamente a uniu a Alejandro Ramirez.

O fidalgo havia ido à cidade a pedido do sogro, para dirimir assuntos burocráticos, quando avistou a jovem, apreciando algumas vitrines. Ao notar que era mesmo Maria Alice Gonzáles, seus olhos brilharam triunfantes, saboreando o reencontro. Rapidamente seguiu na sua direção e quando ela o viu se aproximando, virou a face e procurou se afastar. Alejandro não se conteve, agarrou-a pelo braço. Ela, fria, tentou se soltar dele, olhando-o como a um estranho. Sua indiferença atingiu-lhe em cheio. Jamais pensou que ela reagiria tão friamente com ele.

– Ouça-me, por favor! – pediu ele em tom suplicante.

Os olhos dela tornaram a brilhar enraivecidos, abalando novamente o coração do rapaz.

– Deixe-me falar, eu lhe imploro – insistiu ele com intensa emoção na voz.

– Nada mais temos para conversar – foi tudo o que ela conseguiu dizer perante suas palavras.

53

– Temos, sim! Preciso me explicar. Necessito que saiba de tudo o que me levou a fazer o que fiz. Careço do seu perdão.

– Você não precisa do meu perdão para ser feliz, Alejandro – respondeu ela, livrando-se da mão do sujeito, e retomando seu caminho pela calçada.

Ele a seguiu, ocupando o lugar de sua sombra.

– E desde quando sou feliz, Maria Alice? – sua voz era cortante e ansiosa. – Há muito que queria revê-la. Não sabe o quanto me sinto culpado pelo que fiz a você. Fui um crápula. Um indivíduo torpe, sem alma. Mas quero que saiba, que só fiz o que fiz para agradar meu pai. Aceitei sua imposição para não decepcioná-lo. Para que ele continuasse sentindo orgulho de mim. Com isso, no entanto, desgracei a minha vida. Sou um homem infeliz e perturbado pela culpa que carrego por tê-la seduzido mesmo sabendo que não pretendia ficar com você. Não sabe quanto me envergonho do que fiz. Todavia, não me arrependo. Amei você porque realmente a amava. Ainda a amo. Foi tolice da minha parte acreditar que, por ser homem, seria frio o suficiente para esquecer um grande amor. Isso não acontece. Homens amam tanto quanto as mulheres. De suas grandes paixões não se libertam tão fácil.

Ela tentou enterrar bem fundo o amor que ainda sentia por ele, a fim de que seu rosto nada transparecesse. Num fôlego só, Alejandro prosseguiu:

– Saiba que voltei até sua morada para lhe pedir perdão. Quando soube que havia partido com outro, caído no mundo, como sua madrasta fez questão de salientar, muito espanto me causou. Jamais pensei que abandonaria seu lar, ainda mais com outro, depois de jurar que me amava tanto.

Finalmente ela se pronunciou:

– Parti com outro, sim! Um homem capaz de entender minha agonia. O qual foi capaz de me estender a mão quando mais precisei.

Alejandro respondeu:

– Naquele momento eu julguei errado sua atitude. A raiva me fez julgá-la dessa forma. Depois, só depois é que percebi o quanto você estava certa em ter se envolvido com outro sujeito para ser feliz. Foi a decepção comigo que provavelmente a fez se entregar para um novo amor e partir com ele.

Ela argumentou, rispidamente:

– Foi exatamente por isso que fiz o que fiz. Por outro lado, somente longe daquela casa eu teria uma vida mais digna. Continuaria trabalhando, logicamente, mas não daquela forma ordinária, imposta por minha madrasta e suas filhas.

– Sim, certamente.

Depois de breve silêncio, ele voltou a soltar voz tomada de emoção, para lhe fazer um pedido muito sério, necessário à alma:

– Quero o seu perdão, Maria Alice. Perdoe-me, por favor!

Só perdoando-lhe é que ela poderia reencontrar a paz que nunca mais obteve desde a traição de Alejandro. Sua felicidade dependia das palavras seguintes e ela sentia-se relutante em dizê-las.

– Hoje, para mim, Alejandro, você é passado. Um passado morto e enterrado. Nunca mais me procure. Se por acaso me vir por aí, evite cruzar meu caminho. Você não me fez bem, e agora percebo que continua a me fazer mal. Acolha o destino que escolheu para si. Aceite-o da melhor forma. Procure ser feliz ao lado de sua esposa.

– A mulher com quem me casei me despreza. Despreza-me tanto quanto eu a ela. Odiamo-nos mutuamente. Hoje meu pai está morto e eu, infeliz. Que bela escolha eu fiz. Mas sei que mereço toda essa infelicidade.

Novamente, com seus olhos embaçados de lágrimas, ele reforçou seu pedido:

– Preciso do seu perdão, Maria Alice. Com ele vou me sentir menos pior do que já me sinto. Perdoe-me, por favor.

Por mais que quisesse, ela não conseguiu dizer o que ele tanto queria ouvir e que, também, seria bom para ela, para se libertar para sempre daquela mágoa. Sem dizer-lhe adeus, ela retomou seu caminho pela calçada e, dessa vez, ele não a seguiu. Permaneceu parado, no mesmo local, com lágrima nos olhos a dominar-lhe a face.

Ao chegar à mansão, Edmondo estava com Diego nos braços, distraindo o menino para que sua mãe pudesse sair um pouquinho, distrair-se pela rua.

– Olá – disse ele, calmamente, olhando atentamente para ela. – Está tudo bem? Voltou tão rápido.

– Sim, tudo... – A resposta dela soou vaga e aflita.

Pelo seu rosto, ainda mais pelo seu olhar, Edmondo pôde ver que ela lhe ocultava algo. Algo que a havia tirado do prumo e certamente acontecera há pouco, pela rua, o que a impeliu a voltar tão rápido para casa.

– Maria Alice... – chamou ele, olhando atentamente para o fundo de seus olhos. – Você o reencontrou, não foi? Ao acaso, não é mesmo?

O rosto dela se inundou de aflição.

– Pode dizer. Nada de mal pensarei a seu respeito.

Com muito custo ela respondeu:

– Sim, nos encontramos. Sei lá por que tínhamos de nos encontrar novamente. Até parece pirraça do destino.

Ela bufou tensa e completou:

– Disse-me ele que é infeliz com a esposa. Que ambos se odeiam. Que se arrependeu do que me fez, que queria muito o meu perdão.

– Você lhe perdoou?

Ela não conseguiu responder.

– Você disse a ele? Contou-lhe sobre o menino?

– Não, nunca o farei. Ele não merece saber.

Ela novamente bufou e passou as mãos pelos cabelos num gesto nervoso.

– Disse-me ele que voltou até a propriedade de Dona Constância a minha procura. Que se revoltou com a minha partida. Mas quem é ele para se revoltar?

Sem mais, ela se deixou sentar na poltrona que havia ali, olhando desconsolada para o chão. No minuto seguinte, procurou respirar fundo para se inovar:

– É para frente que se olha, é para frente que se vai!

Ela sorriu para o filho, tomou em seus braços e se distraiu com ele.

Em seu quarto, depois do jantar, Alejandro se recolheu, mais uma vez, acompanhado da solidão que se tornara sua permanente companhia. Sentia-se deprimido e desamparado, envolto e imobilizado pelo casulo de ambição que o pai acalentara por ele e só frustração lhe causou. A casa, cada vez mais fria, fazia-o estremecer.

– Que escolha mais estúpida fiz eu – lamentou, quase sem voz, com as paredes. – Pelo menos ela me pareceu feliz, contente com a vida que construiu, depois de todo mal que lhe causei. Ela ainda está linda, linda e exuberante. Que bom que se acertou. Sinto-me menos culpado agora.

Mal sabia ele que do amor dos dois havia nascido um belo menino que muito se assemelharia a ele fisicamente.

Capítulo 9

Ver Alejandro na pior, ainda era um prato cheio para Alice Namiaz de Amburgo que também sofria, calada, por não ter encontrado a felicidade conjugal ao lado do rapaz.

Ao encontrar a patroa, cabisbaixa, sem muito interesse pela vida, Verusca, a criada que tão bem queria a Alice, comentou com o intuito de alegrá-la:

– Minha senhora, há ciganos no bairro. Soube que esta noite estarão na praça central, em festa, alegrando todos.

Suas palavras conseguiram arrancar Alice de seu caos interior.

– O que foi que disse? – sobressaltou-se.

A criada repetiu e fez com gosto.

– Ciganos?!... – exclamou Alice, mordiscando os lábios. – Pode mesmo ser uma boa pedida para a noite. Acho que quero ir vê-los. Acho, não! Iremos! Verusca, você irá comigo. Só mesmo algo diferente para espantar a mesmice diária.

– Devemos mesmo, senhora? Sempre ouvi dizer que os ciganos são perigosos. Ladrões e perigosos.

– Muito se ouve falar deles, Verusca, se fossem mesmo, as autoridades não lhes permitiriam visitar as cidades. Além do mais, haverá muita gente por lá, nada de mal poderão nos fazer em meio a tantos olhares.

– Isso lá é verdade.

A noite não poderia estar mais propícia para os ciganos alegrarem a população de Toledo. Os músicos tocavam uma cantiga animada e dançavam, batendo palmas e os pés, requebrando ritmicamente, concitando o povo a participar. Até mesmo os mais contidos, dobravam os joelhos, involuntariamente, ao ritmo das canções. Não havia quem não se deixasse contagiar pela efervescência musical cigana. Um convite à diversão, nada além da diversão, propunha o espírito da raça.

As ciganas, cobertas de colares, anéis e brincos de argola, dançavam descalças com seus cabelos soltos a se agitar com seus movimentos. Lindas, em seus vestidos coloridos e cheios de babados, ondulavam os braços enquanto endereçavam seus olhares provocantes para aqueles que assistiam a elas, especialmente os homens. Rodopiando as saias, descobriam em volteios insinuosos, pernas ágeis e bem torneadas; tirando suspiros dos cavalheiros que as admiravam quase sem piscar.

Seduzidos pela dança e pela beleza das jovens, homens, de todas as classes, atiravam moedas nos lugares devidos com as quais os ciganos se sustentavam. Quanto mais dinheiro, mais elas se insinuavam para todos.

Desde meninas, as ciganas eram preparadas para exercerem a arte de agradar, dançando ou mascateando tachos de cobre para defenderem seu sustento. As mais velhas ou não tão experientes com a dança, incumbiam-se de ler a sorte dos que ali passavam para ver o espetáculo ou simplesmente por ser seu trajeto.

Muitos buscavam a famosa *buena-dicha*, para saberem a sorte num futuro próximo ou evitar percalços em suas vidas. Para muitos, as ciganas diziam somente aquilo que eles queriam ouvir, para agradá-los e, com isso, tirarem deles uns bons trocados. Todavia, muitas tinham mesmo o dom de prever o futuro por meio da leitura das linhas da mão ou das cartas, dom adquirido em existências passadas.

Ciganos belos e ágeis com o corpo também participavam da dança com seus trajes coloridos, jogando charme para as mulheres que os prestigiavam. Seus corpos atraentes e viris pareciam ter asas tamanha facilidade com que se moviam ao som da música.

Na caravana em questão, havia um desses ciganos, cujo corpo era leve como uma pluma e sua alma era pura sedução. Seu nome era Miro. Vinte e seis anos de pura alegria e satisfação com a vida. Seus lábios, levemente carnudos, tornavam-se tentadores para as donzelas de espírito sonhador ou infelizes no amor.

Desde os primeiros fios de barba, Miro se tornara irresistível para as mulheres. Não houvera até então alma feminina que não tivesse se rendido aos seus encantos, apaixonado-se estupidamente por ele, ou, até mesmo, ficado doente por essa paixão.

Até as mais pudicas curvavam-se perante sua despudorada sedução. As que se faziam de difíceis, tornavam-se ainda mais excitantes para o cigano, que não sossegava enquanto não as tivesse em seus braços, totalmente entregues ao seu corpo.

Seus olhos negros como opalas, pareciam ter o poder de hipnotizar as mulheres, todas, sem exceção, das discretas às indiscretas. E ele sabia tirar proveito disso em benefício próprio.

Como de praxe, para esquentar o clima, o charmoso cigano enlaçou uma jovem que o aplaudia, convidando a dançar e se esbaldar em seus braços fortes e musculosos. Por ter sido escolhida por ele, para tamanho alvoroço, a moça se sentiu a mais felizarda de todas.

Alice, que chegara à praça na companhia de Verusca, foi logo também contagiada pela alegria e magia cigana. Logo, estava a sorrir, olhando tudo com grande interesse e satisfação. Foi então que, seus olhos brilhantes se fixaram no cigano que, sob aplausos frenéticos, conquistava todos com seu ritmo e sensualidade. O moço bonito lhe parecia irreal, uma visão celestial com asas, pois seus pés mal pareciam tocar o chão.

Logo, ele também a notou. Quando seus olhos encontraram os dela, algo se agitou em seu peito, tão ressonante quanto o coração dela.

Com passos galopantes, Miro seguiu dançando na sua direção, enquanto batia palmas, ritmicamente, sem perder o compasso da melodia.

A magia do cigano dominou Alice totalmente. Nunca um homem fora capaz de lhe prender toda atenção. Por um momento inebriante, ambos se peitaram pelo olhar, como se quisessem e não, ao mesmo tempo, se renderem ao encanto que um provocava no outro.

Os olhos escuros do cigano brilhavam despudoradamente de desejo. Tão forte era sua intenção, que Alice podia sentir suas vibrações. Da mesma forma que sentia vibrar em seu peito a ansiedade e o calor por tudo aquilo.

Ela deveria ter se afastado, antes que ele tivesse se aproximado dela, agora já era tarde, pensou Alice com certa aflição. Seus olhos, sua boca, seu cheiro de mato e sua presença sem igual haviam-na paralisado. Ela queria lhe dizer alguma coisa e palavras lhe faltavam. Quando o fez, foi com voz trepidante, quase dissonante:

– Quem é você? O que quer de mim? Por que me olha com tanto interesse?

Ele tentou conter o riso que explodiu, lindamente, provocando-lhe espanto.

– Quantas perguntas – ele murmurou, em meio ao seu sorriso sedutor. – Precisa mesmo das respostas?

E voltando a bater as mãos e os pés com maior intensidade, ao ritmo efervescente da canção, ele foi se afastando dela, com a cobiça explodindo em seus olhos escuros e libidinosos.

Fascinada pelo cigano, Alice pareceu se esquecer de tudo mais à sua volta. Seus olhos faiscavam de interesse, acompanhando cada momento, cada olhar e cada sorriso dele. Foi Verusca quem a trouxe de volta à realidade:

– Dona Alice.

Levou tempo para que Alice despertasse do transe:

– O que foi, mulher?

– Não dê trela para esse sujeito. Ele seduz as mulheres só para tirar proveito delas.

– Ou elas dele. – A resposta de Alice soou marota e sagaz.

– O que foi que a senhora disse?

– Nada, não.

Alice tentou reprimir um novo sorriso, pelo que o cigano havia despertado nela e não conseguiu. Via-se nitidamente estampada em sua face de porcelana, a satisfação que sentia por ter sido abordada por tão atraente figura.

Naquela noite, ela voltou para casa pensando nele, dormiu pensando nele e acordou pensando nele. Ele tomara sua memória por completo.

Na noite seguinte, um pouco mais cedo, Alice voltou à praça, ansiosa para rever o cigano que tanto mexera com ela. Dessa vez foi só. Com a criada ao seu lado, não se sentiria tão à vontade, quanto gostaria, na presença do gitano sedutor.

Em meio aos ciganos reunidos, prestes a entreter os passantes com sua arte e magia, Alice procurou pela figura magnânima de Miro. Esticava o pescoço, ficando na ponta dos pés para poder localizá-lo com maior facilidade. Foi assim até notar que havia alguém junto dela. Alguém com cheiro de mato que a fez se arrepiar de prazer. Era ele, o cigano encantador. Nem precisava olhar para o lado para confirmar o que supunha. Seu cheiro lhe era inconfundível.

Quando seus olhos se encontraram, ele parecia respirá-la junto ao ar que o mantinha vivo e viçoso. O queixo dela tremeu, seus olhos se dilataram e Miro pareceu se divertir com seu estado desesperador. Sem lhe dizer uma só palavra, ele se afastou dela e se juntou à trupe de ciganos que dava início à festança da noite em questão.

Alice chegara a ficar de boca seca, ao encontrar o cigano parado ao seu lado, olhando intensamente para ela como se quisesse penetrar-lhe os poros, alcançar-lhe a alma. Foi como se estivesse aguardando por sua chegada, tão ansioso quanto ela estava para revê-lo. Teria ele se interessado por ela da mesma forma que ela por ele? Não, ele só fazia aquilo para seduzir as mulheres. Verusca já havia dito. No entanto, ele parecia tratá-la diferentemente. Não o vira olhar, tampouco se aproximar de outras, como fizera com ela. E novamente seus olhos colidiram com os dele, voltados na sua direção, olhando intensamente para ela, provocando-lhe novos arrepios de medo e prazer conjugados.

Duas horas haviam se passado desde que Alice Namiaz de Amburgo Ramirez havia chegado ao local. Era hora de partir, apesar de querer ficar, ali, por mais tempo, deliciando-se com tudo que o cigano atraente fazia para alegrar todos.

Nem bem ela se afastou da praça, um simples "Ei!" pronunciado por uma voz grave bonita, travou-lhe os passos. O chamado tanto a surpreendeu quanto a assustou. Ao voltar-se para ver sua procedência, admirou-se ao avistar o cigano bonito, parado no meio da ruela, olhando flamejantemente na sua direção. Ao se aproximar dela, ele lhe estendeu uma rosa de um vermelho intenso, a cor perfeita da paixão.

Os lábios dela tremeram tanto quanto seu queixo ao ver-se tão rente a ele. Ao mover a mão para apanhar a flor que ele lhe oferecia, o cigano a segurou com sua outra mão, surpreendendo Alice com seu gesto e seu toque. Os olhos dela se abriram ainda mais, tomados de espanto e encanto ao mesmo tempo.

– Quem é você? – perguntou ela quase sem ar. – Diga-me, por favor!

– Eu?... – respondeu ele enquanto beijava a mão dela, macia e perfumada. – Eu sou o macho que você tanto esperava conhecer. Seu macho...

E antes que ela lhe perguntasse mais alguma coisa, ele a segurou pelo punho e a puxou para um local mais discreto, onde a prensou contra a parede, mirando fundo seus olhos, penetrando-lhe a alma:

– Estava louco para revê-la.

O tom que ele usou para lhe dizer aquelas poucas palavras e os olhos com que lhe penetrava a alma, fizeram Alice se entregar totalmente ao seu domínio.

– Diga pra mim quem é você.

– Eu...

Diante daqueles olhos brilhantes como aço, ela perdeu a voz e o que lhe restava de domínio sobre a sua pessoa.

– Seus lábios... – murmurou ele, estudando-os atentamente.

– O que tem meus lábios? – perguntou ela com a voz por um fio.

– Quero beijar seus lábios. Quero sentir seu calor.

Ela novamente ficou sem ar. E o sorriso dele, lindo e intenso, incendiou-lhe a alma, fê-la perder a noção dos fatos, quem era e onde estava. Quando viu, havia se entregado totalmente para ele. Eram seus beijos ardentes, seu cheiro de mato misturado ao odor particularmente excitante da aventura e do lugar que disparavam o seu coração. À luz das estrelas, do verão inesquecível de 1920, ambos se beijaram loucamente.

– Diga seu nome, diga. Quero saber.

– Meu nome... – murmurou ela quase em alfa. – Alice... Alice Namiaz de...

Ao sentir a mão dele, tocando suas coxas, Alice caiu novamente em si. No mesmo instante reagiu. Empurrou-o para longe de si, ajeitou o vestido, o cabelo e disse, com forjada indignação:

– Você não passa de um sedutor barato. Afaste-se de mim!

Ele nada respondeu. Apenas sorriu. Ela retomou seu caminho enquanto ele, explodindo numa divertida gargalhada, falou retumbante:

– Espero-a amanhã, aqui, no mesmo horário.

Alice sequer olhou para trás. Continuou apertando os passos, sentindo seu coração bater disparado como um tambor em ritmo louco.

Desde então, ficou a balançar entre o sim e o não.

– Não vou, não vou, não vou! – repetia ela, tentando se convencer daquilo. – Quem ele pensa que é? Não manda em mim. Não vou! Simplesmente não vou!

Mas seu coração falou mais alto e lá estava ela, no dia seguinte, mais uma vez na praça ao cair da noite, assistindo aos ciganos em festa.

Ao ver uma cigana nas proximidades, lendo as mãos dos transeuntes, Alice se aproximou e lhe pediu licença para lhe fazer uma pergunta:

– Como se chama aquele cigano?

– Qual deles? Ah!!! Só pode estar falando do Miro. Todas querem saber seu nome.

– Todas?!

– Sim, meu bem. Todas as almas femininas. Até mesmo as casadas como a senhora.

As palavras da cigana deixaram Alice uma arara. Onde já se viu, todas as mulheres se interessarem por um mesmo homem? Só podia ser exagero da cigana que pela idade já devia estar gagá.

Para sua alegria, Miro estava lá, dançando como se flutuasse, como se fosse apenas um balão. E quando seus olhos avistaram Alice, seu peito se encheu de alegria e o globo ocular brilhou de excitação.

Dançando, ele foi se aproximando dela, provocando-a por meio de olhares maliciosos e sedutores. Ela engolia em seco, muitas vezes, corando até a raiz dos cabelos. Rente a ela, com olhos dominando os dela, ele disse, com voz de trovão, voz de homem, voz de macho:

– Eu sabia que viria.

Ela nada respondeu, apenas se avermelhou um pouco, fingindo indiferença. Mais uns passos e ele voltou até ela, girando ao seu redor, envolvendo-a com seu fascínio. Seus olhos pareciam lhe dizer, explicitamente: "Eu a quero. Quero você de todo jeito!" E eles traduziam o que ia bem fundo em seu coração. Algo que Alice queria e não queria aceitar, por medo de amar. Um medo insano de amar, algo nunca antes sentido.

O medo a fez querer ir embora dali, o quanto antes. Ao vê-la se retirando, Miro se afastou do grupo, surpreendendo Alice ao tomar a ruela calma que levava a sua morada.

– Você... – balbuciou ela, perdendo o ar.

– Miro ao seu dispor.

A atração por ele foi tão forte que Alice francamente pensou em fugir dali, correndo, para escapar dele. Ao recuar, ele agarrou firme seu punho e falou, seriamente, com sua voz grave e masculina:

– Não fuja de mim!

Seu gesto a fez voltar os olhos para a mão dele e depois para seus olhos, brilhantes, profundos e mágicos, que pareciam ter o poder de lhe penetrar a carne, a alma, desvendar-lhe os mistérios.

Quanto mais força ela fazia para se soltar, mais firme ele a segurava.

– Está me machucando... – reclamou ela, chorosa.

– Um pouco de dor não faz mal a ninguém. Especialmente as teimosas.

A resposta dele soou tão atrevida quanto seu jeito de ser.

– Não me provoque! – ela o alertou entre dentes.

– Provoco, provoco, sim!

– Pois você...

Miro não permitiu que ela completasse a frase, beijou-a com intensidade e calor. Foi tudo tão rápido que Alice mal teve tempo de se defender. Ao ver seu rosto de macho a centímetros do seu, Alice suspirou e ele, ousado novamente, murmurou:

– Você pode até me evitar fisicamente, mas na mente, sei que está a se entregar para mim, intensamente.

Os olhos dela se abriram ainda mais de espanto diante do seu comentário. Como ele poderia saber aquilo? Era-lhe quase um segredo de estado. De estado de espírito.

Sem conseguir encará-lo, palavras atravessaram seus lábios:

– Preciso ir...

– Você realmente quer ir?

Os olhos dela lampejaram para os seus, tomados de perplexidade.

– Quer? – insistiu ele, novamente, com seu olhar penetrante e devastador.

– Eu... – ela tentou responder a pergunta e não conseguiu.

– Não precisa me dizer nada – atalhou ele, divinamente. – Seus olhos já me disseram tudo. – Você me quer, muito, eu sei, mas tem medo de querer.

E novamente Alice se arrepiou diante de suas palavras tão certeiras. Puxando-a delicadamente pelo braço, ele novamente a conduziu até um canto discreto e sossegado da rua, onde pudessem ficar sem serem perturbados. Ali, se olharam cuidadosamente. Ambos estavam finalmente a sós. Longe de tudo e de todos como tanto queriam. Mesmo assim, Alice temia tão tamanha intimidade que crescia entre os dois.

No minuto seguinte, ele pegou a mão dela e a apertou de leve contra seu rosto, inspirando seu perfume, parecendo se deliciar com ele.

– Não faça isso – ronronou ela, deliciada com a quentura de sua pele.

Ele afastou o cabelo dela da nuca, de modo que seus lábios pudessem tocar o espaço abaixo de sua orelha.

– Não faça isso – repetiu Alice, perdendo subitamente o fôlego.

– Por quê? É ruim? – questionou ele sem parar o que fazia.

– Não... É bom demais! – admitiu ela, arfante.

– Então por que resistir?

– Porque tenho medo.

– Medo de mim?

– Não. Mas do que pode revelar em mim.

– Prometo-lhe revelar só coisas boas.

– Será?

A respiração dele, quente e intensa sobre seu pescoço, deixava Alice ainda mais fora de si, embriagado de paixão.

– Largue de ser boba e se entregue pra mim. Vamos!

E as mãos dele tomaram outro rumo, correram suavemente pelas costas dela, delineando sua clavícula, deixando Alice ainda mais entregue a sua sedução.

– Você está me deixando louca... Louca, louca, louca.

– E você? O que pensa que está fazendo de mim? Que sejamos dois loucos, apaixonados e invejados por muitos.

Quando novamente seus olhos se encontraram, um sorriso lindo, intenso e apaixonado tomou a face de ambos. Foi o passe para ele possuí-la, intensamente, ali mesmo, sem pudor.

Com suas mãos firmes e másculas, ele empurrou o rosto dela para trás, para que pudesse beijar seu pescoço fino e delicado, queimar sua pele com sua respiração efervescente, arder em seus lábios. Seus dedos se trançaram em seu cabelo para que pudesse dominá-la por inteira.

À luz das estrelas, daquele verão inesquecível, ambos se amaram loucamente pela primeira vez. Ele a fizera suspirar em seus braços, perder-se da realidade em delírios de paixão. Que homem era aquele? Que homem... Fizera ela se sentir mulher, verdadeiramente mulher. Pela primeira vez ela podia dizer que fôra realmente amada por um homem. Que conhecera um de verdade. Homem, esse, que ela desejava tanto quanto ele parecia desejá-la, incondicionalmente.

Se alguém estivesse prestando atenção aos dois, ali, Alice pouco se importava. Que vissem e falassem o que bem quisessem dela com o cigano, nunca se importara com o que os outros poderiam pensar dela, não seria agora.

Envolta de inéditas sensações, Alice voltou para sua casa, naquela noite, sem ter pressa alguma de chegar. O rosto de Miro, corado e brilhante, continuava cravado em sua mente que ainda se mantinha aturdida e maravilhada ao mesmo tempo, com sua aparição, seus volteios de dança e seu inigualável jogo de sedução.

Em sua opinião, ele ainda lhe era irreal. Uma visão, um deus, um anjo... Custava-lhe acreditar que fosse realmente de carne e osso. Ainda que a tivesse possuído, segurando sua mão num gesto tão pessoal, não poderia ser real.

Naquele fim de noite, Alice teve a impressão de que ela também havia se tornado irreal, que seus pés já não tocavam mais o chão, que sua vida nunca mais seria a mesma, depois daquele encontro maravilhoso e surpreendente com aquele homem lindo e apaixonante.

Miro, por sua vez, voltou para o acampamento dos ciganos, sentindo-se poderoso, como sempre, capaz de tudo por poder seduzir as mulheres, fazê-las se renderem aos seus encantos e caprichos.

Capítulo 10

O acampamento cigano estava situado na região mais erma da cidade e, como sempre, nas proximidades de um lago ou riacho para que pudessem se banhar, fazer a higiene necessária.

Ali, cada família cigana cuidava dos seus interesses e todos usavam as carroças que os levavam de uma cidade para outra, para dormirem e se abrigarem de fortes temporais.

Ramon era o líder da comunidade cigana em questão, comandava tudo e todos com a mesma energia de seus antepassados. Sua palavra era lei. A ele todos respeitavam e queriam bem. Com o apoio das demais famílias da caravana, ele julgava e decidia qual seria o castigo aplicado àqueles que transgrediam as regras e tomavam atitudes prejudiciais para todos.

No passado, tivera um grande amor que morreu ao dar à luz ao primeiro filho do casal. Arrasado pela morte da esposa, Ramon procurou se dedicar à criança que não teve muito tempo de vida. Duplamente ferido, o cigano teve de aprender, com muito esforço, a importância de superar perdas e ultrapassar momentos tão tristes como os que passou. Isso o fez mais forte e corajoso e, por essa conquista, tornou-se, mais tarde, o líder da caravana dos ciganos.

Miro teve grande importância na sua recuperação. Desde pequeno, seguia Ramon por toda parte, imitando seu jeito de andar e falar, tirando dele boas gargalhadas. Quando o pai do menino morreu, por idade avançada, o ciganinho adotou, inconscientemente, Ramon como seu pai substituto.

Com Ramon não foi diferente. Para ele, Miro se tornou o filho que perdera tão prematuramente. Por isso, ambos eram tão ligados e se gostavam mutuamente, amor de pai e filho.

Ao ver Miro, chegando da celebração da noite, Ramon foi até o moço, levando consigo um sorriso amistoso.

– O sedutor dos sedutores finalmente regressou! – brincou Ramon, batendo amavelmente nas costas de Miro.

– A noite foi boa. Rentável... – comentou Miro, orgulhoso. – Conseguimos novamente fazer as pessoas mais felizes do que comumente são.

– Sim. E quanto às mulheres? Quantas mais, Miro fez sorrir esta noite? Quantas mais, Miro fez suspirarem por ele? Especialmente quando ele as prendeu em seus braços?

Miro riu, presunçosamente. E mais uma vez avistou o rosto de Alice Namiaz de Amburgo Ramirez, olhando fascinada para ele, com seus olhos grandes e bonitos, carentes e apaixonados. Isso o fez tomar uma caneca de vinho, num gole só, na esperança de apagar o rosto da moça de sua memória, o que não aconteceu, algo que o deixou intrigado para saber por que.

Mais uma noite e lá estava Alice na praça onde os ciganos se apresentavam, ansiosa para rever o cigano sedutor. Sentia na alma um novo entusiasmo pela vida. Como se a chama do viver houvesse se reacendido em seu peito. Quando ele a tomou pelo braço e a puxou para um local mais sossegado onde pudessem ficar sem serem importunados, Alice teve uma ideia:

– Aqui, não! Há lugares mais adequados para nos amarmos. Um hotel discreto, por exemplo. Tenho dinheiro para pagá-lo. Vamos para lá, longe de tudo e de todos.

Miro adorou a sugestão. A rua, ao relento, não era realmente um lugar apropriado para atender as necessidades do seu desejo. Só mesmo dentre quatro paredes ele e ela poderiam ficar mais à vontade e fazer loucuras de amor, como ele tanto apreciava.

Minutos depois, eles chegavam ao hotel que previamente Alice visitara para saber se seria adequado para ela e o amante se encontrarem. Um lugar modesto, numa rua discreta e tranquila, como ela tanto queria.

Nem bem se fecharam dentro do quarto, Miro a agarrou, prensando fortemente seu corpo ao seu e lhe cobrindo de beijos molhados e ardentes. Logo, estava a correr a língua pelo pescoço delicado da amante que se entregava, por inteira, deixando-se dominar totalmente.

Depois de se amarem, Alice deitou-se sobre o tórax do cigano onde se aquietou e deixou sua mente se silenciar. Com o rosto ainda pousado em seu peito, ouvindo a respiração ir e vir, ela lhe confidenciou:

– Nunca pensei que um homem pudesse me fazer tão bem.

Ele nada disse, manteve-se quieto, ainda preso às ondas de prazer obtidas há pouco. Mais um minuto e os dois adormeceram. Um sono tranquilo, do qual só despertaram ao bom hálito da manhã, com Miro cantarolando uma canção que, para Alice, soou com se fosse interpretada por uma criança que ainda não sabia falar direito tampouco cantar afinado.

Quando o sol deixou o quarto mais claro, o cigano se espreguiçou e falou, entusiasmado:

– Dia feliz! Miro feliz!

Alice imediatamente absorveu seu estado de espírito, saltando da cama com disposição redobrada. Pediu ao hotel para servirem o café da manhã no quarto, o qual foi saboreado por ambos com grande apetite. Sorrisos encantados escapavam de seus lábios ao receber das mãos fortes do amante, uma maçã para saborear ao seu lado.

– Foi uma noite e tanto – admitiu Miro, entre uma mordida e outra na fruta.

– Tão saborosa quanto esta maçã – respondeu ela, olhando maliciosamente para ele.

Ele então deu sua última mordida na fruta, tomou Alice em seus braços, e, mirando fundo seus olhos, beijou-a, louco e despudoradamente, até jogá-la na cama e possuí-la com a mesma voracidade da madrugada.

Desde então, o modesto hotel se tornou o ponto de encontro dos amantes. Ali se amavam e se entregavam aos prazeres carnais sem restrições. Alice estava feliz, Miro estava feliz, e é isso o que importava.

Ao voltar para o acampamento, Dolores, a cigana que lhe fora sempre uma segunda mãe, saudou-a com um sorriso bonito e interessado.

– Ao que parece a noite foi longa... – disse sem esconder a malícia.

O sorriso dele, orgulhoso e exuberante, respondeu-lhe mais do que palavras. Fosse quem fosse a mulher, havia lhe feito muito bem, concluiu Dolores, pois havia em Miro uma alegria que antes nunca se vira ali. Por algum motivo, isso a preocupou. Uma intuição... Uma má intuição.

69

Enquanto Alejandro definhava de infelicidade, Alice se reerguia na exuberante alegria de se ver amada e adorada por um homem que tanto a atraía. Ela agora se sentia livre, como nunca fora em toda vida. Livre e amada. Uma mulher plena.

Não demorou muito para que as pessoas do bairro começassem a falar de Alice, de seu comportamento leviano para com o marido. Logo, a fofoca chegou aos ouvidos de Alejandro que pouco se importou com o que diziam ou viessem a pensar dele.

Diante do falatório, Verusca tomou a liberdade de repreender a patroa.

– Sei que não devo me intrometer na vida da senhora. Que nem tenho o direito de lhe falar o que pretendo agora, mas... Preciso dizer o que penso a respeito dessa aventura amorosa que a senhora está vivendo com esse cigano.

– Com esse homem, Verusca! – corrigiu-lhe Alice no mesmo instante. – Um macho de verdade! Que sabe tocar uma mulher e levá-la à loucura. Muito diferente da toupeira do meu marido. – Alice suspirou e sorriu, deliciando-se com seus próprios pensamentos que se tornavam palavras: – Quero um homem que me deseje... Que me conquiste todas as noites. Que me faça sentir mulher, verdadeiramente mulher, linda, plena.

– A senhora não está bem...

– Eu?! – Alice gargalhou feito bruxa má. – Nunca estive melhor em toda a minha vida.

E nova gargalhada, ardida e espalhafatosa ecoou de seu alegre interior. Coube à criada a única opção de unir suas mãos em louvor e dizer aos céus:

– Que Deus os bendiga. E a Virgem os proteja.

Capítulo 11

Por sugestão de Miro, ele e Alice se encontraram às margens do rio lindo que contornava a cidade. Por ser dia de semana, o lugar estava praticamente vazio.

Depois de admirar seus lábios, tão lindos, clamando pelos seus, o cigano mobilizou delicadamente o rosto da moça com suas mãos firmes e disse:

— Você tem se tornado o que há de mais importante no mundo para mim, Alice. O que há de importante em toda a minha vida.

As palavras dele a maravilharam, tanto que seus lábios tremeram como se fossem rir, explodir numa gostosa gargalhada, de felicidade, o que não fez, por não ser adequado ao momento.

Ele então a beijou, intensamente. Um minuto depois, Alice admitia, com voz flamejante:

— O meu desejo de ser sua, somente sua, chega até mesmo a me sufocar. Não sei se vou suportar tanta paixão, incendiando meu peito.

— A paixão foi feita para ser vivida, Alice, não reprimida.

— Eu sei, mas...

Ele novamente a silenciou com seus lábios carnudos, molhados e intensos de paixão, num beijo ardente e despudorado. Ela chegou a ficar sem ar, tamanha excitação. Somente depois de recuperar o fôlego é que conseguiu voltar a falar e com intensidade:

— Nunca me senti tão atraída por um homem como me sinto por você. Nunca um deles me fez querer tanto ser sua mulher. Eternamente sua! Acho que você me enfeitiçou com sua dança, com seu charme, com sua alma de cigano.

— Sim, não nego. Minha alma cigana tem mesmo esse poder. Somos bruxos, sabia?

Num movimento rápido, ele a enlaçou em seus braços, apertando-a de encontro ao peito, por alguns segundos, até curvar seu pescoço, puxando delicadamente seus cabelos soltos e sedosos. Em seguida, mirou seus olhos de forma intensa e severa. Desde que haviam se conhecido, ele nunca antes ficara tão sério diante dela.

– O que foi? – assustou-se ela.

Ele hesitou por diversas vezes antes de admitir:

– Miro está louco por Alice. Louco de paixão! – Enlevado, completou: – Alice é perfeita para Miro. Perfeita e linda!

Beijando-lhe delicadamente o pescoço fino e atraente, o cigano voltou a derramar palavras de amor e sedução por sobre sua pele atraente. Ver-se abraçada, envolta pelas palavras loucas e amorosas que ele despejava sobre ela, Alice se sentiu a mulher mais felizarda da Terra. O cigano tornara-se o suprassumo de sua vida, a conquista máxima que uma mulher pode almejar e conseguir e ela se sentia imensamente grata à vida, por tê-lo atraído para si e por querer fazer dele seu homem, seu macho, seu amante.

Não havia dentre os ciganos, quem não tivesse notado que Miro andava muito mais alegre e entusiasmado com a vida do que antes. Algo vinha ampliando seu bom humor, um rabo de saia, certamente, um muito especial, pois nunca o haviam visto tão otimista com tudo como nos últimos tempos.

– Miro está mudado – comentou Dolores, endereçando-lhe um olhar maroto. – Que mulher é essa que vem deixando Miro abestalhado? Foram sempre as mulheres que ficavam abestalhadas por Miro, não o contrário.

O cigano riu, alegre:

– Sim, Dolores, Miro sempre foi capaz de deixar as mulheres a sua mercê, desta vez, porém, é Miro quem está à mercê de uma delas.

– Quem é ela?

– Uma criatura sem igual. Apaixonante. Olha-me tão fascinada quanto eu olho para ela. Que olhos! Que boca! Que tez!

– Ainda bem que Miro tem o coração fechado para o amor.

– Tenho?!

– Pelo menos tinha. Caso contrário, não viveria a se aventurar com tantas almas femininas, onde quer que fosse, sem se apegar a elas.

Ele riu, alegre.

– Isso lá é verdade!

– Em todo caso – complementou Dolores num tom mais sério.

– Miro não deve se apaixonar por nenhuma mulher que não seja da nossa raça.

A alegria do cigano esmoreceu.

– Ora, por que, Dolores?

– Porque as mulheres da cidade são muito diferentes das nossas.

– Diferente em quê, Dolores? Elas também amam, dançam, choram, riem.

– Ainda assim tem valores diferentes dos nossos, objetivos de vida diferentes...

– Eu sei. Sim, eu sei. Mas não se preocupe, minha querida. Viverei com essa criatura, o que eu tiver de viver, somente enquanto estivermos nesta cidade. Então, partirei com a caravana, como sempre fiz, e novas aventuras terei noutros locais.

– Miro agora fala com inteligência. Dolores se sente mais tranquila agora.

Ele a enlaçou e a beijou na testa, chacoalhando seu corpo, envolvendo-a na sua dança espontaneamente sedutora.

– Ei, pare com isso! Não sou uma das suas. Respeite-me!

E novamente ele gargalhou e a girou. Não havia quem não notasse sua transformação. Miro estava realmente tocado e transformado pela paixão que crescia entre ele e Alice N. de Amburgo Ramirez.

Alice, ao visitar Luminita Cardosa em sua casa, fez dela mais uma vez sua confidente:

– Estou sem chão, Luminita. Sem chão!

– O que houve?! Algum problema grave?

– Que problema que nada, minha amiga. Somente paixão! Uma louca e incendiária paixão! – Alice suspirou, maliciosamente e se explicou: – Conheci um homem, mas um homem... – Ela novamente suspirou, voluptuosamente.

– Alice! – exclamou Luminita Cardosa, tomada de indignação. – Você perdeu o juízo, foi? Você é uma mulher casada. Casada!

Alice não lhe deu ouvidos, voltou a falar em delírio:

– Esse homem, minha amiga... Esse homem é um cigano. Um cigano, entende?

Luminita estava perplexa mais uma vez.

– Sim, Luminita. Um cigano, lindo, másculo, com cheiro de mato e suor. Um macho de verdade! Um macho delirante! Nem ouse desejá-lo

73

para si, minha amiga. Ele é meu, só meu! – Alice riu, feito boba. – É a primeira vez, em toda minha vida, que eu realmente desejo um homem. Não posso deixá-lo escapar de mim. Não posso e não vou! Ele há de ser meu, custe o que custar.

– Alice, minha querida. Ponha algum juízo na sua cabeça. Você é uma mulher casada.

– Sou. Só que mal casada. Um casamento feito por precipitação. Por um capricho do meu pai. E por eu não ter conquistado um sujeito melhor na época. Mas isso não importa. O que vale mesmo, agora, é esse homem que tanto desejo e quero que seja meu.

– Se descobrirem sobre você e esse cigano será um escândalo!

– Estou pouco me lixando com o que possam vir a pensar de mim. Estou mais interessada é na minha felicidade.

– Alice, e seu marido?

– Alejandro me detesta tanto quanto eu a ele. Não nos suportamos.

– Ainda assim...

– Ainda assim eu ficarei com o Miro. Será assim e ponto final. Nada vai me afastar dele. Nada!

Largado num canto qualquer da morada, onde ele nunca se sentiu à vontade, Alejandro Ramirez permanecia infeliz com seu passado, presente e futuro. Era verão novamente e a saudade que sentia de Maria Alice Gonzáles continuava tremenda. A presença dela em sua mente era constante.

Enquanto a população se alegrava com a estação mais radiante do ano, Alejandro seguia distraído, semblante contraído, revelando tristeza e profunda insatisfação com a vida. Não via mais beleza nas manhãs prenunciando um belo dia tampouco num futuro próximo. Emagrecera a olhos vistos, parecia quase um doente terminal.

Sem ter Maria Alice ao seu lado, sua verdadeira Alice, como ele mesmo a chamava, seus dias tornavam-se cada vez mais sem graça e sem objetivo. Quanto mais pensava na moça, na distância que os separava, mais crescia dentro dele a sensação de perda infinita. Surgia, então, friamente, a vontade de morrer de vez, porque de certo modo já estava morto por dentro.

Com crescente preocupação, Verusca observava os movimentos da patroa.

– Senhora – disse ela para Alice quando não suportou mais se manter calada diante da situação. – Não quero me intrometer, mas... O que a senhora e o cigano farão quando ele tiver de partir com sua caravana.

– Caravana?! Partir?!...

– Sim. Os ciganos nunca ficam por muito tempo numa cidade.

– Nunca?!

Alice pouco conhecia os hábitos dos ciganos, por isso não dera a devida atenção ao comentário pertinente da criada que a prevenia para evitar que sofresse mais tarde. Dias depois, enquanto lia o periódico da manhã, o pai de Alice comentou, com certa irritação:

– Essa cidade está tomada de ciganos. Não vejo a hora de partirem.

– Partirem?! – surpreendeu-se Alice alarmada. – Como assim, partirem? Para onde?

– Para um lugar qualquer. Essa raça nunca fica parada num mesmo lugar. Ainda bem que são itinerantes. Ninguém suportaria conviver com eles em meio a nossa sociedade.

No mesmo instante, Alice se recordou das palavras de Verusca. Do alerta que lhe fizera e ela ignorou. Isso deixou Alice totalmente apreensiva. No próximo encontro do casal, no hotel, o cigano percebeu de imediato sua apreensão.

– O que foi? Venha cá, venha! Miro está com vontade...

A resposta dela soou firme e decidida:

– Não quero mais me entregar para você. Não, isso não! Quanto mais cedo eu me afastar de você, melhor será para mim. Menos sofrimento terei.

– Sofrer por quê?

– Você ainda me pergunta por quê?

– Não vejo motivo.

– Você é mesmo um insensível, como todos os homens. Se não fosse, saberia que eu, por estar loucamente apaixonada por você, morrerei de saudades quando você partir, com sua gente, para terras distantes.

– Para que sofrer por antecipação?

– Porque esse dia há de chegar, não há outro jeito.

– Escute aqui! Ouça-me bem. Você me completa, sabia? Quando estou com você, quando me encaixo em você, quando me sinto em você, me sinto completo, inteiro, maior. Portanto, se você me deseja tanto quanto eu a desejo, venha comigo, abandone tudo e seja minha para sempre.

– Abandonar tudo, por você?!

– Sim. Se você me quer tanto quanto eu a quero.

– Não me tente, Miro, por favor.

– Não é tentação. É libertação! Você vive uma vida infeliz. Não ama seu marido nem ele a você. Ao meu lado se sentirá liberta.

– Como pode saber? Você é vidente, por acaso?

– Nós, ciganos, temos, sim, certa vidência. Mas em você, posso sentir tudo com mais precisão. Por isso, venha comigo. Jogue tudo para o alto e se entregue de vez ao nosso amor, a nossa paixão. Mergulhe de cabeça!

Ao vê-la paralisada, incerta quanto ao que pensar, ele, muito seriamente, aproximou-se dela, ergueu seu queixo delicado com a ponta do dedo indicador e disse, macio:

– Quero me casar com você, Alice. Fazê-la minha mulher, só minha.

O desejo dele atingiu-lhe o peito, seus olhos tornaram-se mais expressivos:

– Casar, comigo?!

– Sim! O que acha?

Era uma ideia tentadora, sem dúvida. A mais perfeita tradução de seus sentimentos por ele, o amante perfeito e inesquecível.

Foi só no minuto seguinte que Alice se lembrou de que já era casada. Sob os olhos da lei e de sua religião, o casamento com o cigano jamais poderia acontecer. Decepcionada, ela explicou-lhe sua situação e ele, sem esmorecer, apresentou uma solução:

– As regras da sociedade em que você vive, fogem completamente às regras do povo cigano. Mesmo casada, podemos fazer um casamento cigano, conforme a tradição cigana.

E Alice, mais uma vez, adorou a sugestão e viu nela, realmente, sua libertação para uma vida feliz a dois, finalmente.

Ao ver Miro mais radiante do que o habitual, Dolores fez sinal para ele ir até ela.

– Impressão minha ou Miro está evitando Dolores?

– Eu?!

– Você, sim! Por quê? O que anda escondendo de Dolores?

– Ora, Dolores.

– Olhe nos olhos desta cigana quando falar.

– Estou olhando.

– Não está! Miro olha e não me olha ao mesmo tempo. Por que não quer deixar Dolores ver o que se passa em sua mente e em seu coração?

O cigano ficou sem graça e a cigana se fez precisa novamente:

– Esqueça essa moça, Miro. Esqueça-se dela!

Suas palavras assustaram o lindo gitano.

– Gosto dela, Dolores. Estou apaixonado por ela. Alice não é má. Dolores verá!

– Corte o mal pela raiz enquanto é tempo, Miro. Ouça o conselho que lhe dou.

– Não há por que cortar, Dolores. E digo mais, Alice virá conosco. Dolores virá. Ela seguirá comigo como uma cigana gentil e dedicada ao seu homem.

Assim que teve oportunidade, Ramon foi falar com Miro, a mando de Dolores.

– Miro, Ramon precisa lhe falar.

O tom sério do chefe dos ciganos despertou a atenção do moço atraente.

– O que há? Ramon nunca me falou tão sério como agora.

– Falo porque é preciso. O que tenho a lhe dizer carece de urgência.

– Diga então o que tem a me dizer.

Ramon o olhou com firmeza e, sem rodeios, foi direto ao assunto:

– Miro, a tal moça por quem você está apaixonado, ela não é uma cigana. Pertence à elite. Não se adaptará a uma vida nômade como a nossa.

– Se ela me quer tanto quanto eu a quero, ela será capaz de viver comigo até na Lua. Louca como está por mim, haverá de se adaptar a nossa vida de bom grado. Poderá, até mesmo, tornar-se uma de nós, tão autêntica no sangue quanto no jeito cigano de ser.

– Miro, ouça.

– Por que você e Dolores querem destruir o que estou vivendo com Alice? Nunca me interessei tanto por uma mulher. Você sabe, todos sabem.

– Paixão assim é um perigo, Miro. Um perigo. Ainda mais quando devotada a um cigano como você.

77

– Aonde quer chegar? Amo Alice. Sou louco por ela. Quero-a mais do que tudo.

– Você a ama, não há dúvida. Mas há algo que ama bem mais do que ela. Sua liberdade. A liberdade de ir e vir dos lugares a hora que bem quiser. De olhar e sorrir para qualquer rosto feminino, quando se sentir estimulado a fazer. Ama a liberdade de pousar em outros ninhos como sempre fez. Miro sempre amou mais a liberdade do que as mulheres. Bem mais a libertinagem do que as mulheres. E você sabe disso.

– Sim, é verdade. Mas isso foi antes de eu conhecer Alice. Agora é diferente. Agora eu serei dela e ela será minha. Simples assim.

– Quando o fogo intenso da paixão diminuir... Dessa paixão louca que você sente por ela...

– Isso não vai acontecer.

– Ela é uma mulher ciumenta, não é? Quer você somente para ela, não é mesmo? Por isso vai tentar escravizá-lo, com todas as armas que pode usar uma mulher, quando quer.

– Que assim seja. Serei dela.

– Miro não quer ver. Não pode, porque está cego de paixão. É uma pena.

– Deixe-me viver essa paixão, Ramon, por favor! Quero muito vivê-la. Entenda-me!

Ramon se deu por vencido. Ao reencontrar Dolores, a cigana quis logo apurar a conversa.

– E então, falou com ele? – perguntou, ansiosa.

– Falei. Miro está decidido a ficar com a tal moça de todo jeito. Nada o fará mudar de ideia. Vamos aceitar sua decisão, Dolores. Vamos acolher essa mulher no nosso meio como se fosse uma de nós. Tanto eu quanto você quer ver Miro feliz, não quer?

A cigana assentiu, lacrimejante.

– Nada de mal vai acontecer ao nosso garoto. Amor existe para engrandecer a alma, não para feri-la.

– Que Ramon esteja certo em suas palavras.

E quando o chefe dos ciganos olhou mais atentamente para a cigana, o medo que ele viu transparecer em seus olhos, deixou-o inquieto tanto quanto ela se mantinha em relação ao futuro de Miro.

Capítulo 12

Alejandro Ramirez havia saído pela noite, para respirar ar puro e se alegrar com a simples visão das estrelas, quando cruzou com uma das ciganas do acampamento que, muito convidativa, convencia os que passavam por ali, a lerem a *buena dicha**. Tão alheio a tudo estava Alejandro que não se importou em estender a mão para a mulher ler seu futuro.

– O que vê? Pode falar – pediu ele, admirando o interesse com que a mulher estudava as linhas de sua mão.

– Estranho... Muito estranho – murmurou a cigana, seriamente. – Há duas mulheres na sua vida.

– Sim, há – respondeu Alejandro, pensando nas duas Alices de sua vida.

– Há algo em comum entre elas.

– Não, não há nada em comum entre as duas. Pelo contrário, são como a água e o vinho.

– Pois vejo aqui que ambas tem algo em comum e isso ainda causará desgraça entre vocês.

– Desgraça?!

– Sim! Pediu-me para dizer o que vi nas linhas de sua mão, não pediu?

– Sim. De qualquer modo não acredito em nada disso...

Desprezando sua opinião, a cigana continuou:

– Vejo chamas. Muitas chamas. Um incêndio.

Alejandro fez ar de deboche. Para ele, todas as videntes não passavam de canastronas. Atenta à leitura, a mulher completou:

– Vejo também um menino ligado a você. Seu filho. Certamente seu filho.

*Buena dicha, em outras palavras significa: boas falas.

A resposta dele foi imediata:

– Não tive filhos. Não creio que ainda os terei.

– De qualquer modo, vejo um menino vinculado a você. Vejo também uma mulher no destino dele...

Alejandro riu e num tom zombeteiro comentou:

– Sendo ele um homem, só poderia ser mesmo uma mulher a estar no seu destino, não?

– Não zombe de mim.

Alejandro tentou se controlar. Muito seriamente a cigana prosseguiu:

– Essa mulher... essa mulher na vida desse menino vinculado a você... Ela... ela... – a mulher se arrepiou. – Ela será uma de nós. Uma...

Ela não conseguiu terminar a frase, afastou-se num movimento abrupto, a passos longos. Alejandro voltou a rir, com descaso.

– Que cigana mais doida. Não disse nada com nada, como todas. Só falou bobagens. Equívocos.

E na sua mente, novamente, a voz da mulher ecoou, dizendo: "Há duas mulheres na sua vida... Há algo em comum entre elas."

O que poderia haver em comum entre Alice e Maria Alice. Almas tão diferentes, apenas nomes iguais. Alejandro Ramirez então se ateve aos nomes. Seria simplesmente o nome de ambas capaz de causar tanta confusão no futuro? Ele novamente enviesou o cenho, a pensar. Não, isso não. Não teria porquê nem como. Sem mais conjecturas, ele voltou para casa, a passos concentrados, trazendo Maria Alice Gonzáles de volta à memória.

Dias depois, Alice e Miro se encontravam novamente numa área verde das proximidades de Toledo. Ela permanecia sentada, com o queixo apoiado nos joelhos, admirando o cigano, sem camisa, deitado de bruços sobre o gramado verdejante. Ao perceber o que ela fazia, Miro voltou-se na sua direção, com seu sorriso perfeito, tomando por completo sua face ultrajantemente masculina.

– Já lhe disse o quanto eu acho lindo seus lábios? – comentou ela quase em êxtase.

– Não, nunca.

Os dentes do cigano voltaram a brilhar ao sol num de seus sorrisos perfeitos e, então, ele começou a massagear o tornozelo dela, voltando os olhos para ela, um segundo sim, outro não.

Foi quando uma brisa gostosa soprou, refrescando seus corpos ao sol, relaxando-lhes a respiração. Alice finalmente se deitou ao lado dele e os dois ficaram de barriga para cima, lado a lado, olhando o céu por um vão que se abria por entre as copas das árvores verdejantes do lugar.

– Ah, se pudéssemos viver só de amor – comentou ela, apaixonada e sonhadora. – Só de amor, amor, amor... Nada além do amor. O mundo então seria perfeito. A vida, maravilhosa!

Ele virou-se para ela, admirando voluptuosamente seu perfil, e complementou suas palavras:

– Seria um mundo perfeito, sim, mas só se você viesse comigo. Abandonasse tudo por mim, pelo que sente por mim. Pelo que eu, Miro, significo na sua vida.

As palavras do cigano a atingiram em cheio.

– Eu sei...

– Se sabe, faz o que Miro lhe pede. Faz o que seu coração diz.

– Eu... – ela suspirou, fechou os olhos até espremê-los e quando os reabriu, olhando intensamente para o cigano, admitiu:

– Está bem, irei com você! Você é o homem da minha vida. Por você sou capaz de abandonar tudo, tudo que na verdade nunca me completou. Só você me completa, Miro. Só você me preenche. Só você me faz feliz.

Ele apertou seu corpo contra o seu, dominando-o por completo, transformando-o num só, enquanto emitia palavras de amor, proibidas, as quais desejavam ouvir e poucos tinham coragem de dizer.

Capítulo 13

Nos dias que antecederam a partida dos ciganos da cidade, Alice se viu em dúvida se deveria realmente partir com Miro ou permanecer na sua zona de conforto. Trocar todo luxo a que estivera sempre acostumada, por uma vida numa carroça de madeira, simples tal qual o bosque onde muitas vezes os ciganos armavam seu acampamento, lhe era assustador.

Tanto Luminita quanto Verusca tentaram lhe abrir os olhos, fazê-la mudar de ideia, mas seu coração falava mais alto por Miro e, por ele, continuava capaz de tudo para mantê-lo ao seu lado, fazendo dele seu homem e dela sua única e amada mulher.

No dia combinado para partirem, Alice, com grande frieza, escreveu cartas para o pai e Alejandro, explicando os motivos que a fizeram dar um novo rumo para sua vida.

Ao pegar suas roupas, para levar consigo na mudança, diante do peso e da necessidade de um criado para carregar tudo aquilo, ela optou por levar somente o básico. Já era madrugada quando ela deixou silenciosamente a mansão onde nascera e crescera, e tomou a direção que levava ao acampamento dos ciganos.

Eles, àquela hora, já estavam com tudo preparado para partir. As carroças já estavam atreladas aos seus respectivos cavalos com as famílias nos seus devidos lugares, aguardando apenas o sinal de Ramon para tomarem a estrada.

Já era para Alice ter chegado, e isso estava retardando a partida. Os olhos de Miro se mantinham otimistas de que ela viria, mas os demais já não contavam mais com aquilo. Ramon achou melhor tomar uma atitude diante daquilo.

– Miro, nós temos de partir. Se quiser esperar por ela, espere!

Depois se junte a nós na estrada.

Miro aceitou a sugestão de prontidão. Ao sinal do líder dos ciganos, todos montaram as carroças e rumaram em fila indiana, para a estrada que os levaria a próxima cidade escolhida para acamparem por mais um período de tempo e onde permaneceriam até sentirem na alma itinerante, a vontade de desbravar novo território.

Somente Miro havia restado no local, aguardando por Alice que até então não aparecera. Logo, ele se viu forçado a encarar a realidade: ela não viria. Havia desistido dele. Não conseguira abrir mão do luxo e da riqueza a que tanto estava acostumada, para ter uma vida nômade ao seu lado. Ainda que a amasse imensamente, o jeito era partir.

Nem bem sentou na boleia da carroça, a contrariedade voltou a agitar seu peito. E se algo tivesse lhe acontecido? E se ela tivesse perdido o horário? O certo seria averiguar antes de partir. Porém, se ela realmente havia desistido dele, precisava ouvi-la dizer, com todas as letras, encarando-o nos olhos. Só assim ele partiria ciente de que lutara por seu amor até o último instante.

Sem demora, Miro partiu para a cidade, em busca de Alice. Apesar de não saber onde ela morava, nunca se preocupara em saber. Não demorou muito para localizá-la, escorada contra uma parede, revoltada por ter torcido o pé.

– O que faz parada aí? – perguntou ele um tanto severo.

– Meu pé – gemeu ela. – Torci.

Miro respirou aliviado, sorriu, saltou do veículo e tomou a moça em seus braços fortes.

– Cheguei a pensar que não viria. Que tivesse desistido de mim.

– Eu?! Só se tivesse ficado *lelé*. Nem morta eu desistiria de você, meu amor! Nem morta!

– Ainda bem.

Ele riu novamente, satisfeito e feliz, ajeitou-a sobre a boleia do veículo, pegou uma espécie de pomada caseira, passou-a em torno do tornozelo dela, com carinho, beijou-lhe os pés e voltou a sorrir, mirando fundo em seus olhos.

– Vai melhorar. Garanto!

Ela, apaixonadamente respondeu:

– Eu sei. Ao seu lado tudo melhora.

E num impulso, puxou-o contra si, beijando-o forte e intensamente. Só então o cigano tomou as rédeas e incitou os cavalos a conduzirem a carroça. Não demorou para que alcançassem a caravana, o que deixou Ramon mais aliviado por ver Miro novamente junto deles.

A viagem foi uma aventura para Alice, que sentada na boleia, tagarelava alegre com o cigano cujo charme e a sedução haviam conquistado seu coração. Miro conduzia as rédeas com entusiasmo; saber que a moça que tanto amava fora capaz de abandonar tudo por sua causa, era tão excitante e apaixonante quanto o amor que nascera entre os dois.

Nesse ínterim, Alejandro lia a carta de despedida, deixada pela esposa, encontrada por Verusca no quarto de Alice ao amanhecer.

Finalmente encontrei um homem capaz de me fazer feliz. Um macho de verdade. Vou-me embora com ele, para bem longe, e nunca hei de voltar. Sim, nos tornamos amantes há algumas semanas. O boato a respeito do meu envolvimento com um cigano, era mesmo verdadeiro. Se meu caso extraconjugal desmoralizou você, Alejandro Ramirez, bem feito, você fora sempre um frouxo, e é bom que todos saibam o que realmente é.

Ainda duvido que seja um homem de verdade. Para mim não passa de um maricas. Só me casei com você por insistência do meu pai. Caso contrário, já o teria mandado às favas, há muito tempo.

Agora serei feliz, finalmente feliz. Ao seu lado fui qualquer coisa de insignificante.

Nada quero de minha herança, não preciso dela para o futuro que escolhi. Também não acho certo que herde nada do que é meu. Volte para sua gente, para suas terras do jeito que chegou até mim: com uma mão na frente e a outra atrás. Adeus.

Alice de Amburgo

Alejandro leu a carta em voz alta e foi preciso dar um chá para acalmar Gonçalo Namiaz de Amburgo, pai de Alice. O homem mal podia acreditar no que a filha havia feito com ele.

– Alice... – murmurou, estarrecido. – Minha querida Alice...

Alejandro estava tão pasmo quanto Verusca.

– De qualquer modo – continuou Gonçalo N. de Amburgo. – Minha filha não foi honesta com você, meu genro. Chamo-o de genro porque diante da lei, você ainda é meu genro. Sendo Alice minha única herdeira, tudo que é meu ainda lhe pertence e automaticamente a você

84

por ainda ser o marido dela. Se eu vier a faltar, tudo passará para você, Alejandro. Com a condição de ajudar Alice, caso um dia ela venha precisar.

– Senhor Gonçalo, eu não mereço nada do que é do senhor.

– Merece, sim! Minha filha lhe foi infiel. Espalhou boato pela cidade, desmoralizou seu nome, sua imagem.

– Eu não me importo. Juro que não!

– Mas eu, sim! Portanto, será do jeito que falei. E tenho dito.

Capítulo 14

Cáceres, Espanha, outono de 1920

Finalmente os ciganos haviam chegado a nova cidade de destino e, como de hábito, haviam armado acampamento junto a um riacho para lhes prover água e banho. Não era de hábito fazer a higiene durante o percurso de uma cidade para outra, portanto, todos ali estavam necessitados de banho, roupas limpas e perfumadas. De todos ali, Alice foi a primeira a querer se banhar para tirar o cansaço da viagem e o mau cheiro.

– Até agora não vi os banheiros. Onde ficam? – perguntou ela a Miro, depois de procurar por eles.

– Não temos banheiros – respondeu o cigano com a maior naturalidade do mundo. – É no riacho que nos banhamos.

– Riacho?!

– Sim. Por isso é que sempre acampamos perto de um.

– Você está querendo me dizer que todos vocês, as mulheres, principalmente, tomam banho num riacho, nuas? Expostas aos olhos de qualquer um?

– Sim. Só que num lugar apropriado – explicou Miro sem perceber o choque e a indignação da moça.

– Eu, nua, num riacho? Nunca!

– Nenhum cigano irá lá perturbá-la, não fariam, por respeito às esposas e filhas de cada um. É lei dos ciganos. Assim evitam-se conflitos por ciúmes que outrora acabaram em morte.

– Mesmo assim, qualquer um da cidade que pelo riacho passar, poderá me ver.

– Poucos se atrevem a perturbar os ciganos. Muitos têm medo de nós. Além do mais, qualquer emergência, e só berrar por ajuda que um dos homens irá ao seu auxílio.

– Recuso-me a acreditar que isso seja verdade.

– Mas é. Logo você se acostuma.

Alice contou até dez e quando percebeu que não seria o suficiente para se acalmar, contou até vinte.

– Sabonete... – disse ela a seguir. – Preciso de um para me banhar.

– Sabão?! – indagou ele, atento ao que fazia.

– Sabonete – corrigiu ela, apressadamente.

– Peça a Dolores, ela há de conseguir um para você.

Alice achou melhor seguir sua sugestão. E quando a cigana lhe deu o sabão que usavam para se lavarem, Alice sinceramente pensou que a mulher estava a brincar com ela.

– Dolores não está a brincar com você, menina. As mulheres daqui usam o mesmo sabão que utilizam para lavarem as roupas.

– Mas...

– É pegar ou largar.

Alice engoliu em seco, enquanto voltava a encarar o sabão, de aspecto rústico e esquisito em sua mão delicada, feito seda.

Com muito custo, ela se dirigiu ao riacho, em dúvida se deveria mesmo se banhar ali. Diante de sua incerteza e aflição, Dolores resolveu lhe dar apoio:

– Eu vou com você.

– Ah... Obrigada – Alice já não sabia, agora, o que era pior. Banhar-se no lago, nua, ou ao lado de uma mulher que mal conhecia.

Minutos depois, Dolores despiu-se e se jogou na água, deliciando-se com seu frescor.

– Venha! Está uma delícia! – falou, exibindo os dentes postiços reluzentes.

Alice se sentia presa a uma encruzilhada. Ir ou não ir, eis a questão.

– Miro quer vê-la limpa e perfumada – lembrou-lhe Dolores, ainda sorrindo.

– Eu sei... – Alice murmurou com total desânimo.

Foi pensando no cigano que ela encontrou forças para entrar na água hostil.

– Ai – gemeu. – Que frio!

Dolores riu.

– Você deveria ter me dito que a água estava gelada.

– Pra que, se Alice teria de entrar do mesmo jeito?

Enquanto Alice batia o queixo, Dolores rompia-se numa nova gargalhada, estrebuchada.

– Mexa-se, Alice! – aconselhou-lhe a mulher. – Assim você logo se aquece.

Alice novamente optou por aceitar sua sugestão. Aquilo mais lhe parecia um pesadelo. Um horror, uma afronta à moral e à higiene pessoal. Todavia, ela teria de se acostumar àquela realidade caso quisesse viver banhada e cheirosa para Miro. Por ele, somente por ele, estava disposta a se adaptar àquilo. Não seria fácil, ainda mais acostumada a vida inteira com todo luxo e mordomias que o dinheiro de seu pai podia lhe comprar. Mas ela trocara tudo aquilo por um homem, um grande amor e valeria a pena. Em nome do coração. Assim, Alice relaxou. E quando se viu limpa e perfumada, vestida lindamente para o homem dos seus sonhos, seu humor melhorou, consideravelmente.

Enquanto isso, no casarão onde Edmondo Torres e Maria Alice Gonzáles viviam em Torrijos, Edmond encontrava Maria Alice, mais uma vez, apática. Ao vê-lo, como sempre, ela procurou se alegrar para não perturbá-lo com seus aborrecimentos. Ele, esboçando um sorriso incerto, tentou abordar um assunto que há muito queria e adiava.

– Você sabe o quanto eu lhe quero bem, não sabe, Maria Alice?

– Se sei, Edmondo. Você é maravilhoso para mim. Agradeço a Deus, todos os dias, por tê-lo posto no meu caminho.

– Por sermos sempre tão francos um com outro, tomo a liberdade de lhe perguntar, mais uma vez. Não acha que deveria procurar Alejandro e lhe contar que teve um filho com ele?

Ela novamente se arrepiou diante da sugestão. Edmondo prosseguiu:

– Ele é o verdadeiro pai do Diego. Tenho a certeza de que ao saber da verdade, ficará maravilhado.

– Edmondo, meu querido, você é o pai do Diego. É você quem o cria, é você quem lhe dá amor.

– Sim, sou eu. Mas estou certo de que Alejandro faria da mesma forma, se soubesse que Diego existe.

– Alejandro não merece saber da existência do garoto. Ele foi horrível comigo. Mau caráter, fingido... Diego não merece ter um pai assim.

– No entanto, você ainda pensa nele, ele ainda faz parte do seu coração.

O rosto dela se contraiu numa nova expressão de tristeza.

– Não precisa mentir para mim, Alice, eu sei. Quando nos envolvemos, pensei que com o tempo você se esqueceria dele, ainda mais depois do que ele lhe fez, mas não, Alejandro Ramirez ainda está dentro de você. Vivo e amado.

Ela voltou a encará-lo, com nítida revolta no olhar.

– É isso que mais me tortura, Edmondo. Por que ele ainda habita o meu coração, a minha mente, se tanto mal me fez?

– Quem vai entender...

Breve pausa e ele disse:

– Eu sei aonde Alejandro está.

– Não quero saber.

– Mas eu quero que saiba, caso mude de ideia. Pelo menos para lhe contar sobre o Diego. Será importante para os dois que saibam da existência um do outro.

– Não, isso nunca!

Maria Alice parecia realmente determinada àquilo.

Naquele mesmo dia, horas depois, Edmondo desabafava com o senhor Pino Pass de Leon.

– De que me vale tê-la aqui ao meu lado, se sei que ela continua pensando naquele que tanto amou e a fez sofrer? Pensei que com o tempo ela se esqueceria dele, eu tomaria um lugar em seu coração, mas... Ela me adora, eu sei, mas como a um irmão, um bom amigo. Juntos, somos infelizes... Eu, infeliz por vê-la neste estado, e ela, infeliz por ainda se ver apaixonada por aquele que, mesmo depois de fazê-la sofrer, ainda ocupa o seu coração.

A pergunta do homem o surpreendeu:

– Estaria você, apto a abrir mão dela por esse sujeito?

– Sim. Só dessa forma ela poderia ser feliz e eu também. Sabe, senhor Leon, aprendi uma grande lição com tudo isso. Podemos até tentar fazer uma pessoa nos amar, convencê-la de que podemos fazê-la feliz, mas se percebermos que nossas investidas não surtem efeito, o melhor e mais sensato a se fazer, é mesmo nos libertar dessa paixão.

Com um sorriso bailando nos lábios, Pino Pass de Leon aplaudiu as palavras de Edmondo Torres; porque as achou verdadeiras e prudentes.

O inesperado aconteceu quando Edmondo e Maria Alice foram visitar Toledo e cruzaram, sem querer, com Alejandro Ramirez por uma das ruas da cidade. Alejandro, de tão desacorçoado e deprimido que andava nos últimos tempos, sequer reconheceu Maria Alice, ao passar por ele.

– É ele, não é? – surpreendeu-se a moça, olhando apreensiva para Edmondo.

– Sim. Ele mesmo. Está um trapo.

– O que será que houve?

– Converse com ele.

– Não! Já lhe disse que não quero reaproximação.

– Ele me parece necessitado de ajuda.

Com muito custo, ela voltou a olhar na direção do moço, penalizando-se ainda mais com seu estado.

Edmondo tentou convencê-la novamente:

– Deixa o rancor de lado, Maria Alice. Converse com ele como faria com um desconhecido, carente de auxílio. Aprendemos isso na igreja, lembra? Está na hora de você pôr em prática o que aprendeu.

Ainda que com dificuldade, Maria Alice aproximou-se do local onde Alejandro estava sentado, com os olhos perdidos no nada, sem ter mais gosto para viver.

– Alejandro – chamou ela.

Seu chamado o despertou.

– Maria Alice, você! – ele pensou estar tendo uma visão.

– Olá, Alejandro.

– Meu Deus, que bom revê-la.

– O que houve, Alejandro? Você não me parece nada bem.

Ele engoliu em seco e com tremor na voz se explicou:

– Minha vida é um fracasso. Sou um desgraçado. Fui abandonado por minha esposa...

– Por isso está tão triste?

– Não, Maria Alice. O fato de minha esposa ter me abandonado, ter ido embora da minha vida, só me fez bem. Nós nunca nos amamos. Ela me odiava, tanto quanto eu a odiava. Ela fazia o possível para me espezinhar na frente de todos e eu tinha de aguentar, calado, tudo, por não ter aonde cair morto. A única coisa boa que ela me fez, desde que nos casamos, foi me abandonar.

– Se ela o abandonou, onde você reside agora?

– Continuo morando na mesma casa a pedido do meu sogro. Ele é um bom sujeito. Graças a ele ainda tenho onde morar e o que comer. Se não fosse sua camaradagem, eu estaria na rua da amargura a uma hora dessas.

Mirando fundo em seus olhos, tão marejados quanto os seus, Alejandro se fez sincero mais uma vez:

– Se eu tivesse me ouvido, ouvido a voz do meu coração... Eu teria me casado com você, teríamos tido filhos, uma vida humilde, certamente, mas seríamos felizes.

Ele não conseguiu dizer mais nada, a forte emoção não lhe permitiu. Segurando firme as mãos da moça, Alejandro lhe pediu perdão mais uma vez. Foi tão comovente que Maria Alice chorou com ele. Isso ou talvez nem isso foi o suficiente para que a moça encontrasse finalmente o perdão em seu coração, pelos erros que ele cometeu com ela, no passado.

Ambos, só foram despertos do transe, quando o pequeno Diego choramingou no colo de Edmondo.

Alejandro, surpreso, olhou com ternura para o menino.

– Seu filho? – perguntou, emocionado.

– Sim. Diego é seu nome.

Alejandro, um pouco mais controlado, encarou o garotinho com ternura e sorriu:

– Olá, Diego. Como vai?

O menino, olhando com curiosidade para o homem de olhos vermelhos e lacrimejantes, pareceu retribuir o sorriso.

– Os homens também choram – explicou Alejandro com súbito bom humor. – E quando digo homens, refiro-me aos grandões como eu.

Naquela idade, a criança não poderia compreender a extensão daquelas palavras, tudo o que fez foi sorrir novamente para Alejandro que o convidou para um abraço amigável.

– Ele é adorável – admitiu, ao pegá-lo no colo.

A seguir, Maria Alice apresentou-o a Edmondo Torres que já conhecia de vista, da época em que moraram no mesmo vilarejo. Depois de um breve tête-à-tête, Edmondo pediu licença a Alejandro e levou Diego para tomar sua mamadeira. Foi a deixa que ele deu para Maria Alice contar ao espanhol a verdade sobre o menino.

– Vocês são felizes? – questionou Alejandro assim que Edmondo e Diego se afastaram. – Você, pelo menos, é feliz?

– Tentamos ser – respondeu Maria Alice após breve hesitação. – Eu e o Edmondo amamos um ao outro, mas não como marido e mulher. Como irmãos. Ele foi formidável comigo, me ajudou quando mais precisei e, por isso, sou-lhe eternamente grata.

Ao mover os lábios, para pronunciar a próxima palavra, Alejandro a interrompeu:

– Eu ainda a amo, Maria Alice. Jamais deixei de amá-la. E sinto que você também me ama. Posso ver em seus olhos. É verdade, não é?

Com muita coragem ela admitiu que sim. Encarando-o sem vacilar.

– Se você pudesse me dar uma nova chance? Uma chance para nós dois, seria tão maravilhoso.

Diante da incerteza em seu olhar, ele a tranquilizou:

– Não quero apressá-la. Tampouco forçá-la a nada.

– Eu...

– Não se decida agora. Tome um tempo para refletir. Vou deixar-lhe o meu endereço. Será melhor assim.

O encontro mexera drasticamente com Maria Alice que, desde então, ficou a balançar como um pêndulo entre a emoção e a razão.

Capítulo 15

Não era de se espantar que Alice Namiaz de Amburgo Ramirez não fosse bem recebida pela caravana de ciganos, especialmente pelas mulheres. Para a maioria dali, ela era uma intrusa. Para todas que se derretiam de paixão por Miro, Alice era a mulher que conseguira domar-lhe o coração, fazê-lo prisioneiro de suas graças.

Diante da má recepção, da frieza com que todos a tratavam, Alice afirmava, silenciosa e triunfante: "Vocês vão ter de me engolir. Queiram ou não, terão de me engolir!".

Miro pedia a ela, paciência, que todos ali se acostumariam com sua presença, era apenas uma questão de tempo e convívio. Alice prometeu esperar. Dolores e Ramon, por quererem Miro muito bem, eram os que mais se esforçavam para aceitar a moça no meio da família cigana, fazendo com que os demais também fossem receptivos a ela.

A fim de aproximar Alice da essência dos ciganos, Miro pediu a cigana Natasha, exímia dançarina de flamengo, que ensinasse Alice a arte de tão encantadora e provocante dança. Natasha aceitou o desafio, Alice também, e logo ela se revelou uma excelente dançarina, sinal de que em suas veias e em sua alma já havia o dom para tão insinuante dança.

Miro, Dolores, Ramon e Natasha se mostravam cada vez mais surpresos diante do seu rápido aprendizado e de sua elegância e facilidade para com o flamenco.

Logo, Alice estava a dançar com as demais ciganas, nas apresentações que faziam pelas praças das cidades por onde passavam. Destacando-se dentre elas, deixando todas duplamente enciumadas de sua pessoa, primeiramente por ela ter conquistado Miro, segundo por ela estar se sobressaindo a todas durante a dança.

Alice, que adorava uma provocação, sempre que podia esnobava as ciganas, agarrando Miro para mostrar a todas que ele agora era somente dela e que juntos eram extremamente felizes, o que de fato era verdade. Viviam de amor, fazendo amor pelos cantos mais convidativos que a natureza lhes permitia.

A paixão entre os dois parecia uma fogueira cujas chamas cresciam e ardiam sem limites. Eram loucos um pelo outro, impressionando e surpreendendo todos aqueles que acreditavam que Miro logo se desinteressaria daquela que misteriosamente lhe domara o coração.

Enquanto isso, cansada de ficar entre o sim e o não, Maria Alice decidiu pedir uma opinião ao Senhor Leon.

– Se você não se sente apta a voltar para o pai do seu filho, se ainda dói em você o mal que ele lhe fez, permita, pelo menos, que ele saiba da existência do garoto.

– O senhor acha mesmo que ele deve saber que é pai do Diego?

– Sim. Esta é minha opinião. Agora, se ele não apreciar a notícia isso é problema dele, você, pelo menos, fez o que era certo.

– O senhor tem razão. Obrigada.

A seguir, Maria Alice compartilhou com Edmondo o parecer que recebera do Senhor Leon.

– Eu sempre fui a favor de que Alejandro soubesse da existência do Diego. Tanto que estive sempre a incentivá-la a contar-lhe a verdade.

– Sim, Edmondo, você sempre me incentivou.

E foi por isso que Maria Alice procurou Alejandro Ramirez em sua casa na cidade de Toledo. Ao vê-la, surpreendeu-se, feliz.

– Entre, por favor. Fique à vontade. A casa é sua. Que surpresa mais agradável!

– Prefiro ir direto ao que me traz a esta casa, Alejandro.

– Sim, diga.

– Diego, meu filho, o garotinho que você conheceu naquele dia em que nos encontramos por acaso...

– Sim, sei. Ele está bem? Algum problema de saúde? Precisa de minha ajuda?

– Deixe-me terminar, por favor. – Maria Alice estava visivelmente tensa. Foi preciso se dar um momento para amenizar a tensão e prosseguir: – Pois bem, o Diego não é filho do Edmondo. Você é seu verdadeiro pai.

O rosto do moço se transformou. Passou de um estado de maravilha por rever a mulher amada para um de retumbante alegria.

– Meu filho você diz?...

– Sim. Fruto do nosso primeiro e único ato de amor. Não lhe contei antes porque tinha muita raiva de você. Mas agora, depois de avaliar tudo que me disse no nosso último encontro, ver que você realmente fizera o que fez somente para alegrar seu pai, depois que me pediu perdão, bem... Eu achei que você deveria saber a verdade.

– Meu Deus! – exclamou ele, abrindo num sorriso em flor. – Esta é a notícia mais maravilhosa que já recebi nos últimos tempos. Acho que em minha vida toda. Um filho! Meu e seu.

Ele deu um passo à frente e, mirando fundo seus olhos, disse:

– Você deveria ter me dito.

– Eu estava com ódio de você.

– Se eu soubesse que você estava grávida, teria convencido meu pai a abençoar meu casamento contigo.

– Eu não tive condições na ocasião de pensar em mais nada. Quis esconder de você o menino, porque depois de você ter me seduzido e me abandonado, não achei que merecesse saber de sua existência. Foi Edmondo quem me ajudou em tudo desde então. Tornou-se realmente o pai do menino, tanto que o registrou com seu sobrenome.

– Eu entendo...

– Pois bem, agora você já sabe de tudo. Vim lhe dizer porque achei que era meu dever. Eu...

Ele não lhe permitiu terminar, segurou seu rosto com suas mãos trêmulas de emoção e a beijou. Abraçou-a em seguida deixando-a totalmente entregue a ele.

– Volte para mim, Maria Alice. Por favor. Podemos viver nesta casa com o nosso filho. Tenho a certeza de que meu sogro não se importará. Não poderemos nos casar, porque ainda sou legalmente casado com Alice. Mas com o tempo, poderei entrar na justiça, pedir o cancelamento do meu casamento com ela, ficando livre para me casar com você. Poderei fazer o mesmo em relação ao sobrenome do meu menino, jamais lhe teria negado meu sobrenome se soubesse que nasceria. Acho mais do que certo que ele receba o meu sobrenome.

Ele fez uma pausa, enxugou os olhos lacrimosos e reforçou seu pedido:

– Volte para mim, meu amor. Vamos esquecer o passado, toda

burrada que cometi. Façamos isso pelo amor que ainda sentimos um pelo outro e pelo nosso garoto.

A frase final derreteu de vez as barreiras que ela ainda impunha para não aceitar a proposta que ele lhe fazia com tanto amor.

– Está bem, eu volto. Não só porque eu ainda o amo, mas pelo filho que concebemos juntos. Ele merece crescer ao lado do verdadeiro pai.

E novamente ele sorriu, feliz e a abraçou, externando todo o seu carinho. O amor vencera mais uma vez.

De volta à mansão onde Maria Alice tivera finalmente uma vida digna, a moça agradeceu ao senhor Pino Pass de Leon, por tudo de bom que ele havia lhe possibilitado naqueles anos, trabalhando em sua casa. O bom homem respondeu:

– Pessoas vêm, pessoas vão, assim é a vida, temos de nos acostumar a essa realidade.

Ela novamente lhe agradeceu, comovida, e lhe prometeu visitá-lo sempre que possível.

A seguir, foi a vez de Maria Alice se despedir de Edmondo.

– Diego continuará sendo seu filho também. Porque você o ajudou a nascer e o criou até agora como se fosse realmente seu verdadeiro pai.

Ele, muito emocionado, respondeu:

– Você e o Diego podem contar comigo sempre que precisarem.

– Você também, Edmondo. E mais uma vez, obrigada por tudo.

A essa hora, Alejandro que havia ido de carro buscar Maria Alice e Diego, já havia posto no veículo toda a bagagem dos dois. Estavam prontos para partirem. Foi com lágrimas nos olhos que o Senhor Leon e Edmondo acenaram para Maria Alice com o pequeno Diego no colo, partindo de carro do casarão.

Assim que se foram, o Sr. Pino Pass de Leon voltou-se para Edmondo Torres e falou com notoriedade:

– Maria Alice foi a mulher de sua vida por muito tempo. Você tentou tudo para conquistá-la. De certo modo, seus esforços não foram em vão. Ela o ama. Você foi sem dúvida a pessoa que mais a ajudou quando ela mais precisou. Da gratidão surge o amor, do amor se chega à gratidão. Compreendeu? Pois bem. Agora é hora de você virar essa página. Abrindo seu coração para outra mulher. Só assim poderá reencontrar a felicidade.

Edmondo novamente apreciou as palavras do velho e lhe prometeu seguir seu conselho.

No casarão que pertencera à família de Alice Namiaz de Amburgo na cidade de Toledo, agora vivia uma nova Alice, realmente disposta a recuperar a felicidade que um dia desfrutou ao lado de Alejandro Ramirez e do filho lindo do casal.

Ao visitar a cidade, Constância Pazuelos e suas duas filhas, encontraram Maria Alice, feliz ao lado de Alejandro Ramirez e do filho do casal. Como aquilo poderia ter acontecido?, empertigaram-se as três.

Voltando-se para Maria Alice, com todo veneno de que dispunha na voz, Constância lhe falou alto e em bom tom:

— Tola fui eu em pensar que você era burra, totalmente sem cérebro. Você foi sempre muito esperta. Espertíssima. Ouvi dizer, a vida toda, que somente as mulheres ardilosas se dão bem. Agora sei, por seu intermédio, o quanto isso é verdade.

— Dona Constância, a senhora sempre me julgou errado. Deveria apurar melhor os fatos antes de tirar conclusões precipitadas.

— Já estou muito velha para isso. Passar bem.

A esnobe e pedante senhora partiu, com ódio crescente no coração por ver sua antiga enteada, arranjada na vida, enquanto suas duas filhas não haviam tido a mesma sorte, pelo menos até aquele momento.

O desgosto por aquilo fez Constância Pazuelos adoecer, acabando entrevada numa cama, carecendo dos cuidados das filhas que odiavam ter de cuidar da mãe naquele estado.

Capítulo 16

Nesse ínterim, a caravana dos ciganos à qual Alice pertencia, havia aportado numa nova cidade, chamada Badajoz, uma das mais antigas da Espanha. Por ser inverno na Europa ali os ciganos permaneceriam por mais tempo que o habitual.

Há tempos que Alice vinha se segurando para não perder as estribeiras com as mulheres das cidades por onde passavam que despudoradamente se assanhavam com Miro. Um dia, não mais se conteve. Pela primeira vez, ela perdeu a compostura. Ao ver Miro, sendo assediado por uma estranha, agrediu a fulana e, por pouco, não prejudicou a imagem dos ciganos na cidade. Se Miro não tivesse agido rapidamente, danos físicos e morais haveriam de ter sido cometidos à cidadã por parte de Alice, em seu total descontrole emocional.

– Alice, ficou louca? – explodiu Miro, pela primeira vez, enfurecido com ela.

– Ela estava flertando com você. Não permito!

– Miro apenas se insinuou para ela. Nada faz com as mulheres do que brincar, seduzi-las de mentirinha.

– Tenho ciúmes. Você é meu, só meu!

As ciganas, especialmente as que morriam de paixão pelo cigano atraente, adoraram ver Alice descontrolada. Para elas, aquilo foi como uma punição, merecida, por ela ter tido a audácia de dominar Miro com sua tão misteriosa sedução.

Ramon, o chefe do acampamento cigano, repreendeu o comportamento de Alice assim que pôde e lhe fez um alerta:

– Se voltar a agir dessa forma, não mais participará das apresentações dos ciganos pelas praças das cidades. Ficará enfurnada no acampamento, sob forte vigia.

Alice pediu desculpas e prometeu a todos nunca mais ter ataques semelhantes. Todavia, numa nova apresentação, ao ver Miro se insinuando para uma das mulheres que, compenetrada, deslumbrava-se com sua dança, Alice, por pouco não perdeu as estribeiras novamente. Dessa vez, porém, apenas interrompeu sua dança e deixou o local, voltando para o acampamento cigano, onde tentou se acalmar com um chá de erva calmante.

Miro, ao fazer menção de segui-la, foi impedido por Ramon, que o lembrou de sua importância para os ciganos na apresentação da qual tomava parte.

– Deixe-a ir – falou Ramon, decidido. – Se sua mulher não suporta vê-lo se insinuando para as mulheres que o aplaudem, será melhor que ela o aguarde no acampamento, toda vez que você estiver à frente das nossas apresentações nas cidades. Cada um de nós tem uma função na nossa comunidade, devemos honrar nossos compromissos. Esta é a lei dos ciganos, você bem sabe.

Miro assentiu. Sabia o quanto aquilo era verdade. Um pacto entre os ciganos e, por isso, voltou a empolgar com seu carisma e sensualidade as almas femininas que prestigiavam sua raça.

No acampamento, mais tarde, ao rever Alice, o cigano novamente se surpreendeu com sua reação. Ela o estapeou no peito e se ele não tivesse segurado seus punhos, firmemente, ter-lhe-ia estapeado a face. Ao ver-se dominada, Alice pareceu voltar a si. No minuto seguinte, agarrou-se a Miro, como uma criança desesperada e chorou, enquanto ele a abraçava, procurando consolá-la.

– Você é meu, só meu! – dizia ela em meio ao pranto.

– Sim, Alice. Miro é só seu! – Ele confirmou o que ela tanto ansiava ouvir para tranquilizá-la. – E Alice é só de Miro. Só dele!

Suas palavras, o tom que ele usou para pronunciá-las, o abraço que lhe dava, envolvendo-a com o seu cheiro de mato e suor, fizeram Alice relaxar por inteira. Então, ele a jogou por sobre o colchão e fez amor com ela, resgatando a paz entre os dois, que havia sido raptada pelo ciúme.

Desde então, para não sofrer de ciúmes, Alice decidiu não mais participar das apresentações dos ciganos pelas cidades. Aguardaria por Miro no acampamento, procurando se entreter com algo até sua volta.

Enquanto isso, noutro canto da Espanha, para espairecer, Edmondo

Torres voltou à cidade onde nascera e vivera até os seus 28 anos de idade. Reviu amigos e clientes do tempo em que trabalhou como mascate e foi então que ele se lembrou de Dona Constância Pazuelos e suas duas filhas e teve curiosidade de saber o que havia acontecido a elas. Ao chegar à propriedade, encontrou a casa silenciosa e mais judiada pelo tempo. Bateu palmas, chamando pelos moradores:

– Ô de casa!

Algumas galinhas e patos se agitaram, foi tudo o que ouviu. Já estava quase indo embora, acreditando não haver ninguém ali quando Emmanuelle apareceu à porta. Estava com uma aparência horrível, o cabelo todo desmantelado, a pele descuidada, o vestido sujo e esgarçado. Ao vê-la, Edmondo cuidadosamente desmontou do cavalo e foi até ela.

– Emmanuelle, é você?

Ela engoliu em seco, abaixando o rosto para fugir do seu olhar.

– Ei, lembra-se de mim? – insistiu Edmondo. – Sou o mascate que...

Secamente ela interrompeu o que ele dizia:

– Sei bem quem é. O que deseja?

– Vim à cidade rever amigos e me lembrei de vocês. Gostaria de saber como estão. Eu...

Ela novamente o interrompeu com secura:

– Já viu, não viu? Agora pode ir.

Forte tosse a fez se escorar contra a parede.

– Você não está bem de saúde?

– Como acha eu poderia estar numa condição dessas?

– Onde está sua mãe, sua irmã?

– Mamãe morreu já faz um tempo. Deu-nos tanto trabalho que não posso sequer lembrar. Tínhamos de limpá-la a toda hora, foi horrível. Urinava e defecava na cama por tantas vezes ao dia que não havia lençóis suficientes para manter a cama sempre seca e limpa. Ela não aceitava a ajuda de ninguém senão de nós duas.

A moça novamente tossiu e fez uma pausa para respirar. Parecia asmática.

– Depois da morte da mamãe, Rachelle conheceu um sujeito na vila que pareceu se encantar por ela. Dizia vir de longe e buscava trabalho. Ela o trouxe para morar aqui e trabalhar, com ele veio outro que ele dizia ser seu parente. Acreditamos piamente no que diziam, jamais suspeitamos que fossem foragidos da justiça. Bandidos da pior espécie. Fizeram de nós duas escravas, ao invés de trabalharem para nós, nós é que tínhamos de trabalhar para eles. Mantendo a casa limpa, preparando as refeições e lavando e passando suas roupas. Até mesmo matar galinhas tivemos de aprender por exigência dos dois. Matar e depenar. Foi nojento.

Apesar dos maus tratos, Rachelle se apaixonara pelo pilantra e se deitava com ele quando ele exigia. O outro me queria, mas eu o abominava, então, ele me pegou à força, e mesmo gritando por ajuda, Rachelle nada fez por mim. Foi o pior dia da minha vida.

Os canalhas gastaram todas as nossas economias.

– Por que vocês não pediram ajuda?

– Porque eles nos ameaçavam. Rachelle não se importava com a situação, mas eu, sim! Diziam para mim que se eu os delatasse, matariam Rachelle, e apesar de ela estar cega de paixão por aquele sujeito asqueroso eu me preocupava com sua segurança. Penso mesmo que não me mataram porque precisavam de mim como faxineira da casa. Caso contrário...

– Poxa, vocês passaram por maus bocados.

– Sim. Então, alguém do vilarejo suspeitou do que se passava conosco e avisou as autoridades. Logo foram reconhecidos e levados daqui. Para mim foi uma libertação, para Rachelle que vivia louca pelo danado, uma derrota. Logo adoeceu e eu pensei que fosse de saudade. Foram os médicos que descobriram que estava muito doente, com doença ruim.

Ela novamente se interrompeu acometida de forte tosse.

– Onde está ela, Emmanuelle? Onde está Rachelle?

– Na cama, quase morta. Como minha mãe ficou.

Muito gentilmente, Edmondo pediu permissão para vê-la. Assim que adentrou a morada, um forte cheiro de carniça invadiu-lhe as narinas. Era muito forte, horrível. Ele precisou proteger o nariz com o braço para suavizar o mau cheiro. Uma hipótese terrível atingiu Edmondo em cheio, não quis acreditar que fosse possível, mas era. Assim que chegou à porta do quarto onde Rachelle estivera acamada, encontrou a moça morta já há dias. Rapidamente fechou o local para evitar o cheiro horrível de putrefação.

– Ela está morta! – falou ele, olhando piedosamente para Emmanuelle. – Há dias que ela está morta, Emmanuelle.

– Não! – gritou a moça, descabelando-se toda. – Não está!

Ao tocar a maçaneta para adentrar o quarto onde jazia o corpo de Rachelle, Edmondo a segurou firme. Ela tentou fugir dele, esperneando-se toda e com toda força que dispunha, ele a arrastou para a cozinha.

– Acalme-se! – pediu, tentando controlá-la. Só então percebeu que a moça já não estava mais no seu juízo perfeito. Enlouquecera. – Vai ficar tudo bem, Emmanuelle, agora se acalme! – pediu-lhe ele, mesmo sabendo o quanto aquilo seria difícil de acontecer.

– Não quero ficar sozinha. Não posso ficar sozinha – repetia a moça, trêmula e delirante. – A Rachelle não pode morrer! Se ela morrer vou ter de ficar sozinha nesta casa, não quero!

Voltando o olhá-lo nos olhos, ela perguntou, ansiosa:

– Onde está a Maria Alice? Você sabe, não sabe? Traga ela de volta para casa. Esse lugar ficou uma imundície depois que ela se foi. Traga ela de volta. Ela nunca deveria ter ido embora. Era nossa empregada. Nossa empregada!

Edmondo nada respondeu, tudo que fez foi providenciar ajudar para sanar aquela situação mais hedionda. Levou Emmanuelle para a cidade onde conseguiu ajuda de mulheres para lhe darem um banho devido. Depois a levou até o médico que constatou de imediato sua insanidade. Poderia ser temporária, mas no momento, ela precisaria ficar no lugar devido para se recuperar. Foi assim que Emmanuelle Pazuelos foi parar num manicômio da cidade de Toledo, local que Edmondo passou a visitar constantemente para saber do seu progresso. Nesse ínterim, Edmondo providenciou o sepultamento de Rachelle e a propriedade da Senhora Pazuelos foi fechada, aguardando o dia que Emmanuelle tivesse condições de voltar para lá. Infelizmente a moça nunca mais recuperou a sanidade.

Ao voltar para casa, Edmondo encontrou o Senhor Leon com uma hóspede. A filha mais nova dele havia voltado para a casa do pai, depois de ter sido agredida pelo marido que com o tempo tornara-se alcoólatra e violento. Levara consigo a filha do casal com a qual o avô nunca tivera contato.

– Você vê, Edmondo – comentou o Senhor Leon com ele em particular. – Mesmo depois do desprezo com que minha filha me tratou nos últimos anos, eu ainda assim a recebi de braços abertos quando mais precisou. Este é o verdadeiro coração de pai amoroso.

– Sinto orgulho do senhor.

– Eu não poderia tratá-la com a mesma moeda, meu coração de pai não permitiria. Todavia, acho que só mesmo sentindo na pele o que se fez para o seu semelhante é que o ser humano pode perceber realmente a gravidade de suas atitudes.

Edmondo elogiou novamente a atitude do patrão e mais tarde encontrou em sua filha uma nova mulher para amar. Assim acabou ganhando uma menina para criar com a qual se deu muito bem, parecendo ser realmente sua filha biológica.

Capítulo 17

Em meio ao outono de 1920, os ciganos haviam aportado numa nova cidade espanhola, dispostos a contagiar a população com sua magia, dança e alegria.

Há muito, Alice Namiaz de Amburgo Ramirez aparentava uma calma que estava longe de sentir. O ódio por ter de consentir que Miro continuasse a dançar, fazendo uso do seu jogo de sedução para com as mulheres, matava-a aos poucos. Seus olhos fulgiam de rancor e em seu rosto transparecia a angústia que lhe ia na alma. Diante do seu estado desalentador, Dolores procurou lhe dar novos conselhos:

– Aceite a situação, Alice, será melhor para você. Não envenene sua vida com o ódio.

– Não aceito e ponto final! – respondeu ela enraivecida. – E são vocês, todos vocês, seus ciganos imundos, os culpados pela minha tristeza. Se Miro não tivesse de dançar para angariar fundos para sustentar vocês, um bando de desocupados, nada disso estaria acontecendo. Miro é mesmo um tolo, onde já se viu se expor daquela maneira para garantir a comida de sua raça maldita?

Naquele fim de noite, quando Miro regressou ao acampamento, Alice correu na sua direção e se aninhou em seu abraço caloroso e protetor. Fechou os olhos enquanto confessava, angustiada, o que sentiu com a sua ausência:

– Demorou tanto, tanto... Já estava desesperada.

– Não se preocupe, Miro sabe se cuidar.

– Mil coisas passam pela minha cabeça quando você fica longe de mim por muito tempo.

– Já lhe disse que sou só seu, lembra? Que jamais amarei outra mulher senão você. Eu a amo, Alice. Eu a adoro!

Ela se agarrou a ele, novamente, num abraço apertado e desesperador. Também havia desespero na voz, ao dizer:

– Deixe-os ir dançar e tocar sozinhos, Miro. Eles não precisam de você.

– Alice, minha querida. Sem Miro não há festa! Meu povo precisa de mim.

– Precisa, sim, não nego. Mas noutras funções.

– Nenhum de nós dança tão bem, tem tanto carisma quanto eu.

– Carisma para com as mulheres e, isso, é o que mais me incomoda.

– Tudo não passa de um jogo de sedução por meio da dança e dos olhares. Nada, além disso. Nada sério.

– Ainda assim tenho ciúmes. Muito ciúme.

– Não tenha. Repito: no coração de Miro só existe uma mulher e essa mulher é você.

– Mesmo?

– Sim, minha querida. Nenhuma outra mulher será capaz de tirar você do meu coração. Falo sério. Acredite!

Ela queria muito acreditar em suas palavras. Era preciso. Só assim poderia abrandar o ciúme que sentia dele. Naquela noite, os dois se amaram com a mesma intensidade da primeira vez. Com a força do seu amor, Alice acreditava ser capaz de convencê-lo a nunca mais dançar e fazer uso do seu poder de sedução para com outras mulheres. Ele também não haveria de desejar nenhuma outra. Nem que para isso uma doença o prendesse à cama ou privasse seu físico do poder da dança tão inata à sua alma.

O pequeno diálogo entre Alice e Miro fora presenciado por dois ciganos que conheciam o moço muito bem.

– Isso ainda vai acabar mal. Muito mal – comentou um deles. – Nenhuma mulher será capaz de fazer com que Miro seja somente dela, submetendo-o aos seus caprichos.

– Muitas mulheres são poderosas, bem capazes disso – argumentou outro.

– São com os homens de coração mole. Os de coração forte jamais se curvam diante dos caprichos de uma donzela. E Miro tem o coração forte. A alma dos fortes.

– Nisso, você tem razão.

– Miro jamais deveria ter se envolvido com essa mulher. Foi um erro, desde o princípio. Tal como trazê-la para morar aqui com a nossa gente. Ramon jamais deveria ter permitido.

– Acontece que Ramon adora Miro como um filho. Quis sempre vê-lo feliz. Por isso aceitou a branquela entre nós, porque ela faz Miro feliz.

– Até quando ela o fará feliz? Esta é a questão.

E para os dois ciganos restou apenas a interrogação.

Nesse ínterim, em Toledo, o pai de Alice falecia de pneumonia. Alejandro até pensou em chamar Alice para o funeral, mas levaria dias, talvez semanas, para localizar a caravana de ciganos que poderia estar em qualquer lugar da Espanha.

Dias depois, Miro chegava mais alegre ao acampamento. Surpreendeu Alice com um de seus abraços calorosos e seus beijos ardentes.

– Alice, minha querida. Empolguei alguns homens na jogatina. Com muita sorte fiz algum dinheiro para nós.

Ele a ergueu nos braços, com uma facilidade impressionante, como se ela fosse leve como um balão.

– A sorte caminha ao meu lado, Alice! – exclamou ele, feliz e radiante. – É sinal de que um filho me seria muito bem-vindo no momento.

– Filho?! – sobressaltou-se ela, enrijecendo o corpo.

– Sim! Um filho ou uma filha. O que a vida nos mandar!

Ele aproximou seu nariz do dela, brincou com ele e a girou enquanto soltava urros de alegria.

Desde que seu homem amado lhe fizera tal pedido, Alice tinha um novo motivo para se preocupar em relação a sua pessoa. Vivia agora em meio a um duelo interior. Percebendo o seu conflito, Dolores novamente decidiu ajudá-la.

– Miro quer um filho, Dolores... Um filho! – desabafou Alice com a pacienciosa cigana. – Está cada dia mais empolgado com a ideia de conceber um.

– Isso não é bom?

– Não é! Não quero me ver presa a uma gravidez que, cedo ou tarde, o afastará de mim.

– O afastará?! Por quê?!

– Porque ficarei gorda e disforme como ficam todas as grávidas. Nunca mais terei o corpinho que tenho, o qual ele tanto deseja. Não! Miro nunca terá um filho meu. Se ele realmente me ama, terá de aceitar a minha condição.

– Nem toda mulher fica de corpo disforme depois de uma gravidez.

– Não correrei o risco.

– Ele não há de se conformar.

– Pois terá, como eu tento me conformar, toda noite, com ele dançando e flertando com as mulheres. Ai como eu tenho ódio disso. Ódio!

Dolores achou melhor dar-lhe tempo para refletir. Todavia, o martírio fez de Alice uma moça retraída e distante. Indiferente a tudo que não fosse sua luta íntima. Não se alimentava mais como antes, emagrecia a olhos vistos. Era vista durante a noite, andando pelo acampamento, como um fantasma inquieto e insone.

Certa noite ela sentiu em sua roupa, forte cheiro de perfume de mulher. Seria mesmo ou tudo não passava de fruto de sua mente apaixonada e ciumenta? Ele não podia lhe ser infiel. Ele dizia amá-la. Ser tão louco por ela quanto ela por ele. Seu próximo passo foi tentar afastar os pensamentos sombrios. Tentou, tentou, tentou e não conseguiu.

Certa noite, à paisana, foi para o local onde os ciganos se reuniam e se misturou por entre aqueles que assistiam a eles. Dali, ela poderia observar tudo sem ser notada.

Uma linda jovem cuja decência nunca fora seu forte, cujo poder de sedução fora sempre sua arma mais poderosa, impressionou Miro aquele dia com sua beleza, seu corpo esguio e atraente e seu olhar malicioso. O cigano não resistiu, assim que pôde, afastou-se com ela para um lugar discreto onde se deixou entregar aos prazeres carnais tão efêmeros para a alma.

Alice os seguiu e por isso pôde flagrar o que faziam. Sua decepção era tanta que chegou a sentir vertigem. Mesmo a amando como parecia, Miro continuava a se envolver com moçoilas por onde passava a caravana. Ainda que não passasse de uma aventura passageira, ele se entregava a todas pelas quais se interessava. Não podia continuar amando-o daquela forma com ele se aventurando com outras. Desrespeitando o amor dos dois. Não suportaria aquilo. O cheiro de mulher na sua pele. De perfume, as marcas no pescoço.

Ela deu um passo adiante e foi quando uma mão a segurou pelo braço. Era Natasha, a exímia dançarina de flamenco que fez de Alice também uma grande dançarina. A cigana a havia reconhecido por entre os cidadãos e a seguira até ali para impedi-la de qualquer ato furioso e inconsequente.

– Me solta! – grunhiu Alice, lançando um olhar severo para a mulher.

– Não! – respondeu Natasha seriamente. – Não tire conclusões apressadas. Não tome atitudes precipitadas. O melhor que você tem a fazer, por hora, é voltar para o acampamento, tentar se acalmar e depois, muito depois, conversar com ele a respeito.

– Aquela ordinária com Miro... – grunhiu Alice furiosa. – Sinto vontade de unhá-la!

– Ouça meu conselho, Alice. Venha! Eu a acompanho até o acampamento.

E para lá foram as duas. Misteriosamente, a calmaria voltara a reinar no coração de moça que, apesar do que viu, parecia novamente centrada em si.

Assim que Miro reencontrou a esposa naquela noite, Alice não se conteve:

– Eu o vi com outra esta noite, Miro. Segui vocês dois até a ruela em que...

Para não ficar por baixo, o cigano rapidamente respondeu:

– Pois eu sabia que você estava a me vigiar, Alice. Fiz de propósito.

– De propósito?! Para me ferir?

– Sim. De certo modo, sim! Por se recusar a me dar o filho que tanto almejo.

A resposta dele a deixou sem chão.

– É isso mesmo o que você ouviu, Alice. Dedico a você, todo o meu amor e minha fidelidade e, ainda assim, você se recusa, que eu sei, a ter um filho meu.

Alice também soube se defender:

– Você quer que eu atenda ao seu pedido, mas é incapaz de atender ao meu.

– Que é?...

– Simples! Deixar de dançar e se insinuar para as mulheres que o prestigiam.

– Já lhe falei, milhões de vezes, minha gente depende de mim. Não posso abandoná-los. Aqui, cada um deve exercer sua função e essa é a minha. É um pacto entre nós.

Após breve reflexão ela voltou a falar:

– Quer dizer que você só fez o que fez com aquela sirigaita porque...

– Eu já lhe expliquei meus motivos.

– É um filho que você quer de mim, é isso?

– Sim.

– E então me voltará a ser fiel?

– Como sempre fui até você ignorar meu desejo.

– Está bem... Se é um filho que você quer, eu lhe darei.

E a paz voltou a reinar entre o casal.

Mas Miro havia mentido. Mentido deslavadamente. Ele não sabia que a esposa estava na praça a vigiá-lo, tampouco que o havia visto se afastando com a rapariga. Só dissera aquilo para se safar de um confronto com sua maior fraqueza.

O cigano de fato amava a esposa, mas não a ponto de abrir mão de suas aventuras amorosas, de sua alma libertina, de seu prazer de seduzir as mulheres, ainda que por apenas um momento de amor. Ele era livre como o vento e logo essa realidade voltou a soprar em seu interior.

Na cabeça dele, ser fiel a Alice era ser fiel ao amor que sentia por ela. Ao dizer que amava somente ela, falava de coração, não em termos de sexo.

Tornou-se difícil para Alice voltar a confiar plenamente em Miro. Cada ausência sua, mil suspeitas perturbavam-lhe a mente. Tinha a impressão de que todos, em comum acordo, escondiam dela as safadezas de Miro.

As ciganas pareciam caçoar de sua pessoa pelas costas e quando uma delas tentou consolá-la, foi pior:

– Não se preocupe não, sua boba. Essas com quem Miro sai, ele as deixa nas cidades por onde passamos. Você segue sempre com ele, absoluta!

"Essas com quem Miro sai...", foi a frase que mais torturou Alice. Então, Miro não lhe era fiel. Continuava a sair com outras mulheres mesmo se declarando apaixonado por ela. Era isso o que a cigana tentou lhe dizer. Sorte que ela não havia lhe dado o filho que ele tanto almejava, não o merecia.

Ela precisava dar fim àquele martírio. Não suportaria a pressão. Era manter-se inteira, sã, ou desfazer-se em pedaços. Daquela noite não passaria, uma decisão teria de ser tomada. Uma atitude deveria ser posta em prática.

Capítulo 18

Em meados de dezembro de 1920, uma violenta tempestade desabou sobre Toledo. Os raios e o som ameaçador dos trovões pontuavam o céu sem parar. Maria Alice dormia tranquilamente ao lado de Alejandro quando ouviu o que pareceu ser alguém batendo à porta da mansão em que viviam. A moça despertou assustada, virou-se para o marido e perguntou:

– Alejandro, você ouviu?

O moço continuou dormindo.

Maria Alice pensou em se levantar para ver o que era, mas logo pensou que os toques só poderiam ter sido provocados pelo vento e a tempestade. Assim, procurou voltar a dormir. Nem bem fechou os olhos, o mesmo som ecoou aos seus ouvidos. Rapidamente ela cutucou o ombro do marido.

– O quê?! O quê?... – resmungou Alejandro embriagado de sono.

– Alguém bate a nossa porta, Alejandro.

– Como?!

– Alguém bate à nossa porta – repetiu Maria Alice, olhando com receio para a porta do quarto do casal.

– Você deve estar sonhando, meu bem, deve ter sido o...

– Vento?! Foi o que pensei, mas...

– Relaxe e volte a dormir.

Ela tentou e não conseguiu. Ao perceber que Alejandro havia pegado novamente no sono, ela levantou-se da cama, com cuidado para não acordá-lo e deixou o quarto, caminhando a passos leves e concentrados.

Lá fora, a chuva caía torrencialmente e o céu continuava tomado de raios. Maria Alice dirigiu-se para a janela da sala de onde poderia ver se havia realmente alguém junto à porta central do casarão. Havia, sim. Uma mulher. Envolta numa capa. Quem seria? Certamente alguém precisando de ajuda. O que fazer? Comunicar-se por meio da janela? Chamar por Alejandro? Sim, seria o melhor a se fazer.

Novas batidas na porta despertaram Maria Alice de suas conjecturas. Com pena da estranha, ela tomou a iniciativa de abrir a janelinha da porta para poder se comunicar com a misteriosa figura.

– Olá, o que deseja? – indagou, olhando ainda apreensiva para a mulher encapuzada.

– Abra essa porta, criatura! – respondeu a estranha de forma autoritária. – Estou gelando aqui fora.

– Quem é você? Por que nos procura?

A figura tirou o capuz e respondeu, enfezada:

– Quem sou eu? Ora... Sou a dona desta casa! Alice Namiaz de Amburgo.

Maria Alice rapidamente fechou a janelinha e escancarou a porta. Quando as duas mulheres se viram frente a frente, foi como se o tempo tivesse andado mais devagar para que pudessem se ver com mais detalhes. Sem mais percalços, Alice Namiaz de Amburgo adentrou a casa, pisando duro, cuspindo pelas ventas.

– Ajude-me a tirar isso daqui – ordenou, rispidamente.

Maria Alice rapidamente atendeu ao seu pedido.

– Estou encharcada. Preciso de um banho. Urgente! – completou a recém-chegada, lançando olhares hostis para o ambiente ao seu redor.

Diante da inércia da outra, fez-se áspera novamente:

– Não me ouviu? Quero um banho. Já!

Desperta do transe, Maria Alice acompanhou Alice até o banheiro mais adequado para que ela pudesse fazer o que pretendia.

– Meus pertences devem ainda estar nesta casa – comentou Alice em meio ao banho. – Pegue algo leve para eu vestir.

Ela falava em tom de ordem, como se dirigisse a um subalterno seu.

– Agora, sim! – exclamou a recém-chegada ao ver-se de banho tomado, cheirando a perfume e aquecida em suas vestes limpas, ainda que tivessem um leve odor de mofo por terem ficado trancafiadas num armário desde que ela partira daquela casa. Só então Alice se voltou para Maria Alice, mediu-a de cima a baixo e perguntou, com leve ironia:

– Agora diga-me, criatura, quem é você? Há quanto tempo trabalha nesta casa? Onde está Alejandro Ramirez? Ele ainda reside aqui, não?

– Reside, sim.

Breve pausa e Alice insistiu:

– Você trabalha aqui desde quando?

Maria Alice desconversou:

– A senhora deve estar com fome. Vamos até a cozinha onde lhe prepararei algo para se alimentar e fortalecê-la.

Alice considerou oportuna a sugestão da moça, por isso, seguiu-a até o local. Quando lá, enquanto Maria Alice esquentava as sobras da noite, desabafou:

– Que destino mais traiçoeiro o meu, fazer-me voltar para essa casa fria e tão sem graça.

Maria Alice se manteve calada enquanto a outra falava.

– Você gosta de trabalhar aqui? Deve ser puxado para você, não? Eu não suportaria. Enquanto como, vá chamar o seu patrão. É bom que ele saiba, o quanto antes, que estou de volta. Ainda somos casados, sabia? Pela lei dos homens, sim, pela lei do coração, há muito que separados. Nunca houve amor, sabe? Apenas obrigação e ódio por existir.

Ela suspirou, desconsolada e perguntou severa:

– O que está esperando? Vá chamá-lo, estou mandando!

Maria Alice, com submissa polidez, pediu licença e se retirou. Quando longe dos olhos da outra, estremeceu. A esposa de Alejandro estava de volta, eles ainda eram casados no papel e ela ainda era dona de tudo ali. E agora, o que seria dela com Alejandro? Incrível como a vida podia se mostrar mais uma vez assustadora para ela. Com grande dificuldade ela se dirigiu até o quarto que passara ocupar com Alejandro naquela casa.

– Meu amor, acorde! – pediu ela, tocando-lhe na altura do ombro. – Havia realmente alguém à porta. Fui me certificar.

Pelo tom de Maria Alice, Alejandro despertou:

– Quem era? O que queria?

– É melhor você ir ver com seus próprios olhos.

Ensimesmado, o moço se levantou da cama, vestiu seu robe e acompanhou Maria Alice até a cozinha. Ao avistar Alice Namiaz de Amburgo, Alejandro Ramirez pensou estar vendo um fantasma.

– Alice... – murmurou, abobado.

– Olá, Alejandro. Como vai?

O moço sentiu sua alma gelar.

– Estou de volta, meu querido. Isso aqui tudo ainda é meu, não?

– S-sim... T-tudo!

Ela sentiu prazer em vê-lo horrorizado e chocado por vê-la de volta a casa.

– Amanhã converso com meu pai – continuou ela, bocejando. – Estou cansada. Se ele souber que estou de volta, não mais será capaz de pegar no sono novamente.

Alejandro e Maria Alice se entreolharam. Seria melhor que ela soubesse da morte do pai, o quanto antes, pensou Alejandro consigo.

– Alice – falou ele em tom ponderado. – Seu pai faleceu já faz dois meses.

O rosto dela se manteve imperturbável.

– É, a morte vem para todos. Ainda mais para os idosos. Não há por que me espantar.

A frieza com que ela dissera aquilo impressionou tanto Alejandro quanto Maria Alice. Nenhuma lágrima foi derramada, nenhum abalo físico ou emocional.

– Por que voltou, Alice? – perguntou Alejandro a seguir.

– Isso não importa.

– Quero saber.

– E desde quando tem interesse por mim? Não seja hipócrita.

– Ainda somos casados e... Você fugiu de casa, de uma hora para outra. Nunca mais nos deu notícias.

– Não importa o que eu fiz, nada do passado importa! Para mim, só o presente é válido.

– Você desmoralizou meu nome, minha imagem ao fugir com os ciganos.

Alice se defendeu no mesmo instante:

– Eu estava apaixonada. Loucamente apaixonada. Ele era um homem de verdade. Não um como você.

– Se ele era tão homem como você diz, tão maravilhoso como fala, por que o abandonou?

– Não lhe devo explicações da minha vida.

Ela tomou ar, procurou se recompor e voltando-se para Maria Alice, ordenou:

– Prepare-me o quarto para dormir. Estou exausta! – Voltando-se para Alejandro, completou: – Arranjou uma boa criada. Pelo menos fez algum avanço nesta casa enquanto estive ausente.

Maria Alice assentiu e quando ia fazer o que lhe foi pedido, Ale-

113

jandro a segurou pelo braço.

— Maria Alice não é uma criada — explicou, olhando severamente para Alice.

— Não?! O que é ela então? Sua amante?

— Minha esposa! Tomou seu lugar depois que você me abandonou.

— Muito rápido você. Como todo homem. Quer dizer que vivem aqui, na casa que meu pai me deixou de herança, usufruindo do dinheiro que me cabe. É isso?

— Você jogou tudo pelos ares para ir embora com os ciganos, Alice. Lembra? Foi você quem desdenhou tudo o que seu pai lhe deixou de herança. Mas sou justo. Tudo ainda lhe pertence. Menos eu, pois meu coração agora é de Maria Alice.

— Diante da lei dos homens, meu querido, ainda somos casados.

— Eu sei.

— Caso se separe de mim, não terá onde cair morto, não é mesmo? — Ela riu, debochada. — Por enquanto você pode ficar morando aqui com sua amante. Mas... por enquanto.

Alice seguia para seu quarto, quando avistou o pequeno Diego, dormindo como um anjo.

— De quem é aquela criança? — perguntou, curiosa.

— É minha! — respondeu Maria Alice incerta se deveria.

— Sua com Alejandro?

— Sim.

— Sei... — Alice adentrou o aposento e se dirigiu até o leito onde Diego repousava. — Parece um anjinho adormecido — comentou, murmurante, olhando com grande interesse para tão graciosa figura.

— Sim — concordou Maria Alice, com voz de mãe apaixonada pela cria.

Alice, naquele instante, se lembrou da vontade que Miro tinha de ter um filho, o que só contribuiu para desarmonizar o amor dos dois. Rapidamente, ela varreu suas lembranças para bem longe, para não se revoltar ainda mais pelo que havia acontecido entre os dois e foi para o seu leito. O melhor a se fazer naquele momento era dormir, recompor as forças. Só mesmo com boas horas de sono é que ela teria condições de dar um novo rumo para sua vida.

Capítulo 19

Verusca, ao rever Alice, abraçou-a com muita emoção. Estava verdadeiramente feliz por revê-la. Ao ficarem a sós, Verusca quis saber da patroa o porquê de sua volta. O que acontecera entre ela e Miro para abandoná-lo?

A resposta de Alice foi rápida e precisa:

— O nosso amor morreu, Verusca. Se é que um dia realmente existiu. Tudo não passou de uma paixão doentia e precipitada.

— Mas, Dona Alice, o amor de vocês era tão lindo. Jamais vi algo tão forte num casal como vi em vocês dois. Um amor como o da senhora e do cigano não há de terminar assim.

— Mas terminou. Aceite os fatos. Eu já aceitei. E, por favor, nunca mais toque nesse assunto. Nem comigo nem com ninguém. Compreendeu?

— Sim, senhora.

A próxima a rever Alice foi Luminita Cardosa que lhe repetiu as mesmas perguntas feitas por Verusca e obteve as mesmas respostas.

Quando a sós com Alejandro, Maria Alice se mostrou novamente preocupada quanto ao futuro dos dois. Alejandro procurou mais uma vez tranquilizá-la, tudo haveria de continuar na mesma, Alice não parecia se importar realmente com o fato.

Nos dias que se seguiram, Alice estava sempre a observar os cuidados de Maria Alice para com o filho. Toda noite, com a maior paciência do mundo, ela tirava as roupas do menino, vestia-lhe o pijama, acomodava a criança debaixo do lençol e da coberta e ainda lhe contava historinhas para ninar. Alice nunca vira tamanha dedicação de uma mãe para com um rebento.

Um dia, Maria Alice resolveu matar sua curiosidade:

– Você nunca pensou em ter um filho?

A pergunta atingiu Alice em cheio. Gelou-lhe a alma. Seu impacto foi tão forte que ela estremeceu.

– Desculpe-me – adiantou-se Maria Alice, arrependida de ter lhe feito a pergunta. – Fui invasiva demais?

– Não! – respondeu a moça de forma triste e direta. – Eu nunca quis ter um filho. A gravidez deforma uma mulher e, deformada, repele seu homem. Eu jamais aceitaria algo que repelisse meu homem.

Maria Alice opiniou:

– Mudanças físicas acontecem, certamente, mas...

Alice a cortou bruscamente:

– Não quero mais falar sobre isso. Nunca quis ter filhos, nunca os terei!

Ela deixou o cômodo, pisando duro e crispando as mãos. No corredor, parou, apoiando-se contra a parede. Um mal-estar súbito privou-lhe o ar. A lembrança do dia em que Miro lhe pediu um filho e lhe disse o quanto ficaria feliz se ela lhe desse um voltou a lhe atingir em cheio. Ah, como ela odiou aquilo. Um ódio mortal.

Ao lembrar-se da promessa que fizera a si mesma: nunca mais relembrar o passado, se tivesse de recordar alguma coisa, que fossem somente os momentos bons, fez Alice curar o mal-estar e prosseguir.

No final de semana seguinte, Edmondo, a namorada e o Senhor Pino Pass de Leon foram visitar Alejandro, Maria Alice e o pequeno Diego. Alice até que se mostrou simpática com todos, mas logo se recolheu em seu quarto como se o isolamento lhe fizesse melhor companhia.

Logo se tornou visível a todos que só havia uma pessoa na face da Terra, capaz de entusiasmar o coração de Alice Namiaz de Amburgo "Ramirez". Era o pequeno Diego, que estava sempre de olho nela, fazendo fusquinhas, provocando-lhe risos espontâneos e alegres.

Certo dia, com Verusca, Alice comentou:

– Admiro Maria Alice e Alejandro. Estão sempre sorrindo um para o outro... Alejandro só tem olhos para ela e ela, só para ele.

– Sim, senhora. Ambos se veneram.

– Ah, Verusca, como eu desejei ser amada da mesma forma...

– Mas, Dona Alice... – Verusca ousou descumprir o trato que fizera com a patroa. – Sei que a senhora me pediu para não mais falar do cigano, mas... Eu tenho de falar! E a senhora tem de me ouvir! O amor de vocês era tão intenso quanto o do Senhor Alejandro por Dona Maria Alice. A senhora e o cigano se adoravam, ele era louco pela senhora. Se ele a desagradou, e minha intuição diz que sim, dê-lhe uma nova chance, por favor! Porque uma coisa é certa. Se ele a ama, cedo ou tarde virá buscá-la. A senhora pode ter certeza disso.

Diante do repentino frio interno, Alice respondeu:

– Não, Verusca, ele nunca virá!

– Mas ele sabe onde a senhora está? Se não, é por isso que ainda não veio. Deve estar desesperado a sua procura.

– Mesmo que soubesse, Verusca, ele nunca viria. Nunca! Entenda isso de uma vez por todas!

– A senhora não deve perder as esperanças.

– Ouça-me, Verusca! Ouça-me bem. Para mim, Miro está morto! Morto e enterrado. Nunca mais um sorriso, nunca mais um olhar sedutor, nunca mais sua dança sensual.

– A senhora pode até tentar matá-lo dentro de si, mas sabe, eu sei, qualquer um pode ver que ele ainda está muito vivo dentro da senhora.

Uma lágrima atravessou os olhos entristecidos de Alice. Ela engoliu em seco, mordeu os lábios, por fim, disse:

– Aquela gente, Verusca. Aquela gente me odiava. Para eles eu não passava de uma intrusa, uma penetra, uma chata. As mulheres eram quem mais me odiava por eu ter conquistado o coração de Miro. Morriam de inveja de mim, de nós... Amaldiçoavam nosso casamento. Eu as odiava, odiava tanto quanto elas a mim. Deve ter sido um tremendo alívio para aquela gente, quando abandonei a caravana. Com minha partida, eles finalmente estavam livres de mim.

Um suspiro e ela acrescentou:

– Praga pega! Sempre ouvi dizer que praga pega. A praga deles me separou de Miro. Destruiu o nosso amor, toda nossa paixão. Eu quero vê-los todos no inferno. Gritando, ardendo, gemendo de dor por terem sido tão mesquinhos e inescrupulosos comigo.

Verusca chegou a se arrepiar diante das palavras da patroa, ditas com tanto rancor e tanta raiva.

Na próxima visita de Alice a Luminita, a amiga a recebeu com visível apreensão.

– O que houve? Você me parece tão preocupada – indagou Alice, surpresa com o estado da moça.

– É o Aparício, meu marido, Alice.

– O que houve com ele? Algo grave?

– Ele está bem. O problema dele é com você. Ele não quer mais que eu seja sua amiga.

– Por quê?

– Porque você ficou muito mal falada na cidade depois que fugiu com o cigano. Ele acha que não fica bem, eu, uma mulher de respeito tendo amizade com uma moça que foi capaz de trair o marido a olhos vistos. Eu não penso assim, juro que não, mas o Aparício, sim, e nada vai fazê-lo mudar de ideia. Por eu ser sua esposa, não posso ir contra ele. Entenda a minha situação, por favor.

– Sim, eu entendo. Tudo bem.

Alice mal podia acreditar no que ouvia.

– Agora vá, Alice – arrematou Luminita parecendo ainda mais aflita. – E, por favor, não me procure mais.

Alice deixou a casa daquela que sempre fora sua melhor amiga e confidente desde a infância, procurando disfarçar o golpe que levara com seu pedido. Só então, começou a prestar atenção àqueles que cruzavam seu caminho, percebendo que todos olhavam para ela com descaso e preconceito.

Que todos se danassem! Aparício, Luminita, todos! Nunca se importara com o que os outros poderiam pensar dela, não seria agora. Isso a deixou ainda mais desinteressada por tudo e por todos. Só mesmo Diego para alegrá-la.

Naquela noite, Alice se recordou sem querer de uma passagem com Miro. Ele havia acabado de voltar para o acampamento e ela aguardava por ele, ansiosa e desesperada por sua chegada.

"Ah, meu amor, meu amor...", sussurrou, beijando-lhe tão fervorosamente que ele mal pôde respirar. "Por que demorou tanto para chegar? Longe de você me sinto tão só. Tão desamparada. Tão sem vontade de viver."

"Acalme-se. Posso me demorar uma vez ou outra, mas sem sempre estarei de volta. Será sempre assim, acredite!".

"Ainda assim, não gosto de me distanciar de você, Miro."

"Por que não me acompanha à praça como fazia antes?"

"Porque não suporto vê-lo dançando daquela forma. Olhando para as mulheres daquele jeito que só você sabe fazer. Usando seu corpo para seduzi-las. Seus olhos agora são só meus. Seu corpo é só meu. Nenhuma outra pode usufruir deles. Nenhuma.

"Alice está exagerando."

"Não é exagero algum. É paixão, amor... Sou louca por você. Quantas vezes vou ter de lhe repetir isso?"

"Miro também é louco por Alice. Louco, louco, louco!"

E ele de fato era, à sua maneira.

Chegou o dia, então, em que Alejandro reservou uma surpresa para Maria Alice Gonzáles. Havia comprado convites para irem ver uma ópera no teatro mais pomposo da belíssima Toledo. Não sabia se Maria Alice iria gostar do passeio, também não estava preocupado com isso, mas ela adorou a ideia e quando pensou em contratar uma babá para ficar com o pequeno Diego, Alice Namiaz de Amburgo assumiu a responsabilidade;

– Mas... – Maria Alice ficou em dúvida.

– Podem ir tranquilos – garantiu Alice, aparentemente muito certa do que dizia. – Aproveitem!

Diante de sua gentileza não havia por que não aceitar. Na noite em questão, Alejandro e Maria Alice tomaram uma condução até o teatro, cuja beleza arquitetônica era admirável.

Àquela hora, o local já estava juncado de plateia. A maioria pertencente à nata da sociedade espanhola. Os homens vestiam-se elegantemente com ternos confeccionados com os mais finos tecidos europeus e, as mulheres, vestidos de seda ou dc vcludo em tons pastéis, com ornamentos nos cabelos no mesmo tom para combinar.

Ao descer do veículo, Alejandro estendeu a mão para Maria Alice, no gesto mais cavalheiresco que um homem de berço poderia ter para com uma dama na época.

Enquanto subiam as escadas e deslizavam pelo grande *hall* do teatro, forte palpitação incomodou Maria Alice por alguns segundos.

– O que foi? – preocupou-se Alejandro, diante do seu abalo.

– Nada não. Fadiga, apenas – acreditou ela.

Nem bem o casal se ajeitara nas cadeiras, Maria Alice vislumbrou cada detalhe do interior da sala de espetáculos. Era um lugar realmente digno de ser visitado.

Alejandro Ramirez era só sorrisos para Maria Alice, agradecido à vida por poder viver feliz ao lado da mulher que sempre amou, desde o primeiro instante em que a viu.

Enquanto isso, na propriedade herdada por ela, Alice Namiaz de Amburgo, segurava, com a mão, trêmula, o trinco da janela que abrira para respirar o ar puro da noite e, com isso, abrandar suas emoções conturbadas. Ela queria simplesmente aquietar seu coração fatigado de lembranças tristes cujo avanço do tempo não lhe permitira esquecer.

Vozes e mais vozes falavam ao mesmo tempo em sua mente perturbada. Ela já não podia distinguir com precisão nenhuma delas. Por fim, ela fechou a janela, puxou cuidadosamente a cortina e se dirigiu para a penteadeira com um espelho belamente emoldurado. Nele, admirou seu rosto amargurado, arrepiando-se diante de tão profunda amargura.

Quão ruim a vida havia se tornado para ela. Desprezível e traiçoeira. Não tivera piedade dela tampouco carinho, amor e a compreensão de que necessitava. No passado ela apreciara a vida, nos últimos tempos a odiava tanto quanto o cigano que, no começo da relação dos dois, só lhe fizera bem e depois, só mal. Ela estava cansada de ser judiada pela vida, queria se libertar para, quem sabe, num lugar além, ter novamente um pouco de paz.

Dali, Alice seguiu para o quarto onde o pequeno Diego dormia. Abriu a porta com cuidado e, ao avistar o menino sobre a cama, entristeceu-se ainda mais. Aproximou-se do leito, admirando seu rostinho sereno e angelical.

– Olá, meu lindo... – disse ela com ternura e certa loucura na voz. – Gostaria de poder dormir em paz como você faz agora. Mas não consigo, ele não me permite. Desde aquele dia fatídico, ele nunca mais me deixou em paz. Não sabe o quanto eu invejo você, anjinho divino.

Ela se silenciou para prestar atenção à respiração do garoto. Depois, levemente passou o dedo pela mãozinha dele e completou:

– Se eu tivesse o poder de impedi-lo de sofrer na vida, eu faria. Saiba que eu faria de tudo para poupá-lo de qualquer sofrimento. Você não merece, nenhum anjinho como você merece. Mas você haverá de se apaixonar um dia, como acontece com todos e, então, você nunca mais terá paz, assim como eu deixei de ter, ao me apaixonar por aquele cigano ordinário. A paixão nos deixa doentes, acaba conosco. A paixão não presta, só nos faz destruir.

O balanço da cortina despertou a atenção de Alice, prendendo sua atenção a ela por quase cinco minutos. Quando voltou a olhar para o pequeno, a necessidade de salvá-lo dos horrores que ela viveu por causa de um grande amor, voltaram a assombrar seu coração.

– Anjinho divino, eu preciso salvá-lo deste mal. Você será grata a mim por tê-lo salvado.

Ela respirou fundo e completou:

– Nos céus, ao lado de Deus, anjinho divino, você me agradecerá pelo que fiz a você. Eu deveria fazer o mesmo por todos. Impedi-los de serem joguetes nas mãos cruéis da paixão.

Sem mais, ela deixou o quarto e se encaminhou até o aparador da sala de estar onde repousava um lindo candelabro com velas trançadas. Acendeu cada uma delas com profunda concentração e, depois, começou a atear fogo na casa. O primeiro ponto foi a cortina da sala que não demorou a se incendiar. Depois, os demais lugares por onde passava.

Capítulo 20

Alejandro e Maria Alice voltavam para casa, ainda sob o efeito mágico do espetáculo a que assistiram, quando um arrepio esquisito fez Alejandro estremecer. Foi como se uma parte do seu corpo tivesse gelado subitamente. Rapidamente ele chacoalhou os ombros para se livrar de tão esquisita sensação.

– O que foi? – estranhou Maria Alice.

– Nada... Nada não. Um arrepio apenas.

Ela também ficara arrepiada. Tanto que se achegou a ele.

– Relaxe – pediu Alejandro, acariciando-lhe a cabeça. Mas ela não conseguiu.

– Nosso filho... – murmurou ela, inquieta. – Será que aconteceu algo com ele?

– Não! Deus queira que não! Pensei nele também. Inquietação boba de pais, só isso!

– É. Pode ser.

O filho deveria estar bem, sim, Alice prometera cuidar devidamente dele. Ela adorava o menino. Sempre demonstrara afeto por ele. Mesmo assim, ambos apertaram os passos, pois algo continuava a preocupá-los.

No minuto seguinte, um forte cheiro de queimado invadiu-lhe as narinas. Alejandro girou o pescoço ao redor em busca de sua procedência. Nenhuma chaminé das casas ali parecia ser a responsável pelo forte cheiro. Nenhum sinal de fumaça passando por meio delas.

Então, da direção da casa onde viviam, ele avistou uma fumaça preta ganhando o céu. De longe já podia ver as chamas nas alturas.

– Oh, não! – exclamou Alejandro, aterrorizado.

– O que foi?! – assustou-se Alice com sua reação.

– A casa! A casa! – respondeu Alejandro, desesperado, pondo-se a correr.

Ao entrar na rua, as chamas se tornaram ainda mais reais e assustadoras. Desesperado, ele correu para o local, disposto a enfrentar o incêndio, caso fosse preciso para salvar o filho. Um dos vizinhos o deteve.

– Calma, Alejandro! Se você entrar, vai se matar!

– Meu filho! – gritou ele. – Onde está o meu filho?!

– Não está com o senhor?

A pergunta do sujeito fez Maria Alice cair de joelhos, unindo as mãos em louvor, explodindo em lágrimas. Num gesto rápido, Alejandro escapuliu dos braços do homem e invadiu o casarão em chamas.

Dentro da casa, o cheiro de queimado dominava o ar. O desespero deixou Alejandro sem saber ao certo que rumo tomar.

– Diego, meu filho! – gritou ele sem se dar conta de que o menino não tinha idade para responder ao seu chamado.

– Alice! Alice! – tornou Alejandro a toda voz.

O silêncio continuou mortal.

Ele tinha de fazer alguma coisa além de gritar por seus nomes. Mas, o quê? Novamente, o medo de que Diego morresse naquele incêndio fez Alejandro estremecer e grunhir de raiva por se sentir impotente diante das chamas.

Ele tinha de agir, o fogo em breve também iria devorá-lo como fazia com tudo mais a sua volta.

– Não! O menino não pode morrer! Não pode!

– Alice! – tornou Alejandro até onde sua voz podia alcançar. – Responda-me, pelo amor de Deus!

O choro foi inevitável.

Lá fora, enquanto isso, os vizinhos tentavam consolar Maria Alice:

– Não se preocupe, senhora. Ele salvará seu filho.

Mas os segundos passavam e nenhum sinal de vida por parte de Alejandro Ramirez, nem de Diego nem de Alice M. de Amburgo.

– Alejandro, meu amor, por que demora tanto? – perguntava-se Maria Alice, aflita. – Por quê?!

O desespero fez com ela suasse em profusão, como se também estivesse cercada pelo fogo. Só que um incêndio de chamas invisíveis.

Alejandro, por sua vez, perdia a esperança de encontrar Alice e

Diego com vida e salvá-los do fogo. Foi então que avistou um sujeito em meio às chamas, fazendo sinal para ele seguir naquela direção. Com toda coragem e amor que lhe iam na alma, Alejandro rapidamente foi para lá. Ele estava determinado a salvar a criança. Nem que o salvamento custasse sua própria vida. Ele não podia abandonar o menino.

O sujeito conduziu Alejandro até o quarto onde Alice havia deixado Diego. Com toda força que ainda lhe restava, Alejandro deu um ponta pé na porta e invadiu o local. O menino continuava no berço, adormecido ou desfalecido.

– Diego, meu filho! – gritou, correndo até o menino. Pegou-o do leito e o abraçou, forte e carinhosamente. – Meu querido, meu querido.

Não restava mais tempo, em breve a casa toda seria consumida pelo fogo. Se não agisse rápido, ele e a criança também seriam consumidos pelas chamas. Eles tinham de chegar até a porta da frente, intactos.

E novamente Alejandro avistou a misteriosa figura fazendo sinal para ele, indicando-lhe a janela do quarto em questão.

– A janela! – exclamou Alejandro, eufórico. – É óbvio! A janela!

Num braço ele segurou o menino e com o outro abriu a janela por onde pulou e saiu da casa. Ele e o menino estavam irreconhecíveis, cobertos de fuligem e suor. Diego ainda permanecia inconsciente, mas respirava, o que era o mais importante.

Com todo cuidado e a mesma medida de carinho, o pai abraçou o filho e murmurou emocionado:

– Está tudo bem. Não há mais o que temer. Você está a salvo! – E com redobrada emoção, repetiu: – Eu amo você, filho.

Sem mais, ele correu para longe dali, pois quanto mais distante ficassem, melhor seria o ar para seus pulmões.

Nem bem deixaram a edificação, o fogo se alastrou por toda a construção. Foi como se tivesse esperado os dois saírem dali para queimar tudo.

Ao vê-lo contornando a casa, com o menino nos braços, os vizinhos se empolgaram.

– Dona Maria Alice, veja! Seu marido e seu filho!

Maria Alice se levantou do chão onde estivera até então ajoelhada, orando, e recebeu Alejandro e Diego de braços abertos.

– Filho! – ela tomou a criança nos braços. – Ah, meu querido! – Beijou-lhe a testa e depois o marido. – Graças a Deus, vocês estão bem. Deus seja louvado!

Alejandro agora chorava feito uma criança. A seguir, foi lhe servido água por um dos vizinhos.

– Obrigado – agradeceu ele, depois de entornar o copo.

– E quanto a Alice? Onde está ela? – perguntou Maria Alice, aflita.

Só então Alejandro se lembrou novamente da moça.

– Eu só encontrei o menino. Somente ele. Eu a teria salvado se pudesse. Juro que teria.

– Que tragédia, meu Deus, que tragédia!

E para espanto de todos ali, Alejandro falou com esperança renovada:

– Mas o sujeito, o sujeito certamente a salvou.

– Sujeito, que sujeito, Alejandro?

– Havia um homem na casa. Um estranho. Foi ele quem me conduziu até o Diego.

– Se havia, onde está ele agora?

– Bem, a última vez em que o vi, ele estava junto à janela do quarto por onde eu e Diego escaparmos do incêndio. Foi sugestão dele, inclusive.

– Desse estranho?

– Sim!

Alguns ali acreditaram que Alejandro havia imaginado coisas, devido a forte tensão pela qual passou.

– Onde está esse homem, então, Alejandro?

– Pois é. Aí é que está. Não sei. Já era para ele ter deixado a casa, não?

Alejandro já não sabia mais o que pensar.

– O que será que causou o incêndio? – perguntou um dos presentes.

– Ainda é cedo para saber. Os bombeiros certamente descobrirão.

Os bombeiros finalmente chegaram e tentaram dominar o fogo, mas já era tarde demais para salvar alguma coisa. Naquela noite, Maria Alice, Alejandro e Diego dormiram na casa do vizinho com quem tinham mais afinidade. Só mesmo na manhã do dia seguinte é que foi descoberto o corpo carbonizado de Alice Namiaz de Amburgo. Ao seu lado estava o castiçal com o qual ela ateara fogo a casa. O que confirmou as suspeitas dos bombeiros de que o incêndio havia sido provocado.

– Será que foi ela mesma quem ateou fogo a casa? – indagou Maria Alice que custou-lhe a acreditar que a moça chegasse àquele ponto.

– Só pode – respondeu Alejandro, crente naquilo. – Deprimida como estava, a tristeza deve tê-la enlouquecido.

Verusca também estava com os dois, inconformada com o incêndio e com a morte estúpida de sua patroa.

– Pobre Dona Alice. Nos últimos tempos ela só via graça no pequeno Diego. Ela adorava o menino.

– Se gostava tanto – retrucou Alejandro. – Por que levá-lo à morte?

– Ela me dizia sempre que se pudesse impedir as crianças de sofrerem por amor ou por uma grande paixão, ela faria de bom grado.

– Pobre Alice, a loucura tomou conta dela – opinou Maria Alice, com verdadeiro pesar.

– Loucura que quase matou o nosso filho! – retrucou Alejandro sem piedade.

– Mesmo assim, eu a compreendo e lhe perdoo.

– Porque você tem bom coração, Maria Alice. Muito diferente do dela. Seus nomes eram iguais, praticamente iguais, mas na alma, vocês duas eram completamente diferentes uma da outra.

Breve pausa e Verusca voltou a falar:

– Foi o cigano... O amor que ela sentia por ele é que a destruiu. Os dois se desentenderam, por algum motivo que ela nunca me permitiu saber, só sei que, no fundo, eu acho que ela ainda alimentava esperanças por ele. De que ele viria atrás dela mesmo não tendo lhe deixado seu paradeiro. Ao perceber que ele não viria, que parecia mesmo ter desistido dela, ela deve ter enlouquecido de saudade, de revolta e de paixão. Sim, Dona Alice ainda o amava muito. Era visível em seus olhos tristes.

– O cigano... – murmurou Alejandro, surpreso.

– Sim, senhor – confirmou Verusca, olhando atentamente para ele.

– O homem, o homem que vi dentro da casa durante o incêndio...

– Homem?! Que homem?! – arrepiou-se a criada.

– O sujeito que me conduziu até o local onde Diego se encontrava.

Verusca novamente se arrepiou.

– Esse sujeito, bem – prosseguiu Alejandro, impressionado. – Ele era um cigano. Só agora percebo isso.

– Cigano?! – A pergunta partiu de Maria Alice e de Verusca simultaneamente.

– Sim. Com brinco de argola na orelha, roupas coloridas e lenço brilhante amarrado na cabeça. Ele era mesmo um cigano.

– Que estranho! O que um cigano estaria fazendo lá dentro a uma hora daquelas?

– O mais estranho é que nenhum corpo de homem foi localizado nos escombros.

– Então ele se salvou – opinou a criada.

– Ou nunca esteve lá – retrucou Maria Alice.

– Mas eu o vi! – defendeu-se Alejandro, olhando aflito para a esposa.

– Será que o viu mesmo ou foi um delírio causado pelo desespero?

– Ainda que fosse um delírio, por que eu haveria de delirar com a imagem de um cigano? É muita coincidência.

– De fato. Se o Senhor Pass de Leon ouvir essa história, ele certamente dirá que o que você viu foi na verdade o espírito de um cigano. Já faz algum tempo que ele estuda espiritismo e mediunidade. Se realmente o espírito de um cigano estava ali foi para ajudá-lo a salvar o nosso adorável Diego. Era um espírito do bem.

Alejandro se arrepiou.

– Ainda que fosse, pergunto-lhe: que cigano era esse?

– Provavelmente algum ligado a Alice, afinal fora ela quem conviveu com eles por algum tempo.

– Sim, só pode. Que história mais fascinante, não?

E os três novamente se arrepiaram.

Capítulo 21

No plano espiritual, há um lugar chamado Vale dos Suicidas. É para onde vão as almas daqueles que realmente atentaram contra a própria vida ou consumiram alimentos, bebidas e drogas, adotaram comportamentos e atitudes que sabiam de antemão que lhes seriam prejudiciais para a saúde física, mental e espiritual. Alice agora se encontrava ali, largada e abandonada em meio aos gritos pavorosos e desesperadores dos que também se encontravam ali pelas mesmas razões que as dela.

Então Miro, em espírito, foi até o local resgatá-la. Guiado por espíritos socorristas, o indivíduo ali chegou. Ao vê-lo, Alice surtou. Grunhiu feito um animal assustado, e começou a rastejar, pelo chão imundo, querendo desesperadamente fugir dele, como se ele fosse uma assombração, a própria personificação do demônio.

– Alice – chamou ele, mas ela não lhe deu ouvidos. Continuou rastejando-se para longe dele. – Alice – tornou ele, amorosamente, com muita pena da moça. – Deixe-me ajudá-la, Alice. Por favor!

– Fique longe de mim! – Berrou ela, em pânico.

– Eu só quero ajudá-la, por favor.

Ela gritou, histérica, enquanto suas mãos percorriam seu corpo como se quisessem perfurá-lo. Por mais que tentasse ficar de pé, não tinha forças, tampouco serenidade para enfrentar aquilo.

– Alice, ouça-me! Vim para ajudá-la, entende? Você precisa deixar este lugar.

Os olhos dela novamente encontraram os dele, e o horror brilhou ainda mais fundo na sua face.

– Eu odeio você! Odeio! – explodiu ela mais uma vez.

– Para que tanto rancor, Alice? Deixa disso.

– Você destruiu o nosso amor, me iludiu, me foi infiel. Foi ingrato comigo. Quero distância de você. Maldito!

– Alice, deixe-me falar. Você precisa me ouvir!

– Mas eu não quero! Vá embora, por favor! – O pranto calou-lhe a voz.

Miro chorou com ela e deu-lhe o tempo necessário para se recuperar. Olhando ao redor, ela quis saber:

– Que lugar é esse, afinal? Essas pessoas rastejantes, imundas e loucas a berrar... Quem são elas? Por que estão feridas?

– Este é o vale dos suicidas, Alice. Chamado por muito também de purgatório. Para onde seguem todos aqueles que desprezam a vida, que poderiam ter vivido plenamente e da melhor forma possível e não fizeram. Não se importaram com o que ganharam do Pai Celestial.

– É um lugar tão desprezível...

– Sim. Reflete o descaso e o desprezo com que muitos trataram a vida que Deus lhes concedeu.

Ela absorveu as palavras, enquanto olhava o rosto deformado pela agonia e desespero dos que se encontravam ali. Subitamente, ela voltou a chorar e, olhando Miro novamente nos olhos, falou em tom de desabafo:

– Eu queria poupar o menino. Poupá-lo daquilo que nos destruiu.

– Não foi o amor que nos destruiu, Alice. Foi o ciúme, foi a minha libertinagem. Sou tão culpado pelo que você me fez quanto pelo que você fez a mim. Eu sabia, sim, sempre soube onde minha libertinagem poderia me levar, mesmo assim, não respeitei meu bom senso. Fiquei surdo e cego para o respeito o que deu origem ao desrespeito. Você me violou tanto quanto eu a violei.

– E agora estamos aqui.

– Sim.

– O que virá então?

– Uma nova chance. Venha! Vou levá-la para um lugar onde você possa recomeçar. Basta me dar a mão, basta querer.

Ela hesitou por diversas vezes até que, por fim, estendeu-lhe a mão e com sua ajuda se levantou.

– Isso, é assim que se faz – Miro a encorajou. – Só mesmo se dando a chance de se renovar e recomeçar é que qualquer um pode se libertar de um lugar tão triste e desesperador como este que simplesmente reflete o estado mental daqueles que vieram parar aqui. Melhorando a mente, melhora-se o ambiente ao seu redor.

Olhando para Miro, ainda com seus olhos tomados de paixão por sua pessoa, Alice assentiu e sob a guarda dos espíritos de luz, ambos seguiram para uma colônia do plano espiritual onde ela pudesse receber o devido tratamento para uma melhora individual positiva.

No plano terrestre, enquanto isso, Alejandro Ramirez tentava reestruturar sua vida. Foi então que, certo dia, lembrou-se de algo interessante e surpreendente. Com Maria Alice, compartilhou:

– Acabo de me lembrar de uma cigana que leu minha mão certa vez. Ela me disse que havia duas mulheres na minha vida, o que de fato era verdade. Alice e você (Maria Alice). Disse-me também que ambas tinham algo em comum e isso ainda causaria desgraça entre nós.

– Algo em comum entre nós? – intrigou-se Maria Alice. – Seria o nome?

– Me fiz a mesma pergunta. Depois ela me disse que viu chamas. Muitas chamas. Um incêndio.

– Pois ela acertou de novo! – argumentou Maria Alice boquiaberta.

– Disse-me também que havia um menino ligado a mim – continuou Alejandro puxando pela memória. – E que esse menino era certamente meu filho. Duvidei dela na ocasião, porque até então não sabia da existência do Diego.

– Nossa, ela foi precisa novamente.

– Pois é. Ela me disse também que haveria uma cigana no futuro desse menino vinculado a mim.

– Uma cigana?!

– Sim!

– Não seria um cigano? – sugeriu Maria Alice, pensativa. – O qual o ajudou a salvar o Diego do incêndio?

– Não, ela deixou bem claro que se tratava de uma mulher da sua raça.

– Talvez ela tenha se confundido. Nem sempre as cartomantes acertam tudo.

– Pode ser, mas essa foi bem precisa, apesar de eu, na ocasião, ter duvidado de tudo o que ela me disse.

– Ela realmente foi impressionante.

E novamente Alejandro avistou a imagem do cigano, fazendo sinal para ele em meio ao fogo. E mais uma vez ele quis saber quem era. Qual seu nome e por que estava ali. De qualquer modo lhe seria eternamente grato, pois graças a ele, Diego fora salvo.

Participaram dessa fase da história, os seguintes personagens:

Alejandro Ramirez
Juan Manuel Ramirez (Pai de Alejandro)
Ricardo Ramirez (Irmão de Alejandro)
Lucrecia Borrego (Esposa de Ricardo)

Maria Alice González (Filha de Leocádio González)
Diego Ramirez (Filho de Alejandro e Maria Alice)

Constância Millanges Pazuelos (Madrasta de Maria Alice)
Emmanuelle e Rachelle Pazuelos (Filhas da madrasta)

Edmondo Torres (O mascate que gosta de Maria Alice)
Pino Pass de Leon (O Senhor que emprega Edmondo e M. Alice)
A filha e neta do Sr. Leon foram apenas citadas.

Gonçalo Namiaz de Amburgo (Pai de Alice)
Alice Namiaz de Amburgo (Jovem rica e mimada que se casa com
Alejandro Ramirez)
Luminita Cardosa (Amiga de Alice)
Aparício Vidal (Marido de Luminita)
Verusca Athias (Criada de confiança de Alice Namiaz de Ambur-
go)

Miro (O cigano atraente que se apaixona por Alice)
Ramon (Cigano regente da caravana de ciganos)
Dolores (Cigana que tem Miro como um filho)
Natasha (Cigana que ensina o flamenco)

Segunda Parte

Capítulo 1

Europa 1939

Dezessete anos haviam se passado desde os últimos relatos. Ramon ainda era o chefe da caravana dos ciganos à qual pertencia. Nesse período, muitos ali haviam morrido, outros nascido e crescido. Nesta ocasião, a caravana se encontrava acampada às margens do rio que banhava a cidade de Estrasburgo, região da Alsácia na França, localizada a leste do país, junto às fronteiras da Alemanha e Suíça. Um lugar muito bonito, destacado por suas belas cidades, paisagens e produção de vinho.

Por entre o verde esplendoroso do lugar, reluzente ao sol de uma nova primavera, Samara e Iago brincavam feito duas crianças sapecas.

– Samara! – chamava o rapaz a correr atrás da jovem.

Faltava-lhe fôlego para responder, tamanho o esforço que ela fazia para se manter à frente dele, correndo com todo ímpeto.

– Eu a alcanço, Samara! Alcanço!

Minutos depois, ele conseguiu. Ao prendê-la em seus braços, seus olhos brilharam de excitamento ao ver-se tão próximo da linda cigana, tão jovem e cheia de vida quanto ele. Ao perceber que ele a beijaria na boca, Samara se esquivou do seu abraço, voltando a correr, lépida e feliz.

– Não adianta fugir, Samara! – tornou Iago, dando-se um momento para recuperar o ar. – Eu te pego! E ainda te farei minha mulher e mãe dos meus filhos.

Recuperado, o cigano de 17 primaveras completas, voltou a correr atrás da jovem que saiu do bosque, rindo, seguindo vitoriosa na direção do acampamento, onde ambos tinham de se comportar.

– Samara! – falou Ramon, em tom de repreenda. – Está quase

133

na hora de irmos para a cidade entreter a população e você está toda suada.

— Eu sei — respondeu resfolegante a cigana.

— Todos gostam de ver Samara limpa e perfumada.

— Em meia hora estarei pronta. Samara é rápida. Ramon sabe. Sabe também o quanto Samara cumpre com seus compromissos.

Jogando-lhe um beijo com a mão, a ciganinha foi fazer sua higiene do dia num trecho adequado e discreto das margens do rio próximo ao acampamento cigano.

Samara era uma cigana mais do que bonita. Aos 16 anos completos, era forte, segura e feminina. Os seios, avolumados com o viço dos anos, e a cabeleira, parecendo uma juba de leão, davam a ela um aspecto de mulher fatal, nada usual para uma garota da sua idade. Seus olhos eram de um castanho intenso tal qual os cabelos, que iluminados ao sol, pareciam ter a cor do pecado. Samara era, em todos os sentidos, uma linda mulher.

Ao ver Iago chegando, derramando-se em suor, Ramon endereçou-lhe também um olhar reprovador.

— Não se zangue comigo, Ramon. Iago estava apenas brincando com Samara. Em breve farei dela minha mulher. Você há de abençoar nosso casamento, não?

— Sim, Iago, abençoarei. Você é um jovem ajuizado. Casada com você, Samara estará em boas mãos.

— Que bom que sabe disso. Fico feliz por Ramon gostar de mim.

Iago também parecia ter a cor do pecado quando banhado pelo sol intenso de verão. Seus cabelos castanhos eram brilhantes e seu rosto totalmente masculino. As sobrancelhas eram grossas, os cílios longos e fartos, intensificando seu olhar vivo e interessado para tudo e todos que o cercavam. A barba era rala e por isso, ele pouco se preocupava em apará-la. Isso lhe dava um charme especial, principalmente quando amarrava um lenço colorido de cetim em torno da cabeça e usava brincos de argola dourados. Por isso, muitos, dali, chamavam-no de pirata cigano, pois ele realmente parecia ser a mistura de ambos.

Uma hora depois, os músicos ciganos tocavam entusiasmados seus instrumentos, na praça escolhida da noite, para alegrar o povo que por ali passasse.

Samara, coberta de colares, anéis e pulseiras, dançava descalça, com seus cabelos acastanhados e sedosos a balançar sobre os ombros. Parecia flutuar, tamanha leveza com que embalava o corpo ao ritmo das canções. Junto dela, outras ciganas rodopiavam suas saias e exibiam suas pernas torneadas que tanto prendiam a atenção dos homens, ali parados para contemplá-las.

Quanto mais eles urravam por elas e jogavam moedas aos seus pés, mais elas se sentiam empolgadas a dançar frenética e voluptuosamente.

Depois de juntar as moedas, Iago voltou ao centro da dança, dirigindo-se, dessa vez, exclusivamente a Samara que, diante dos seus olhos brilhantes, sorriu alegremente para ele.

Tomando-lhe a mão esquerda, mantendo-a para o alto, ele enlaçou seu quadril, conduzindo-a para o lado que quisesse ao ritmo provocante da canção. Olhos nos olhos, ambos se flertavam e sorriam, esbanjando felicidade, impressionando todos que assistiam a eles, com a sintonia, paixão e determinação com que se entregavam à dança.

Naquela noite, ao voltar para o acampamento, a alegria de Samara foi substituída por uma inesperada tristeza. Natasha, sua mãe, piorara de saúde, a ponto de nada mais poder ser feito pelos ciganos para afastá-la da morte.

— Mamãe! – chamou Samara, tomada de aflição.

— Filha... – murmurou a mulher, estirada ao leito estreito da carroça que a abrigava.

— Estou tão triste por vê-la assim. Gostaria de vê-la bem. Saudável novamente.

— Samara, filha, o momento de sua mãe deixar esse mundo se aproxima...

— Não! Ainda é muito cedo para isso. A senhora é ainda muito moça. Não vou saber viver sem a senhora.

— Saberá, sim! Confie em si mesma. De onde eu estiver, após a minha morte, estarei orando por você. Você é minha filha querida. Nunca se esqueça disso.

— Eu jamais esquecerei, mamãe.

A mulher procurou sorrir e com grande dificuldade acrescentou:

— Toda vez que você dançar o flamenco e agitar as castanholas, lembre-se de mim, por favor.

– Vou lembrar, mamãe, eternamente. A senhora me ensinou tudo, sou muito grata por isso.

Mais um sorriso trêmulo e Natasha desencarnou.

– Ramon! – gritou Samara, deixando a carroça, aos prantos. – Ramon!

Quando o cigano avistou a jovem, tomada de desespero, soube, imediatamente, o que havia acontecido. Agarrou a ciganinha em seus braços fortes e a apertou contra o seu peito.

– Ramon cuidará de Samara, não se preocupe.

Ela nada conseguia dizer, o pranto não lhe permitia.

– Calma, minha querida. Ramon está aqui!

Por mais forte que gostasse de parecer a todos, Ramon não pôde evitar que lágrimas invadissem seus olhos. Ao avistar Iago, o chefe dos ciganos passou Samara para os seus braços, dizendo:

– Cuide dela, Iago. Samara precisa de você agora, como nunca antes.

Assim fez o ciganinho, enquanto Ramon seguia para o local onde jazia o corpo de Natasha. Diante da morta, ele afagou-lhe o rosto e muito emocionado, falou:

– Natasha foi uma cigana maravilhosa. Poucas tiveram um coração como o seu. Siga em paz para o reino dos mortos. Que os espíritos do bem saibam acolher você nessa passagem e conduzi-la aos céus.

Com o polegar direito, ele fechou cada olho entreaberto da morta e iniciou os preparativos para o funeral. Foi um dia triste para todos do acampamento, mas como ditavam as leis dos ciganos: a vida tinha de continuar.

Capítulo 2

Quando a sós com Samara, Iago procurou lhe dizer algumas palavras de conforto.

– Sua mãe foi uma grande cigana. Sua grandeza deve ser guardada para sempre no coração de todos nós.

– Sim. Farei isso com muito gosto.

– Ramon nos ensinou que, os espíritos dos mortos podem nos ver e nos ouvir quase que permanentemente. Penso, então, que Natasha estará sempre ao seu lado, Samara, protegendo-a de todo mal, apenas invisível aos seus olhos.

Suas palavras fizeram a ciganinha olhar mais atentamente para ele.

– Iago tem razão. Bem lembrado. Obrigada.

– Pergunte a Ramon, quando puder, mais a respeito do mundo espiritual. Tenho a certeza de que ele sabe muito mais sobre os espíritos dos mortos do que já teve a oportunidade de nos contar um dia.

– Samara perguntará.

O jovem sorriu e enlaçou sua mão à dela. Tão sincero quanto antes, completou:

– Quero ver Samara linda e radiante novamente. Não quero vê-la triste. Isso machuca o coração de Iago.

Voltando seus olhos para ele, carregados de emoção, a ciganinha agradeceu-lhe mais uma vez por todo carinho que recebia.

Somente uma cigana ali não havia se sensibilizado com a morte de Natasha. Seu nome era Málaga e era tão jovem quanto Samara. Seu corpo era esbelto, seios fartos, apesar da pouca idade e cinturinha de pilão. Apesar de seus atributos, concedidos generosamente pela natureza, Málaga nunca se sentia completa e feliz, estava sempre a se comparar com Samara. Para ela, a ciganinha tinha um rosto mais bonito, um corpo mais atraente, um carisma sem igual. Por isso, no acampamento, todos a mimavam, paparicavam e a protegiam mais do que a ela.

Não obstante tudo isso, Samara tinha o amor de Iago, o jovem cigano por quem Málaga era loucamente apaixonada. Ao avistá-lo, consolando Samara pela morte da mãe, Málaga sentiu novamente o ciúme ferver sob sua pele. Samara não merecia ser bonita e ter, além de tudo, o amor de Iago. Ela não podia se sair vitoriosa em tudo. Não seria justo.

Atenta ao comportamento de Málaga para com Samara, Dolores se fez sincera com a cigana invejosa:

– Você inveja Samara em tudo, não é mesmo, Málaga?

E a velha cigana chegou a pensar que a mocinha negaria seus sentimentos pela outra. Que nada, confirmou tudo no mesmo instante:

– Invejo, sim, Dolores! Chego até passar mal por isso. Fico sem ar, meu coração dispara. Não é justo que Samara tenha tudo. Só porque tem um corpo bonito e atraente...

– Málaga também tem um corpo bonito e atraente – lembrou-lhe Dolores, uma verdade que para a ciganinha passava despercebida.

– Não tenho!

– Tem, sim! Mas Málaga não pode ver isso em si mesma, porque Málaga se deixa escravizar pela inveja e o ciúme. Sentimentos maus que ainda vão acabar matando Málaga!

– Pois que me matem! Assim não terei mais de sofrer por causa dessa ciganinha.

Nem bem completara o desabafo, seus olhos explodiram-se em lágrimas, obrigando Dolores a consolar a jovem com palavras mais precisas:

– Málaga precisa aprender a dominar sentimentos ruins como esses. Sentimentos assim não são bons!

A cigana teria abraçado a jovem se ela assim permitisse, mas Málaga não gostava de abraços, tampouco de gestos afetuosos por parte de quem quer que fosse. Mantinha-se sempre dura e ereta, evitando qualquer demonstração de afeto. Não demorou muito e ela recuperou a empáfia com que encarava a vida e fazia dela um inferno.

– Málaga não tem sorte! – admitiu, então.

– Não diga isso...

– Digo, por que é verdade!

— Você tem corpo perfeito, os homens enlouquecem ao vê-la dançar.

Ela deu de ombros, fazendo descaso do elogio. Dolores então se fez mais precisa:

— É por causa do Iago, não é? É por causa de ele gostar de Samara, que Málaga a odeia tanto, não é mesmo?

A resposta da cigana foi imediata:

— Iago não gosta de Samara, Iago ama Samara! É louco por ela!

Ela bufou antes de completar, furiosa:

— Iago ama Samara desde que era garotinho! Desde então, só teve sempre olhos para ela: Samara, Samara, Samara! Eu a odeio por isso! Odeio!

— Não podemos ter tudo na vida, Málaga. Essa é a grande verdade da nossa existência. Por isso podemos reencarnar. Só por meio das reencarnações teremos oportunidade de viver de todas as formas que nossa alma anseia e necessita para se tornar soberana e purificada.

— Não quero reencarnar. Quero apenas Iago para mim, agora, já!

— Ainda que ele nunca a olhe com os mesmos olhos que se dirige para Samara?

Com notória superioridade, ela respondeu:

— É por isso que Samara tem de morrer! Só mesmo estando morta é que Iago terá olhos inteiros para mim!

— Málaga, você não deve nunca mais repetir isso! – alertou-lhe Dolores, indignada com as palavras da jovem. Jamais deseje a morte de alguém, ainda mais para se beneficiar com sua morte. Isso só lhe trará desgraças ao longo de sua existência!

— Mais desgraçada do que já sou?

— Bata na sua boca três vezes, Málaga! Você não sabe o que é a desgraça. Você não sabe o que é verdadeiramente a dor. Modere suas palavras, pois elas têm grande poder e peso sobre nossas vidas. Cedo ou tarde, transformam-se em realidade!

A jovem se levantou num salto, ajeitou o vestido, os cabelos, enxugou as lágrimas e olhando desafiadoramente para Dolores, foi ferina como sempre, ao fazer uso das palavras:

— Samara não pode ser feliz enquanto eu, Málaga, sou infeliz. Se o destino me quer infeliz ao longo da vida, Samara também terá um destino infeliz. Vou cuidar para que isso aconteça.

Ao mover-se, Dolores a segurou pelo punho, com o pouco de força que o peso da idade ainda lhe permitia:

– Málaga, ouça o conselho desta velha cigana. Apague do seu coração toda essa maldade. Se busca a felicidade, tire de dentro de si todos esses pensamentos e desejos maléficos. Não conseguirá ser feliz, agindo assim. Ninguém nunca consegue. A vida, cedo ou tarde, cobra! Não é à toa que se diz que o feitiço logo volta para o feiticeiro.

Com um safanão, Málaga livrou seu braço da mão frágil de Dolores e partiu, estufando o peito e empinando a cabeça, enquanto seus olhos ardiam novamente de fúria por não ter tudo o que mais desejava, ainda que o tudo se resumisse no único desejo de ver Iago apaixonado por ela.

Não era somente pelo fato de Iago amar Samara que Málaga odiava a ciganinha. Mesmo que ele não a amasse, Málaga encontraria, inconscientemente, outro motivo para odiar a jovem e lhe querer mal. Desde garotinha não conseguira se simpatizar com ela. Por mais que Samara lhe fosse agradável, Málaga nunca a aprovou. Ao seu lado, sentia-se sempre feia e insignificante. Um mistério que muitos gostariam de compreender e só mesmo consultando as existências anteriores do espírito, para encontrar a resposta.

Mais uns passos e Málaga avistou novamente Iago, lindo, no esplendor dos seus 17 anos ao lado de Samara, ainda sofrida pela perda da mãe. A inveja, o ciúme e o ódio mais uma vez atingiram a cigana no peito, como uma flecha embebida em veneno.

"Samara não pode continuar feliz... Não merece ser feliz. Não será feliz.", garantiu para si, determinada.

"Chegou a hora de usar contra ela o que sei. Somente isso pode destruir sua paz! Somente isso pode destruí-la por inteira!".

E um sorriso de triunfo esganiçou seus lábios carnudos e avermelhados por um batom intenso. Ela riu, maliciosamente, deixando seu rosto magro e ossudo com uma expressão demoníaca.

Capítulo 3

Apesar da ansiedade, Málaga aguardou pelo melhor momento para acabar, de vez, com a paz daquela que tinha como rival. Achegando-se a ela, sorrateiramente como uma naja traiçoeira, perguntou com fingida amabilidade:

— Samara ainda está triste pela morte da Natasha, não?

— Sim, muito – respondeu-lhe Samara com sinceridade, ainda resguardando o luto pela perda da mãe.

Despretensiosamente, Málaga sentou-se ao lado da ciganinha e disse, com jeitinho de boa moça:

— É... Perder a mãe nunca é fácil. Também sofri muito quando a minha morreu. Mas as leis dos ciganos ditam que apesar dos pesares temos de continuar, porque a vida não para.

— Sim, certamente. – Sacudindo a cabeça para afastar as ideias tristes, Samara completou: – Natasha foi uma grande mãe para mim. Serei eternamente grata a ela por tudo que me fez e me ensinou. Ser sua filha, foi mesmo um privilégio.

Sua voz soou firme e sincera.

— Você confiava nela, não? Digo, plenamente, não é?

— Na minha mãe? Sim, é lógico! Ela só me deu bons exemplos... Nunca mentiu para mim, nunca me iludiu. Foi sempre muito sincera e verdadeira comigo.

Málaga olhou fixamente para o rosto expressivo de Samara e disse, com estampada ironia na voz:

— Samara é mesmo tão bela quanto tonta.

O rosto da ciganinha distendeu-se de perplexidade pelo que ouviu.

— Oi?

Málaga se fez clara mais uma vez:

– É isso mesmo o que você ouviu. Samara pensa ser esperta, mas não é. Nunca foi. Nunca será!

Samara a olhou com um brilho indefinido nos olhos.

– Por que Málaga me agride com palavras? Por que insiste em me ferir? Diga-me, por quê?

Os olhos da cigana reluziam de satisfação.

– Porque você é boba demais! Tonta demais!

A voz de Málaga penetrou fundo novamente o coração da jovem que tristemente falou:

– Estou tão triste pela morte de Natasha. Quer me deixar ainda mais triste?

Málaga sacudiu a cabeça positivamente e se fez venenosa outra vez:

– Samara chora por Natasha porque ela foi boa para você. Ensinou Samara a dançar e usar a arte da sedução. Dentre outras coisas, como você mesma disse, há pouco. No entanto, Natasha não foi sincera com Samara, nem ela nem nenhum outro dos ciganos deste acampamento.

A voz firme de Málaga voltou a assustar a jovem, fazendo-a se arrepiar por inteira. Samara agora sentia medo de Málaga, um medo profundo, sem saber ao certo por que.

– Preciso ir – disse ela, disposta a se afastar de Málaga o quanto antes. Mas nem bem tinha dado um passo, Málaga a segurou firme pelo braço e, friamente falou, encarando desafiadoramente seus olhos:

– Natasha não era sua mãe verdadeira. Todos sabem disso, mas guardam segredo de você.

Samara devolveu-lhe o olhar desafiador, enquanto os olhos de Málaga voltavam a brilhar, triunfantes.

– É isso mesmo o que você ouviu, sua tonta. Você foi pega para criar. Natasha era sua mãe de criação. Samara não nasceu de dentro dela.

– Málaga está passando dos limites – foi tudo o que Samara conseguiu dizer, querendo muito fugir dali, para bem longe da cigana impiedosa. Mas, Málaga não lhe permitiu, continuou segurando a jovem pelo braço, voltando a falar, em tom cortante:

– Málaga quer apenas abrir os olhos de Samara. Fazê-la perceber que sua vida foi cercada de mentiras o tempo todo.

– Isso não é verdade. Lógico que não é!

– É verdade, sim! – retrucou Málaga apertando o braço da outra até doer. – Todos sabem, apenas fingem não saber. Não sei bem quem foram seus pais, tampouco como veio parar aqui, só sei que foi pega para criar. É tudo que sei.

E Málaga novamente sorriu, vitoriosa, seguido de uma leve gargalhada de bruxa má. Agora ela estava feliz, feliz e radiante por ver Samara ainda pior do que estava por causa da morte da mãe. Assim, ela soltou o braço da moça e concluiu, em meio a uma reverência:

– Agora você já pode ir. Já me ouviu o bastante. Não tenho mais nada a lhe dizer.

Samara, no entanto, manteve-se imóvel, com os olhos perdidos no horizonte. Diante do seu choque, Málaga partiu, saltitante e sapeca. Regozijando-se do estrago que havia feito na menina. Ah, como ela ansiara por aquilo, como lhe aprazia vê-la sofrer como se já não bastasse o sofrimento dela pela perda de Natasha, considerada sua mãe verdadeira a vida toda.

Capítulo 4

Desde então, Samara ficou a se perguntar: estaria Málaga certa no que lhe afirmara com tanta precisão?

Ao encontrá-la com o olhar perdido no nada, tão sem vida quando sua tez, Iago preocupou-se:

— O que houve? Samara parece preocupada.

— E estou. Málaga me disse algo que...

— Málaga?! Não lhe dê ouvidos. Ela só quer atormentá-la.

— Iago, ela me disse que Natasha não é minha mãe. Que minha vida é cercada de mentiras.

— Bobagem.

— Disse, sim, e com muita convicção. Preciso saber se isso é mesmo verdade.

— Málaga não lhe quer bem, todos sabem. Ela mesma não faz questão de esconder.

— De qualquer modo, preciso apurar os fatos, não sossegarei enquanto não o fizer. Porque se minha mãe for realmente outra e estiver viva, vou querer saber quem é. Ramon, quem tenho como meu segundo pai, há de me esclarecer tudo. Isso, se ele quiser que eu lhe perdoe por ter mentido para mim a vida toda.

Sem mais, Samara se afastou, partindo em busca de Ramon que ao vê-la, sorriu, amável e feliz por sua chegada.

— Que olhos tristes são esses, pequena? Sua mãe está bem. O mundo dos espíritos me garantiu...

— É sobre ela mesma que vim lhe falar, Ramon. De todos aqui, você é o único em quem eu confio plenamente. Sei que não mentiria para mim. Pois bem... Málaga me disse que Natasha não era a mulher que verdadeiramente me deu a vida. Isso é mesmo verdade? Diga para mim, diga.

Ramon fora pego de surpresa, tentou disfarçar o choque que levou com a pergunta e não foi capaz.

– Diga, Ramon, tenho o direito de saber a verdade.

Os olhos dela, inundados de tristeza, comoveram totalmente o velho cigano.

– Diga-me, por favor.

Diante do apelo em seu olhar, o cigano acabou cedendo:

– Está bem, eu lhe direi, ainda que eu não queira. Ainda que eu não ache certo remexer no passado. Ainda que a verdade possa fazê-la sofrer. – Uma pausa de efeito e ele prosseguiu: – O que Málaga lhe disse é mesmo verdade, Natasha foi sua mãe de criação.

Samara engoliu em seco:

– Por que todos me esconderam isso?

Com firmeza, o velho cigano respondeu:

– Para livrá-la do sofrimento. Da dor que a verdade certamente lhe traria.

– Ramon fala de um jeito... O que há de tão perigoso em meu passado que possa me ferir?

– Ramon lhe dirá. Samara tem razão, você merece saber a verdade. Já tem idade suficiente para saber tudo.

Ele a convidou para se sentar ao seu lado, num toco, respirou fundo e se pôs a falar:

– Miro foi realmente seu pai. Isso não é mentira. Apenas sua mãe, sua verdadeira mãe, nós decidimos guardar segredo de você. Ela não era uma de nós. Era parte da elite, uma mulher que nascera no luxo e tinha grande importância aos olhos da sociedade. Conheceu seu pai numa noite de verão, junto à praça da cidade em que residia na ocasião. Enquanto ele dançava e encantava todos com seu carisma, especialmente as mulheres, os dois se apaixonaram quase que instantaneamente um pelo outro. Achamos que seria apenas uma paixão de ocasião. Que morreria assim que partíssemos daquela cidade para outra, mas não. A paixão dos dois foi mais forte do que tudo, até mais do que eles próprios previram. Nunca uma mulher fora capaz de prender o coração de Miro. Ele era simplesmente louco pelas mulheres. Esse era sua maior virtude e o seu maior defeito. Gostava de todas, não conseguiria ser de uma só, por mais que amasse uma em especial. Por isso, ao sabermos

145

de sua paixão por sua verdadeira mãe, achamos que seria uma paixão passageira, o que não aconteceu, para surpresa de todos. Ele estava tão envolvido por ela que a convidou para seguir conosco, com a nossa caravana, e ela, por também estar perdidamente apaixonada por ele, aceitou abandonar todo o luxo a que estava acostumada para se juntar a nós, uma caravana de ciganos, avesso à realidade que vivia.

— Ela deve tê-lo amado muito para chegar a esse ponto.

— Sim, perdidamente. Só mesmo apaixonada como estava para ser capaz de largar o marido e a vida cômoda que levava na cidade, cercada de luxo, fartura e criadagem.

Breve pausa e Ramon prosseguiu:

— Os ciganos não a queriam entre nós, encararam-na como uma intrusa, especialmente as mulheres que adoravam seu pai e odiavam sua verdadeira mãe por ter sido ela a única capaz de conquistá-lo. Por inveja, muitas rogavam aos céus para que o amor dos dois se acabasse logo, para que não mais sofressem desse mal. Mas o amor de ambos persistia, a paixão continuava flamejante e intensa. Foi assim até...

Ele parou, seus olhos se encheram d'água, foi preciso grande esforço da sua parte para relatar o que viria a seguir:

— Foi assim até o ciúme dela vir à tona, com força total, descontrolando-se cada dia mais. Foi como se a inveja, que todas as mulheres sentiam dela, por ter Miro só seu, tivesse conseguido, finalmente, prejudicar a relação dos dois. Com muito mais frequência, ela se incomodava ao vê-lo dançando e se insinuando para as mulheres, jogando seu charme, paralisando todas com seu poder de sedução. Um dia, ela perdeu as estribeiras e agrediu uma das mulheres que assistia à festa dos ciganos na praça da cidade em que estávamos acampados. Foi um choque para todos, especialmente para Miro. Para evitar novas confusões, ela decidiu não mais tomar parte das apresentações dos ciganos e aguardar por Miro no acampamento. Penso que foi um tremendo sacrifício para ela, ter de se distanciar dele, quase todas as noites, imaginando que ele poderia estar lhe traindo naquele instante. Ela conhecera bem as artimanhas dele para possuir uma mulher, pois ele fizera uso delas para com conquistá-la...

Nova pausa e ele prosseguiu:

— Miro adorava sua mãe. Era louco por ela, mas sua fidelidade logo se tornou apenas moral, não física.

– Quer dizer que ele tinha outras mulheres?

– Apenas por aventuras. Tinha um coração aventureiro. Ele morreria se o aprisionasse. Sempre fora assim. Duvidamos que mudaria e estávamos certos em duvidar. Sua mãe não o compreenderia jamais, tampouco aceitaria. Ela o queria só para ela. Ele era dela, não poderia ser de mais nenhuma.

Ainda que ele voltasse toda noite para os seus braços, fizesse o possível para agradá-la e esconder suas traições, ela ainda se mantinha desconfiada e enciumada. Para tirar a cisma, certa noite ela foi à praça sem que ninguém soubesse, usando trajes discretos para não ser reconhecida. Assim, ela pôde ver Miro nos braços de outra e se não fosse Natasha, que a havia reconhecido e seguido até o local, ela teria feito um escândalo. É óbvio que ela tomou satisfações de Miro assim que o reviu e ficou a sós com ele. O cigano, por sua vez, certamente inventou alguma desculpa para encobrir seu deslize. Ela, no entanto, nunca mais confiou nele plenamente. Desde então, viveu com a cabeça tomada de pensamentos confusos e trovejantes. Sua mente deve ter se tornado o próprio inferno. Foi assim até ela não suportar mais. Então, um dia...

Novamente ele pausou e seus olhos se verteram em lágrimas.

– Um dia ela aguardou Miro voltar e quando ele se abriu em sorrisos para ela, endereçando-lhe aquele seu olhar que tanto a enlouquecia de paixão, ela correu até ele e se aninhou em seu abraço caloroso. Ele estava tão entregue a ela que demorou para perceber que ela havia lhe cravado uma faca bem na altura do umbigo, num movimento rápido e certeiro.

Ramon enxugou as lágrimas e com certo ódio continuou:

– Levou quase um minuto para que Miro sentisse a ardência e procurasse sua procedência. Ao ver o sangue manchando suas vestes, os olhos dele novamente se encontraram com os dela. Não havia ódio dentro deles, nada além de piedade. Então ele caiu de joelhos e ela se afastou, permitindo que todos em volta percebessem o que havia acontecido. Em segundos, um grupo cercava o infeliz. Um deles, curvado sobre Miro, gritou:

"Ele está perdendo muito sangue!"

Ao avistar o aglomerado de pessoas, corri para lá, abrindo caminho.

"O que está havendo aqui?", perguntei, temendo o pior. Ao ver

147

Miro naquelas condições, foi como se o punhal também tivesse sido cravado em mim. Eu tinha Miro como um filho, eu o amava.

Ao me ver, com doçura e sinceridade ele falou, dirigindo precisamente as palavras para mim:

"Ramon, não a puna por isso. Foi o ciúme dela por mim que a fez cometer essa loucura."

Meu ódio falou mais alto naquele instante:

"Ela terá de se haver com as leis dos ciganos, Miro."

"Não! Eu te imploro. Não a julguem. Perdoem a ela. É o mais sensato. Eu jamais honrei devidamente seu louco amor por mim. Só fiz despertá-lo, inconsequentemente. Mereço seu desatino."

Naquele instante, o que eu mais queria era chorar de tristeza e de ódio pelo que havia acontecido. Por ódio de mim também que não dera ouvidos a todos que haviam previsto que o amor dos dois acabaria mal. Só não imaginaram que seria em tão terrível desgraça.

"Você tem mesmo certeza de que é isso o que você quer?", perguntei a Miro, com grande esforço.

"Sim, é isso o que Miro mais quer", enfatizou ele, com voz entrevada de dor.

Em segundos, levamos Miro para uma das carroças onde o colocamos sobre um leito macio, acomodando sua cabeça numa almofada. Entre lágrimas e, com muito cuidado, tiramos-lhe a roupa ensanguentada e molhada de suor. Com um pano úmido, mergulhado num tacho d'água ao seu lado, Dolores começou a limpar-lhe o ferimento, enquanto ele gemia e transpirava ininterruptamente.

Um acesso de tosse o acometeu, e o sangue colorindo sua boca mostrou nos que ele não resistiria por muito mais tempo. Lágrimas grossas corriam pela sua fisionomia inchada, quando ele novamente me fez prometer que nada de mal faríamos àquela que o esfaqueara, insensatamente. Prometi, era preciso, queria deixá-lo morrer em paz e foi a promessa, provavelmente, quem o fez relaxar, anuviar seus olhos, encontrar a paz na morte. Eu mal podia acreditar que Miro estivesse morto. Não Miro, tão jovem, tão cheio de vida, tão amado por todos.

Capítulo 5

Diante da revolta dos ciganos, eu falei:
"Deixem-na. Honraremos o pedido de Miro, feito em seu leito de morte."
"Mas ela é uma assassina", objetou o amigo mais fiel de Miro.
"Ainda assim honraremos seu pedido. Peço a todos compreensão."
E todos pareceram me compreender. Nós amávamos seu pai, Samara. Ele era um grande homem. Por isso fizemos o que ele nos pediu no seu leito de morte. Ainda que contra os nossos princípios, nós acatamos seu desejo. Seu último e mais importante desejo.
Tão comovida quanto Ramon, Samara falou, sem se aperceber de suas próprias palavras:
– Vocês a pouparam...
– Sim, a poupamos do que ela merecia receber por tê-lo esfaqueado e o levado à morte.
O minuto seguinte se estendeu em profundo silêncio, lágrimas inundavam o rosto da jovem cigana, e quando ela voltou a falar, havia um apelo em sua voz:
– Ramon, você a conheceu, por isso pode me dizer como ela era.
O cigano se prometera nunca mais lembrar-se de Alice Namiaz de Amburgo, tampouco falar dela, sequer citar seu nome. Foi preciso grande esforço da sua parte para se recordar de sua personalidade marcante e beleza duvidosa, para atender ao pedido da jovem.
– Ela era... Ela era diferente.
Com tato, ele a descreveu com o máximo de detalhes que a memória lhe permitiu. Depois, completou:
– Levou tempo para que eu entendesse seu pai. Porque ele havia nos pedido para poupá-la. O que ela fez contra ele foi por obra do ciúme

doentio que sentia por ele. O ciúme a deixou cega e seu pai sabia que fora responsável por aquilo. Porque jamais se furtou de suas aventuras amorosas, mesmo sabendo que se ela descobrisse, sofreria um bocado por aquilo. Fui um dos poucos daqui a chegar a essa conclusão e por compreender o que realmente fez de sua mãe uma assassina, fui capaz de perdoar-lhe. Nossos antepassados sempre disseram que a compreensão dos fatos leva ao perdão.

— Quem dera eu pudesse sentir o mesmo — desabafou Samara. — No momento, tudo o que sinto é raiva dela. Muita raiva por ela ter matado meu pai.

— A raiva passará assim que refletir melhor sobre tudo isso.

Breve pausa.

— Há algo ainda que não consigo compreender. Se vocês a pouparam do castigo, por que fui criada por Natasha? Vocês a expulsaram daqui, foi isso?

Essa era a pergunta que Ramon mais temia que ela fizesse.

— Não, Samara. Nós a poupamos do castigo e a deixamos continuar vivendo entre nós. Ela, porém, não quis mais e com razão. Se antes de matar Miro ela já não era benquista pelos ciganos, depois de tê-lo assassinado, seria certamente ignorada por todos. Eu, mais uma vez, posso dizer que entendo sua atitude, eu mesmo teria agido assim se estivesse na sua pele. Pois bem, prestes a partir, ela passou mal e foi quando descobriu que estava grávida de você. Até então não sabia, foi uma surpresa e, ao mesmo tempo, um baque para todos. Fraca, para viajar, Dolores e Natasha conseguiram convencê-la a permanecer entre nós, até o bebê nascer. Nesse período, as duas mulheres cuidaram dela, prestimosamente. Você então veio à luz e ela decidiu partir de vez.

— Por que ela não me levou com ela, Ramon? Por que me deixou aqui, para ser criada por outra? Desde que me conheço por gente, sei muito bem o quanto uma criança significa para sua mãe.

— Sim, Samara, um filho realmente significa muito para sua mãe e seu pai.

— Então...

Foi com temor que Samara esperou suas palavras. Estava séria e havia medo em seus olhos. Quando o cigano falou, fez com energia redobrada:

— Miro sempre quisera ter um filho, mas ela não, por medo de ficar gorda e disforme e com isso, afastar Miro dela. Nada poderia afastá-lo, sendo louca por ele como era.

Ao se descobrir grávida, uma onda de ódio a acometeu. Então, muito pacientemente, Dolores e Natasha tentaram fazê-la ver com bons olhos a sua vinda. Ao perceberem que ela queria abortar, Dolores a repreendeu severamente: "Não corte o fio da vida. Se o fizer, estará se condenando ao mesmo fim". Mas ela não se deixou intimidar. Então, Dolores a fez se lembrar de Miro, da alegria que ele sentiria se soubesse que ela, em breve, teria um filho seu. Isso pareceu deixá-la mais calma, permitindo assim que você nascesse em paz.

– Então, ela nunca me quis... – Samara tentava confrontar sua realidade.

Ramon tomou-lhe a mão e procurou ser firme com ela:

– Mas Miro teria realmente ficado feliz e radiante com sua vinda, Samara. Creio, em absoluto, que ele, em espírito, ao saber que você nasceria, ficou tão maravilhado quanto ficaria se estivesse encarnado entre nós.

Os olhos da ciganinha agora estavam fixos em um ponto distante.

– Ele me parece ter sido realmente um homem e tanto – comentou.

– Sim, Samara, Miro foi mesmo um homem e tanto. Nós o amávamos, éramos loucos por ele.

Voltando novamente os olhos para o passado, Ramon retomou a história:

– Quando vi sua mãe partindo, indo embora do acampamento, pensei em impedi-la até perceber que o melhor mesmo para ela seria viver longe de nós. Longe dela também nos sentiríamos melhor. Que ela seguisse seu destino em paz. Foi então que me lembrei de você, ela partira só, não levava consigo a filha nos braços. Corri para a carroça, ansioso para encontrá-la. Por Deus, você estava lá! Tirei-a da manjedoura e a confortei em meus braços desajeitados. Com grande emoção, declarei alto e bom tom, para que o espírito do seu pai pudesse me ouvir, estivesse onde estivesse:

"Prometi a você, Miro, cuidar de sua esposa. Já que ela se foi, cuidarei de sua filha com todo amor que me vai na alma, o mesmo que com certeza você dedicaria a ela."

A seguir, entreguei você aos cuidados de Natasha que, desde então, cuidou abnegadamente de sua saúde. Foi assim que ela se tornou sua

151

mãe e, desde então, decidimos guardar segredo sobre o seu passado, para poupá-la de qualquer tristeza.

O silêncio prevaleceu no minuto seguinte, Samara agora estava pensativa, tentando absorver o impacto que sua verdadeira origem lhe causou. Quando voltou a falar, sua voz soou falha e tristonha:

– Vocês nunca mais souberam dela?

O cigano respondeu sem pestanejar:

– Nunca mais! Nem quisemos saber. Quanto mais distante de nós, melhor! Apesar de eu compreender seus motivos, nenhum deles lhe daria o direito de tirar a vida de um semelhante.

– O nome dela, Ramon. Como se chamava? Por nenhum momento você pronunciou seu nome.

Ainda que dominado pela incerteza de passar a informação adiante, Ramon acabou lhe informando o que ela tanto queria.

– Seu nome era Alice.

– O nome completo, tinha um, certamente, não?

– Sim. Alice... Alice Ramirez.

– Alice Ramirez.

A jovem repetiu o nome em silêncio, articulando misteriosamente cada vogal e consoante.

– Oh, minha querida – tornou Ramon com certa euforia. – Faltou-lhe dizer algo muito importante. Ela era casada. Sua mãe já era casada quando conheceu Miro.

– Casada?!

– Sim! Tanto que o sobrenome Ramirez, se não me engano, é do marido dela.

– Quer dizer que ela abandonou o marido, todo o luxo a que estava acostumada por causa do meu pai?

– Sim. Como Ramon lhe disse: ela era louca por Miro. Louca!

– Teria ela voltado para o marido, Ramon?

– Sim, foi a última notícia que tivemos dela. E ao que parece, ele a aceitou de volta, perdoou-lhe pelo que fez.

– Pode mesmo um homem ser capaz de perdoar a uma mulher como a minha mãe?

– Há casos e casos.

Quando o cigano viu uma expressão nova e estranha no rosto da jovem, inundou-se de preocupação.

– O que foi? – empertigou-se o cigano.

– É simples, Ramon. Muito simples. Preciso encontrá-la.

– Pra quê?

– Preciso vê-la com os meus próprios olhos, saber como é.

– Você, fisicamente, lembra mais seu pai do que ela.

– Não importa. Quero conhecê-la.

– Você nem sabe se ela ainda está viva. Já se passaram tantos anos desde que ela partiu.

– Não importa. Quero vê-la. Se não mais estiver viva, saberei, e me contentarei com o fato.

– E se estiver? O que pretende fazer?

Samara entregou-se pelo olhar.

– Não seja como ela, Samara. Não estrague sua vida como ela estragou a dela com seu pai. A vida sempre nos apresenta duas escolhas. A melhor, no seu caso, é a do perdão. Saiba perdoar-lhe como fez seu pai em seu leito de morte. Faça uso de seu exemplo e será feliz.

– De que valeu tanta bondade e ousadia por parte dele, se ele acabou morto pela mulher que tanto amava?

– Miro procurou por isso. Sabia que não devia provocá-la e fez. Ele continuou suas próprias trevas. Se você escolher a revolta, a raiva e o desejo de vingança, esses sentimentos também a levarão às trevas. Nunca mais poderá ser feliz. Entenda isso. Você é forte. Não será isso que vai deixá-la fragilizada. Erga a cabeça, volte a amar a vida como sempre amou, continue feliz.

Samara balbuciou em voz rouca:

– Ramon sabe que Samara nunca mais voltará a ser a mesma depois de hoje.

Sim, ele sabia e era isso o que mais temia ao revelar tudo para ela.

– Se você for atrás dessa mulher pode nunca mais voltar para nós. Isso eu não quero, ninguém daqui quer. Todos amam Samara. Não querem perdê-la de jeito nenhum. Todos adoram vê-la dançar e cantar no seu jeito único de ser.

A jovem beijou a mão do cigano, que procurou esconder um brilho emotivo no olhar.

– Eu jamais me afastarei de vocês. Só quero conhecer essa tal Alice. Depois, depois de tudo... Voltarei para junto do meu povo.

– Samara, por favor, esqueça isso.

– Não vou conseguir. Ramon sabe que não sossegarei enquanto...

Ramon amava Samara como a uma filha. A jovem sempre lhe

tocara o coração de forma especial. Prometera protegê-la em todos os sentidos e haveria de fazer até sucumbir à morte.

– Você para mim é como uma filha. Eu a eduquei, fui seu pai...

– Eu sei. Sou muito grata a você por isso.

– Então, por favor, ouça meu conselho.

A resposta dela foi novamente precisa:

– Dessa vez, não, Ramon. Sinto muito.

Ele entregou os pontos. Não adiantava insistir.

– A cidade, Ramon – tornou ela, incisiva. – Falta você me dar o nome da cidade onde meu pai e ela se conheceram. Onde ela morava.

Visto que ela não sossegaria enquanto não obtivesse a resposta, ele respondeu:

– A cidade chama-se Toledo, na Espanha. Alice era de lá, para lá voltou.

– Então é para lá que irei. Obrigada.

Pela primeira vez, Ramon viu no rosto dela o rosto de Alice Ramirez, apesar de Samara ter puxado muito mais ao pai, fisicamente, do que a mãe.

Dali, Ramon foi procurar Málaga.

– Escute aqui – falou ríspido, agarrando-a pelo braço. – Por que insiste tanto em semear a discórdia entre as pessoas? O que ganha com isso?

– Prazer! – respondeu ela, escancaradamente, afrontando-o com seu olhar enorme.

– Quer dizer que Málaga tem prazer em ver os outros na pior?

– Não! Málaga tem prazer em ver os outros na mesma porcaria de vida que ela.

– Você ainda vai...

Ela o interrompeu, elevando a voz:

– Diz só uma coisa pra mim, Ramon. Samara quer ir atrás da mãe dela, não quer? Deixe-a ir. Junto da mãe estão suas origens, seus bens... Ela deve ser herdeira de uma bela quantia, não acha?

– Nada disso importa para Samara.

– Sei que não. Apenas quero vê-la longe daqui. Bem longe, para nunca mais voltar.

E o cigano ficou impressionado mais uma vez com a franqueza e maldade da jovem.

Capítulo 6

Havia um ponto positivo em tudo aquilo, percebeu Samara, quando novamente a sós com seus pensamentos. Sua verdadeira mãe poderia estar viva. Muito viva. E não estendida debaixo da terra, imóvel e decomposta. Em algum lugar, ela se movia e falava, as mãos se mexiam, os olhos estavam abertos. A descoberta, no entanto, provocou-lhe pesar imenso, envolvida por uma sensação de perda. Uma perda terrível. Examinando a nuvem de tristeza, Samara percebeu que só mesmo encarando a mãe, ela poderia dar fim àquilo tudo.

Quando Iago reencontrou a jovem que tanto amava, sentada debaixo de uma árvore frondosa, em um toco tosco, com o olhar perdido no rio que atravessava aquelas terras, ele imediatamente soube o que a afligia.

– Falou com Ramon, não falou? indagou ele, olhando com tristeza para ela.

– Falei. É mesmo verdade. Natasha não era minha mãe verdadeira. A mulher que me gerou chama-se Alice Ramirez. Iago quer saber de toda história? Vou contar-lhe.

Assim ela fez. Ao término de sua narrativa, a jovem cigana foi enfática:

– Eu preciso encontrá-la, Iago.

– Não perca seu tempo. Ela não a quis.

– Não importa, preciso vê-la, saber como ela é. E você vai me ajudar a fazer isso.

– Eu?!

– Sim, Iago, você! É quem mais confio.

– Como poderemos localizá-la? Já se passaram tantos anos.

– Ela e o marido ainda devem morar na mesma cidade. Toledo, na Espanha. Sendo ela uma mulher de posses, deve ser conhecida por lá.

– Sim, talvez...

– Leve-me até ela. É tudo o que mais quero. Faça isso por mim, Iago. Por favor.

– Ela já pode estar morta depois de tantos anos. Considere esta hipótese.

– Se estiver, confirmarei pessoalmente.

Ela novamente mirou seus olhos, aflitos, e pediu com sinceridade:

– Se você realmente me ama. Leve-me até minha mãe. Ajude-me a defender a memória do meu pai.

– Eu amo você, Samara. Você sabe...

– Se me ama mesmo, faça o que lhe peço.

E a resposta do ciganinho não poderia ter sido outra. Logicamente que ele aceitou levá-la ao destino tão sonhado.

Ao saber do combinado entre os dois, Málaga teve um surto.

– Como assim, Iago vai levar Samara para ver a mãe? Ela que vá sozinha!

A jovem nunca sentira tanto ódio na vida. Minutos depois, Dolores a encontrava chorando, esmurrando um tronco de árvore. Ao vê-la, parada, olhando-a com atenção, Málaga explodiu:

– O que você está olhando? Suma daqui, sua velha enrugada e pelancuda. Suma, vai!

– Velha, sim, mas experiente. Enrugada, sim, mas sábia o suficiente para saber que todo aquele que deseja ver os outros nas trevas, acaba atraindo as trevas para si.

– Vá embora daqui, cigana caduca. Deixe-me em paz!

Ao perceber que Dolores não moveria um músculo, Málaga tornou a gritar, histérica:

– Suma! Urubu!

E novamente ela chorou, a ponto de se envergar, tamanha tristeza, revolta e ódio pelo rumo dos últimos acontecimentos.

Iago, após receber o consentimento de Ramon para levar Samara ao local que tanto desejava, foi surpreendido pela chegada de Málaga.

156

– O pior cego é aquele que não quer ver – comentou ela no seu tom mais ácido.

O rapaz, estranhando suas palavras, endereçou-lhe um olhar nada apreciativo.

– É isso mesmo o que você ouviu, Iago! – reforçou ela, intensa na voz. – Samara só está usando você para atingir seus objetivos, quando você não mais lhe for útil... Iago sabe do que estou falando. Quantas e quantas vezes já não tentou beijá-la e ela recuou? Faz, porque não tem interesse em você. Não o mesmo que você tem por ela. Ouça meu conselho, cigano tolo. Esqueça Samara antes que ela o faça sofrer.

Sem poder suportar mais aquilo, Iago se afastou da jovem a passos largos e enraivecidos. O alerta que Málaga lhe fizera, repercutia de forma assustadora por sua mente. Quando deu por si, estava em pânico.

"Não posso perder Samara. Ela é a razão do meu viver", afirmava ele, passional. "Samara precisa saber, definitivamente, o quanto eu a amo! Tenho de me declarar para ela, o quanto antes. Agora, mais do que nunca, para calar a boca de Málaga, fazê-la perceber que está errada em suas deduções. Que só diz o que diz, por inveja. A profunda inveja que sente do meu amor por Samara e do amor de Samara por mim."

Sua decisão o deixou mais calmo. Ainda mais quando percebeu que a viagem que faria ao lado de Samara, em busca de sua verdadeira mãe, seria a oportunidade ideal e certeira para ele fazê-la conhecer todo o amor que guardava em seu coração por ela.

O dia da partida chegou. Acomodada na boleia da carroça escolhida para viajarem, estava Samara e ao seu lado, conduzindo as rédeas, Iago, o rapaz que todos ali chamavam carinhosamente de pirata cigano.

Naquele instante, Iago se sentia um dos homens mais sortudos da Terra. Porque a viagem ao lado de Samara lhe permitiria conquistar o seu amor definitivamente. Samara, por sua vez, só tinha um objetivo com aquilo tudo: vingança.

Após receber conselhos pertinentes de Ramon, o rapaz moveu as rédeas, estimulando o cavalo a seguir caminho.

– Alice Ramirez... – murmurou Samara, assim que a carroça ganhou o pó da estrada. – Aguarde Samara entrar na sua vida. Porque Samara vai fazê-la pagar pelo que fez ao meu pai e a mim. Por ter me rejeitado, por tê-lo assassinado, por todos os males, enfim.

E os olhos dela brilharam de ódio e seus lábios repetiram por impulso:

– Alice Ramirez... Aguarde-me!

Iago ouviu suas palavras com o maior espanto. Saíram antes que ela pudesse contê-las.

– O que foi que disse? – estranhou ele, olhando seriamente o perfil da jovem.

– Apenas pronunciei o nome de minha mãe. Apenas isso.

E os olhos da ciganinha voltaram a brilhar de intenso desejo de vingança.

Capítulo 7

Madrid

Algumas histórias de amor merecem ser contadas e recontadas, porque inspiram a todos a arte de amar na sua mais nobre essência. O caso de amor entre Diego Ramirez e a jovem Florínea Jiménez, despertado quando ainda eram jovens estudantes e desprovidos de qualquer preocupação com o futuro, é uma dessas histórias.

Aos catorze anos, Diego Ramirez viu florescer em Florínea Jiménez, a mulher dos seus sonhos, cuja beleza e luminosidade hipnotizaram seus olhos amorosos.

Meses se passaram antes de terem uma aproximação de verdade, encontravam-se pelos corredores da igreja que frequentavam, tocando-se em silêncio, conversando pelo olhar.

Florínea Jiménez, pensava Diego apaixonado, era realmente perfeita. Nada nela destoava ou constrangia. Era agradável olhar para ela, interessante conversar com ela – em todos os sentidos, a mais encantadora das companhias.

Diego se perguntava se deveria ou não arriscar pedi-la em namoro. Temia que se o fizesse e ela não estivesse interessada nele, se decepcionaria, perdendo assim o vínculo com aquela paixão que iluminava e entusiasmava seus dias.

Ao conversar com seu pai a respeito, Alejandro aconselhou o filho:

"Quando você vir nos olhos dessa jovem, a certeza de que ambos sentem a mesma atração, aproxime-se dela."

Alejandro não queria que o filho perdesse o espírito lindo e romântico que trazia em sua alma, por isso, em segredo, orava para que ele não se decepcionasse no amor. A seguir, contou-lhe mais detalhadamente como se apaixonara por Maria Alice e o quanto sua vida mudou desde então.

– Eu havia ido levar o convite de casamento do meu irmão, ao local onde sua mãe residia na época. Propriedade de sua madrasta má, uma mulher perversa que tinha duas filhas do primeiro casamento e que obrigaram sua mãe a trabalhar, assumindo todos os afazeres domésticos, depois que o pai dela havia falecido.

– Pobre mamãe.

– Pois é. Foi ela quem me atendeu à porta da casa e mesmo estando toda desmantelada, por estar a cargo da faxina, vi nela florescer a mulher dos meus sonhos. Penso que me apaixonei no mesmo instante em que a vi. Quis com ela me casar apesar de saber que meu pai tinha me prometido em casamento para outra mulher. Sim, ainda havia nessa ocasião, o péssimo hábito de muitos pais determinarem com quem seus filhos haveriam de se casar. Algo injusto, pois muitos acabavam se casando com pessoas que não gostavam, tampouco vieram gostar mesmo depois de anos de convívio.

– Que horror!

– Sim, péssimo. Tive pena do meu irmão na época. Aceitara o que meu pai lhe determinou de forma tão submissa. Temia que não fosse feliz. Por sorte, a união dele com a mulher prometida, não o fez infeliz como pensei que aconteceria. Ambos se afinaram e sei disso, pois nunca o vi reclamar dela, tampouco o vi infeliz desde que se casou.

Alejandro tomou ar e prosseguiu:

– Infelizmente, por meio de uma tremenda chantagem emocional, meu pai acabou me convencendo a casar com a jovem a quem tinha prometido minha mão. Fiz isso também porque quis que ele sentisse orgulho de mim. Com isso feri sua mãe e a mim mesmo. Fui um inconsequente e paguei caro por isso. Fui extremamente infeliz por muito tempo. Sentia mais ódio de mim do que da situação em si. Ódio por ter sido fraco, covarde e desonesto para com sua mãe. Eu a amava, sentia um amor infinito por ela, pulsando dentro de mim e, no entanto... Por sorte a vida nos deu uma nova chance. Depois de tanto sofrimento, tivemos a oportunidade de nos reencontrar e nos perdoar.

– Que bom, papai.

– Sim, filho. Foi uma oportunidade de ouro. Quando duas pessoas se amam, reciprocamente, elas devem seguir juntas. Esse é o ideal da vida, esse é o ideal do amor.

A história de seu pai e de sua mãe, tocou Diego tremendamente.

– Eu amo você, papai.

– Amo você também, filho. Quero vê-lo muito feliz ao lado dessa garota que tanto amor desperta em seu coração.

O filho abraçou o pai que, muito fisicamente se parecia com ele, principalmente quando tinham a mesma idade.

Sem mais preâmbulos, Diego finalmente achegou-se a Florínea Jiménez e se declarou para ela. A linda adolescente, de olhos cor de mel, por pouco não chorou.

– O que foi? – assustou-se o rapaz, ao vê-la naquele estado.

– O que foi, você pergunta?

– Sim. Você começou a chorar de repente.

– Sim, você se declarou para mim... Como esperava que eu reagisse?

– Quer dizer que você não gostou?

– Gostar? Eu adorei!

Diego riu com amargura.

– Adorou?!

– Sim, Diego. Eu também sou apaixonada por você já faz algum tempo. Na verdade, acho que desde que éramos crianças e cruzávamos pelo bairro, pela igreja ou festas ao ar livre.

De repente, tudo o que ele mais queria na vida era abraçá-la e beijá-la... Mas não ali, não sob os olhos de todos. Num lugar e momento mais adequado.

Alejandro e Maria Alice ficaram impressionados com a transformação de Diego após ele ter se declarado para a jovem que tanto adorava. Quando o pai da moça consentiu o namoro dos dois, sua mudança foi ainda maior. Tornou-se ainda mais doce, mais amável e mais carinhoso do que era.

Logo, a família dos jovens foi apresentada uma para outra, estreitando os laços que uniam o casal.

Ao procurar Edmondo, o homem que Diego considerava como sendo seu segundo pai, para lhe contar sobre os últimos bons acontecimentos de sua vida, Edmondo brindou com o rapaz tão formidável notícia.

– É tão bom quando se ouve uma história de amor como a sua, *filho*. Uma paixão que nasce e acontece da melhor forma. É maravilhoso.

Ao notar certo brilho de tristeza, transparecendo no fundo dos olhos de Edmondo, Diego mudou o tom:

– Poderia ter sido assim entre você e a mamãe, não é?

– Mas não foi. Ela não tem culpa por eu tê-la amado e ela não da mesma forma. Acontece. O importante para mim, nisso tudo, é que eu ainda amo sua mãe, sempre vou amá-la, e por amá-la de verdade, respeito seus sentimentos.

– O senhor é muito sábio.

– A vida me ensinou a ser, *filho.*

Edmondo Torres ainda chamava o rapaz de filho, como se acostumara fazer desde que moraram juntos na casa do Senhor Pino Pass de Leon, que ainda estava vivo, bem idoso, e era cuidado carinhosamente por Edmondo como se fosse uma criança em suas mãos. Edmondo também continuava casado com a filha do Sr. Leon cujo convívio com o marido, amaciara sua alma. Fizera dela uma mulher trabalhadeira, mais inteligente, avessa às futilidades da vida que tanto prestara atenção no passado.

Ao chegarem à cidade destino, Iago e Samara tentaram, com muito custo, localizar Alice Ramirez, mas ao verem que eram ciganos, muitos se recusavam a dar informação, tampouco os tratavam bem. Quando a decepção e a frustração começaram a tomar conta da jovem, Iago a aconselhou voltarem para a cidade onde seu grupo de ciganos ficara acampado.

– Poxa – reclamou Samara. – Viemos de tão longe e não vou encontrá-la.

– Nem tudo se consegue na vida, Samara.

– Mas...

– Não se esqueça de que ela já pode estar morta a uma hora dessas. Já faz tantos anos.

– Não acredito. De qualquer modo, vou insistir um pouco mais. Não vim de tão longe para desistir tão fácil.

E assim eles fizeram, até encontrarem um dos criados que trabalhou para o casal Ramirez.

– Dona Alice Ramirez!– exclamou o sujeito. – Conheço, sim! Esposa do senhor Alejandro Ramirez. Um sujeito formidável.

– Sabe onde posso encontrá-los?

– Mudaram-se da cidade.

– Mudaram?

– Sim, foi bem depois que a casa se incendiou. Já que teriam de se mudar para outra casa, optaram também por outra cidade. Novos ares.

– Para que cidade eles se mudaram?

– Não sei bem ao certo, mas posso tentar descobrir para a senhorita, se for tão importante assim.

– É. Obrigada.

Desde então, Samara se sentiu mais confiante. Só havia uma pessoa com a qual o funcionário poderia descobrir o que precisava: Luminita Cardosa. Sim, ela sabia para onde Alejandro e sua amada Maria Alice haviam se mudado.

– Quem deseja saber? – perguntou Luminita Cardosa ao ex-funcionário dos Ramirez.

– Uma moça. Quer muito encontrar Dona Alice.

– Uma moça?! Deve ser uma parente distante, com certeza. Bom, vou anotar o endereço e você entrega a ela.

O homem agradeceu.

Jamais passou pela cabeça de Luminita que a Alice que Samara tanto procurava, era Alice Namiaz de Amburgo, de quem tanto fora amiga e tão trágica morte tivera no incêndio que ela mesmo provocou em sua mansão. Pensou que a moça estivesse atrás de Maria Alice Ramirez, que se tornou segunda esposa de Alejandro Ramirez.

Ao obter o endereço desejado, Samara mal podia se conter de felicidade. Sem perder tempo, ela e Iago partiram para o destino em questão. A cidade de Madrid para onde Alejandro, Maria Alice e o filho haviam se mudado.

Capítulo 8

Ao chegarem a Madrid, pedindo informações, Iago e Samara conseguiram localizar a nova morada de Alejandro e Maria Alice Ramirez.

– O que pretende fazer agora? – perguntou Iago, olhando com forte interesse para a jovem ao seu lado. – Bater à porta e dizer quem é? Ao que vem?

– Não, seu bobo. Ainda não! Primeiramente quero estudá-la. Saber como reage a mim, sem saber quem sou, na verdade. Para que assim eu possa surpreendê-la.

– Que maluquice é essa, Samara?

– Não trouxe Iago comigo para opinar. Deixe-me livre para agir como acho que devo. Por favor!

– Tenho medo de que tudo isso lhe faça mal.

– Nada de mau me acontecerá. Não receie!

O ciganinho tentou relaxar, mas algo de preocupante continuava a lhe importunar os sentidos.

Para fazer algum dinheiro, enquanto estivessem na cidade, Iago foi fazendo bicos. Samara, por sua vez, permanecia em frente a casa onde Maria Alice vivia com Alejandro e o filho, aguardando por uma oportunidade de vê-la, ainda que a distância. E que fosse à luz do dia, para poder enxergá-la com a maior clareza possível.

Demorou mas ela finalmente a viu. Foi quando Maria Alice deixou a casa para ir a rua principal do bairro em que morava fazer algumas compras.

– É ela... – murmurou Samara sob forte emoção. – Sim, só pode ser.

Guiando-se pelo modo como a mulher estava vestida, não havia dúvidas. Com discrição, a ciganinha atravessou a rua e começou a segui-la. A cada passo, um frêmito de emoção invadia-lhe o peito. Uma sensação boa se misturando a muitas ruins.

Ali estava sua verdadeira mãe, aquela que a abandonara, que nunca fizera questão de seu nascimento. Que matara seu pai a sangue frio, roubara-lhe a vida e sua alegria de existir. Subitamente, uma onda de ódio atingiu-lhe o peito, provocando-lhe falta de ar. Ela parou, por um instante, precisava se controlar. Respirou fundo e prosseguiu.

Para saber das novidades, Maria Alice Gonzáles Ramirez espiava, muito interessada, algumas das vitrines das lojas que ficavam nas imediações. De tão atenta ao que fazia, não notou que era alvo de interesse e curiosidade de certa jovem.

A cor dos olhos, cabelos e até mesmo o jeito de Maria Alice empinar os ombros para manter a postura, foram observados atentamente por Samara. Apesar de rica, aquela que pensava ser sua mãe parecia tão simples como uma cigana. Por ser, ninguém poderia imaginar que fosse uma assassina. Algo que certamente ela ocultara de todos ao regressar para a cidade. Se os ciganos nunca a delataram, nenhum dos seus poderia saber, a não ser que ela contasse o que certamente não fez, pois isso lhe daria cadeia.

Não se deixe levar por sua aparência meiga e gentil, lembrou-se Samara com severidade. Jamais se esqueça de que essa mulher matou seu pai e precisa pagar por todo mal que causou. Ainda que ele não quisesse revanche, ela não podia ter saído impune do que fez a ele e a ela por tê-la abandonado, impiedosamente, recém-nascida. Samara não sossegaria enquanto não fizesse justiça em nome do seu pai e dela própria.

Pena que não tinha como saber, pelo menos até o momento, que Maria Alice não era a Alice que ela tanto procurava e que se tornou sua mãe naquela encarnação.

Como previu a cigana, ao ler a mão de Alejandro Ramirez no passado: "Há duas mulheres na sua vida... Ambas têm algo em comum e, isso, ainda causará desgraça entre vocês." E ela se referia mesmo ao nome das duas, como supôs Alejandro por um momento e mais tarde descartou a possibilidade.

Ao reencontrar Iago, naquele final de dia, o ciganinho quis saber se havia novidades.

– Eu a vi – declarou Samara, ainda sob o impacto que o encontro lhe causara.

– Falou com ela?

– Não, ainda não!

– O que está esperando?

– Já lhe disse que precisa de tempo para estudá-la.

– Não entendo você, Samara.

– Não é preciso. Um dia você me entende.

Estendendo-lhe um olhar severo e reprovador, o rapaz lhe fez novo alerta:

– Samara, ouça-me! Sua mãe destruiu a vida de vocês por vingança. Ela quis se vingar do seu pai, por ele se aventurar com outras mulheres. Não repita seus passos. Se fizer, acabará também destruindo a sua vida como ela fez.

O alerta havia sido dado, se havia tocado o coração da jovem, Iago não sabia precisar. Só o tempo lhe revelaria.

Nos dias que se seguiram, Samara continuou seguindo Maria Alice pelas ruas do bairro em que morava. Certo dia, movida por leve distração, colidiu com Maria Alice pela calçada. Diante do seu notável sobressalto e apreensão, Maria Alice se mostrou solidária:

– Você está bem? Posso ajudá-la em alguma coisa?

– Bem?! Ah, sim! Estou. Obrigada!

Por densos segundos as duas mulheres ficaram paradas, olhando-se curiosamente, por entre rajadas de vento, vindas do sul. Por fim, cada uma seguiu seu caminho.

Capítulo 9

Mais um dia e lá estava Samara, novamente em frente à casa dos Ramirez. Foi então, pela primeira vez, que ela prestou melhor atenção ao filho do casal. De tão nervosa, nunca se permitira olhar diretamente para ele, avaliando seu perfil. Não havia dúvidas de que era bonito, corpo ereto e atraente, o sonho de toda mulher. Foi pensando no rapaz, que uma ideia assustadora lhe veio à mente, a forma mais perfeita e terrível de se vingar da mãe, por suas maldades.

Sem pensar duas vezes, Samara saiu de trás da árvore e atravessou a rua, bem no exato momento em que Diego ia passando por ali. Ao vê-la, o rapaz não teve tempo de frear, atropelou-a em cheio. Desesperado, saltou do veículo e correu para acudi-la. Ao ver a cigana, desfalecida, com um corte na cabeça, Diego Ramirez desesperou-se ainda mais.

Diante da freada, Maria Alice correu para fora da casa e ao avistar o filho, correu até ele para auxiliá-lo. Com todo cuidado possível, Diego pegou Samara no colo, ajeitou-a no assento traseiro do veículo e partiu para o hospital mais próximo, na companhia da mãe.

– Como isso foi acontecer, Diego? – perguntou-lhe Maria Alice, aflita.

– Mamãe, essa moça simplesmente surgiu como que do nada, atravessou a rua correndo, quando a vi, já era tarde.

Maria Alice uniu as mãos em louvor.

Logo, eles chegaram ao hospital onde exames foram feitos e nada de grave foi constatado pelos médicos. A jovem precisava apenas ficar em observação e assim aconteceu. Maria Alice acabou ficando na sua companhia, enquanto o filho foi cuidar dos seus afazeres. Ao voltar a si e se ver diante daquela que pensava ser sua mãe, Samara se assustou.

– Calma – pediu-lhe Maria Alice com delicadeza. – Está tudo bem. Foi um pequeno acidente. Chamo-me Maria Alice Ramirez.

– ... – os lábios de Samara se moveram, mas nenhuma palavra conseguiu ser articulada.

– Vamos cuidar de você. Não se preocupe. Assim que receber alta médica, nós a levaremos para a sua casa.

– Casa?! – Samara se agitou, inquieta.

– Sim.

– Não sou dessa cidade, estou apenas de passagem.

– Mas deve estar hospedada em algum lugar, não?

Incerta quanto ao que dizer, Samara apenas balançou a cabeça, afirmativamente, ainda olhando ressabiada para a mulher ao seu lado.

– Você ainda não me disse seu nome – perguntou Maria Alice tentando novamente promover um dialogo agradável entre as duas.

– Samara... – respondeu a cigana em dúvida se deveria realmente ter dito seu nome verdadeiro.

– Muito prazer, Samara – E Maria Alice novamente abriu um sorriso simpático para ela.

Quando Diego voltou ao hospital, sua mãe o apresentou à cigana:

– Este é o Diego, meu filho. Foi ele que, sem querer, atropelou você.

– Eu sinto muito – falou Diego com pesar. – É que você surgiu correndo...

– Sim, sim... – era a primeira vez em que Samara via Diego tão de perto. Surpresa com seus olhos escuros e bonitos, ela mais uma vez se perdeu nas palavras.

Quando o médico deu alta, Maria Alice e Diego partiram de carro na companhia da jovem.

– Diga-me, Samara, onde você está hospedada?

– Em lugar nenhum.

– Em lugar nenhum?

– Viemos de carroça, dormimos na carroça. Foi assim até quebrar as rodas, Iago, meu irmão, a levou para consertar. Não sei quando o veículo estará pronto.

Por pena da jovem, Maria Alice, sempre tão humana e gentil, sugeriu:

– É melhor, então, você ficar em casa até que se restabeleça.

– Não, não... Samara não quer dar trabalho.

– Não será trabalho algum, acredite. Diego e eu fazemos questão.

— Mas...

— Por favor, aceite. Nossa casa é modesta, não somos de luxo, mas pode abrigá-la confortavelmente até que você se sinta cem por cento restabelecida.

E foi assim que Samara foi parar dentro da residência da família Ramirez, deixando Iago desesperado à sua procura.

Ao voltar para o local onde havia deixado a carroça e ver que Samara ainda não havia voltado, Iago se apavorou. Já era tarde, a cigana já deveria estar ali. No mesmo instante ele partiu à procura dela, indo direto para a casa dos Ramirez onde ela costumava ficar de plantão a espera daquela que supunha ser sua mãe biológica.

Ao descobrir que ela também não estava ali, Iago desesperou-se ainda mais. Por sorte, ocorreu-lhe de perguntar a uma das criadas de uma das casas da rua, se não havia visto uma ciganinha nas imediações. Só então ele soube do que acontecera à jovem.

— A tal moça que o rapaz procura, deve ser a tal que foi atropelada pelo carro do filho do Senhor Ramirez.

— Atropelada?! Quando?! Ela está bem? Para onde levaram Samara?

— Calma, rapaz. A jovem está bem, sim! O próprio motorista, filho do Senhor Ramirez, junto com sua mãe, levaram-na para o hospital. Aconteceu tudo tão rápido, ninguém entendeu até agora por que sua amiga atravessou a rua, correndo, sem olhar para os lados.

— Onde está Samara? Onde está ela? A senhora sabe? Diga-me, por favor!

— Peço-lhe calma novamente. Ela está bem. Encontra-se agora na casa dos Ramirez. Dona Maria Alice fez questão de acomodá-la ali, até que se restabeleça do ocorrido.

— Quer dizer que Samara está na casa dos...

— Ramirez? Sim! Logo ali do outro lado da rua. Aquela casa! – A mulher apontou com o dedo indicador. – O motorista era Diego, filho do Senhor Alejandro e de Dona Maria Alice Ramirez.

— Entendo – Iago estava perplexo com os rumos que os planos de Samara haviam tomado. – Eles são boa gente? Digo, os Ramirez são gente de bem? – perguntou ele a seguir.

— Oh, sim! São pessoas excelentes. Dona Maria Alice, por exemplo, uma criatura encantadora.

169

Maria Alice Ramirez, uma criatura encantadora, murmurou Iago intimamente. Já teria Samara descoberto o quanto sua mãe era diferente do que pensou. Sem mais, o cigano agradeceu a mulher e foi até a casa dos Ramirez, onde foi recebido à porta, muito cordialmente, pelo próprio dono da casa.

– Oh, sim! – exclamou Alejandro, extremamente simpático. – Queira entrar, por favor. Samara estava preocupada com você.

Ao encontrar Samara, acomodada num leito de um quarto aconchegante, Iago rapidamente ajoelhou-se rente à cama, tomou-lhe as mãos e beijou, derramando-se em lágrimas.

– Iago, estou bem – falou a ciganinha, num tom que não lhe era peculiar.

– Quando voltei do trabalho e não a encontrei esperando por mim – disse o ciganinho com voz tristonha. – Oh, Samara...

Maria Alice pediu licença aos dois, para deixá-los as sós. Assim que fechou a porta atrás de si, Samara mudou o tom e a postura.

– Ouça, Iago! – Ela falou baixo e rispidamente. – Eu disse a eles que você é meu irmão. Não me desminta, por favor.

– Seu irmão?!

– Sim!

– Está bem, mas... O que deu em você, por que atravessou a rua tão descuidosamente? Poderia ter se matado.

– Iago, seu bobo, fiz de propósito! Precisava me aproximar dessa gente e achei que essa seria a melhor forma. E foi! Veja onde estou. Ganhando a confiança de todos.

– Quer dizer que você arriscou sua vida só para...

Ela assentiu, balançado seus cabelos ondulados e atraentes.

– Estou impressionado com sua astúcia, Samara. Você é muito esperta.

– Devo ter herdado a esperteza dessa aí.

– Ouvi dizer que sua mãe é uma mulher muito amável e generosa. Se é, como pode ter matado seu pai a sangue frio? Não condiz com uma personalidade assassina. Pelo pouco que conheci dela não me parece uma assassina.

– Ela pode se tornado amável e cordial por causa do avanço da idade. Mesmo assim, matou meu pai, disso não me esqueço. Matou-o e me rejeitou. Quis me abortar, desejou minha morte. Ela não merece ficar impune pelo que nos fez.

170

– Mas seu pai, Samara, seu pai pediu a nossa gente que lhe perdoasse. A poupasse de qualquer castigo.

– Porque era bom demais. Tonto demais. Disse o que disse por não ter tido tempo de refletir melhor sobre a situação. Estava morrendo e ele sabia disso. A aflição o impediu de pensar direito.

– Esqueça tudo isso e vamos voltar para a nossa gente, Samara.

– Não! Samara não volta enquanto não se vingar dessa aí.

– Perdoe a sua mãe, Samara. Faça que nem fez seu pai.

– Não, Iago. Ela vai pagar pelo que nos fez e da pior forma.

– Samara, por favor.

– Não me diga mais nada. Se quiser voltar para o acampamento, pode voltar. Eu ficarei morando aqui, por um tempo, até que...

– Não posso deixá-la sozinha.

– Mas terá de me deixar.

– Não, nunca! Permanecerei na cidade, nas mesmas condições em que me encontro, aguardando por você. Aguardando ansiosamente até que tire da cabeça essas ideias malucas. Melhor do que isso, até que purifique o seu coração.

Seriamente ele completou:

– Virei vê-la todos os dias. Amo você, sou louco por você, você sabe disso. Não se esqueça jamais.

– Eu sei. Eu também adoro Iago.

Ele beijou-lhe a testa, controlando-se mais uma vez para não chorar. Todavia, a força da emoção venceu o controle. Logo, lágrimas estavam a riscar sua face bronzeada e bonita.

– Não quero vê-la sofrendo, tampouco destruindo sua vida.

– Iago, só quero fazer justiça. Só isso. Justiça!

A jovem cigana estava realmente determinada àquilo.

Triste e pensativo, Iago voltou para o local onde havia deixado sua carroça. De tão apaixonado pela cigana, era capaz de se conter diante de suas atitudes, ainda que pudessem prejudicá-la.

171

Capítulo 10

Naquela noite, quando a sós com a esposa e o filho, Alejandro Ramirez comentou com os dois:

— Ainda custa-me acreditar que nossas vidas tenham se cruzado novamente com os ciganos.

— Como assim, papai? Quando e onde tivemos contato com essa gente? — espantou-se Diego.

— No passado, filho. Quando você ainda era um garoto.

— Eu não me lembro de ter visto ou conhecido nenhum cigano.

Alejandro riu.

— De fato, não os conheceu, porque não tivemos contato diretamente com eles. Eles entraram nas nossas vidas por outros meios. Posso dizer até, que foi por intermédio deles que nós três, eu, você e sua mãe, pudemos nos reunir como havia de ser.

— Explique-se melhor, papai. Não estou entendendo nada.

Alejandro riu e se pôs a falar, com entusiasmo, mas sem elevar a voz:

— Minha primeira esposa, aquela que meu pai me prometera em casamento, foi embora da minha vida por causa de um cigano. Apaixonou-se por um, ao vê-lo dançando com os demais da sua raça, na praça da cidade onde morávamos. Com sua fuga, acabei sozinho e mal falado na cidade. Não era para menos, minha esposa me traíra com um cigano e fugira com ele. Mas foi por causa da sua paixão pelo cigano que eu pude reencontrar sua mãe e fazer as pazes com ela. Descobrir, enfim, que você era meu filho e, com isso, nos tornarmos realmente uma família. Se eu tivesse permanecido casado com minha primeira esposa, nada disso provavelmente teria acontecido. Foi um mal que acabou se tornando um bem mais tarde para todos nós.

— Que visão mais interessante a do senhor.

– Não é? E agora temos uma cigana dentro de casa, precisando de ajuda. Penso que chegou a hora de eu e sua mãe retribuirmos a ajuda que tivemos dos ciganos, no passado, ainda que tenha sido uma ajuda de forma indireta.

E Diego se impressionou novamente com a perspicácia e bondade do pai.

Enquanto isso, no acampamento dos ciganos, Málaga se mantinha ansiosa pela volta de Iago. Ainda que muitos homens se interessassem por ela, especialmente pelo seu corpo jovial, nenhum deles conseguia lhe prender o coração. Para ela só havia um homem a quem deveria se entregar e esse homem era Iago, nenhum outro. Que o vento do sul, que tão incessantemente dobrava as folhas novas das alfenas, trouxesse o jovem cigano de volta, são e salvo, inteiramente livre para ser somente seu. Só seu.

Nos dias que se seguiram, Samara se mostrou cada vez mais gentil e agradecida aos Ramirez, por ser tão bem acolhida na casa da família. Maria Alice se simpatizava com a jovem cada dia mais. Jamais poderia imaginar que a jovem articulava um plano de vingança, envolvendo todos ali.

– A senhora não tem medo dos ciganos? – perguntou-lhe Samara, certa hora.

– Medo?! – sobressaltou-se Maria Alice. – Por que eu haveria de ter? Devemos ter?

– Seu povo pensa que somos ladrões e por isso, vivemos mudando de cidade em cidade, para não sermos apanhados pelas autoridades. Pensam também que somos ignorantes, por não termos o mesmo estilo de vida que têm.

– Sabe Samara, cada um é um. Cada qual deve viver como se sente melhor. Esta é a minha opinião.

– Mesmo?!

– Sim.

Breve pausa e Maria Alice quis matar a curiosidade:

– Seu povo pode realmente prever o futuro? Por meio das mãos e das cartas?

– Algumas ciganas, sim! Tornam-se muito boas em previsões. O tempo faz delas grandes videntes. Minha mãe era uma delas. Além de dançar extraordinariamente bem o flamenco, lia as cartas como poucas.

– Sua mãe?! Que interessante.

– Sim e ela me ensinou tudo a respeito.

– Quer dizer que você também pode prever o futuro?

– Desde que se faça uma consulta. Gostaria de tentar?

– Não sei. Se temos mesmo o nosso destino já traçado, é melhor deixar que aconteça quando tiver de acontecer, sabê-lo antes, ainda mais se não for bom, só nos fará sofrer em dobro.

– Faz sentido.

Maria Alice sorriu e comentou com grande satisfação:

– Eu e meu marido somos muito gratos aos ciganos por eles, indiretamente, terem nos ajudado a viver em família.

– Como assim?!

– É uma longa história. Um dia eu lhe conto.

– Fiquei curiosa.

E os olhos da cigana novamente brilharam envoltos de curiosidade e perversidade ao mesmo tempo.

Ao chegar a sua casa, Diego Ramirez encontrou Samara de banho tomado, toda perfumada, linda dentro de um vestido rosado.

– Olá – cumprimentou-a, admirando com discrição sua beleza.

– Olá – respondeu ela, adoçando a voz.

– Meus pais saíram?

– Sim. Foram à missa.

– Ah, sim...

– Venha, vou lhe preparar a ceia.

– Estou mesmo morto de fome.

Diego comeu com tanta voracidade que Samara ousou pousar sua mão delicada sobre a dele, a fim de controlar sua velocidade. Ao seu toque, ele parou, voltando seus olhos vivos intensamente na sua direção.

– Não coma tão rápido, não faz bem – ela o aconselhou, também olhando com intensidade para ele.

– Ah, sim... Sim... – respondeu-lhe o rapaz com certo constrangimento. – É que ainda quero ir ver Florínea esta noite. Não quero que fique tarde.

– Ainda assim não precisa comer tão rápido. Dessa forma, não

174

sentirá o sabor dos alimentos.

– Você tem razão.

Enquanto ele moderava o ritmo das garfadas, Samara perguntou:

– Diego ama essa moça, não?

– Florínea? – alegrou-se o jovem. – Sim, muito.

A pergunta o fez lembrar-se de tudo o que Florínea significava em sua vida. A vontade dela de construir uma família ao seu lado, estimulando-o a prosperar para poder propiciar o bom e o melhor para todos. Com Florínea Jiménez, sua vida tinha sido perfeita até então. Foi o que lhe fez prometer que seria seu eternamente.

– Sei... – murmurou Samara, olhando-o como se quisesse lhe penetrar o íntimo.

– O que foi? – O rapaz estranhou seu olhar.

Após fazer certo mistério ela respondeu:

– Estava apenas recordando um velho ditado cigano. Minha gente diz que o amor é bom, sim, mas também pode atirá-lo ao pó das estradas.

A frase fez Diego estremecer:

– Você diz...

– Eles dizem... – corrigiu-lhe Samara rapidamente.

– Ah, sim... – concordou Diego, corando levemente. – Em outras palavras, seu povo quer dizer que o amor pode nos fazer tanto bem quanto mal, não é?

– Sim.

O rapaz ficou a pensar enquanto a ciganinha, discretamente, estudava seu semblante bonito e atraente.

– Você não acredita nisso, não é mesmo? – questionou ela, a seguir.

Ele voltou a olhar para ela, um olhar intenso e perspicaz, e respondeu, com surpreendente certeza na voz:

– Prefiro pensar que o amor seja apenas capaz de nos fazer bem. Só isso!

– Você tem razão. É bem melhor pensar assim... Mesmo porque, nem todo amor acaba mal.

– Sim, a maioria triunfa. Veja meu pai e minha mãe, por exemplo. Eles se amam, se adoram, são muito felizes casados. Foi um amor que deu certo como muitos.

175

– Você tem razão – admitiu Samara com forjada ternura.

Ele sorriu para ela e ela retribuiu o sorriso, dessa vez de forma espontânea.

– Gosto da sua companhia, Diego. Você quase me matou naquele dia, em que eu, maluca, atravessei a rua daquele jeito, inconsequente. E agora estamos aqui, conversando como irmãos. Sinto-me tão próxima de você como se fosse meu irmão.

– Irmão?!

– Sim e gosto dessa sensação.

– Pois é, teria sido bom se eu tivesse tido um irmão ou uma irmã.

– Mesmo?!

– Sim. Ser filho único é muito solitário. Você tem irmãos ou é filha única?

– Sou filha única, mas nunca me senti só. Na comunidade cigana, as crianças são criadas praticamente juntas e, portanto, somos todos irmãos. Mas concordo com você. Gostaria, sim, de ter tido um irmão. Quem sabe numa próxima encarnação.

– Você acredita mesmo que exista essa possibilidade?

– Meu povo acredita que sim.

– Compreendo.

Diego ficou a admirar o rosto dela, levado por uma repentina atração e quando se deu conta do que fazia, o rubor avermelhou totalmente sua face. Para quebrar o gelo, adquirindo um tom brincalhão, comentou:

– O que temos de sobremesa?

Ela providenciou e foi bem quando Maria Alice e Alejandro chegaram da missa. Cumprimentos foram trocados e sem demora, Diego partiu para a casa da noiva, ansioso para revê-la. Tão apressado estava que mal saboreou a sobremesa.

Capítulo 11

Dias depois, Alejandro e Maria Alice partiram para a casa de Ricardo Ramirez no vilarejo de El Corazón. Visitariam também antigos amigos e recordariam dos bons momentos que passaram quando viviam ali. Rever Ricardo e a esposa, os filhos já moços foi uma grande alegria para Alejandro e também para seu irmão.

Foi enquanto Samara preparava novamente uma refeição para Diego, que ela novamente surpreendeu o rapaz com suas palavras:

– Você sabia que as mulheres têm um instinto infalível para saber quando um homem está perdidamente apaixonado por elas?

– Têm?

– Sim. Por isso preciso ir embora desta casa, o quanto antes.

– Embora?! Por quê?!

– Porque sinto que você está se apaixonando por mim.

O comentário foi feito com tanta naturalidade por parte dela que Diego pensou que ela estivesse brincando.

– Falo sério.

Só então ele notou que ela realmente dizia a verdade, o que o deixou tomado de espanto e indignação.

– Não, Samara, isso não está acontecendo.

– Eu sinto bem aqui. – Ela tomou-lhe a mão e a fez tocar-lhe na altura do seu coração. Olhando-o com fingida sedução, completou: – Pode sentir meu coração disparado?

Diego novamente se sentiu constrangido e indignado com a situação.

– É melhor eu ir.

– Diego! Será que você ainda não percebeu que também estou apaixonada por você?

– Samara, por favor.

– Calma, Diego. A paixão tem muitos níveis. Não precisa ser carnal. Temos paixão pela nossa mãe, pelo nosso pai, por um irmão... A minha paixão por você é de irmão para irmão. O irmão que eu poderia ter tido se meu pai não tivesse morrido tão moço.

As palavras dela novamente o surpreenderam.

– Ah, sim... – foi tudo o que ele conseguiu dizer, querendo muito partir dali, o quanto antes, sem saber ao certo o porquê.

Assim que partiu, Samara sentiu seu coração se apertar. Seu plano estava dando certo. Sua intenção era surpreender e chocar Maria Alice, mais tarde, ao descobrir que seu filho adorado havia feito indecências com sua irmã por parte de mãe. Esse era o seu plano de vingança. Na opinião de Samara, o melhor que poderia ter articulado. Só mesmo assim Maria Alice poderia pagar tão alto pelo que fizera a ela e a Miro.

Dias depois, ao cair da noite, Samara propositadamente colidiu com Diego pela casa, causando grande impacto no rapaz.

– Desculpe-me – fingiu ela embaraço.

– Não foi nada – respondeu ele, surpreso e, ao mesmo tempo, maravilhado por se ver tão próximo da cigana que lhe lançou um olhar que o fez se arrepiar, sem saber ao certo por que.

Ao sentir sua respiração quente, chegando até ele e se misturando com a sua, uma onda de tensão se espalhou pelo seu corpo. Algo que se repetiu quando ela o tocou no rosto, em seu queixo quadrado e bonito e disse, com ternura:

– Eu adoro você, Diego...

O rapaz estava pronto para dizer: "Eu também adoro você, Samara", mas reprimiu a frase no mesmo instante. Era uma declaração perigosa, poderia ser interpretada de forma errônea.

– Diga-me, Diego, o que está se passando na sua cabeça?

O moço se proibiu de dizer a verdade: "Estou pensando no quanto você é adorável... No quanto me descontraio quando estou ao seu lado, Samara." O pensamento reprimido provinha do seu coração que naquele momento, batia acelerado.

Ao perceber que ela ainda mantinha seus dedos mimosos e delicados, tocando-lhe a face, ele recuou o corpo assustado.

– O que houve? – fingiu ela estranhar sua reação.

– Eu preciso ir – ele declarou nervoso e sem graça ao mesmo

tempo.

– Por quê? Não lhe estou sendo agradável?

– Está sim, Samara. Você é uma ótima companhia. É que eu... – O desejo de beijá-la e abraçá-la, dominá-la por inteira atingiu-lhe em cheio a seguir, surgindo com força impressionante. Para evitar a tentação ele novamente recuou. – Até mais Samara, já estou atrasado, preciso ir. Adeus!

Diego partiu, gaguejando, apavorado com a hipótese de ter se apaixonado pela cigana, o que jamais poderia acontecer, tendo prometido amor eterno a Florínea. Deixou a casa, dirigindo com tanta rapidez e desespero que por pouco não atropelou novamente um passante.

– Perdão, Florínea. Mil perdões! – dizia ele, baixinho para si. – Prometo nunca mais sequer pensar que, por um momento, cheguei a me apaixonar por aquela garota. Sou seu, sempre serei!

No minuto seguinte chegou à conclusão de que Samara deveria ir embora daquela casa, o quanto antes. Quanto mais cedo ela ficasse longe dele, melhor seria. Não lhe desejava mal, não, nunca. Mas ela não era mulher para ele, era uma cigana, provinha de um mundo completamente diferente do seu, o mundo que ele tanto adorava e não pretendia se afastar, por nada.

Naquela noite, ao voltar para casa, Diego encontrou a morada silenciosa, sinal de que Samara já havia ido dormir. Melhor assim, pensou, quanto mais distante dela ficasse, melhor.

Ele se encontrava na cozinha, beliscando, quando Samara o surpreendeu com sua chegada discreta e silenciosa.

– Assustei você? Desculpe. Não foi minha intenção. Está tudo bem?

– Sim, sim... Quis apenas beliscar um pedacinho de pão e de queijo.

– Está com fome?

– Não. Estou bem.

– Tem certeza?

– Sim... Tenho.

– Quer que eu esquente as sobras do jantar?

– Não é necessário, obrigado.

Ele não conseguia encará-la por muito tempo. Seus olhos iam e vinham dos seus, inquietos. Samara vestia o penhoar que Maria Alice havia lhe emprestado para passar as noites. Por ser transparente podia-se ver discretamente seu corpo belo e jovial. Diego tentava evitar olhar para ele, sem muito sucesso.

– Ficou bom, não ficou? – indagou Samara deslizando suas mãos por suas curvas insinuantes. – Foi sua mãe quem me emprestou. Ela é mesmo um amor.

– Sim, mamãe realmente gosta de você.

– Só ela? Só ela gosta de mim?

Ele corou ainda mais. E para fugir do encontro, forçou um bocejo e disse:

– Estou com sono. Preciso dormir. Boa noite!

– Boa noite.

Assim que ele se foi, Samara sorriu feliz por vê-lo rendido aos seus encantos. Lutando contra o desejo crescente por ela, mesmo sabendo que seria vencido no final. Naquela noite, Diego dormiu pensando na cigana, no seu corpo lindo que pôde visualizar por trás do tecido fino e transparente da vestimenta que usava.

No dia seguinte, ele partiu mais cedo do que o habitual para a universidade. Não tomou café tampouco voltou para o almoço. Quanto mais longe ficasse de Samara, melhor, assim pensou. Mas a noite caiu e seu regresso para casa tornou-se inevitável.

Enquanto servia o jantar para Diego, Samara, em tom descontraído comentou:

– O que houve? Hoje você nem tomou café da manhã tampouco voltou para o almoço. Aguardei por você até a comida gelar sobre a mesa.

– Desculpe. Foi um dia atarefado na universidade.

– Pressupus.

Ele voltou a comer ligeiro, com intervalos cada vez mais curtos entre uma garfada e outra, querendo muito terminar a refeição o mais rápido possível. Divertindo-se intimamente com sua aflição interior, Samara resolveu deixá-lo ainda mais perturbado. Curvou-se sobre a mesa com a intenção de seduzi-lo com seu decote avantajado. Diego, ainda muito inocente, jamais poderia pensar que tudo aquilo fora arquitetado por ela, meticulosamente, para seduzi-lo por propósitos malignos.

Com forjada amabilidade na voz, a cigana voltou a surpreendê-lo com novas palavras:

– Lembra-se de quando eu lhe disse que a paixão tem muitos níveis? Que nem sempre é carnal.

– Lembro e daí?

– E daí que eu disse o que disse só para poupá-lo.

– Poupar-me, poupar-me de quê?

– Da verdade que desperta em seu coração.

– Verdade?! Que verdade?

– Ora, Diego... Sei bem que está se apaixonando por mim e que sofre por isso.

Diego perdeu a voz. O horror agora embrutecia a sua face.

– Não tema – acudiu Samara, tocando-lhe o braço propositadamente. – Eu logo vou-me embora e tudo com você voltará ao normal.

– Eu... – gaguejou ele, tentando dizer algo coerente.

Sem mais, levantou-se da mesa, posicionando-se de frente para ela que fingia ternura e ingenuidade no olhar.

– Eu... – tornou ele sem saber ao certo o que dizer, tampouco se gostaria mesmo de dizer alguma coisa.

O perfume dela, sua tez, seu olhar e seus lábios o enfeitiçaram. Preso aos seus encantos, tudo mais se apagou da sua mente. Quando deu por si, já era tarde demais para voltar atrás, dominado por seus desejos, Diego possuiu Samara como ela tanto queria. Fora a primeira vez de ambos e, por isso, talvez tenha sido tão marcante e especial.

Depois do clímax, estendeu-se um longo e agradável silêncio até ela despertá-lo com sua voz doce e penetrante. Pegando sua mão direita, ela a levou até seu peito, na altura do coração e disse, ternamente:

– Sinta, Diego. Meu coração bate acelerado por você.

Seu gesto o fez sorrir de alegria e prazer.

– Estou sentindo, Samara. Bate forte, tão forte quanto um tambor...

– Por você, Diego. Bate por você!

Só então ele ressurgiu para a realidade e o que viu, deixou-o completamente em pânico. No mesmo instante, recuou a mão e se levantou num salto, do leito onde haviam feito amor.

– É tarde demais para voltar atrás, Diego – argumentou a cigana com fingida ponderação. – Mesmo que pudéssemos, não queremos, certo? Porque é bom estarmos envoltos nessa linda paixão que sentimos um pelo outro.

Ela suspirou como num êxtase, enquanto ele se cobria mais uma vez com o manto do desespero.

– Isso não podia ter acontecido – declarou, aturdido.

– Aconteceu, aceite.

– Vou me sentir culpado pelo resto da minha vida. Onde eu estava com a cabeça para ceder aos meus desejos?

– Não foram só seus, Diego. Foram meus também. Se eu não tivesse desejos por você, não teria me deixado ser sua. Fiz o que fiz porque também estou envolvida por você.

Ela se levantou a seguir, foi até ele e ficando na ponta dos pés, beijou-lhe. Ele quis recuar, mas não conseguiu. Estava entregue mais uma vez àquela loucura que lhe incendiava o corpo inteiro de prazer.

– Eu adoro você, Diego. Simplesmente adoro... – declarou ela, o mais convincente possível. – Tudo se tornou tão maravilhoso depois que o conheci. Eu o amo, e o mais lindo nisso tudo é saber que você também me ama. Com a mesma sinceridade e paixão.

A declaração conseguiu definitivamente derrubar as defesas do rapaz, um segundo a mais ele a agarrou novamente, prensando fortemente seu corpo ao dela, beijando-lhe ardentemente a boca, o nariz, as bochechas, o queixo, as orelhas e a testa. Depois, o pescoço, os seios e o umbigo. Era como se quisesse atravessar seus poros, penetrar-lhe a carne, atingir-lhe a alma, incorporar seu espírito.

Quando o momento passou, Diego Ramirez já não sabia mais se queria dar fim àquilo. Todavia, ele ainda precisava visitar Florínea, prometera vê-la aquela noite. Por outro lado, seria melhor não ir. Ela poderia desconfiar do que havia se passado entre ele e Samara, apesar de não saber ao certo por que ela desconfiaria. Por fim, ele achou melhor ligar para a casa da moça, desmarcando o encontro, alegando uma desculpa qualquer.

Nesse ínterim, Samara lavou a louça do jantar enquanto Diego ficou no gabinete, adiantando seus estudos. Já era tarde quando a cigana apareceu ali para lhe dar boa noite. Diante da visão de tão formosa criatura, junto ao batente da porta, o rapaz se segurou para não ir até ela a mando de seus desejos mais passionais. Para tentá-lo, Samara caminhou até ele, curvando-se sobre a poltrona em que ele estava sentado, fazendo-se de pobre e indefesa criatura:

– Sinto-me tão só naquele quarto. É tão frio e solitário. Adoraria ter você dormindo comigo.

– Eu... Eu não posso.

– Por que não, se me deseja tanto?

– Não, eu...

– Está bem. Boa noite.

Ao se afastar, ele a segurou pelo punho, levantou-se e se fez claro mais uma vez:

– Tenho de honrar meu compromisso com minha noiva. Não é justo traí-la.

– Está bem. Não quero forçá-lo a nada.

– Obrigado por me compreender.

Ela assentiu, fingindo pesar.

– Não fique magoada.

– Não estou... – ela fugiu dos olhos dele, fingindo tristeza.

– Quero vê-la feliz.

– Está bem, eu já me vou. Não quero mais atrapalhar sua vida.

Nem bem ela se moveu, voltou até ele e o encarou.

– Só quero um beijo. Só mais um para guardar na lembrança.

Ele novamente se viu encurralado e desestruturado ao senti-la, tocando suas mãos e ficando na pontinha dos pés para alcançar seu rosto. Ele novamente foi vencido pelo jogo de sedução da cigana. Tomou-a em seus braços, beijando-a freneticamente e a deitou ali mesmo, sobre o sofá aveludado, onde mais uma vez se entregaram ao amor, dominados apenas pela emoção. Ao fim das ondas de prazer, Diego novamente se arrependeu do que fez:

– Santo Deus... Fiz de novo o que não devia.

Em desespero, ele se levantou do sofá e ficou a ziguezaguear pelo ambiente. Parecia uma criança receosa de que seus pais descobrissem o que havia feito e não aprovassem.

– Calma, Diego – pediu Samara com a maior calma e naturalidade do mundo.

Quanto mais ela falava, mais em desalinho emocional se sentia o rapaz.

– Fui um tolo. Um tolo!

– Que nada, Diego.

Voltando-se para ela, muito firmemente ele falou:

– Samara, nós temos de passar uma borracha nisso tudo.

Ela baixou a cabeça, fingindo-se de triste por sua reação.

– Precisamos, sim!

– Já ouvi, não sou surda!

– Desculpe. É o desespero. Estou apavorado com o que está acontecendo entre nós.

Ela voltou a encará-lo com seus olhos lindos e falou com forjada calma para impressioná-lo:

– Não podemos simplesmente passar uma borracha, Diego, sentimentos não se apagam assim de uma hora para outra.

Suas palavras o assustaram.

– Precisamos tentar. Tudo tem de voltar a ser como antes.

– Nada mais será como antes, Diego. Você sabe disso. Você agora me ama, me deseja, me quer como sua mulher. E eu também o quero como meu homem, meu macho, meu marido.

As palavras dela novamente o assustaram e o surpreenderam. Ele tentou dar-lhe uma réplica, mas não tinha voz para aquilo. Não, no momento. Ela então o proibiu de falar, pondo delicadamente seus dedos longos sobre a sua boca.

– Não diga mais nada, por favor. Se você não me quer como esposa, tudo bem, case-se com Florínea. Mas até lá, me ame, é só o que eu lhe peço, de coração.

Diante dos seus olhos assustados, ela acrescentou:

– É isso mesmo o que você ouviu. Ame-me sem compromisso.

E para o rapaz, a ideia lhe pareceu tentadora. Ter a cigana como amante. A possibilidade o fez relaxar e voltar a se descontrair na sua presença. Assim sendo, ambos acabaram dormindo juntos na cama de casal do quarto de Diego.

No dia seguinte, ao seguir para a universidade, Diego se pegou mais uma vez se culpando pelos desatinos cometidos em nome da paixão.

"Diego Ramirez, seu grande amor é Florínea Jiménez. Não é Samara. Nunca foi. O que vive com ela não passa de uma paixão boba que logo será varrida pelo tempo. Largue essa mulher o quanto antes e retome seu prumo. Não se esqueça de que ela é uma cigana, uma cigana!"

Diante do seu próprio alerta, ele se recordou das palavras que Samara usou para suavizar a situação: "Se você não me quer como esposa, tudo bem, case-se com Florínea, mas até lá, me ame, ame-me sem compromisso." Ela estava certa, poderia ser mesmo assim, por que não?

Assim sendo, toda noite, quando a sós com a cigana, ele se entregava a ela de corpo e alma, sem pesar consequências, e sem pudor algum.

Capítulo 12

Toda vez que revia Florínea, Diego temia que a moça lesse seus pensamentos e descobrisse o que estava se passando entre ele a cigana. Ou que ele se entregasse trocando seu nome, sem querer, pelo de Samara, o que por pouco não aconteceu.

Então, ele voltava para casa, decidido a dar fim ao seu romance com a jovem, mas toda vez que se via diante dela, de sua tão encantadora beleza e jovialidade, acabava novamente rendido aos seus encantos.

Certo dia, ao leito, Diego tristemente declarou:

– Quando o nosso caso tiver fim, vou me sentir duplamente culpado. Sei que você também irá sofrer na hora em que eu tiver de abandoná-la para me casar com Florínea. Não queria vê-la sofrendo, tampouco eu carregando essa culpa. Maldito desejo! Maldito desejo que nos levou a fazer tudo isso!

– Um desejo tão puro, tão real... – argumentou Samara, amorosamente. – Não devemos culpá-lo.

As palavras dela fizeram-no encará-la novamente.

– Se eu pudesse ser dois, para deixar um com você e outro com Florínea.

Ele estava verdadeiramente entristecido com a situação. Ela, com o mesmo tom de tristeza na voz, comentou:

– Quando sua mãe me apresentou a você no hospital, achei-o bonito, nada mais. Jamais passou pela minha cabeça que um dia poderíamos viver o que estamos vivendo agora. Foi no convívio diário, durante o almoço e o jantar que percebi que tudo em você me atraía. Sua postura, sua tez, seu olhar tímido, o tom de sua voz... Sua idade, um pouco mais velho do que eu, seu jeito de homem maduro... A partir de então, eu quis ser sua, inteiramente sua.

– Não diga mais nada Samara, por favor.

– Digo. Digo, sim!

– Não, por favor.

– Mas você precisa saber o que sinto por você.

– Para quê? Para eu me sentir ainda mais culpado?

– Não quero vê-lo carregando culpa alguma, Diego. Por favor!

– Então, deixe de gostar de mim.

– É mais do que gostar, Diego. É amar. Eu amo você!

As palavras dela novamente o desesperaram. Diante dos fatos, a fim de evitar maiores transtornos, ele tomou uma decisão:

– Meu pai e minha mãe devem chegar amanhã. Com isso, não poderemos mais dormir juntos e viver tudo o que temos vivido nesses últimos dias. Será uma ótima oportunidade para cada um de nós, nos separar de vez. Dar fim a esta insensatez. Além do mais, você certamente deve voltar para sua gente dentro em breve, não é? Pois bem, até lá fingiremos que nada entre nós aconteceu. Se isso vier à tona, meus pais ficarão decepcionados tanto comigo quanto com você. Florínea não pode sequer suspeitar que eu e você... Seria um escândalo, a destruição do nosso amor. Ela jamais me perdoaria. Como vê, o melhor a ser feito é mesmo nos afastarmos um do outro.

– Está bem, Diego. Se assim você deseja, assim será. Como você mesmo disse, logo voltarei para minha gente e nunca mais nos veremos.

– Não quero vê-la magoada comigo. Sabe bem que nosso caso terminaria assim. Cada um para um lado. Assumi um compromisso com Florínea e devo honrá-lo, além do mais, gosto dela. Estamos juntos há tanto tempo que já não sei o que viver sem tê-la ao meu lado.

– Eu compreendo. E também não quero vê-lo sofrendo, porque sei, no íntimo, que você me ama, apesar de não admitir.

As palavras dela o surpreenderam e o irritaram de certo modo.

– É isso mesmo o que você ouviu – reiterou ela, desafiando-o pelo olhar. – Pare de mentir para você, para qualquer um! Você está tão apaixonado por mim como eu estou por você.

A verdade doeu fundo no rapaz que, alterado, levantou-se, foi até a porta do quarto e a abriu. Voltando-se para ela, fazendo-se de forte, pediu-lhe para deixar o aposento e ir dormir no seu.

– É isso mesmo, Samara. Quanto antes nos distanciarmos um do outro, melhor será.

Ela, fingindo tristeza, atendeu prontamente ao seu pedido e quando estava de saída, olhou bem para ele e disse:

– Dói no meu coração, termos de nos separar assim. Poderíamos ser tão felizes juntos.

Ele, ainda que novamente baqueado por suas palavras, procurou se manter irredutível quanto a sua decisão. Sem mais, ela partiu. Então, ele fechou a porta, girou duas vezes a chave na fechadura para garantir que estivesse bem trancada e se jogou na cama. Era como se estivesse preso a um pesadelo, querendo desesperadamente acordar e quando conseguia, percebia que o pesadelo era sua própria realidade.

Foi preciso tomar uma forte dose de bebida alcoólica para relaxar e dormir. Todavia, à meia noite, ao repicar dos sinos da paróquia que ficava nas proximidades, Diego Ramirez acordou e não mais conseguiu dormir. Atravessou a madrugada preso a um turbilhão de questões cujas respostas já não pareciam servir mais às perguntas.

O pai e a mãe logo estariam de volta, e por conhecê-lo tão bem, pelo olhar, um simples olhar, saberiam que algo lhe acontecera nos últimos dias, enquanto estiveram longe da casa, viajando a passeio. Chegariam então à verdade e ele não saberia o que fazer então.

Foi o perfume, o perfume de Samara, deixado no lençol da cama que o despertou daquele caos emocional. Ele não queria senti-lo, mas algo dentro dele o desejava loucamente. "Samara, Samara, Samara...", murmurou tenso. "Por que fomos dar vazão a essa paixão insana, essa loucura que nos une, cigana? Por quê?".

E novamente ele esfregou o lençol no nariz para sentir seu perfume. No dia seguinte, ao café da manhã, Diego tentou parecer frio aos olhos da jovem que, como sempre, levantara para lhe preparar o desjejum. Trocaram apenas palavras de bom dia, nada além e quando ele partiu, foi apressado e estabanado.

Samara ainda se sentia vitoriosa diante daquilo, faltava pouco, agora, para completar sua meta. Assim que o fizesse, poderia voltar a respirar aliviada, sendo quem sempre fora, uma jovem simples e amorosa de verdade.

Naquela tarde, ao voltar para casa, Diego pensou que encontraria os pais de volta da viagem, todavia, apenas Samara aguardava por ele, com seu jeitinho calmo e angelical de ser.

– Não, Diego, eles ainda não regressaram.

Para evitar o uso de palavras, o rapaz fez apenas uma careta e foi se banhar. Ao término, teve a grande surpresa de ver Alejandro e Maria

Alice de volta da viagem. Abraços trocaram, beijos e muitas palavras de afeto foram ditas.

– Como vão as coisas por lá? – quis saber Diego com entusiasmo renovado.

– Seu tio Ricardo e sua tia Lucrecia vão bem. Mandaram lembranças.

– Estimo.

– E por aqui? Tudo bem?

Diego respondeu imediatamente que sim, tentando aparentar naturalidade. Voltando-se para Samara, Maria Alice lhe fez um elogio sincero:

– Samara, minha querida, você me parece bem melhor. Não é mesmo, Alejandro?

– Sem dúvida. Que bom vê-la recuperada.

– Obrigada – respondeu a jovem, lançando um olhar tímido para os dois.

A seguir, o casal foi tomar um banho para tirar o cansaço da viagem. Só depois jantaram e novas palavras trocaram com o filho e a ciganinha.

Diego se mantinha tenso, receoso de que os pais descobrissem o que se passara entre ele e Samara durante os dias em que estiveram longe de casa. Novamente ele pensou na importância de ela partir dali, o quanto antes, para poupá-lo de qualquer recaída da sua parte.

Por sugestão de Maria Alice, combinou-se um jantar com Florínea e os pais da moça, no casarão, dias depois. Diego não gostou muito da ideia da mãe, mas acatou por achar que sua oposição levantasse suspeitas sobre o caso que ele tivera com Samara, enquanto eles estavam viajando.

O jantar, na verdade, havia sido sugestão de Samara, mas a cigana pedira, encarecidamente, a Maria Alice, que dissesse que a ideia fora dela, e que depois lhe explicaria por que. Por não ver maldade naquilo, Maria Alice Ramirez aceitou sua sugestão.

Florínea estava, como sempre, muito bem vestida na noite em questão e seus pais não ficavam atrás. Diego se mostrava tenso, tanto que a noiva se preocupou com seu estado.

– Diego não anda bem – comentou ela com todos os presentes na sala. – Acho que anda estudando demais. Mal vejo a hora de ele terminar a universidade e...

Samara a interrompeu, fazendo um sinal com a mão.

– Pois não? – perguntou Florínea voltando a atenção para a cigana.

Diego gelou, foi como se soubesse de antemão o que estava por vir. Samara, cautelosamente disse:

– O coração do Diego é que está cansado... Cansado de tanto amar.

Todos se surpreenderam com as palavras da cigana. Diego, por pouco não saltou sobre ela e a tirou da sala, antes que dissesse algo mais indevido. Samara não se deixou intimidar, foi além:

– Diga pra todos, Diego, diga! Que você me ama. Diga!

O rapaz perdeu a fala, tomado de pânico, paralisou-se.

– Isso é verdade, Diego? – perguntou Florínea, assustada.

Ele não pôde responder. Samara falou por ele:

– Diego e Samara se amaram. Diego e Samara se amam.

O horror tomou conta de Florínea e dos pais da moça. Alejandro e Maria Alice também estavam pasmos diante daquilo.

– O que essa moça diz, Diego – atacou Florínea, olhando aterrorizada para o rapaz. – É mesmo verdade? Você e ela... Você e ela se amam? Se amaram?!

– Filho! – interveio Maria Alice também em choque.

– Mamãe, ajude-me – foi tudo o que Diego conseguiu dizer.

– É mesmo verdade – concluiu Florínea, tendo uma leve tontura.

Diego, ao fazer menção de ajudá-la, a jovem rapidamente recuou.

– Afaste-se de mim! Não me toque!

O pai da moça, explodindo de raiva, soltou a voz:

– Isso é uma vergonha, Alejandro Ramirez. Nunca me senti tão humilhado em toda vida. Seu filho humilhou minha filha de uma forma imperdoável. Vamos embora desta casa!

Alejandro não sabia o que fazer para contornar a situação. Foi Diego quem tomou a iniciativa de ir atrás de Florínea, quando ela deixou a casa acompanhada dos pais.

Após o choque, Maria Alice finalmente conseguiu encarar a ciganinha para perguntar:

– Samara, por que fez isso?

Os olhos da jovem se abriram um pouco mais, brilhando estranhamente. A seguir, o silêncio caiu sobre todos.

189

Capítulo 13

Maria Alice insistiu na pergunta:
– Se puder me dizer, Samara. Eu gostaria muito de saber. Por que motivos você fez o que fez há pouco? Mereço uma explicação. Por favor.

A jovem finalmente respondeu, direta e precisa:
– Porque é verdade, Dona Alice. Eu e o Diego nos amamos, nos queremos.

– Você e o Diego?!
– Sim, eu e ele.

A pergunta seguinte partiu de Alejandro:
– Samara, você realmente ama o meu filho?
– Sim, senhor.
– Bem, se vocês se amam, devem ficar juntos.
– Mesmo que Samara seja uma cigana e não tenha nada de material para lhe oferecer?

A resposta partiu de Maria Alice:
– Eu também não tinha quando conheci e me apaixonei pelo Alejandro. Nesse caso, o amor falou mais alto e, por amor, ficamos juntos.

– Que bom que a senhora me compreende.
– Sim, Samara eu a compreendo.

Maria Alice a convidou para um abraço e quando a ciganinha se viu entre seus braços, seus olhos se avermelharam por emoções cada vez mais conturbadas dentro de si. Minutos depois, Diego estava de volta à sala.

– Papai, mamãe... Eu... Eu nem sei o que dizer para vocês. Estou tão confuso, não queria que Florínea saísse ferida dessa situação. Gosto dela. Por isso...

O pai completou a frase por ele:

– Por isso você decidiu sublimar o seu envolvimento com Samara para não feri-la, não é?

– Sim. Foi isso mesmo.

– Quer dizer então que você seria capaz de sacrificar o amor que sente pela cigana, para não fazer Florínea sofrer?

Diego balançou a cabeça, positivamente. Alejandro, em tom criterioso, fez uma ótima observação:

– Você pode sofrer, Samara pode sofrer, mas Florínea não. É isso?

– Papai...

– Acha justo agir dessa forma, filho?

– Eu...

Maria Alice pediu licença para opinar:

– Se você ama Samara e Samara ama você, Diego, penso que o certo é vocês ficarem juntos, como marido e mulher.

O rapaz espremeu os olhos até arder. Quando os reabriu, estavam lacrimejantes e intumescidos de dor. Só então ele ousou encarar Samara que se mantinha quieta, cabisbaixa, num canto da sala. Foi até ela, tocou-lhe a face para que pudesse encará-lo sem temor e disse, calmamente:

– Não sei se essa foi a melhor forma de revelar tudo a Florínea, mas o que está feito está feito. De algum modo teria de acontecer. Já não estou mais ressentido com você. Como meu pai acabou de observar: não seria justo sacrificar o nosso amor para impedir que uma terceira pessoa nessa história não sofresse. Também não seria justo eu me casar com Florínea estando apaixonado por você.

Sem mais, ele a abraçou, enquanto ela chorava, fingida, entre seus braços.

Manhã do dia seguinte e lá estava Samara em frente do casarão dos Ramirez, despedindo-se de Diego com um beijo. O que ela não esperava, é que Iago estivesse do outro lado da rua, resguardando sua presença por de trás de um tronco de árvore, observando os dois, indignado com o que viu. Assim que Diego partiu, ele atravessou a rua, correndo, assoviando por Samara. Ao vê-lo, a cigana foi até ele.

– Você beijou aquele rapaz que eu vi! – Iago estava transtornado de ciúmes, nem bom dia lhe deu. – O que é isso, Samara? O que está se passando?

– Faz parte do meu plano – respondeu ela, baixinho, após se certificar de que ninguém por ali poderia ouvi-la.

– Plano?! Que plano!

– Fale baixo.

– Largue isso e vamos embora. Vamos ser felizes de uma vez por todas. Eu preciso do seu amor, Samara. Preciso mais do que tudo. Quero ficar com você, casar-me com você, o quanto antes.

– Não agora, Iago. Agora não posso. Preciso primeiramente vingar a morte do meu pai. Enquanto não fizer, não sossegarei.

– Esqueça isso, Samara.

– Não. Ela matou meu pai. Ela me rejeitou. Vai pagar por tudo que nos fez.

– Samara, esse moço tinha noiva, não?

– Tinha e daí? Romperam.

– Por sua causa?

– Sim, Iago, por minha causa. Ele agora está louquinho por mim. Aproveitei a ausência dos pais dele nesta casa para seduzi-lo e...

– Samara, você se deitou com o rapaz?! – Iago estava novamente em choque. – Você realmente o deixou tocá-la?

Diante do espasmo no olhar da jovem, ele obteve a resposta que tanto queria.

– Não posso acreditar que tenha feito isso comigo. Eu sempre a desejei, sempre quis ser seu homem, seu primeiro homem.

Antes que ele alterasse a voz ainda mais, ela o arrastou dali, puxando-o pelo braço. Logo, lágrimas voavam dos olhos do cigano de 18 anos de idade.

– Você não pode ter feito isso comigo, Samara. Não comigo que sempre a amei tanto.

Ela se manteve calada e foi então que ele se deu conta de um pormenor alarmante.

– Aquele sujeito... Aquele sujeito é seu irmão, não é? Seu irmão por parte de mãe! – Seu rosto era pura expressão do horror. – Você foi capaz de...

Iago não conseguia terminar a frase. Dessa vez, ela conseguiu se expressar como achou que devia:

– Foi a forma que encontrei para me vingar daquela que me pôs no mundo. Quando essa mulher souber que os meios-irmãos se amaram terá um choque. Quando Diego souber que destruiu seu noivado por causa de sua irmã por parte de mãe, com quem não poderá se casar, sofrerá tanto quanto Alice Ramirez. Mas é ela, sim, Alice Ramirez quem mais sofrerá com tudo isso, ao ver o filho adorado chorando por amar uma cigana que só se interessou por ele por desejos de vingança, destruindo seu casamento com uma jovem que verdadeiramente o amava.

— Isso ainda vai acabar muito mal, Samara. Desista dessa loucura.

— Não tão mal quanto acabou a vida do meu pai.

Iago continuava perplexo.

— Ainda custa-me acreditar que você tenha se deitado com seu meio-irmão. Tenha se esquecido de mim. De todo amor que sempre lhe dediquei. Estou decepcionado com você, revoltado e amargurado.

— Eu ainda serei sua, Iago.

— Será mesmo?

Pelo espasmo nos olhos dela, ele viu o que nem ela mesma havia notado até então.

— Oh, não... – murmurou entristecido. – Você... Você se apaixonou pelo seu próprio irmão...

A indignação tomou conta dos olhos dela.

— Não diga bobagens, Iago.

— Apaixonou-se, sim! Posso ver em seu olhar.

— Estou apenas a usá-lo, para destruir Alice por meio dele. Só isso!

— Não... Não é isso que seus olhos me dizem.

Novamente os olhos castanhos de Samara transpareceram espanto e indignação. Breve pausa e o rapaz voltou a lamentar o destino dos dois:

— Você destruiu o nosso amor, Samara.

— Tive de pagar o preço para poder destruir Maria Alice.

— Eu nunca mais quero vê-la. Nunca mais. Fiz de tudo por você, a vida toda, não merecia uma traição destas

— Iago...

— Adeus, Samara. Você me fez de idiota tanto quanto está fazendo essa gente.

— Espere!

— Não. Vou voltar para o acampamento de onde eu nunca deveria ter saído. Nem eu nem você. Ramon jamais deveria ter permitido. Eu jamais deveria ter concordado com você, aceitado o seu pedido.

193

Endereçando um último olhar contemplativo para a cigana, o jovem cigano completou:

– Parto a uma. Não mais tarde do que isso. Se mudar de ideia, sabe onde me encontrar.

– Eu não irei, Iago. Ficarei aqui até concluir minha meta.

– Faça como quiser. Direi a Ramon onde está, caso ele queira vir buscá-la. Nunca mais conte comigo para nada. Quero esquecê-la, apagá-la do meu pensamento. Adeus.

– Iago! – Pela primeira vez Samara transparecia certa aflição. – Não brigue comigo. Gosto de você.

Ele novamente olhou para ela, cerrando os olhos de indignação e falou:

– Disse bem. Você gosta de mim. O que é muito diferente de amar. Málaga esteve sempre certa, fui um tolo em alimentar esperanças a seu respeito. Adeus.

Iago partiu, cruzou a rua com tanta rapidez e desespero que por pouco não foi atropelado. Ao chegar a uma praça, o cigano escorou seu corpo num tronco de árvore, enquanto seus olhos se esvaíam em lágrimas. Sua desilusão era tanta, que seu próximo passo foi voltar até o local onde deixava a carroça estacionada e partir. Em meio ao poeirão da estrada, chacoalhando-se ao balançar do veículo, o jovem cigano chorava sua desgraça.

Depois do encontro tumultuado com o jovem cigano, Samara ficou a pensar no que ele havia lhe dito ela: "Você se apaixonou pelo seu próprio irmão... Apaixonou-se, sim! Posso ver em seu olhar". Não, ela não havia se apaixonado por Diego. Não podia. Isso estragaria totalmente seus planos de vingança.

Ao adentrar a casa dos Ramirez, Maria Alice notou seu abalo emocional.

– Está tudo bem, Samara? Você me parece preocupada.

– Não foi nada – respondeu a jovem, ligeira. – Apenas Iago. Ele teve de voltar para o acampamento cigano.

– Compreendo. Você ficou porque, obviamente não tem mais motivos para regressar, não é mesmo?

– Como?! – a incompreensão tomou o rosto da ciganinha.

– Ora, Samara – explicou Maria Alice com bom humor. – Uma vez que está apaixonada por Diego e ele por você, seu lugar agora é aqui conosco, certo?

O rosto dela se desanuviou, parcialmente.

– Ah, sim, é verdade!

E novamente ela ouviu Iago dizer em sua mente:

"Você se apaixonou pelo seu próprio irmão... Apaixonou-se, sim! Posso ver em seu olhar".

E ela repetiu para si o que dissera a ele naquele instante:

"Estou apenas a usá-lo, para destruir Alice por meio dele. Só isso!"

E ela queria acreditar naquilo piamente.

Capítulo 14

Chegando ao acampamento, Ramon se aborreceu profundamente com Iago, ao saber que havia abandonado Samara na cidade grande.

— Eu não podia mais permanecer ao lado dela, Ramon, não depois do que ela me fez.

E o rapaz se viu obrigado a contar para o chefe dos ciganos, o que a ciganinha havia feito para conquistar o meio-irmão. Ramon, chocado, receou, mais uma vez, que o desejo de vingança de Samara acabasse prejudicando muito mais a ela, do que todos os envolvidos na história.

— Ramon, você não deve se preocupar com Samara. Ela já é bem crescida e bem esperta para se defender na vida.

Aquilo era fato, o homem não podia negar. Mesmo assim, anotou o endereço do lugar onde poderia encontrar a ciganinha caso fosse preciso.

Diante de Dolores, Iago desabafou:

— Não quero mais viver, Dolores. Para que se a mulher da minha vida me traiu?

— Não diga isso, Iago. Ninguém tem o direito de tirar sua própria vida, seja qual motivo for.

— Samara não presta. Fui um tolo, o mais tolo dentre todos, por ter me deixado levar por sua lábia. Ela só me queria para chegar até sua verdadeira mãe. Só por isso. Samara foi sórdida comigo. Má.

— Iago, todos erram nessa vida, filho. Se a intenção dela foi realmente essa que você supõe, perdoe-lhe.

— Não sei se vou conseguir. Sinceramente, não sei. Antes a vida desse a todos, uma bola de cristal, para que pudéssemos prever o futuro, evitando nos apaixonar pela pessoa errada.

Dolores ergueu ligeiramente o tom para persuadi-lo:

– Lembre-se, meu querido, de que Málaga o ama desde muito tempo. Dê-lhe uma chance.

– Dolores acha mesmo que eu devo?

– Sim.

Iago enxugou os olhos, lacrimejantes, e a cigana acrescentou:

– As coisas ruins que nos acontecem, só não passam para aqueles que não querem deixá-las passar. Quem não se permite esquecer de seus males, vive incompleto, com um pé no passado, que tanto sonhou viver, e outro no futuro, que nem sabe se vai chegar. O presente, que é o tempo que realmente importa e único real, onde podemos nos dar o *direito de renascer* das tristezas, amarguras e decepções, fica esquecido, porque nunca o vivemos plenamente.

O cigano pareceu ouvir e ao mesmo tempo, não. Sua desilusão não lhe permitia absorver devidamente boas ideias.

A pedido de Dolores, Málaga foi procurar Iago que, naquele instante, escolhera sentar-se às margens do rio para espairecer. Antes de se aproximar do jovem, ela o espiou de longe, deliciando-se com seu aspecto infeliz e amargurado.

Quando se aproximou dele, fez tão vagarosamente, que ele nem percebeu.

– Iago – chamou ela, com fingida amabilidade.

Sem obter resposta, ela pousou sua mão direita na cabeça do rapaz e ficou a massagear seus cabelos, como faria uma mãe quando quer acalmar um filho atarantado.

– Iago, meu querido... – tornou ela, baixinho. – Você não está só. Posso muito bem cuidar de você.

Só então ele voltou os olhos para ela, visão embaçada pelas lágrimas, e disse:

– Samara me traiu... Samara foi má comigo, Málaga. Má!

Os olhos dela voltaram a brilhar, matreiros.

– Você está magoado e com razão. Sente-se ferido, não é mesmo? Ferido na alma.

– Sim. Ferido na alma, Málaga... Na alma!

– Isso vai passar. Tudo na vida passa.

– Será mesmo?

Málaga soltou um risinho discreto, tomado de satisfação por ver

Iago naquele estado desesperador. Foi como se ele estivesse recebendo uma punição por tê-la ignorado durante todos aqueles anos. Ter preferido Samara a ela. Intimamente ela se ouvia dizer: "Isso mesmo, sofra! Você me fez sofrer, agora é a sua vez! Bem feito!".

– Eu sinto muito, Iago, sinto mesmo... – acrescentou a perversa cigana sentindo-se vitoriosa diante daquilo que se tornou um desafio para ela desde que se descobrira apaixonada pelo rapaz. – Você precisa ser forte. Sei que falar é fácil, mas é tudo que lhe resta.

– Eu pensei que Samara me amasse da mesma forma que eu a amava.

– Você amou Samara, Samara nunca amou você.

Novamente ele chorou e Málaga decretou, radiante:

– Samara nunca foi mulher para Iago. Tentei preveni-lo, mas você não me ouviu.

E novamente ela sorriu triunfante, feliz por sua vitória sobre o rapaz e a cigana que tanto odiava. Agora ela o tinha em suas mãos, era sua oportunidade de conquistá-lo e apagar Samara de sua vida para sempre. Faria dele escravo do seu amor. Tão dependente dela quanto do ar que precisava para se manter vivo.

– Venha, meu querido, voltemos para o acampamento.

As palavras dela, ainda que naquele tom fingido, tiveram o efeito calmante sobre ele.

– Venha! – insistiu ela, adocicando ainda mais a voz.

Passando o braço em torno da cintura do rapaz, a jovem, com muito esforço o fez se levantar. Assim, conduziu-o para o caminho que os levaria de volta ao acampamento cigano.

As pernas de Iago, por muitas vezes, bambearam, se não fosse Málaga a ampará-lo, ele provavelmente iria ao chão. O prazer que a cigana sentia ao vê-lo naquele estado provocava-lhe euforia interior, capaz de fazê-la gargalhar por dentro, silenciosamente.

Ao chegaram ao acampamento, Dolores correu para auxiliá-los. Uma sopa foi servida para Iago que procurou dormir para descansar da viagem. No dia seguinte, num momento propício, Málaga levou o rapaz para tomar um banho de rio, despiu-se tanto quanto ele, para adentrarem a água gelada e se banharem. Ali, envolto por suas caricias, ele acabou possuindo a cigana como ela tanto desejava. Desde então, ele decidiu ser dela, fazê-la sua mulher e assim marcaram casamento.

Enquanto isso, em Madrid, Samara continuava seu plano de ação. Diego já estava totalmente apaixonado por ela, acabara com o noivado, restava agora desmascarar a farsa. Só que toda vez que ela se dispunha à revelação fatal, inconscientemente ela arranjava um motivo para postergá-la. É que no íntimo ela havia se acostumado à vida que levava ao lado do rapaz, pelo qual se apaixonara sem querer admitir.

Mas seu propósito com tudo aquilo havia de ser cumprido, não podia desistir, não depois de tanto sacrifício e empenho. Sendo assim, ela finalmente tomou coragem para revelar a todos seu verdadeiro propósito de estar ali, no seio da família Ramirez. Maria Alice e Alejandro estavam sentados à mesa, jantando quando ela entrou no recinto, olhando para os dois com superioridade.

— Samara? — chamou Maria Alice, percebendo sua ausência.

A jovem se manteve calada, olhando desafiadoramente para ela.

— Aconteceu alguma coisa? — questionou a mulher, estranhando e se incomodando com o olhar frívolo e desleal que ela dirigia a sua pessoa.

— Aconteceu, aconteceu, sim! — respondeu Samara, parecendo despertar de um transe. — E a culpa é toda sua. Toda sua!

Por um segundo, Maria Alice pensou não ter ouvido direito.

— Minha?! Como assim?! Do que está falando? Se fiz algo que a magoou, diga-me! Se eu puder reparar meu erro.

— Não! — respondeu Samara com notória frieza. — Não há como reparar seu erro.

Maria Alice e Alejandro se entreolharam. A seguir, Samara despejou o que tanto borbulhava em seu sangue:

— Você destruiu a vida do meu pai e, por consequência, a minha.

Maria Alice novamente pensou estar ouvindo coisas.

— Eu realmente não estou entendendo aonde você quer chegar.

— Miro... Esse nome lhe diz alguma coisa?

— Miro? Não! Não me recordo de ninguém com esse nome.

— Você é mesmo muito fingida. Desumana. Assassina.

— Samara, o que deu em você? Por que está me tratando assim?

— Assassina! Assassina!

A jovem ficara histérica.

— Acalme-se!

— Tire as mãos de mim. Você matou meu pai, rejeitou minha

existência. Você não merece a vida. Não merece!

– Santo Deus, Samara, o que deu em você?

A cigana não respondeu, apenas continuou falando, desembestada:

– Eles a pouparam porque Miro lhes pediu, mas não deveriam. O certo era você ter pago pelo que fez a ele.

– Do que você está falando, criatura?

– Não se faça de tonta. Sei bem que não é. Sou a filha de Miro e estou aqui para me vingar de tudo que nos fez. De tudo, ouviu?

Maria Alice e Alejandro continuaram perplexos diante da transformação da jovem cigana.

Capítulo 15

Maria Alice Ramirez achou melhor deixar a mocinha falar, antes de tentar se defender novamente. Samara, lábios roxos, queixo trêmulo, prosseguiu, com voz trepidante:

— Naquele dia, eu atravessei a rua para ser realmente atropelada por Diego. Só assim poderíamos nos aproximar. Quis seduzi-lo de propósito, para acabar com o seu casamento e fazê-lo sofrer quando soubesse de toda verdade. Eu o usei, sim! Sem dó nem piedade.

— Quer dizer que tudo aquilo foi planejado?

— Sim, para causar o maior desgosto a vocês.

— Custa-me acreditar que você não ame meu filho. É tão evidente em seu olhar o amor que sente por ele. Da mesma forma que ele sente por você. Não, você não brincaria com algo tão sério. Não condiz com sua personalidade.

— Mas eu fiz! E foi para afrontá-la e destruí-la. Percebo, no entanto, que você ainda não percebeu a profundidade do estrago que causei na vida de vocês. Como lhe disse, sou a filha de Miro, que você assassinou a sangue frio. Sou aquela, também, que você abandonou na manjedoura, quando decidiu partir do acampamento cigano. Pouco se importando com a minha existência. Sim, Alice Ramirez, eu sou a filha que você teve com Miro, aquele que caiu em ruína por ter se apaixonado por você.

Maria Alice continuava aturdida diante de tudo.

— Eu jamais matei alguém, Samara. Tampouco conheci seu pai.

— Cínica.

— Juro por tudo que há de mais sagrado! Venho de um vilarejo chamado El Corazón. Meu pai chamava-se Leocádio Gonzáles. Você deve estar me confundindo com outra pessoa.

— Alice Ramirez é você, não é? Esposa de Alejandro Ramirez.

— Sim, eu mesma, ainda assim...

– Não há erro algum. Só existe uma Alice Ramirez. Fui a Toledo à sua procura e quando soube que havia se mudado para cá, com seu marido e seu filho, vim atrás de vocês.

– Eu não sou quem você pensa.

– Você finge não ser. Deve estar aflita, desesperada.

Alejandro então percebeu o que realmente estava se passando ali.

– Santo Deus! – exclamou pasmo. – Agora sim tudo faz sentido! Você, Samara, é filha de Alice com o cigano.

– Eu mesma! Lembrou-se agora?

– Santo Deus...

– Sim, sou filha de Alice Ramirez com o cigano com quem ela fugiu mesmo estando casada com o senhor.

– Samara – ele tentou interrompê-la.

– Está chocado, não está?!

– Ouça-me!

– Não, ouça-me você!

Ao perceber que ela não o deixaria falar, Alejandro bateu na mesa, com os dois punhos fechados e disse:

– A Alice Ramirez que você procura é a minha primeira esposa, não esta que está sentada à mesa comigo. Por coincidência ela também se chama Alice. Para ser mais exato, chama-se Maria Alice, e por ter se casado comigo também adquiriu o mesmo sobrenome da outra. Houve duas Alices na minha vida, entende agora?

– Você mente. Isso não é verdade.

– É verdade, sim! A primeira Alice Ramirez realmente fugiu com um cigano, por quem se apaixonou. Enquanto ela morava com os ciganos, eu reencontrei Maria Alice, havíamos nos apaixonados um pelo outro no passado, mas não pudemos ficar juntos por imposição do meu pai. Antes de me casar com Alice, sua mãe, seduzi Maria Alice e, desse amor proibido, nasceu Diego. No entanto, só vim saber de sua existência muito tempo depois.

Maria Alice achou melhor corroborar com o marido e, por isso, falou:

– Achei que me vingaria de Alejandro, ocultando a existência do filho que ele tivera comigo, mas... Quão tolo somos nós quando movidos pelo ódio, revolta e desejos de vingança. Enfim... – ela suspirou e prosseguiu: – Um dia encontrei Alejandro arrasado, decepcionado

202

com a vida, especialmente por ter me trocado pela mulher com quem se casara e o abandonou por causa de um cigano. Ele me pediu perdão por tudo e eu acabei perdoando-lhe, aceitando, mais tarde, seu convite para morarmos juntos. Só então lhe revelei que Diego era seu filho.

– Foi um dia emocionante para mim – falou Alejandro, estendendo a mão por sobre a mesa, até tocar a de Maria Alice.

– Pois bem – Alejandro voltou a falar. – Um dia, Alice, minha primeira esposa, reapareceu. Estava de volta e pouco nos contou sobre o que viveu com os ciganos. Ela já não era mais a mesma, voltara transtornada com algo, algo de muito grave havia acontecido. Porém, nós nunca soubemos exatamente o que ocorrera, estamos sabendo agora e por seu intermédio. Jamais poderíamos imaginar que ela tivera uma filha, tampouco que matara o marido a sangue frio.

Samara estava perplexa com o que ouvia. Ainda se recusava a acreditar que tudo aquilo fosse verdade. Alejandro continuou:

– Cada dia mais isolada de tudo e de todos, Alice, sua mãe, começou a se deprimir e então, um dia, ateou fogo à casa onde nascera, crescera e herdara do pai.

A seguir, Maria Alice tomou a narrativa dos fatos:

– Sim, Samara, ela ateou fogo a própria casa e Diego, ainda bebê, estava lá dentro, dormindo. Por pouco não morreu. Se Alejandro não tivesse se arriscado a salvá-lo, ele estaria morto há muitos anos. Foi uma noite pavorosa. Desumana. Depois disso, decidimos nos mudar para cá, para esquecer o passado. Nesse ínterim, eu e Alejandro nos casamos. Torneci-me definitivamente a senhora Maria Alice Ramirez. Nesta cidade ninguém sabe que Alejandro teve uma esposa além de mim. Pensam ser eu sua única esposa.

Samara voltou a se pronunciar:

– Se tudo isso é mesmo verdade, onde está ela, então? Onde está aquela que realmente me pôs no mundo?

Maria Alice e Alejandro se entreolharam antes de responder:

– Morta, Samara. Ela morreu no incêndio.

O rosto da jovem desmoronou, como um rosto de cera ao fogo.

– Não pode ser... – balbuciou, quase sem voz.

– Sim. Alice Namiaz de Amburgo Ramirez morreu em meio ao incêndio pavoroso que ela mesma provocou.

– Não pode ser verdade. Vocês estão mentindo para mim. Querem protegê-la.

Alejandro tomou a palavra a seguir.

– Não, Samara, dizemos a verdade. Podemos provar a você pela certidão de óbito de sua mãe, pelo túmulo dela e por sua melhor amiga. Se ela não tivesse morrido, eu não poderia ter me casado com Maria Alice. Só mesmo viúvo é que poderíamos nos tornar oficialmente marido e mulher. Sua mãe se chamava apenas Alice, minha esposa atual se chama Maria Alice. O nome de sua mãe de solteira era Alice Namiaz de Amburgo; o de Maria Alice era Maria Alice Gonzáles. Vou buscar os documentos que comprovam tudo, para que você não tenha mais dúvidas a respeito.

A cigana escorou-se sobre a mesa até ocupar umas das cadeiras que havia ao seu redor. Logo, Alejandro reapareceu, trazendo consigo os documentos que comprovavam os fatos. Pelo pouco que aprendera a ler, Samara conseguiu perceber a verdade. Estava sem palavras, pálida e infeliz.

– Há algo mais que eu gostaria de lhe contar – falou Alejandro, com voz tristonha. – Na hora do incêndio, quando eu invadi a casa para tentar salvar meu filho, havia um homem lá dentro, com roupas coloridas, típicas de um cigano. Em meio às chamas ele me fez um sinal para acompanhá-lo e, graças a ele, pude chegar até o Diego e salvá-lo. Esse misterioso cigano, bem, ele não estava lá realmente, estava apenas em espírito. Pois nenhum corpo carbonizado de homem foi encontrado em meio aos destroços, tampouco deixou a casa em meio ao incêndio. Mas eu o vi, vi claramente e penso agora que ele era seu pai, Samara.

Os olhos da jovem transbordavam de lágrimas.

– Na ocasião não sabíamos que Alice o havia assassinado – continuou Alejandro também emotivo. – Pensávamos que ele ainda estivesse vivo. Por isso, jamais pensei que poderia ser ele. Mas agora, depois do que nos contou, estou mesmo certo de que era ele mesmo. Seu pai, em espírito.

Maria Alice voltou a falar:

– Samara, sentimos muito pelo que aconteceu ao seu pai. A você e consequentemente a sua mãe.

O rosto da jovem estava destruído. Ela se sentia tão infeliz que no íntimo queria morrer. Sua verdadeira mãe já tivera o que mereceu. Se é que alguém realmente merece morrer de forma tão cruel como morrera Alice Namiaz de Amburgo Ramirez. Com voz chorosa, ela rompeu o silêncio:

– Eu quis destruir a senhora que sempre me tratou bem. Fui tão má quanto a mulher que me pôs no mundo.

– Você se precipitou, foi só isso – argumentou Maria Alice com bom senso. – Deveria ter apurado os fatos antes de qualquer coisa.

– Fui tola.

Só então, ela se lembrou de Diego. Do que havia feito com ele para agredir Maria Alice.

– Diego nunca me perdoará pelo que fiz.

Alejandro e Maria Alice se entreolharam. Ouviu-se então a voz de Diego soar no cômodo adjacente.

– Perdoar você do quê, Samara?

Segundos depois, o rapaz atravessava o que ligava os dois ambientes, deixando a moça avermelhada e trêmula.

Capítulo 16

Diego permaneceu olhando para Samara que não sabia o que dizer. Diante do caos, Maria Alice sugeriu:

— É melhor ele saber de toda verdade, Samara. Se souber por terceiros pode ser pior.

— Souber o quê? – empertigou-se Diego, lançando olhares tensos para todos. – O que houve?

Antes de Samara expor os fatos, Alejandro e Maria Alice deixaram a copa. Seria melhor os dois conversarem a sós. Com muito custo, a jovem cigana falou, muitas vezes sem olhar diretamente para o rapaz, tamanha vergonha que sentia do que fizera.

— Quer dizer...– murmurou Diego, visivelmente decepcionado com tudo. – Que você me usou para...

Ele parou, sentindo-se incapaz de continuar articulando as palavras. Então, acenou grave e tristemente a cabeça, dizendo:

— Você nunca sentiu nada por mim. Foi tudo mentira. – Ele estava verdadeiramente irado. – Fui um tolo por acreditar em você. Pensar que me queria quando, na verdade, só pretendia me usar.

Diego não foi além, pois Samara cobriu suas palavras, dizendo:

— Eu lhe peço perdão.

— Não vou perdoar-lhe, jamais! Você foi má comigo. Nunca mais quero vê-la. – Seu tom era áspero, e apontando o dedo indicador contra a face dela, reforçou sua verdadeira intenção: – Nunca mais quero vê-la. Ouviu? Nunca mais!

Palavras nunca haviam saído de seus lábios com tanta fúria. Sem mais, ele deixou o aposento, movido pela raiva, movido pelo ódio. Diante de seus berros, Maria Alice e Alejandro foram falar com o filho.

— Diego, perdoe-lhe. Foi tudo um equívoco. Qualquer um no lugar dela teria cometido o mesmo.

– A senhora e o papai ainda não entenderam que ela não sente nada por mim? Que fingiu sentir, durante esse tempo todo, só para me seduzir e assim concretizar seu plano de vingança?

– De qualquer modo, Diego – retrucou Maria Alice solidariamente. – Perdoe a ela.

– Não, mamãe. A senhora pode me pedir qualquer coisa, menos isso. Aquela cigana ordinária destruiu meu noivado com Florínea, por causa de uma vingança sórdida. Tão sórdida quanto ela. Florínea não merecia isso. Sempre foi boa comigo, sempre me amou.

– E você, Diego? Amava mesmo Florínea como pensou? – a observação partiu de Alejandro. – Se a amasse mesmo, não teria se interessado por Samara. Não teria admitido para si mesmo e para nós que estava apaixonado pela cigana.

O rapaz deu um passo à frente e impondo o dedo indicador na direção do pai, falou, rispidamente:

– Sempre ouvi dizer que não se deve confiar em ciganos. Que eles têm seus feitiços. Essa moça aí, certamente fez um para me conquistar. Eu aqui nesta casa não fico mais. Enquanto ela estiver aqui, ficarei longe.

– Diego, não torne tudo pior do que já está.

– Vocês decidem.

Ao vê-lo pegando as chaves do carro, Alejandro ficou ainda mais preocupado com o filho.

– Diego, aonde você vai?

– Vou atrás de Florínea, pedir-lhe perdão mais uma vez, para tentar reatar o nosso noivado.

– Filho...

Sem mais, ele partiu. Só então Maria Alice e Alejandro ficaram novamente frente a frente com Samara que ainda chorava, quieta, parada num canto do aposento.

– Ele está certo em me odiar. Fui realmente má com ele.

– Diego está nervoso, quando refrescar a cabeça, há de compreendê-la e os motivos que a levaram agir como agiu.

– Ele não vai me perdoar.

– Samara, diga-nos, com toda sinceridade possível. Seu amor por Diego não é forjado, não é mesmo? Você realmente o ama, não é? A princípio você só queria conquistá-lo para se vingar de mim, mas depois, com o tempo, acabou se apaixonando por ele. Estou certa, não estou?

Pelo simples olhar da jovem, Maria Alice teve certeza do que dizia. Em seguida, foi até ela e lhe fez um carinho.

– Sinto-me aliviada agora, sabendo que seu amor por meu filho é sincero. Porque como mãe, sei que o dele por você, também é.

– Mas ele agora me odeia.

– Por um tempo, Samara. Apenas por um tempo. Depois... Eu mesma já odiei Alejandro pelo que me fez e acabei perdoando-lhe. Chega um dia em que o amor sempre fala mais alto.

– De qualquer modo, preciso ir embora daqui. Ele foi bem claro: ou eu ou ele nesta casa.

– Calma, não se precipite. Amanhã, quando ele estiver mais calmo, conversaremos a respeito.

– Obrigada. A senhora é muito gentil. O senhor também, Sr. Alejandro. Mais uma vez: obrigada por me compreenderem.

Tarde da noite, naquele dia, Diego voltou, transfigurado. Havia bebido, chorado e se revoltado. Florínea não o aceitara de volta e o pai da moça o havia posto para fora da casa sob forte humilhação. Seu ódio por Samara persistia e quando soube que ela ainda estava na casa, revoltou-se com seus pais. Na manhã do dia seguinte, logo cedo, ele fez as malas e partiu para a casa de Edmondo Torres, a quem tinha como seu segundo pai. Quando lá, contou-lhe toda desgraça que havia lhe acontecido.

Samara, ao saber do ocorrido, decidiu partir, o quanto antes, a fim de evitar novas discórdias em família. Alejandro e Maria Alice novamente lhe foram solidários e compreensivos:

– Calma, Samara. Sem Iago ao seu lado, você não conseguirá chegar até os seus.

– Mas eu tenho de voltar para a caravana...

– Como, se não sabe exatamente onde ela se localiza agora?

– Sim, mas...

Ela estava num beco sem saída. Havia se esquecido daquele pormenor.

– Por isso, minha querida, peço-lhe calma novamente – reforçou Maria Alice muito carinhosamente.

– A senhora está sendo tão boa para mim. Depois de tudo que fiz, não mereço.

– Eu já errei na vida, Alejandro também, quem já não errou e precisou de perdão por seus erros e compreensão de terceiros?

A jovem fez ar de surpresa.

– Para onde ele foi, Dona Maria Alice?

– Diego certamente foi para casa de Edmondo Torres, a quem tem como um pai. Lá ele ficará bem, e Edmondo conseguirá pôr algum juízo na cabeça dele. Diego sempre acatou seus conselhos. Alejandro foi até lá, para lhe dizer o que não tivemos a oportunidade. Que você o ama de verdade, tal qual ele a você. Esse detalhe fará Diego voltar a vê-la com bons olhos.

Os olhos de Samara voltaram a brilhar movidos de esperança.

Alejandro Ramirez fez o que se prometera, mas Diego se recusou a acreditar naquilo. Novamente deixou claro para o pai que só voltaria para casa quando a cigana não mais estivesse lá.

– Ou eu ou ela! – reforçou, salientando cada sílaba.

Diante de toda desarmonia, Samara decidiu partir na calada da noite, para deixar todos ali em paz novamente. Tornara-se um peso na vida dos Ramirez e queria poupá-los de todo mal. Sozinha, carregando uma trouxa de roupa, a ciganinha seguiu sob um céu de estrelas, um destino para o seu amanhã. Pernoitou num banco de praça até o sol raiar e quem sabe iluminar seu futuro.

Ao descobrirem o que ela havia feito, Alejandro e Maria Alice se entristeceram e tentaram localizá-la na cidade, mesmo sabendo que seria difícil encontrar alguém numa cidade tão grande como aquela.

– Santo Deus! – exclamou Alejandro, preocupado. – Diante de todo esse tumulto, esquecemos que Samara é herdeira de Alice. Precisamos avisá-la, reconhecê-la como filha de Alice para que possa herdar o que lhe cabe.

– Certamente que sim – anuiu Maria Alice, renovando suas esperanças de encontrar a moça.

Dias depois, Diego voltava para casa e tentava, mais uma vez, fazer com que Florínea e sua família perdoassem seu desatino. A moça, no entanto, continuava irredutível, mesmo porque, seu pai já havia traçado outros planos para ela. Um novo amor, filho de outro conhecido seu.

Assim sendo, Diego continuou sofrendo por tudo que havia acontecido, sem admitir para si mesmo, que a maior dor provinha do fato de ele ainda amar Samara, a cigana, que erroneamente tornara-se o alvo de todo seu ódio contido.

E os dias seguiram seu curso.

Capítulo 17

Ao ver-se na rua da amargura, Samara começou a fazer uso do seu talento para angariar alguns trocados, passou a dançar flamenco, linda e exuberante como sempre fizera durante as apresentações dos ciganos pelas cidades. Foi quando um rico velhaco a viu e, encantado por sua beleza, decidiu ajudá-la.

– Uma cigana, só? – perguntou, aproximando-se dela. – Onde estão os demais da sua raça?

– Estou só.

– Só? Corajosa você.

– Samara é mesmo muito corajosa.

– Samara é seu nome?

– Sim.

– Pois penso que Samara está a dormir ao relento, acertei?

Os olhos dela responderam que sim.

– Não deveria, as ruas estão cheias de malucos e tarados, cedo ou tarde, abusarão de você. Precisa urgentemente de um teto sobre sua cabeça. Ofereço-lhe minha casa, é bem espaçosa, pode se abrigar por lá até que... Até que reencontre sua gente. Meu nome é Pascoal Lanzarote, mas todos me chamam de Lanzarote.

Diante da hesitação dela, o homem insistiu:

– Larga de ser teimosa, cigana. Aceite meu convite. Você não tem escolha.

Diante das condições precárias em que se encontrava, Samara acabou aceitando a oferta.

– Está bem. Mas em troca de sua gentileza, trabalharei na casa.

– Se assim você deseja... Por mim tudo bem.

Logo, eles chegaram ao seu destino. Uma casa enorme, tão escura e sinistra que fez Samara se arrepiar. Com passos inseguros ela adentrou a morada que por dentro lhe parecia ainda mais assustadora. Algo ali a fez sentir medo. Muito medo.

Após observar discretamente o corpo da jovem, o dono da casa anunciou:

– Vou mostrar-lhe seus aposentos. Siga-me!

Samara, sempre submissa, atendeu ao seu chamado. Pelo caminho, o Senhor Lanzarote explicou:

– A criada da casa chama-se Fedora. Trabalha conosco há muito tempo. Tudo que precisar deve pedir a ela. Tudo o que não souber fazer, ela lhe ensinará. Compreendeu?

Samara fez que sim com a cabeça. Ouviu-se então uma tosse bem forte, asmática, vinda do andar superior da casa. Diante da expressão de interrogação na face da jovem, o Senhor Lanzarote explicou:

– Vá se acostumando. É desse jeito quase o tempo todo. É meu inferno particular.

Ao perceber que ela não o havia compreendido, o sujeito gargalhou:

– Você é pura demais, cigana! Pura demais e é disso que mais gosto.

Escancarando a dentadura reluzente numa nova gargalhada, o homem completou:

– Essa criatura assombrosa que ouve tossir é minha esposa. Ou melhor, o que restou dela. Logo você há de conhecê-la. Quem sabe pode me ajudar em relação a ela.

– Ajudar?

– Sim. Não é segredo para ninguém que os ciganos têm lá seus feitiços e magias. Quem sabe você pode fazer uso de um para que minha esposa passe dessa para uma melhor, o quanto antes.

– O senhor quer dizer, para que ela recupere a saúde?

– Não! Para que morra mesmo! Aquilo lá não tem mais conserto. O corpo dela já está morto, só seu espírito continua vivo. E só se mantém assim para me torturar com sua presença nesta casa. Ah, como eu a odeio por isso. Só não a mato para não acabar numa prisão. Caso contrário, faria com muito gosto.

– Mas ela é sua esposa.

– E daí?! Que se lasque! Quando você conhecê-la, me compreenderá melhor.

Minutos depois, Fedora deixava o quarto da patroa, carregando a bandeja com que lhe levara o jantar. Ao ver Samara, parada ao lado do patrão, por pouco não deixou tudo cair, tamanho susto.

– Essa moça aqui, Fedora, vai trabalhar nesta casa a partir de agora. Ensine a ela tudo que for preciso. Seu nome é Samara.

O tom dele era autoritário e sem dar margem à criada para lhe fazer qualquer pergunta. O bom de tudo aquilo foi que Fedora se simpatizou com a recém-chegada e logo, ambas se tornaram boas amigas.

Chegou finalmente o momento em que Samara conheceu a dona da casa. A mulher estava estirada numa cama de casal num quarto lúgubre, tão sem cor e sem vida quanto ela. A doença que dominara seu físico roubava-lhe cada dia mais o sopro da vida. Samara nunca sentiu tanta pena de alguém como naquele instante. Levou pelo menos uns três minutos até que a inválida percebesse sua presença e olhasse para ela. Quando o fez, seus olhos brilharam.

– Você... Quem é você? – perguntou num fio de voz.

– Meu nome é Samara.

– Ah, sim, a tal que meu marido contratou. Meu nome é Alcídia...

A mulher tentou lhe dizer alguma coisa, mas por súbita falta de ar, não conseguiu. Por não saber como ajudar a pobre coitada, Samara se desesperou. Correu atrás de Fedora que logo veio em seu auxilio. Só mesmo depois de ver a patroa recuperada é que a criada votou a cuidar de seus afazeres na parte térrea da mansão.

Restando somente Samara na companhia da inválida, a mulher quis saber detalhes sobre a sua pessoa e de sua ida para aquela casa. Samara explicou tudo, detalhadamente, gostando da ouvinte. Depois, procurou confortá-la com palavras de otimismo:

– A senhora vai melhorar. Vou cuidar da senhora.

– Obrigada. Você me parece ser uma boa moça.

O Senhor Pascoal entrou no quarto a seguir.

– E então, Samara? – perguntou ele com sua voz retumbante. – Não lhe disse que ela não passava de um trapo?

Alcídia Lanzarote não se indignou com suas palavras, já se acostumara a elas há muito tempo. Samara, por sua vez, condoeu-se pela mulher.

– Minha cara, isso aí não passa de um saco de batatas estragadas, aguardando o lixo mais próximo.

212

Samara novamente se indignou com a falta de sensibilidade e compaixão por parte do sujeito. Gargalhando, envolto de sarcasmo, ele completou:

– Esse estorvo em minha vida, já deveria ter morrido faz tempo. Só não morre por ruindade, para fazer pirraça de mim.

– O senhor... – Samara tentou dizer, mas a voz dele se sobrepujou à dela.

Sem poder mais suportar aquilo, o ricaço deixou o quarto, batendo a porta com toda força. A raiva era tanto que ele teve a impressão de que iria explodir como uma granada, como muitas que foram lançadas durante a guerra civil espanhola.

Assim que o marido se foi, Alcídia Lanzarote virou-se para Samara que ainda se mantinha abalada com o que viu e ouviu do dono da casa.

– Eu não o culpo por me tratar assim – admitiu a mulher com sinceridade. – Não deve ser fácil para ele conviver com uma inválida como eu. Não para um homem cheio de energia e apetite sexual. Mas que culpa tenho eu por ter ficado assim, doente e imprestável? O destino não me foi favorável. Nasci rica, casei-me com um sujeito ainda mais rico do que meu pai, e de nada me serviu tanta riqueza. Preferia ter nascido pobre, mas com saúde, pelo menos assim teria condições de aproveitar tudo o que a natureza nos oferece e é de graça. Passeios ao ar livre, pelas lindas paisagens, sob dias de sol e noites de estrelas maravilhosas.

– A senhora há de melhorar – falou Samara desejando muito aquilo.

– Não, minha querida. Já não tenho mais esperanças quanto a isso. Já são mais de cinco anos entrevada nesta cama. Daqui só saio direto para o cemitério.

Samara engoliu em seco, de pena por ver uma mulher tão generosa numa condição tão triste e deplorável como aquela.

Ao reencontrar a cigana, o Senhor Lanzarote a pegou pelo braço, segurando firme e disse a toda voz:

– Você tem pena dela, não tem? Pois é de mim que deveria sentir pena.

– Sua esposa é uma mulher tão generosa...

– E desde quando um homem deseja uma mulher assim? Um

homem quer uma mulher de corpo bonito e saudável, com quem possa sentir prazer.

Suas palavras deixaram a jovem novamente arrepiada e sem norte. Ainda mais pelas palavras que ele falou a seguir:

— Você acha mesmo que eu posso estar feliz com uma mulher doente como essa? Que pode me deixar tão doente quanto ela? Ora, garota, convenhamos. Todo mundo só vê o lado dela, o meu ninguém vê.

Olhando sedutoramente para ela, ele se atreveu a acariciar seus cabelos.

— Preciso de uma mulher assim como você, Samara. É disso que eu mereço. Não aquele trambolho, medonho e mau cheiroso estirado naquela cama. Faça uso de um feitiço cigano, por favor, é tudo o que lhe peço agora, para que eu me livre daquele tribufu o quanto antes e possa voltar a ser feliz ao lado de uma jovem tão linda como você.

Samara novamente se sentiu desconcertada diante das palavras do espanhol com temperamento italiano.

Do primeiro ao terceiro dia, Samara conseguiu esconder de Alcídia Lanzarote o desespero que devastava o seu interior. No quarto dia, porém, a mulher percebeu que o que incomodava a jovem, não era somente o fato de tudo ali ser novo para ela, mas algo além. Algo que ela muito queria esquecer e não conseguia. Cansada de conjecturas, a inválida resolveu abordar o assunto.

— Você me parece tão triste, Samara... O que há?

— Nada não, Dona Alcídia.

— Ora, vamos, meu bem, sei que algo oprime o seu coração. O que é?

— Só estou cansada, só isso.

— Gostaria de saber um pouco mais de você. De sua origem... Se ama algum rapaz.

A pergunta mexeu com Samara que, por pouco não chorou.

— Sou uma velha, inválida, à beira da morte, mas ainda posso ser uma boa ouvinte para um coração aflito.

— Para que se preocupar comigo?

— Porque você também se preocupa comigo, minha querida. Tem se mostrado uma jovem e tanto. Quero seu bem. Quero vê-la bem.

Os olhos da cigana piscaram, emotivos. Por querer desabafar, ela acabou sentando à beira da cama, como Alcídia lhe sugeriu e contou

214

tudo sobre sua origem, o assassinato de seu pai e o desejo insano de vingar sua morte.

— Que história mais fascinante – comentou a mulher, verdadeiramente surpresa com o que ouviu.

— O pior de tudo foi eu ter me vingado da mulher errada. De uma senhora que nada tinha a ver com o que aconteceu a mim e ao meu pai.

— Isso foi mesmo uma lástima. Eu sinto muito. E o tal rapaz? Você o seduziu mesmo só para usá-lo ou...

— A princípio, sim, esse era o meu plano, mas depois acabei me apaixonando por ele. Hoje ele não quer mais nada comigo. Odeia-me.

— Que pena!

— Fui muito infeliz em querer me vingar, usando seus sentimentos.

— É. O ódio nunca faz bem a ninguém. De qualquer modo, você é uma jovem bonita e encantadora, pode conquistar muitos homens, capazes de se debaterem em duelo por você. Portanto, não se desespere.

— Não estou desesperada.

— Melhor assim. O problema é que você o quer, não é mesmo? Ainda o ama. É por ele que seu coração bate forte.

A jovem nem precisou responder. Seus olhos confirmaram tudo por ela.

— Tente conversar com ele novamente. Apesar de ser recente o desentendimento de vocês, talvez ele já lhe tenha perdoado. Com isso, aceite-o de volta.

— Não acredito. À uma hora dessas, ele já deve ter reatado seu noivado com a moça com quem pretendia se casar antes de se envolver comigo.

— Ainda acho que deveria procurá-lo para confirmar suas deduções.

— Vou pensar a respeito. Prometo. Obrigada pelos conselhos e pelas palavras de apoio.

A mulher assentiu, como uma mãe compreensiva com sua filha.

Ao deixar o quarto da dona da casa, para ir cuidar de outros afazeres na mansão, Samara sentiu novamente um aperto no estômago e certa zonzeira. Tão forte foi o mal-estar que precisou se escorar contra a parede por receio de cair.

215

Fedora, que naquele instante trazia chá, torradas e manteiga numa bandeja para servir à patroa, ao vê-la, correu para ajudá-la.

– O que foi? – perguntou, assustada.

– Um aperto aqui na garganta.

– É o segundo em menos de dois dias – murmurou a criada enquanto coçava atrás da orelha, pensativa. – Será que...

– Será o quê? – exaltou-se Samara.

– Você sabe...

– Não, não sei.

– Sabe, sim.

– Ora, é lógico que não! Quer me dizer logo o que está se passando pela sua cabeça, antes que eu fique pior do que já estou.

– Ora, Samara, todo mundo sabe que enjoos assim são sinais de gravidez.

– Grávida, eu?! Nunca!

A criada estudou atentamente o seu semblante. Seu olhar de desconfiança incomodou a ciganinha.

– Você se deitou com algum rapaz recentemente?

Samara ficou rubra. Trêmula, respondeu:

– Sim, mas não foram muitas vezes.

– Uma vez só é o suficiente para você engravidar, Samara, não sabia?

– Não!

– Consulte um médico o quanto antes, assim tira a cisma.

Samara soltou um riso nervoso.

– Não posso ter ficado grávida. Não, isso não!

– Se realmente estiver, sinta se feliz por isso. Um filho é sempre um filho.

Naquele instante, Samara se recordou de Alice, sua verdadeira mãe e da reação que ela teve ao saber que estava grávida dela.

– Agora eu sei como ela se sentiu. – As palavras dela saltaram-lhe à boca sem que se desse conta.

– Acalme-se! – sugeriu Fedora, cautelosamente. – Vai ficar tudo bem. Você acha que ele vai aceitar a criança de bom grado?

– Ele? Ele quem?

– O rapaz com quem você vinha se deitando.

– Ele não tem mais nada comigo.

– Vocês brigaram? Brigas de amor são passageiras...

– Nossa briga foi definitiva. Ele me odeia. Se quiser saber o motivo, conto para você. Acabei de contar tudo para a Dona Alcídia.

– Por falar nela, deixe-me levar seu chá.

Imediatamente a criada seguiu para o aposento da mulher, seguida por Samara. Quando lá, contou tudo para a colega de trabalho que também passou adiante a informação, de que Samara poderia estar grávida.

– Não estou grávida. Não posso estar.

Nem bem as palavras atravessaram seus lábios, Alcídia repetiu o conselho que havia lhe dado:

– Vá atrás dele, Samara. Conte-lhe que está esperando um filho dele. Ao saber, ele certamente lhe perdoará pelo que fez. Faça com que ele saiba tudo o que significa para você. Que você o ama, que é louca por ele.

– Ele vai me odiar ainda mais se souber que espero um filho dele.

– Não acredito nisso.

– Não quero ver a senhora preocupada comigo. A senhora já tem tantos problemas de saúde.

– Quero ajudá-la, minha querida. Gosto de você como uma filha. Se estiver realmente grávida, procure o pai do bebê. Vou lhe dar algum dinheiro para ir ao médico fazer o exame devido.

Naquela noite, Samara trancafiou-se em seu quarto, deitou-se na cama e apagou a luz. Agora estava por dentro e por fora tomada pela escuridão. Seu lado mais deprimido almejava nunca mais voltar à claridade. Seria melhor, para fugir do que poderia estar por vir.

Capítulo 18

Dia seguinte, pela manhã, lá estava Samara diante de uma médica.

– Parabéns, minha jovem. Você está grávida.

A cigana permaneceu calada, olhando para a doutora como se não houvesse escutado uma só palavra. Sua reação assustou a médica, que tratou logo de repetir o que acabara de dizer:

– Parabéns! Você está grávida!

– Estou?!... – O rosto da ciganinha se apagou.

Até a médica se sentiu mal quando viu a cigana se apertando contra o acento da cadeira, ficando vermelha, presa de uma emoção incompreensível.

– Está tudo bem? Algum problema?

–Sim... Não... É melhor eu ir...

Aquilo não podia ser verdade. Em poucos meses ela daria à luz um bebê sem dentes e sem cabelos que, provavelmente passaria o dia inteiro choramingando. O que seria dela? Mãe solteira, longe de sua gente para ampará-la?

Quando o Senhor Lanzarote soubesse daquilo, seria bem capaz de expulsá-la da casa. Não teria então onde morar tampouco como se alimentar. Ela, como toda mulher, sonhara ter um filho, mas jamais em condições tão desfavoráveis como aquelas.

Ao saber da novidade, o Senhor Lanzarote ficou visivelmente decepcionado e aborrecido, sua intenção era desvirginar a moça, assim que tivesse oportunidade; encantara-se por ela e pretendia fazer dela a sua mulher assim que enviuvasse.

– Você, virgem, como pensei a princípio, seria bom demais pra ser verdade. É óbvio que algum sujeito mais esperto já a havia deflorado. De qualquer modo, se para você ter esse filho é tão importante, que assim seja. Apesar de eu achar que uma criança para você, no momento, só irá lhe trazer complicações. Você é quem sabe.

Logo, Samara estava de pé, ao lado do leito de Alcídia Lanzarote, ouvindo a gentil senhora lhe dizer:

– Estar grávida é maravilhoso. Você deve ter se assustado um bocado ao saber do resultado. É natural. Ainda que essa fecundação tenha acontecido de forma inesperada e num momento não tão oportuno de sua vida, deve ser bem-vinda por você. Especialmente por você que será mãe.

– Vou ser sincera com a senhora. O que mais me atemoriza em relação a minha gravidez é saber como vou sustentar a mim e ao bebê. Quanto ao fato de ter um filho, ainda que de forma inesperada, me deixa feliz porque, afinal, eu sempre quis ser mãe.

– É assim que se fala, minha querida.

– Não quero parecer com minha mãe que desprezou meu nascimento, me abandonou e nunca me amou.

– É isso mesmo, filha. Mas eu ainda acho que você deveria contar tudo para o pai da criança.

– Não, isso não! Pelo menos por agora.

– Você é quem sabe, para tudo há seu tempo.

E na visão silenciosa de sua mente, Samara imaginou Diego reagindo positivamente à notícia.

No acampamento cigano, enquanto isso, Málaga também vivia a alegria de se descobrir grávida do homem que tanto amava. A notícia pegou Iago de surpresa, mas nem por isso deixou de se alegrar. Reuniu todos para uma grande festança em comemoração à vinda do filho. Ramon e Dolores também compartilharam de sua alegria. Todos beberam e dançaram alegremente deixando o acampamento em festa. Em alegria extrema. Málaga nunca se viu tão feliz na vida toda.

Depois de muito refletir se deveria ou não procurar por Diego para lhe contar sobre o bebê, Samara decidiu procurá-lo na universidade que frequentava. Ao vê-la parada, junto à saída do local, Diego Ramirez não lhe foi nada simpático. Diante do seu desprezo no olhar, Samara não conseguiu lhe dizer o que pretendia. Sem demora, ele passou por ela ignorando sua existência. Sua atitude deixou a jovem ainda mais triste e arrependida do que fizera a ele. Jamais deveria ter seguido seu instinto de vingança. Jamais optado por pagar o mal que alguém lhe fez com maldade igual ou pior. Ela fora mesmo uma estúpida.

Diego voltou para a casa onde vivia com os pais, decidido a não contar para eles que havia visto a cigana há pouco. Se soubessem que ela ainda continuava na cidade, voltariam a procurá-la o que ele não achava certo. Quanto mais longe da cigana permanecessem, melhor seria para todos, especialmente para ele.

Numa visita a Edmondo Torres, Diego conversou com o Senhor Pino Pass de Leon a respeito dos últimos acontecimentos de sua vida.

– Por que, Senhor Leon? Por que fui me apaixonar por essa criatura? Por que temos de passar por isso e sofrer as consequências dessa paixão?

– Fiz a mesma pergunta quando me descobri apaixonado por uma garota, nos áureos tempos de minha adolescência, e ela não quis nada comigo. Porém, descobri mais tarde, que mesmo amores que não são correspondidos, que nos frustram ou nos magoam, têm uma razão de existir. Acontecem conosco para nos ensinar uma preciosa lição. Por esse motivo é que dizem que não existe amor errado.

– Amor errado?!

– Sim. Amor errado. Esse amor que você viveu por Samara que tanto o decepcionou, aconteceu na sua vida para que você pudesse aprender algo ou despertar para algo. O tempo lhe revelará por que teve de passar por isso; é só aguardar. No mais, você não deve se fechar para o amor só porque se decepcionou com essa moça.

E Diego decidiu levar adiante o seu conselho.

Mais uma noite e Fedora fora à missa, por isso Samara ficou incumbida de preparar o jantar para os Lanzarote. O Senhor Lanzarote se encontrava na sala, lendo o jornal, quando Alcídia Lanzarote foi novamente acometida de forte tosse e falta de ar. Desesperada, tocava o sininho que sempre ficava sobre o criado-mudo, para alertar os seus em caso de emergência. Ao ouvir o chamado da esposa e sua desenfreada tosse, o homem se alegrou, e torceu para que Samara não se desse conta do que acontecia.

A jovem, de tão concentrada no que fazia de fato demorou a perceber o que estava se passando com a dona da casa. Chegou a pensar que em caso de emergência o Senhor Lanzarote a socorreria. Jamais pensou que ele reagiria como vinha fazendo. Cismada, a jovem foi até a sala. Diante do patrão, perguntou:

– Dona Alcídia, por acaso tocou o sininho? Pensei tê-lo ouvido.

O sujeito, muito cinicamente, respondeu:

– Não tocou não. Eu, pelo menos, não ouvi.

Samara voltou o olhar para a escada, ainda cismada. Ouviu-se então a mulher tossir e chacoalhar o sininho ainda com mais força. Rapidamente, Samara correu para lá. Subiu a escadaria como um cervo em disparada.

– Dona Alcídia! – chamou ela, aflita, adentrando o quarto da mulher. Rapidamente lhe deu água para beber e tomou os procedimentos devidos para ajudá-la a melhorar.

– Oh, minha querida – murmurou a mulher, arfante. – Só mesmo você para se preocupar comigo. Se não fosse você, minha querida... Bendito o dia em que veio para esta casa. Foram os anjos que a trouxeram aqui.

– Gosto muito da senhora, Dona Alcídia.

– Eu também de você, filha. Sem você aqui, meu marido já teria me sufocado até a morte com um travesseiro.

– Não diga isso, Dona Alcídia. Ele não seria capaz.

– Seria, sim. Sua paciência comigo já se esgotou. Agora ele é capaz de qualquer coisa para se ver finalmente livre de mim. Não porque me odeie, mas para ficar livre e se casar com uma mulher mais jovem e sadia, capaz de lhe dar o amor que tanto necessita para se sentir bem diariamente. Os homens são assim, minha querida.

Samara ouvia tudo, mas não compreendia a profundidade de suas palavras.

– Os homens têm muito mais necessidade de fazer sexo do que as mulheres. Por isso, Lanzarote se irrita e se revolta tanto comigo. Como usufruir dos prazeres carnais com uma doente como eu? Por isso não o culpo. Não, mesmo! Compreendo-o e lhe perdoo.

Samara segurava a mão da mulher, massageando carinhosamente sua pele.

– Você é uma moça tão boa, Samara. Apesar de todas as tristezas que o destino lhe trouxe, você se mantém pura e amorosa.

– Não sou tão boa e pura como a senhora pensa. Se fosse, não teria desejado me vingar de minha verdadeira mãe, causando tanta confusão na família Ramirez. Fui tão estúpida. Sinto-me tão culpada.

– Você errou, sim, ao querer vingar seu pai e a si mesma, foi uma atitude precipitada. Mas quem já não errou nessa vida? Quem já não se deixou mover pelo ódio e pelos instintos de justiça e vingança? A maioria já fez. Somos humanos, não somos perfeitos. Só Deus é perfeito. Por assim ser, foi capaz de criar o mundo, as estrelas, o universo. Um dia, quem sabe, alcançaremos a perfeição. Senão total, pelo menos boa parte dela.

O assunto foi interrompido pelo chamado ardido de Lanzarote.

– Samara! – berrou o homem com forte impaciência. – Onde está você, criatura? – Ao encontrá-la no quarto da esposa, o homem, ranheta, falou: – Aí está você. Paparicando como sempre essa velha inútil.

– Senhor Lanzarote – falou Samara, no tom submisso que sempre adquiria diante dele.

– Vá preparar algo para eu jantar. Estou com fome. Deixa essa coisa largada aí nessa cama e cuide um pouco de mim. Eu também existo. Eu também tenho necessidades.

– Sim, senhor.

De cabeça baixa, ela foi atender suas ordens. O marido então voltou os olhos para a esposa, prostrada em seu leito, desprezando-a com seu olhar frívolo e superior.

– Esse quarto fede – comentou, com nojo. – Você fede. Deve estar podre por dentro. Por isso fede tanto.

Alcídia Lanzarote poderia ter se ofendido com as palavras tão insensíveis do marido, mas não, já se acostumara a elas tanto quanto a maldita doença que lhe prendia à cama por quase cinco anos.

Ele se aproximou da cama, curvou-se sobre ela, fuzilando-a pelo olhar e disse com asco:

– Morra! Por que está demorando tanto pra morrer? Quero ficar livre de você, o quanto antes.

Ela novamente teve forte acesso de tosse obrigando-o a se afastar, protegendo o nariz com o punho. Lanzarote realmente abominava a situação, por se ver preso a ela sem querer. Poderia se dar por contente com as amantes que arranjava pela cidade, mas seu objetivo maior sempre fora o de viver casado com a mulher dos seus sonhos, fazendo da morada do casal o lugar mais agradável do planeta para se estar. Só mesmo com a morte da esposa ele poderia realizar novamente seu intento.

222

Enquanto isso, a caravana de ciganos chegava a uma nova cidade de um país europeu. Málaga era só sorrisos, não só porque iria ter um filho de Iago, que tanto amava, mas também por vê-lo mais amoroso com ela e nunca mais ter falado de Samara. Parecia ter se esquecido dela plenamente.

Mais um dia na casa dos Lanzarote e Samara finalmente conheceu o filho do casal. Ele pouco aparecia ali, quando sim, parecia ter ido ali somente para se certificar do quanto tempo de vida ainda restava para a mãe. Vermont Lanzarote era seu nome e há muito havia saído da casa dos pais por não se dar bem com o pai.

– Quem é você? – perguntou, ao vê-la com o mesmo olhar arrogante do pai.

– Sou Samara. Estou aqui há pouco tempo, ajudando nos afazeres da casa.

– Sei... – Ele mediu-a de cima a baixo com um olhar crítico e de puro descaso.

Em seguida, foi para o quarto da mãe que muito alegremente lhe falou da alegria de ter Samara trabalhando para ela. Apesar dos elogios tecidos por Dona Alcídia em relação à cigana, Vermont Lanzarote não se simpatizou com a jovem. Continuava olhando desconfiado para ela, ainda mais cismado depois que soube que era cigana.

Dias depois, em alta madrugada, Dona Alcídia voltou a passar mal. Quando Samara e Fedora chegaram ao quarto, o estado da mulher era assustador. Arquejava violentamente, como se o ar que a mantinha viva estivesse se esgotando do ambiente. Seu rosto parecia convulso. Fedora teve a impressão de que ela morreria de falta de ar em questão de segundos. Imediatamente as duas moças trataram de enxugar o suor que escorria por todo o seu corpo, causticado pela febre que há dias a judiava.

Para abaixar a febre, Fedora decidiu fazer compressas pelo corpo todo da mulher e enquanto fazia, orava baixinho, pedindo a Deus por sua melhora. Temia que a pobre senhora morresse ali, de repente, diante dos seus olhos.

– Ai, meu Deus – exclamou, tensa –, que o patrão chegue aqui o mais rápido possível.

Os lábios intumescidos de Dona Alcídia se moveram para articular algumas palavras, mas uma nova torrente de tosse seca a impediu de dizer o que ela pretendia.

Samara tratou logo de pegar um copo d'água para dar à mulher, mas ela mal conseguiu beber. Os solavancos no corpo causados pela tosse ininterrupta, não lhe permitiam.

Um minuto depois, Pascoal Lanzarote entrava no quarto e ao ver a esposa naquele estado crítico, um sorriso de alegria tomou-lhe a face.

– Finalmente – suspirou, radiante. – Finalmente essa coisa vai bater com as botas.

Fedora pensou em ir chamar um padre para dar a extrema-unção a pobre mulher, mas Lanzarote a impediu.

– Bobagem.

– Mas, senhor...

– Calada.

E de nada adiantaria mesmo correr até a igreja, o padre não chegaria a tempo, Alcídia Lanzarote falecia no minuto seguinte.

– Pobre mulher – suspirou Fedora com lágrimas nos olhos.

– Finalmente ela está morta – falou Lanzarote, saboreando cada sílaba. – Estou livre! Finalmente livre!

Ele rompeu-se numa gargalhada eletrizante e teatral. Deixou o quarto dando pulinhos, e foi beber uma taça de champanhe para comemorar a morte da esposa. Que ela queimasse no fogo dos infernos desejou o viúvo, sem dó nem piedade. Para pagar por todo o mal que lhe fez. Mas Alcídia não queimaria em inferno algum, naquele instante estava sendo amparada por espíritos socorristas que a acompanhariam até uma das colônias do plano espiritual onde ela se recuperaria espiritualmente das enfermidades que lhe atingiram a alma.

Ao descobrir que havia desencarnado, uma mistura de surpresa e dor se estampou na face da bondosa senhora. A morte não era o fim, apenas uma transição, um tempo para reflexão profunda sobre si mesma, para uma nova etapa.

Da casa, somente as duas criadas estavam presentes ao sepultamento de Alcídia Lanzarote. Vermont não parecia estar gostando da presença das duas, não as via com bons olhos.

Capítulo 19

Ao voltar do funeral para casa, Pascoal Lanzarote fez novo brinde à morte da esposa.

– Eu gostava muito de Dona Alcídia – declarou Samara ainda muito emotiva. – Foi sempre muito carinhosa comigo.

– Foi! – repetiu o homem, enfatizando a palavra. – Disse bem: foi!

Ele se deixou cair na poltrona enquanto um sorriso de satisfação dominou-lhe a face. A morte da esposa parecia tê-lo rejuvenescido.

– Dona Alcídia... – ia dizer Samara, mas Lanzarote a interrompeu bruscamente.

– Chega de falar dessa mulher nesta casa. Finalmente ela está morta! Morta e enterrada. Apodrecendo a sete palmos abaixo da terra. Hoje é o dia mais feliz da minha vida dos últimos cinco anos. E agora, Samara. Você e Fedora vão pegar todos os pertences da defunta e levar para fora da casa. Quero que reúnam tudo lá no quintal. Não quero mais nada daquela infeliz nesta casa. Quanto ao quarto, vocês vão esfregá-lo até que desapareça qualquer resíduo dela ali. Compreenderam? Acho bom.

Quando todos os pertences de Alcídia Lanzarote foram reunidos junto a um canteiro do lado de fora da casa, Pascoal Lanzarote foi até ela, elogiou o trabalho das duas moças e entornou sobre tudo, dois litros de querosene. Fedora tentou intervir:

– Senhor Lanzarote, doe essas roupas, há muitos carentes necessitados do que vestir.

– Calada! Não pedi sua opinião. Isso aqui não serve nem para uma mulher da vida usar.

Sem pudor, ele ateou fogo em tudo e diante das labaredas, cada vez mais intensas, gargalhou como um louco. As duas moças ficaram

225

horrorizadas diante do que viam.

Ao anoitecer, Lanzarote chamou Samara até a sala da lareira e obrigou-a a se sentar em sua companhia.

– Samara – começou ele, sem rodeios. – Agora que estou viúvo posso me casar novamente. Tantas mulheres me desejam ter como marido, mas eu até hoje só me interessei por uma. Por você, Samara. Por você, entendeu? Quero me casar com você.

A moça engoliu em seco.

– Serei ótimo esposo e pai do seu filho. Só assim ele terá um pai que se preze, concorda? O que acha?

A jovem simplesmente não sabia o que responder.

– Reflita bem – observou ele, seriamente. – Só mesmo se casando comigo poderá ter uma vida digna: você e seu filho.

Ele estava certo, percebeu Samara de imediato. Como ela poderia sustentar a ela e o bebê sem ter onde cair morta, tampouco o amparo de sua gente?

Sem ver uma escolha mais feliz para sua vida e a de seu filho, a jovem cigana, mesmo sem ter amor pelo sujeito, aceitou sua proposta.

– Está bem, senhor Lanzarote. Eu me caso com o senhor.

Exibindo sua dentadura reluzente num sorriso de extrema felicidade, o homenzarrão falou:

– É assim que se fala, cigana! É assim que se fala! Agora venha cá, venha! Não precisa ter medo de mim. Só fui o que fui para aquela ordinária da minha mulher, por ela ter se tornado uma imprestável para mim. Sou homem, tenho minhas necessidades. Queria uma mulher saudável que me desse amor constante como todo macho necessita.

– Por isso Dona Alcídia lhe perdoou. Ela sabia de suas necessidades como homem e por não poder lhe dar, compreendia sua revolta para com ela. Ela mesma me disse isso.

O homem bufou, irritado.

– Se ela tivesse mesmo compreendido, teria morrido mais cedo. Não falemos mais dela, falemos de nós de agora em diante.

Ele ajeitou uma mecha do cabelo dela e sorriu:

– Vou fazer de você uma mulher muito feliz, Samara. Você verá!

E a cigana tentou sorrir, demonstrando alegria por tudo aquilo e não conseguiu.

No dia seguinte, Vermont Lanzarote esperou o pai deixar a casa para falar a sós com Samara. Quando a jovem o viu bem diante da porta, assustou-se sem saber ao certo por que. De algum modo, o moço sempre lhe causava medo. Seu jeito de olhar para ela, com desconfiança e descaso. Só então ela percebia o quanto ele puxara ao pai. Lanzarote se portava do mesmo modo que o filho,

– Sempre desconfiei de você – começou Vermont, andando em torno dela. – Tão boazinha para com minha mãe. Tão prestativa. Iludiu a pobre coitada só para ganhar sua confiança e, no momento certo, dar-lhe o bote. Deve ter desejado sua morte tanto quanto meu pai. Para que pudessem ficar livres e se casarem. Sempre ouvi dizer que os ciganos são ladrões e mentirosos. Sendo você uma cigana...

– Meu pai era cigano, minha mãe, uma de vocês. Ele tinha caráter, ela não.

– Calada! Quando eu quiser sua opinião, eu peço.

A jovem se arrepiou novamente diante do sujeito mal encarado.

– Disseram que minha mãe teve morte natural, mas eu duvido. Para mim, você a matou para que meu pai pudesse ficar livre para se casar com você. Você é fingida... Sei bem que é. Desde o primeiro instante em que a vi, percebi que não prestava.

– O senhor está enganado a meu respeito. Sou uma moça direita, sim!

– Já mandei calar a boca!

Samara novamente se retraiu diante da rudeza do sujeito que sem pudores atacou-a novamente com palavras:

– Eu ainda vou provar que você matou minha mãe. Aguarde-me!

Samara queria muito se defender e quando Pascoal Lanzarote percebeu seu estado e quis saber o motivo de sua aflição, ela acabou-lhe contando tudo o que se passara entre ela e Vermont, durante sua inesperada visita aquela tarde.

Enfurecido com o que ouviu, o homem foi tirar satisfações com o filho no dia seguinte. Os dois por pouco não se atracaram, tamanho o ódio que sentiram um do outro.

– Isso não vai ficar assim – berrou Vermont, furioso. – Vou vingar a morte da minha mãe!

Enquanto isso, noutro bairro de Madrid, Maria Alice e Alejandro

227

Ramirez se preocupavam novamente com Samara.

– Por onde andará ela? – indagava Maria Alice, pensativa.

– Deve ter certamente voltado para o acampamento cigano – sugeriu Alejandro.

– Não creio. Como ela poderia localizá-los?

– Seria mesmo difícil para ela.

Ao ouvi-los falando de Samara, Diego se inflamou com os pais:

– Vocês ainda estão pensando nessa mulher?! Papai, mamãe, por favor! Ela só nos fez mal. Esqueçam-se dela.

– E você, Diego, a esqueceu?!

A pergunta partiu de Alejandro.

– Responda-nos com sinceridade. Esqueceu? Estou falando de algo mais profundo, aquém da razão. Em seu coração.

Diante de seus olhos surpresos com a pergunta, Alejandro Ramirez insistiu:

– Se esqueceu, porque ainda não se interessou por outra garota?

Furioso, o jovem respondeu com todas as letras:

– Porque primeiro, papai, ainda estou traumatizado pelo que aquela cigana me fez. Em segundo porque ainda tinha esperanças de que Florínea me aceitasse de volta.

Ao ver os pais se entreolhando, Diego ficou ainda mais nervoso.

– Não sei nem porque estou dando satisfações da minha vida, vocês dois só querem me aborrecer com essa história. Só lhe digo uma coisa, nunca mais quero aproximação dessa cigana na minha vida. Nunca mais!

E pisando duro, o rapaz deixou o aposento.

Por determinação do Senhor Pascoal Lanzarote, ele e Samara se casariam antes de se realizar a missa de sétimo dia de Dona Alcídia. O homem tinha urgência em ser feliz novamente. Foi relembrando os conselhos da tão amável senhora que Samara decidiu novamente procurar por Diego na universidade que ele frequentava. Quem sabe ele voltaria atrás, lhe perdoaria pelo que fez, especialmente ao saber que ela gerava um filho dele em seu ventre. Era sua ultima chance antes de se casar com o velho e impiedoso ricaço.

Mas antes de chegar até ele, hesitou, os olhos abaixaram, voltaram-se para os lados, buscando apoio. Sentia medo agora, um medo profundo de se dirigir a ele e ele, por revolta, feri-la ainda mais do que já se ferira por si mesma. Por fim, ela encontrou coragem suficiente para se despir do medo que a imobilizava e seguiu em frente. Aproximou-se de Diego Ramirez tão silenciosamente que ele só notou sua presença quando ela lhe tomou o braço.

– O que é isso? – exaltou-se ele, tendo o cuidado para não elevar a voz. – Solte-me!

Samara acuou no mesmo instante.

– Não gosto de você – declarou ele, afiado. – Você me fez mal, muito mal. Afaste-se de mim.

Samara pensou em lhe contar a verdade, ele precisava saber da verdade. E diante do desespero crescente que ele avistou no fundo de seus olhos, ele percebeu que ela parecia querer lhe dizer algo que há muito a martirizava.

– O que foi? – indagou, sem perder o asco no olhar que dirigia a ela. – Por que me olha assim?

Por fim, ela, despertando do choque repentino, respondeu:

– Nada não. Bobagem da minha parte.

Ele enviesou o cenho bonito, lançando-lhe um olhar ainda mais desconfiado do que um minuto atrás. Ainda que trêmula, sentindo as pernas bambearem, a jovem cigana se afastou e logo estava a correr, ansiosa por sumir da vista do rapaz.

Diego Ramirez ajeitou o colarinho, a gravata, passou a mão pelo sobretudo para tirar qualquer amassamento, ajeitou os cabelos, deu as costas para a jovem e partiu, pisando duro, espumando de raiva. "Seu idiota, seu asno...", repreendia-se, "Como é que você foi se deixar envolver por uma *garota* dessas?!".

No dia combinado, no cartório do bairro onde Pascoal Lanzarote vivia há anos, ele se casou com a jovem cigana Samara como tanto desejava fazer. A moça se esforçava para se mostrar feliz diante do matrimônio, mas qualquer um, mais atento percebia sua insatisfação com tudo aquilo.

– A partir de hoje, Samara, quero você inteiramente dedicada a mim. Seu filho, quando nascer, será cuidado por uma babá. Ela se responsabilizará por tudo que lhe cabe.

– Mas...

– Não quero, por momento algum, que deixe de atender as minhas necessidades por causa da criança. Agora sou seu marido, exijo atenção.

Samara não esperava por aquela reação de Lanzarote. Por mais que soubesse do seu egoísmo, não imaginou que chegaria a tanto. Seus dias que, antes de se casar com o ricaço, já não eram bons, tornaram-se piores depois do casamento.

Enquanto isso, no acampamento cigano, Ramon tinha um mau pressentimento.

– O que foi? – assustou-se Dolores com a sua reação.

– Tive uma visão nada agradável com Samara.

– Samara? Será que ela está em perigo? Precisando de ajuda?

– É isso o que me ocorreu.

– É melhor orarmos por ela.

– Sim, mas enquanto oramos, vou atrás dela.

Ao perguntar a Iago como ele faria para localizar Samara em Madrid, o rapaz quis saber o porquê de sua preocupação repentina com a ciganinha. Ao ouvir da boca do chefe dos ciganos, o real motivo, Iago também se preocupou com Samara.

– Se quiser que o leve até lá...

– Não, obrigado. Irei com Tarin. Você está com sua esposa grávida, vai que ela precise de você por alguma emergência. Cuide dela, será melhor.

O ciganinho assentiu e sem demora, Ramon partiu atrás de Samara. Decepção total ao saber, por parte de Alejandro e Maria Alice, tudo o que havia acontecido à jovem nas últimas semanas. O que a levou a partir dali sem deixar-lhe paradeiro. Depois de muito procurar pela ciganinha, Ramon voltou para o acampamento ainda tomado de maus presságios em relação a sua jovem. Orações foram redobradas e quando Málaga percebeu que Iago também estava preocupado com a jovem, irritou-se com ele como há muito não fazia.

– Lá vem de novo essa ciganinha perturbar nossas vidas. Já nem me lembrava mais dela. Para mim ela já havia morrido.

– Málaga, não fale assim.

– Falo o que sinto. Não sou de mentir. Só não se esqueça de que agora você é meu. Só meu. Meu e do nosso filho que em breve nascerá.

Iago assentiu, submisso como sempre ao olhar superior e dominador da esposa.

Dias depois, Samara encontrava Pascoal Lanzarote caído ao chão da sala de estar, espumando pela boca e com os olhos vidrados. Ao seu lado estava um cálice quebrado com a bebida que estivera saboreando até então. Quando os paramédicos chegaram, ele já estava morto há quase uma hora. Morrera envenenado por estricnina, constatou o laudo médico, horas depois. Imediatamente Vermont Lanzarote acusou Samara de ter assassinado seu pai e apresentou as autoridades outras suspeitas que tinha em relação a ela quanto a morte de sua mãe. Logo, todas as evidências apontavam para a jovem como assassina do marido. Escândalo que logo tomou as manchetes dos principais jornais do país.

Capítulo 20

Durante os dias que se antecederam o julgamento de Samara Lanzarote, seu advogado de defesa fez questão de apurar todas as possibilidades que pudessem incriminar a ré pelo assassinato do marido.

O julgamento começou com o anunciante dizendo:

– A senhora Samara Lanzarote, de origem cigana, está sendo acusada de ter envenenado seu marido, o Senhor Pascoal Lanzarote, dias depois de ter se casado com ele. O crime aconteceu na residência do casal.

Voltando-se para a ré, o anunciante perguntou:

– A senhora se diz culpada ou inocente?

O rosto de Samara contraiu-se ao encarar o homem. Sua voz por diversos momentos falhou ao tentar responder a sua pergunta:

– Inocente. Eu não matei o Senhor Lanzarote.

Voltando-se para o júri, o anunciante prosseguiu:

– É função do júri, após ouvir as evidências, julgar se a ré é mesmo inocente ou culpada do crime do qual é acusada.

O juiz tomou a palavra:

– Ouviremos agora a Acusação.

– Com sua permissão, meritíssimo – respondeu polidamente o Promotor, pondo-se de pé. – Todos aqui saberão com detalhes como a ré conheceu a vítima e as evidências que a apontam como assassina.

As provas médicas foram consideradas em primeira instancia. Pascoal Lanzarote morreu em decorrência de estricnina misturada à bebida alcoólica que costumava tomar por hábito ao fim de tarde.

A seguir foi a vez de o Promotor expor, aos olhos do tribunal, detalhes sobre o rápido envolvimento da ré com a vítima, culminando no casamento dos dois, e, o mais importante, o fato de ela ser filha de uma assassina, que matara o marido a sangue frio, na frente de muitos.

232

Detalhes tão particulares da vida de Samara haviam sido obtidos pela Promotoria, por meio da própria Fedora que sem maldade contara tudo o que sabia a respeito da cigana.

Em seguida, Fedora foi chamada ao tribunal para depor. A mulher apenas reforçou o que já havia sido apurado. Trabalhara com Samara desde que ela chegara à residência dos Lanzarote, levada até lá pelo próprio Pascoal Lanzarote, depois de ele encontrá-la desabrigada e solitária, tentando se sustentar por meio de sua arte cigana. Desde então, Samara se mostrou uma jovem muito correta e prestativa.

A falecida Alcídia Lanzarote gostava dela imensamente e procurou de todas as formas, dar-lhe bons conselhos. Depois de sua morte, o Senhor Lanzarote pediu Samara em casamento e ela aceitou, não por amá-lo, mas por ser o melhor para ela e o filho que espera nascer dentro em breve.

No dia da morte do patrão, Fedora saíra para buscar pão, ao voltar, o Senhor Pascoal Lanzarote já se encontrava morto. Samara estava ao seu lado, chorando, desesperadamente.

A pergunta seguinte partiu da Acusação.

– Pelo pouco que conheceu da acusada, seria ela capaz de matar alguém a sangue frio?

– Bem... – ponderou Fedora, pensativa. – Só levantei essa hipótese ao me lembrar que a mãe dela havia assassinado o próprio pai. Foi então que... – a criada se arrepiou.

A pergunta seguinte partiu da Defesa:

– Mas a senhora não tem provas definitivas de que a acusada realmente matou seu patrão, tem? Qualquer um poderia ter posto o veneno na bebida que a vítima costumava tomar diariamente. A senhora mesma poderia ter feito isso.

Fedora gelou.

– Não, eu jamais faria isso. Ainda que o Senhor Lanzarote fosse rude comigo e sem coração. Sempre dependi do meu emprego, com sua morte teria de procurar outro, começar tudo outra vez.

– A senhora queira se acalmar – pediu-lhe o Promotor gentilmente.

A mulher tentou e não conseguiu.

O próximo a depor foi Vermont Lanzarote. Estava muito bem vestido e parecia ansioso para dar fim àquilo tudo o quanto antes.

– Meu pai era um homem de personalidade muito difícil. Ao

saber que se casara com a acusada, achei, sinceramente, que ele havia perdido o juízo de vez. Onde já se viu casar-se com uma estranha, trinta anos mais jovem do que ele, e, além do mais, cigana. Todos sabem do que os ciganos são capazes de fazer para se apossarem do que não lhes pertence. Mestres na arte de iludir, tiram dinheiro e bens materiais dos tolos, dizendo serem capazes de prever o futuro, alterar o destino, trazer-lhes fortuna.

Vozes se elevaram por entre os presentes. Foi preciso o juiz bater com o martelo para impor ordem e silêncio no recinto. Vermont prosseguiu:

– Jamais aprovaria a união do meu pai com essa cigana. Para mim, ela só se casou com ele para herdar parte de sua fortuna, garantindo assim seu sustento e do filho que está para nascer. Filho que nem era dele. Meu pai só dizia ser, para que todos pensassem que fora ele o primeiro homem a possuir a cigana.

Vermont tomou ar e completou, resoluto:

– Penso também que minha mãe foi morta pela cigana. Para que meu pai ficasse viúvo e pudesse se casar com ela o quanto antes. Para mim, essa mulher matou meu pai e minha mãe.

Outro burburinho se agitou entre os presentes. A pergunta seguinte partiu da Defesa:

– Senhor Vermont Lanzarote. O senhor também poderia ter cometido o crime, uma vez que tinha acesso a casa e com a morte de seu pai herdaria sua considerável fortuna. Se a segunda esposa de seu pai fosse acusada do crime, perderia o direito à herança deixada pelo o marido o que seria novamente favorável ao senhor. O que o Senhor tem a falar em sua defesa?

Vermont Lanzarote se transformou naquele instante. Seus olhos se encheram d'água, seu rosto demonstrava dor. Com voz emotiva defendeu-se:

– Eu amava meu pai e minha mãe. Jamais seria capaz de fazer qualquer maldade contra os dois. Há muito que saí de casa e defendo o meu próprio sustento. Nunca fui dependente deles financeiramente tampouco deslumbrado por sua fortuna.

O sujeito não conseguiu dizer mais nada, sob forte emoção, chorou, comovendo muitos dos presentes ao julgamento.

A seguir foi chamada a ré para responder a perguntas da Promotoria e da Defesa. Samara Lanzarote jurou solenemente que não tivera a menor participação no crime.

– Se dizem que matei meu marido para herdar seu dinheiro, abro mão de toda e qualquer herança que me caiba. Não quero nada do que lhe pertencia. Quero apenas poder criar meu filho com a dignidade que me resta.

Sua decisão impressionou todos, até mesmo a Defesa.

– A senhora está mesmo disposta a assinar um documento abrindo mão do que herdou?

– Absoluta!

O advogado ergueu as sobrancelhas e rapidamente redigiu um documento para que ela pudesse fazer o que se comprometia. Samara assinou assim que seu advogado verificou o que ali estava escrito.

– Tem mesmo certeza?

– Não quero nada do que foi do Senhor Lanzarote. Quero minha liberdade. Meu filho precisa de mim, livre. Livre!

Vermont Lanzarote se inflamou diante do que se passava. Sem pedir licença, levantou-se de onde estava sentado e começou a falar, alto e furiosamente:

– Ela só está fazendo isso para se safar dos crimes que cometeu. Não esperava ser pega pelas autoridades, ao ver que o caldo entornou para ela, achou melhor abrir mão de tudo só para tirar as suspeitas sobre a sua pessoa. É mesmo muito esperta!

Diante do rompante do sujeito, e do burburinho que ele causou entre os presentes com sua reação, o juiz, batendo o martelo, pediu silêncio a todos.

A Defesa pediu permissão para falar a seguir.

– Senhor Meritíssimo, temos de última hora mais duas pessoas para depor a favor da ré. Não puderam comparecer antes por estarem fora do país, viajando a passeio. Inclusive, só souberam do que aconteceu a ré, ao voltarem para casa, ontem pela noite.

Ao avistar Alejandro e Maria Alice Ramirez, Samara se emocionou. O primeiro a depor foi Alejandro Ramirez.

– Senhor Meritíssimo, como o próprio advogado de defesa falou, eu e minha esposa estávamos viajando, se tivéssemos sabido antes do que se passava com Samara já teríamos voltado para defendê-la. O que tenho a dizer a seu respeito é de grande importância para o caso. Samara é filha de minha primeira esposa com um cigano. Portanto, é herdeira legitima de minha primeira esposa cujo nome era Alice Namiaz de Amburgo Ramirez. Eu e minha esposa, Maria Alice Gonzáles Ramirez, avisamos Samara a respeito dos seus direitos patrimoniais, mas a jovem não quis saber de nada. Recusou-se a receber o que era seu por direito como herança da mãe. Com isso, todos aqui podem perceber que a jovem jamais mataria alguém por dinheiro. Ainda que sua mãe tenha matado seu pai, o crime foi cometido por ciúmes não por interesse financeiro.

Novo zum-zum-zum ecoou no recinto. A próxima a depor foi Maria Alice Ramirez, que defendeu Samara de todas as formas que pôde.

A sessão foi suspensa para que o júri se recolhesse e analisasse os fatos. Não levou mais do que meia hora para que chegassem ao veredicto.

– Membros do júri – anunciou o encarregado.

Samara fechou os olhos em agonia.

– Todo o júri concorda com o veredicto final? – perguntou a autoridade a seguir.

– Sim – responderam os jurados, em uníssono.

Maria Alice olhou desconfortável para o homem que tomava a palavra, sentindo a pressão aumentar sobre o seu coração.

– O júri – prosseguiu o homem, cautelosamente –, considerou Samara Lanzarote, inocente.

Capítulo 21

A seguir, Samara foi levada para fora do tribunal, escoltada por dois policiais.

– Samara – chamou Maria Alice.

– Dona Alice! – surpreendeu-se a cigana.

– Quando soube que era você quem estava sendo julgada de crime, eu tinha de vir...

– Obrigada.

As duas se abraçaram.

– Santo Deus, menina. Que maus pedaços você passou. Você jamais deveria ter saído de casa.

– Tive pena de vocês. Só causei confusão e desarmonia. Não era justo permanecer ali.

– O que pretende fazer de sua vida, agora?

– Não sei... O certo seria eu voltar para minha gente, mas...

– Venha comigo para casa, poderá ficar lá até que decida o que é melhor para você.

– Não devo ir. Diego não vai gostar nada de me ver lá.

– A casa também é sua, esqueceu? Na verdade é casa é muito mais sua do que nossa. Afinal, você é herdeira legítima de Alice Namiaz de Amburgo. Sua mãe pode não ter agido corretamente com seu pai e com você, mas, pelo menos, deixou um teto sobre sua cabeça.

– Eu sei, mas...

– Nem mas nem meio mas. Você vem comigo e ponto final. Estando grávida precisará de um lugar seguro e confortável para ficar.

Diante da persuasão da mulher, Samara acabou cedendo:

– Está bem, eu vou. Só não quero causar nova discórdia entre vocês. Ah, Dona Maria Alice, eu me arrependo tanto do que fiz ao Diego.

– Eu sei minha querida. Eu sei. E, afinal, o pai do seu filho é ou não é o seu marido?

– Não, não é. Mas ele o teria apadrinhado se estivesse vivo.

– Compreendo.

Ao saber da presença de Samara na casa, Diego Ramirez se inflamou:

– Por que vocês a trouxeram para cá?

– Filho, ouça!

– Não quero ouvir.

Alejandro foi firme:

– Esta casa também é dela, Diego. Mais dela do que nossa. A herdeira de Alice, minha primeira esposa é ela, não você, nem eu necessariamente.

– Mas ela é uma assassina. Tal qual a mãe, uma assassina!

– Ela foi inocentada.

– Mas não é inocente. Se a mãe dela foi capaz de matar o próprio marido, ela também seria. Como diz o ditado: filho de peixe, peixinho é.

– Não se precipite em seu julgamento, Diego.

– Pois para mim ela matou o sujeito. Ela é tão mau caráter que foi capaz de se casar com ele, um velhaco, só porque era rico.

– Foi para se sustentar, sim, ela jamais negou o fato. Sustentar a ela e o filho que espera para daqui algumas semanas.

– Outra prova de que ela leviana. Engravidou do homem só para... – O rapaz bufou. – Sorte minha ter me livrado dela. Poderia ter sido eu a vítima em suas mãos. Poderia, não, fui!

– O perdão realmente é uma dádiva para poucos.

Diante da explosão do rapaz, Samara decidiu partir.

– Não, Samara, de novo não, por favo! – interveio Maria Alice com certa autoridade. – Não vamos cometer os mesmos erros. Se alguém tem de sair desta casa é o Diego, se não estiver contente com a sua presença, afinal, a casa é sua. Sua, entenda isso de vez!

– Está bem, eu fico. Estou realmente precisando de abrigo. Em poucas semanas, o bebê nasce.

– É assim que se fala, minha querida.

Minutos depois, Alejandro levou Samara para apanhar seus poucos pertences no casarão dos Lanzarote. Ao chegar lá encontrou Vermont Lanzarote que parecia estar aguardando por ela.

– Ah, veio buscar suas coisinhas? – falou ele com profundo deboche. – Você achou mesmo que se daria bem se casando com meu pai, não é?

– Não me casei pelo dinheiro...

– Eu sei que não, sua boba. Sua mãe pode ter sido uma assassina, mas você não é. Além do mais, sua mãe matou por ciúmes, não por ganância. Eu, ao contrário de muitos, só mataria por dinheiro, para garantir o meu, ou apressar o que me caberia por direito.

Os olhos dele brilharam, sinistramente.

– Aqueles dois já haviam passado da hora de morrer. Tanto que já estavam cheirando mal. Quanto mais demorassem para partir desta pra uma melhor, menos tempo eu teria para torrar a fortuna que eles me deixariam. Agora, sim, agora posso usufruir de tudo e com alegria. Na idade certa!

– Posso ir pegar minhas coisas?

– Vai. Vai rápido. Antes que eu mude de ideia.

Sorrindo, malevolamente, o moço voltou a olhar para o interior da casa, com descaso e repulsa.

– Isso aqui não passa mesmo de um mausoléu, horrendo. Tão velho e podre quanto aqueles dois. Eca! Amanhã mesmo ponho isso à venda. Quanto mais rápido me vir livre disso, melhor.

Samara logo reapareceu trazendo consigo uma trouxinha de roupa. Olhando novamente para ela com olhos de maldade, friamente comentou:

– Quer dizer então que sua mãe lhe deixou alguma coisa... Sortuda você. Parabéns! E vou lhe dar um conselho, aproveite ao máximo o que herdou, gaste tudo, não deixe de usufruir por causa do filho que está para nascer. Porque ele pode crescer assim como eu.

Jogando a cabeça para trás ele gargalhou.

– Agora suma da minha frente. Feiosa. Vai, xô!

Assim que Samara se foi, Vermont Lanzarote voltou a perambular pela casa. Ao ouvir um ruído atrás de si, virou-se de supetão, assustado.

– Desculpe – falou Fedora, olhando também assustada para ele.

– O que faz aí, urubu?

– Eu trabalho aqui. O senhor se esqueceu?

– Pois arrume suas coisas e suma! Vou fechar a casa e pô-la à venda.

A mulher assentiu, com os olhos a ir e vir dos dele enquanto sua mente se agitava de indignação.

– O que está esperando, demônio? – gritou o moço, avermelhando-se de raiva.

– Desculpe. Vou arrumar tudo e não me demoro.

Meia hora depois, Fedora reaparecia na sala em que Vermont ficara largado no sofá, regozijando-se do prazer de se ver finalmente dono de tudo aquilo e livre dos pais.

– Ah! – bufou o sujeito. – Finalmente voltou. Muito lerda você.

– Seus pais não achavam.

– Porque eram dois gagás.

Ela nada respondeu, ficou apenas a olhar para o fulano com crescente transformação em seu olhar.

– O que foi, urubu? Por que me olha assim?

Fedora, muito cuidadosamente respondeu:

– Porque ouvi bem o que o senhor disse a Samara minutos atrás.

– Ouviu? E o que foi que você ouviu?

– Preciso mesmo repetir?

– Repita se for capaz.

– Está bem. O senhor disse alto e em bom som, que seus pais já haviam passado da hora de morrer. Quanto mais demorassem, menos tempo o senhor teria para usufruir da herança que lhe deixariam.

– Disse, disse sim, não nego.

– O senhor disse também que sabia que Samara não era uma assassina se baseando no que ocorreu a mãe dela. A mãe de Samara matara o marido por ciúmes, não por ganância. O senhor, sim, mataria por dinheiro.

Dessa vez, Vermont moveu os lábios, mas nada falou. Seu olhar agora era intenso na direção da criada que voltou a falar sem medo:

– Por tudo o que o senhor disse, sou levada a crer que foi o senhor quem matou seus pais. Para herdar o que lhe cabia, antes que fosse velho demais para usufruir de tudo, como o senhor mesmo disse há pouco. Na última vez em que esteve aqui visitando sua mãe, ela, na boa fé, contou-lhe tudo sobre Samara, especialmente o fato de ela ter tido uma mãe assassina. Ao perceber que seu pai estava apaixonado pela cigana, isso lhe deu uma ideia: a quem culpar caso os pais morressem repentinamente e de forma suspeita? Sendo Samara de origem cigana, mais fácil seria de incriminá-la, levando em conta a má fama dos ciganos ao longo dos tempos.

O sujeito estava pasmo com o que ouviu. De repente, gargalhou e aplaudiu a mulher.

– Até que você é inteligente. Para uma mulher, inteligente um bocado. Tem carinha de pobre e infeliz, mal amada e frigida, mas é razoavelmente inteligente. Quem diria!

Ele novamente tornou a aplaudi-la, rindo debochado dela.

– Ainda não terminei – disse ela a seguir.

– Ah, não?! – desdenhou ele fazendo uma careta. – Diga logo, então, vai!

– Eu o vi – falou ela de supetão. – Eu o vi no dia em que o senhor colocou o veneno na garrafa da bebida do seu pai. Naquele momento eu não sabia que era veneno, só vim a suspeitar depois. Muito tempo depois.

– Se viu, por que não contou esse fato nos tribunais?

– Porque todas as evidências apontavam para Samara, até então não havia me passado pela cabeça que o senhor...

– Mentira. Você não disse nada porque pretendia me chantagear depois, não é mesmo?

– Não, isso não, eu juro.

– Fingida. Saiba que eu posso pô-la na cadeia por falso testemunho.

– Mas eu o vi fazer.

– É sua palavra contra a minha. Você é mesmo muito otária. Inteligente a principio, burra no final.

Fedora, ainda que tremendo por inteira, foi até o barzinho da casa, onde eram guardadas as bebidas alcoólicas, e de lá pegou a garrafa de onde o senhor Lanzarote se serviu da dose letal. Voltando-se para Vermont, com uma garrafa numa mão e um copo na outra, a mulher o desafiou:

– Posso servir-lhe uma dose? Foi dessa garrafa que seu pai bebeu a última vez.

Sem esperar por sua resposta, a criada encheu o copo e ofereceu ao moço.

– Vamos, experimente. O senhor não tem nada a recear, ou tem?

O sujeito, enfurecido, saltou para cima dela, agarrando-lhe o pescoço com as duas mãos para matá-la realmente.

– Você não vai viver para contar a ninguém o que viu. Sua pobre, feia, burra. Eu prestei um favor àqueles dois, já tinham passado da hora de morrer faz tempo.

No exato momento, duas autoridades invadiram a sala, livraram Fedora das mãos do maníaco e disseram:

– Vermont Lanzarote, o senhor está preso pelo assassinato de seus pais. Tudo o que disser pode ser usado contra o senhor no tribunal.

O moço, em total desespero, tonou a garrafa que Fedora havia deixado sobre a mesinha de canto da sala, entornou a bebida, engolindo sem parar. Ao término, Fedora declarou com um sorrisinho escapando-lhe pelo canto da boca:

– Senhor Vermont, essa não é a garrafa em que o Senhor depositou o veneno. A garrafa em questão foi levada pelas autoridades para ser averiguada. Essa aí é uma garrafa qualquer, de uma bebida que seu pai sequer provava. Só fiz uso dela para provar às autoridades o que todos suspeitavam. Foi ideia da policia. Aceitei o desafio para fazer justiça a sua mãe que era uma mulher muito generosa comigo. Eu jamais o vi pondo veneno algum em garrafa alguma. Foi tudo invenção, puro teatro.

Ao saltar novamente para cima da criada, os policiais o segura-ram. Vermont estava tão transtornado que chegou a cuspir em Fedora e grunhir feito uma fera furiosa por ter sido presa.

Naquele dia, Fedora Banderas voltou a sentir paz no coração, por ter feito justiça aos patrões, especialmente à patroa que tanto lhe quis bem.

Ao saberem da prisão de Vermont Lanzarote, Alejandro procurou Diego na casa para lhe falar a respeito.

– Filho, eu acho que você deve desculpas a ela.

– Eu?! – indignou-se Diego, avermelhando-se feito um pimentão. – O senhor está me pedindo para eu ir me desculpar com aquela cigana depois de tudo o que ela me fez? Não acredito.

– Mas você a julgou tão mal quanto ela ao querer se vingar por seu intermédio.

– Pois a minha falta em relação a ela é do tamanho de um grão de areia quando comparada a que ela me fez. Não vou pedir desculpas a ela de jeito nenhum.

– Filho...

– Papai não me deixe mais aborrecido do que já estou com o senhor e a mamãe por terem trazido essa cigana de volta para esta casa.

Sem mais o rapaz pediu a Alejandro que saísse do seu quarto, pois tinha de voltar a se concentrar nos estudos.

Capítulo 22

Nos semanas que se seguiram, Diego cumpriu o que se prometeu. Ignorar Samara sob qualquer circunstância. Foi então que Maria Alice quis saber mais sobre a gravidez da moça, detalhes sobre o pai do filho que em breve nasceria.

– Não tenho nada a ver com isso, Samara, mas, diga-me, o pai da criança que você espera sabe que ele é o pai?

A jovem mordeu os lábios, incerta quanto ao que responder.

– Não precisa me dizer nada se não quiser.

– Não! – respondeu Samara por fim. – Ele não sabe, quando descobri que estava grávida dele, já havíamos nos distanciado.

– Compreendo, é que... – Maria Alice suspendeu o que ia dizer. Uma hipótese a fez voltar-se para a cigana, olhando com certa aflição para ela. – Não vai me dizer que... – A mulher não conseguia completar seu raciocínio. Pelo simples olhar emocionado e lacrimejante de Samara ela soube que estava certa. – Santo Deus! – exclamou. – Mas que notícia maravilhosa. Imediatamente pediu-lhe permissão para contar a Alejandro que também ficou tomado de pura emoção.

– Quer dizer que eu vou ter um neto?! – ele parecia bobo de tanta alegria. – Que felicidade!

Tanto ele quanto Maria Alice abraçaram Samara que não conseguia parar de chorar, tamanha emoção.

– Diego tem que saber disso – falou Alejandro com autoridade.

– Ele vai me odiar ainda mais – argumentou Samara, preocupada.

– Que odeie. De qualquer modo é o pai da criança e terá de sustentá-la. Você precisou dele para engravidar. Não ficou sozinha.

Assim que o rapaz chegou da universidade, Alejandro chamou o filho para uma conversa séria no gabinete da casa.

– Tenho um assunto muito sério para tratar com você, Diego.

O tom do pai assustou o rapaz.

– O filho que Samara está esperando, pois bem, ele é seu filho, Diego. Seu filho!

O rosto do moço se transformou. O horror tomava conta dele agora.

– O senhor está louco!

– Não estou não, Diego. A criança é fruto dos momentos de amor que você e Samara viveram nesta casa.

– Momentos de sexo, o senhor quer dizer – redarguiu o rapaz, revoltado. – Porque para ela não passou de sexo!

– Acalme-se, Diego. Por favor!

– Acalmar-me?! Como?! Se for mesmo verdade o que o senhor acabou de me dizer...

– Mas é.

– Não pode ser.

Diego estava mais uma vez transtornado por causa de Samara. Alejandro esperou um minuto e disse, olhando firme para o filho:

– Eu, no passado, também não fui cordato com sua mãe. Meu pai me queria casado com outra mulher, não com ela. Para agradá-lo, aceitei me casar com aquela que ele escolheu para mim, mesmo amando sua mãe. Só que eu não suportava a ideia de ela ser desvirginada por outro homem, por isso a seduzi mesmo sabendo que não ficaria com ela. Fui mesmo uma calhorda. Um verdadeiro cafajeste. Desse amor nasceu você, o qual só vim descobrir tempos depois. Entendo por que sua mãe o escondeu de mim por tanto tempo, estava magoada pelo que eu havia lhe feito. Mas a vida nos uniu novamente e foi graças ao perdão. Eu, você e sua mãe só pudemos ficar juntos, realmente, porque ela me perdoou pelo que fiz. Se não tivesse, não estaríamos hoje aqui, lado a lado, tampouco nos anos passados. Tudo isso se deve ao perdão que sua mãe me deu, um simples e bendito perdão. Em outras palavras, Diego, siga o exemplo de sua mãe, tente encontrar o perdão dentro de si para que possa aceitar essa criança que está para nascer, com todo amor que lhe vai na alma.

– Não foi assim que planejei construir uma família, papai.

– Nem tudo na vida acontece como queremos, Diego. Sua mãe também não planejou ter você nas condições que teve e, no entanto...

Ele inspirou e expirou o ar profundamente.

– Aceite essa criança, Diego. Ela não tem culpa das circunstâncias em que foi gerada. Aceite-a, filho. Você vai se sentir muito melhor se o fizer. A criança também. Um pai precisa de um filho tanto quanto um filho precisa de seu pai.

Diego abaixou a cabeça, sentindo-se derrotado pelo bom senso. Mesmo assim, continuou evitando qualquer tipo de contato com Samara. Assumiria o filho quando nascesse, mas sem ter qualquer tipo de ligação com ela.

O dia de Samara dar à luz finalmente chegou e quando a bolsa estourou, ela estava só na casa com Diego trancafiado em seu quarto. Maria Alice e Alejandro haviam ido à missa, por isso ela não podia contar com os dois. O jeito foi mesmo chamar por Diego. Bateu à porta de seu quarto enquanto se contorcia de cólicas pré-natais.

– O que foi? – respondeu ele secamente.

– O bebê – respondeu ela, aflita. – A bolsa...

– Bolsa? Que bolsa?

– A bolsa estourou.

– Ficou doida? – o rapaz se enfezou ainda mais.

Ia fechando a porta de seu quarto na cara dela, quando ela o impediu.

– O bebê, o bebê vai nascer!

Só então ele caiu em si. Rapidamente apanhou suas coisas e a ajudou chegar até o carro. Estava tão nervoso que por quase um minuto não conseguia enfiar a chave na ignição. Ao chegarem ao hospital mais próximo, Samara foi rapidamente conduzida à sala de parto.

– Você é o pai da criança? – questionou a enfermeira.

– Não! – Ele estava tão atarantado com tudo que nem conseguia raciocinar direito.

– Tem certeza? – questionou a moça, percebendo sua confusão mental.

– O quê?

Ela repetiu a pergunta e só então ele respondeu de acordo:

– Sim, sim, sou o pai da criança.

– Ok. Se quiser, pode ver o parto por meio da janelinha da porta da sala de cirurgias.

Diego acabou gostando da ideia e, por isso, pôde assistir ao nascimento do filho, um dos momentos mais lindos de sua vida. Quando a criança chorou, ao receber o tapinha tradicional por parte do obstetra, Diego se sentiu ainda mais tocado. Era um menino que depois de ser devidamente limpo, foi oferecido ao pai.

– Quer segurá-lo?

Diego parecia um bobo diante do menino, tanto que o médico precisou repetir a pergunta. Só então ele aceitou e quando envolveu o bebê nos braços, lágrimas de emoção riscaram sua face. Por aquela emoção ele não esperava, jamais pensou que sentiria tanta alegria ao ter um filho. Sua vida ganhou outro sentido desde então, Diego estava determinado a ser um pai presente e amoroso na vida da criança que horas depois recebeu o nome de Ivan. Ivan Ramirez.

Quando Maria Alice e Alejandro conheceram o neto, também sentiram emoções fortes. Uma nova etapa começava em suas vidas. Diante da alegria da família, Samara se sentiu menos culpada por toda desarmonia que lhes causara com seus propósitos de vingança.

Certo dia, Alejandro elogiou Diego mais uma vez:

– Alegra-me muito saber que você aceitou o filho que teve com Samara, Diego. Não faz ideia o quanto é importante para um filho a presença de seu pai. Ou melhor, você faz ideia, sim! Porque vivemos lado a lado desde que nos reencontramos. Além do mais, você tem Edmondo como um segundo pai, ou seja, ter pai é tão bom, dois então, ainda melhor.

– É, papai, o senhor tem razão.

O pai abraçou o filho que seriamente disse, a seguir:

– Só lhe digo uma coisa, papai. Que fique bem entendido. Da mãe do meu filho eu continuo querendo distância. Ela que não pense que só porque aceitei o garoto, eu voltarei às boas com ela. Não, nunca!

– Está bem, filho. Sua aproximação de Ivan já é um grande passo.

Um mês depois, Iago também descobria as alegrias de se tornar pai. Málaga dava à luz ao filho do casal. Dolores ajudou no parto normal e Ramon foi o primeiro a pegar o recém-nascido. Depois de realizar o breve ritual que os ciganos tinham como hábito, diante do nascimento de um novo membro de sua raça, entregou o menino nas mãos do pai que explodiu em lágrimas de alegria e satisfação.

– Meu filho! – exclamou Iago, radiante. – Um legítimo cigano!

E os ciganos se derramaram em festa naquele dia, com muita dança, bebida e votos de harmonia para o bebê que recebeu o nome de Rico.

246

Voltando-se para a mais nova mamãe, Dolores perguntou:

– Está contente, Málaga? Você quis tanto Iago como seu marido, quis tanto ter filhos com ele, seus sonhos se realizaram.

– Sim, Dolores – respondeu Málaga comovida. – Estou muito feliz. Acho que ainda mais por ver Iago tão contente por ter tido um filho. Não pensei que se alegraria tanto.

– Sim, de fato ele está radiante com a chegada do menino. Que bons sóis o iluminem.

– Que assim seja.

Ser mãe conseguira abrandar o coração tão ciumento e possessivo de Málaga. Nas semanas que se seguiram, todos ali, tiveram a impressão de que uma nova mulher nascera com a chegada do filho.

Ao perceber que Samara se mostrava, cada dia mais, uma mãe dedicada e amorosa o filho, passou a vê-la com outros olhos. Isso fez com que seu rancor por ela se abrandasse e percebesse que em seu coração, o amor por ela ainda se mantinha intacto. Logo passou também a desejá-la, a ponto de não mais se aguentar de vontade de abraçá-la, beijá-la, fazer dela sua mulher. Quando não mais suportou se conter diante dessa estonteante volúpia, ele a surpreendeu com elogios sinceros e merecidos.

– Você realmente me surpreendeu, Samara. Jamais pensei que se tornaria essa mãe tão amorosa e dedicada para com o nosso filho.

Com lágrima nos olhos ela respondeu:

– Ficou feliz por você reconhecer meus esforços.

Instintivamente, sem pensar, ele achegou-se a ela, inspirando seu perfume único.

– Você também, Diego... Você também me surpreende ao se mostrar um pai amoroso e dedicado para o nosso menino. Sinto realmente orgulho de...

Diego não permitiu que ela completasse a frase, beijou-a com toda intensidade. Foi tudo tão rápido que quando Samara deu por si, já se deixava ser totalmente dominada por ele. Ao vê-la paralisada em seus braços, ele, muito emocionado, sussurrou ao seu ouvido:

– Quero me casar com você.

Seu desejo a comoveu por inteira, seus olhos tornaram-se mais expressivos, sua alma mais feliz. Ele então segurou suas mãos e as beijou carinhosamente, mergulhando profundamente em seus olhos cor de avelãs. O olhar do moço bonito fez a cigana, literalmente, suspirar de emoção, e algo mais...

No casamento dos dois estavam presentes, Edmondo Torres e a esposa, o Senhor Pino Pass de Leon, Ricardo, Lucrecia e filhos, amigos do Diego da universidade, dentre outros. Foi um dia de extrema alegria para todos. Samara não se importou em se casar numa igreja católica, achou até interessante tomar parte num casamento tradicional ali, algo que sempre viu e admirou, e, no fundo, sonhava participar.

Para que pudessem se divertir na lua de mel, o casal deixou o filho aos cuidados dos avós. Maria Alice e Alejandro voltaram então a saborear a alegria de ter novamente sob a proteção de ambos, uma criança, sangue de seu sangue.

Enquanto Diego e Samara redescobriam o amor, o mundo caminhava para um dos mais trágicos períodos de sua história. Tinha início a Segunda Guerra Mundial que deixou a Europa à mercê de uma guerra sanguinária e desumana ente os anos de 1939 a 1945.

Adolf Hitler, o fundador e líder do partido Nazista, dava início à guerra com o objetivo de fazer da Alemanha a grande nação da Terra.

Para que o mundo fosse perfeito, segundo Hitler, não poderiam continuar existindo sobre a face da Terra a raça judia, nem os homossexuais, doentes mentais, paraplégicos, testemunhas de Jeová e ciganos. Para ele, todos esses eram aberrações nocivas ao bem-estar humano e, por isso, tinham de ser exterminados para que o mundo se tornasse mais belo e melhor de se viver.

Não era Hitler o único a ter essas ideias e ideais, muita gente de todas as raças, crenças e condição social compartilhava de suas ideias, só não falavam abertamente a respeito.

Após subjugar os judeus e enviá-los para os campos de concentração, onde eram exterminados em câmaras de gás, o próximo alvo de Hitler foram os ciganos. Tornou-se popular na ocasião a frase "Depois dos judeus, os ciganos!".

E o caos se espalhou pelos acampamentos dessa raça e todos aqueles que não os viam com bons olhos, acabaram se comprazendo da desgraça que os nazistas transformaram suas vidas.

Cada dia mais, Samara temia por sua gente. Foi então, que o inesperado voltou a bater a sua porta. Ao ver quem era, surpreende-se ao avistar Iago bem diante dos seus olhos.

Capítulo 23

Iago avançou, vagarosamente, na direção de Samara, como que dominado por uma espécie de transe. Seus olhos, vermelhos de saudade, ardiam também de emoção por poder rever a jovem que tanto amara e cujo destino os havia feito tomar rumos diferentes na vida.

– Iago?! – exclamou Samara maravilhada por ver o cigano bem diante dela. – Iago! – tornou ela, abraçando-o carinhosamente. – Que bom revê-lo, Iago. Ando tão preocupada com vocês, com o que os nazistas estão fazendo com a nossa gente.

– Uma desgraça, Samara. Uma verdadeira desgraça! Por isso estou aqui. Preciso da sua ajuda. Só você pode nos ajudar.

– Eu?! Farei o que estiver ao meu alcance, Iago.

– Eu, Málaga e o nosso filho fugimos do acampamento antes de ele ser subjugado pelos nazistas. Estamos fugindo desde então. Precisamos de abrigo.

Foi então que Samara avistou, aguardando na calçada do outro lado da rua, Málaga e o filho do casal.

– Entrem – falou ela, apressada. – Entrem, por favor!

Quando Málaga se viu diante daquela que pela vida toda encarou como rival, seus olhos brilharam tanto quanto os de Samara.

– Olá, Samara.

– Olá, Málaga.

Viu sua própria imagem refletida nas pupilas negras da cigana, que se contraíram lentamente no compasso em que se admiravam.

– Obrigada por nos receber.

– Você é sangue do meu sangue, Málaga. Jamais daria as costas para minha gente.

A cigana se mostrou novamente comovida diante das palavras. Voltando-se para o pequeno Rico, Samara procurou deixá-la confortável na sua presença.

– E você, pequenino? Como se chama?

– Rico – respondeu Málaga, orgulhosa. – Diga olá para Samara, Rico.

O menino piscou seus olhinhos e sorriu.

Ao vê-los entrando, Diego fechou o jornal que lia, colocou-o sobre a mesinha de canto e foi cumprimentá-los como manda a boa educação.

– Olá, como vão? – disse ele, abrindo um sorriso receptivo.

Samara rapidamente fez as devidas apresentações.

– Diego, esse é o Iago, não sei se recorda dele. Já se viram uma vez, há muito tempo, logo depois do meu atropelamento.

– Recordo-me vagamente.

– Essa é sua esposa Málaga. Também pertencente à caravana de ciganos da qual eu fazia parte.

– Muito prazer. Sejam bem-vindos!

A cigana prontamente estendeu a mão direita ao anfitrião que a beijou respeitosamente. Málaga ficou impressionada com a elegância e polidez do dono da casa. Seus ombros largos, seu rosto atraente, seus olhos castanhos, faziam de Diego um espanhol nato. O sorriso era quase infantil e sua polidez, cativante. Na opinião de Málaga, Samara tivera sorte em conhecê-lo e se apaixonar por ele. Muita sorte. Como sempre tivera ao longo da vida.

– E esse é o filho do casal – acrescentou Samara com legítima amabilidade na voz. – Seu nome é Rico.

– Olá, Rico, como vai?

Ambos se olharam com interesse.

– O Ivan vai adorar você. Adora fazer amigos.

– Ivan é o nosso filho – explicou Samara com muita satisfação.

Em seguida, explicou ao marido o motivo que pelo qual Iago, Málaga e Rico estavam ali.

– É óbvio que vocês podem ficara aqui – adiantou-se Diego, verdadeiramente solícito para com o casal. – Faremos o possível para protegê-los dos nazistas. Se bem que a Espanha, por enquanto, está fora da guerra. Por não termos tomado parte, aqui, pelo menos, os judeus e ciganos estão protegidos. Não vejo a hora de essa guerra insana acabar.

Iago sentiu-se tocado pela camaradagem daquele que tanto odiou por ter conquistado Samara e ter se tornado seu marido. No minuto seguinte, Samara quis saber de Ramon, Dolores e dos demais amigos que fizera ao longo do tempo em que morou com a caravana. Foi Iago quem respondeu e com lágrimas nos olhos.

– Alguns já estão mortos. Ao se rebelarem contra o domínio nazista, foram mortos a sangue frio, ali mesmo no acampamento. Os demais foram levados, sabe-se lá para onde. Ouvi dizer que para os campos de concentração, os mesmos que abrigam muitos judeus.

Naquele instante, Samara se derramava em lágrimas.

– Pobre Ramon, pobre Dolores... Minha gente querida.

– Por pouco os malditos nazistas não nos pegaram também. Com muita sorte, eu, Málaga e Rico nos escondemos no bosque e pela mata seguimos caminho para fugir dos demônios. Passamos poucas e boas, nos alimentamos de peixes e de caça, foram períodos difíceis. Foi Málaga quem lembrou de você, e pensou que poderia nos ajudar diante das circunstâncias. Com muito custo chegamos aqui. Para isso, fomos obrigados a nos desfazer de nossas roupas e penduricalhos ciganos e vestir roupas tradicionais ofertadas por um padre muito bondoso de uma igreja de uma cidade em que fomos parar.

– Agora entendo por que estão vestidos assim.

– Pois é, foi a melhor forma de esconder nossa verdadeira origem.

– Compreendo. O importante é que vocês conseguiram chegar aqui. E vamos orar para que Ramon, Dolores e os demais sobrevivam nas mãos dos nazistas.

Iago e Málaga assentiram.

– Agora venham comer alguma coisa, vocês devem estar famintos.

Minutos depois, Alejandro chegava a casa com Ivan e Maria Alice. Novas apresentações e explanações foram feitas.

Málaga se mostrou novamente mais cordial com todos.

– Ivan é um belo garoto – elogiou ela, imprimindo à voz um tom afetadamente simpático.

Voltando-se na direção do filho, a cigana fez um discreto sinal para ele se aproximar.

– Rico, este é o Ivan.

O ciganinho emitiu um leve sorriso, parecendo apreciar o encontro. Ivan também se simpatizou com o recém-chegado.

– Acho que eles vão se dar bem – opinou Maria Alice.

– Também acho – respondeu Málaga, sorrindo ternamente para os meninos.

E foi assim que Ivan e Rico puderam se conhecer e dar início a uma grande amizade. Não faziam ideia do caos que se alastrava pela Europa, destruindo vidas, torturando almas.

Por não terem empregados, Samara pôde alojar Iago, Málaga e o pequeno Rico no quarto que seria ocupado pela criadagem. Com a ajuda de Málaga, Samara ajeitou tudo ali para acolhê-los da melhor forma possível.

– Estou tão feliz, Málaga – comentou Samara em meio à arrumação –, por ver você casada com Iago e já com um filho de vocês dois. Como foi que tudo aconteceu?

– Bem... – Málaga pareceu temporariamente incerta se deveria ou não contar a verdade à moça. – Iago voltou tão triste para o acampamento depois que você e ele se desentenderam. Tentei animá-lo, era preciso, Dolores me pediu. Ela temia que ele acabasse cometendo uma loucura por estar tão triste.

– E sinto muito.

– De qualquer modo, graças ao que aconteceu entre você e ele, nos aproximamos e acabamos ficando juntos.

– Sinto-me menos pior assim.

A cigana sorriu e disse:

– Quem diria, não, Samara? Que eu e você estaríamos juntas novamente, sob um mesmo teto.

– A vida é cheia de surpresas, Málaga. E me sinto sinceramente feliz por poder abrigá-los aqui.

– Fala sério?

– Seriíssimo. Como lhe disse assim que chegou: vocês são sangue do meu sangue. Sangue cigano!

E Málaga pareceu absorver o comentário com forte emoção.

Nos dias que se seguiram, o rádio continuava metralhando todos com notícias sobre aquela que viria ser conhecida por todos como a segunda guerra mundial. Era assim que muitos europeus continuavam acompanhando as barbáries, sendo que muitas delas, as mais chocantes, ainda eram acobertadas pelos nazistas.

Por muitas vezes, a família Ramirez e os ciganos que eles acobertavam, jantavam com o olhar afundado no prato, prestando atenção às notícias que o rádio transmitia. Iago, por muitas vezes, mal tocava na comida tamanha tristeza por ver seu povo perseguido e assassinado pelas tropas nazistas. Limitava-se a mexer a sopa aguada e sem gosto com a colher, como se estivesse procurando ouro no fundo.

– Iago – falou Samara, carinhosamente. – Você precisa se alimentar. Dessa forma acabará doente.

Málaga concordou com ela.

– Já estou cansada de lembrá-lo disso, Samara. Iago precisa reagir. Não pode se entregar.

– Sim, Iago. Málaga está certa. Suas palavras são sábias.

Lançou-me um olhar vazio, inescrutável. Seu olhar parecia ter envelhecido dez anos. Então, Málaga viu brilhar nos olhos dele o que temia desde o momento em que ele havia sugerido procurarem por Samara para lhe pedir abrigo. A paixão dele pela cigana ainda estava li, intensa e pulsante. A descoberta fez com que Málaga se sentisse afundando novamente no poço dos ciúmes e do ódio que sempre nutrira por Samara. Arrepiou-se no mesmo instante, como se tivesse sido invadida por um vento frio e certeiro.

Ao ver Samara olhando para ela, novo arrepio gelou-lhe a alma. De repente, ficara doloroso encará-la, mas ela tinha de se controlar, isso fez com que ela emitisse um sorriso amarelo e se levantasse da mesa, para fugir da situação. Logo estava ajudando a tirar a mesa e foi quando Samara questionou seu comportamento:

– Você não me parece bem, o que há? É o Iago, não é? Você está preocupada com ele, não é mesmo?

Málaga respirou mais aliviada, por ver nas palavras de Samara um motivo para encobrir o verdadeiro motivo que a deixara transtornada de ciúmes e revolta.

– Sim, é isso mesmo – mentiu ela, procurando disfarçar novamente o ódio que ressurgia por Samara. – Não quero perder Iago. Sou louca por ele, você sabe. Apaixonada, louca, doente até. Iago sempre foi tudo na minha vida. Tudo!

Parcialmente, Málaga estava sendo sincera. Ao dizer que não queria perder Iago por nada. Que era louca, apaixonada e até mesmo doente por ele era a mais pura verdade. Iago sempre fora tudo na sua vida. Disso ela nunca fizera segredo para ninguém.

Ao vê-la tombando-se em lágrimas, Samara a envolveu num abraço.

– Nada de mal vai acontecer ao Iago, Málaga. Vamos cuidar dele. Eu e você.

E a cigana se agarrou ainda mais a outra, querendo espremê-la naquele abraço, como faria um urso enfurecido. Novamente ela se segurou, era preciso, dependia de Samara e dos seus para se proteger dos malditos alemães. Por outro lado, conseguiria ela suportar a vida ali? Já não sabia dizer o que era pior. Na verdade, as duas situações eram terríveis para ela, lamentáveis.

Com mil adagas apunhalando-lhe o pensamento, Málaga foi se recolher aquela noite. Ao vê-la, Iago lançou-lhe um olhar inquisitivo.

– O que foi? Você me parece tensa.

– Eu?! – fingiu ela um sorriso.

– Você, sim.

Ela foi ao encontro dele, exibindo toda a calma que era capaz de fingir.

– É que ando preocupada com você, meu amor. Você precisa se alimentar.

– É que dói tanto em mim saber que nossa caravana foi dizimada pelos nazistas. Que Dolores, Ramon e outros idosos foram fuzilados, e os demais levados, sabe-se lá para onde.

– Não pense mais neles. Pense em você, pense em nós.

– Sim, em nós! – Ele fez uma pausa e acrescentou: – Ainda bem que Samara nos recebeu. Ainda bem que ela existe e nos quer bem.

– Sim... – concordou Málaga, sentindo novamente a pontada aguda do ciúme. – Você ainda gosta muito dela, não é? Mesmo depois de...

– Por muito tempo eu a odiei, mas agora... Agora...

Ao voltar os olhos para a esposa, Iago se assustou. Os olhos dela estavam injetados, algo que muito o impressionou.

Dia seguinte e lá estavam Ivan e Rico a brincar lado a lado. Diante do entusiasmo dos dois, Diego tomou parte na brincadeira.

– Quando eu era do tamanho de vocês, criança como vocês, eu também vivia a brincar pelos cantos da casa.

Diante do espanto dos garotos, Diego explicou:

– Sim, eu também já fui criança, como vocês. E muito arteiro, por sinal.

Da janela, Alejandro observava o filho brincando com o neto. Era bom ver duas gerações tão entrosadas uma com a outra. Maria Alice também admirava os três, só que por outro ângulo da casa que parecia em paz, o avesso do caos que se alastrava por outras regiões da Europa.

Noutro canto da morada, Samara encontrava Málaga cabisbaixa. Avesso à normalidade que chegou ali.

– Málaga, você está bem? – perguntou Samara, procurando ser solidária.

Ao ver os olhos da cigana, derramando-se em lágrimas, Samara se agitou:

– O que houve?! Por que chora?

A moça finalmente falou e quando vez sua voz soou rouca e infeliz:

– Esta manhã, Samara tive uma visão de arrepiar.

– Visão?! Do que? Com quem?

– Com Dolores e Ramon. Eles me pediam ajuda. Você sabe que eu, desde menina, tenho esse poder de ver e ouvir as pessoas queridas mesmo de longe, não sabe?

– Não, eu nunca soube disso.

– É que eu sempre escondi isso das pessoas, me achava esquisita por ser assim.

– Quer dizer então que...

Málaga a interrompeu, parecendo recuperar a força de sua personalidade marcante.

– Que dizer que Ramon e Dolores precisam de nós. Precisamos ir até Paris que fica aqui do lado tentar libertá-los.

– Mas eles estão lá?

– Sim, detidos na mesma cidade em que foram capturados.

– Como pode ter certeza?

– Eles me disseram durante a visão. Mas certeza mesmo eu só teremos quando lá chegarmos. Você precisa ir comigo até lá, Samara.

– Eu e você, longe daqui em meio a essa guerra? Pode ser muito perigoso.

– Eu sei, mas Ramon e Dolores precisam de nós e com urgência. Peço ajuda a você porque Ramon foi como um pai para você, não é mesmo? Certamente não o abandonaria numa hora dessas, correto?

– Sim, jamais.

255

– Só não chamo o Iago para ir conosco porque seria muito arriscado. Podem descobrir que ele é cigano se virem os furos em suas orelhas para usar brincos. Conosco é diferente, somos mulheres. Penso também que as mulheres, os nazistas respeitam mais.

– Será?

– Só tentando para ver. Não diga nada ao Iago, se ele souber do que vi em minha visão, aí é que ele definhará por completo.

– Está bem.

– Partiremos ainda esta tarde, o que acha?

– Bem...

– Nossos filhos ficarão sob a guarda do seu marido, do Senhor Alejandro e Dona Maria Alice. Não diga a nada a ninguém sobre as nossas pretensões. Eles vão tentar nos impedir.

– Está bem.

Tomando as mãos de Samara, e olhando profundamente em seus olhos, Málaga completou em tom embargado:

– Faremos isso por Ramon e Dolores... Eles merecem.

– Sim, sem dúvida.

E os olhos das duas brilharam cada qual movido por emoções muito diferentes.

Foi Maria Alice quem viu as duas ciganas deixando a casa, discretamente, e estranhou o fato de Málaga estar levando uma mala pequena consigo. Curiosa, Maria Alice foi perguntar a Iago o porquê daquilo.

– Uma mala?! Que estranho. Aonde elas foram?

– Não disseram exatamente. Só me pediram para cuidar dos garotos e que à noite voltariam, depois do culto cigano.

– Culto cigano? – Iago se arrepiou.

Rapidamente se ajeitou, pegou um dinheiro emprestado com Maria Alice e partiu direto para a estação de trem. Sua intuição dizia que Samara e Málaga haviam seguido para lá. Dito e feito, chegou a tempo de encontrá-las na estação e tomar o mesmo trem, com todo cuidado para não ser visto pelas duas. Um mau pressentimento agitava-se em seu peito.

Com uma desculpa qualquer Málaga explicou a Samara porque ambas haveriam de descer em Paris.

– Essa cidade é tão imensa, Málaga. Como vamos encontrá-los?

Ao ver um soldado nazista, Málaga pediu para Samara aguardála um minutinho. Diante do alemão, com as poucas palavras que ela aprendera da língua, ela apontou para Samara, dizendo que a moça era uma cigana. Frisou bem a palavra mala. Referindo-se a mala que deixara ao lado da moça. Rapidamente, o soldado e mais outro acompanharam Málaga até Samara que se assustou ao vê-la, chegando com os dois sujeitos.

— O que está havendo aqui, Málaga?

A moça nada respondeu, apenas sorriu, matreira enquanto o soldado abria a mala que estivera até então sob os cuidados de Samara. Dentro havia dois vestidos tradicionais ciganos e mais colares, brincos e pulseiras que as mulheres da raça costumavam usar. Samara continuava sem entender nada.

— Você é uma cigana? – indagou o soldado no seu mais perfeito alemão.

Samara não o entendeu, pouco conhecimento tinha da língua. Foi então que Iago apareceu, surpreendendo as duas mulheres.

— Não, ela não é cigana – explicou ele no seu alemão precário.

Os dois soldados se entreolharam e exigiram de Samara seus documentos. Rapidamente ela os apresentou e por ter se casado com Diego, sua origem cigana ficou encoberta, diferente de Málaga e Iago que não tinham documento algum.

Diante do horror na face de Málaga, o alemão fechou ainda mais o cenho:

— Você é uma cigana.

— Não! – gritou ela apavorada. – Samara é a cigana! Somente ela!

Iago interveio no mesmo instante:

— Não, Samara não é cigana. Só nós dois é que somos.

— Iago – Málaga o repreendeu no mesmo instante. – Cale sua boca, retardado!

— É a verdade, Málaga. De que adianta negar?

Samara continuava pasma diante de tudo aquilo.

— Iago, o que está acontecendo?

Ele não teve tempo de responder, os soldados o levaram juntamente com Málaga que esperneava e gritava histérica.

— Volte para casa! – foi tudo o que Iago conseguiu dizer a Samara. – E, por favor, cuide do nosso filho. Por favor...

Sua voz falhou, o pranto tomou-o por inteiro.

Ao ver Iago e Málaga sendo trazidos pelos soldados, um oficial alemão quis saber quem eram:

– Quem são?

– Um casal de ciganos.

– Onde estão os filhos?

– Não têm. Pelo menos disseram que não. Essa aí, antes de descobrirmos que era cigana, quis nos convencer que certa espanhola era uma cigana só para ser detida por nós.

– Essa gente realmente não presta.

O alemão olhou com mais atenção para Málaga que diante de seus olhos abaixou a cabeça, contendo-se para não escarrar na sua face.

– Sua cigana imunda, sua raça está com os dias contados. Você está com seus dias contados.

Em poucas horas, Iago e Málaga foram levados para um dos campos de concentração mais usados para abrigar ciganos até serem exterminados pelos nazistas.

De volta a sua casa, Samara contou em detalhes para os seus tudo o que se passara.

– Santo Deus, que loucura! – exclamou Maria Alice pasma diante do que ouviu. – Mesmo depois de tudo o que você fez por ela, por Iago e o filho... Que mulher mais mal agradecida.

Alejandro e Diego também estavam pasmos diante do que aconteceu.

– Ninguém na Espanha lhes teria dado abrigo, sabendo que eram ciganos. O povo é muito preconceituoso, ainda mais agora em meio à guerra. Málaga deveria ter-lhe sido grata. Que criatura mais perversa.

– Ela sempre foi assim. Desde menina, por mais que eu a tratasse bem, ela nunca me quis bem. Estava sempre a me fazer coisas para me ferir.

– Isso prova mesmo que a natureza humana é mesmo imutável ao longo da vida.

Houve uma pausa e só então eles se lembraram de Rico que se mantinha quietinho, brincando com Ivan.

– O menino... – balbuciou Diego.

– Sim! – exclamou Samara, pondo-se novamente de pé. – Iago me falou dele. Foi seu ultimo pedido. "Volte para casa! E, por favor, cuide do meu filho. Por favor...", foram essas as suas palavras. É óbvio que eu cuidarei até que voltem.

– Se voltarem – observou Diego realista.

O menino, diante de Diego, Samara, Maria Alice e Alejandro, sorriu na sua mais pura ingenuidade. Ele certamente sentiria falta dos pais e eles ali tentariam confortá-lo durante a ausência dos dois. Não havia como explicar para uma criança daquela idade que os pais haviam sido levados pelos nazistas e que poderiam nunca mais voltar a vê-lo. Enquanto isso ele ficaria morando com eles, ao lado de Ivan, de quem Rico tanto gostava.

Em 1945, quando a guerra teve fim com a derrota dos alemães, Samara aguardou ansiosa pela volta de Iago e Málaga. Até mesmo de Ramon e Dolores, afinal, o chefe dos ciganos também poderia tentar localizá-la ali, por saber do seu vínculo com os Ramirez. No entanto, o tempo passou e nenhum dos quatro apareceu.

– O que foi feito deles, Diego?

– Quem pode saber, Samara?

Ela abaixou os olhos, abraçando o marido que tentou confortá-la diante de tão triste desfecho.

Ao reencontrar o garoto já com seis anos nessa data, o menino mais uma vez lhe repetiu a pergunta que sempre fazia:

– Iago e Málaga, quando é que eles voltam para casa?

Samara e Maria Alice se entreolharam.

– Diga-lhe a verdade, Samara – sugeriu Maria Alice por bom senso. – Será melhor.

A moça concordou com a sogra e muito corajosamente explicou para o menino:

– Rico, seus pais nunca mais voltarão para cá. Eles estão mortos. Agora vivem no céu.

– No céu?

– Sim, meu querido, lá.

Ambos voltaram para a janela aberta de onde podiam ver um pedacinho da imensidão azul. A seguir, Samara complementou suas palavras:

– Mas eu e o Diego continuaremos cuidando de você como um filho legítimo. Maria Alice e Alejandro também continuarão sendo seus avós. Você vai poder sempre contar conosco para o que der e vier.

– E o Ivan?

– Ah, sim! O Ivan também continuará ao seu lado como seu irmão adorado.

Os olhos do menino brilharam de felicidade, no minuto seguinte já não mais se entristecia com a morte de seus verdadeiros pais.

Iago depois de semanas tendo uma vida precária num dos campos de concentração nazista, morreu devido aos maus tratos, total falta de higiene e alimentação. Grande parte de Málaga morreu com ele, porque ele fora para ela, durante a vida toda, a razão do seu viver. Desde então ela já não tinha mais motivos para viver, mas seu fim chegou mesmo, no dia em que muitos ciganos e judeus ali aprisionados foram fuzilados.

Ao ver-se desencarnada, Málaga não quis ser amparada pelos espíritos que auxiliam todos durante a travessia entre o mundo tangível e o espiritual. Seu ódio não lhe permitiu. Nem a raiva, revolta, asco, tudo, enfim que destruíra sua paz. Ficou a vagar desde então pelo vale das sombras, conhecido também pelo nome de umbral.

Tempos depois, Ramon e Dolores foram buscá-la para levá-la para uma colônia onde pudesse ter um tratamento devido diante do caos emocional que vivia. Ao vê-los, Málaga se inflamou:

– O que fazem aqui seus velhos ordinários?

Foi Dolores quem respondeu, amável como sempre com a moça:

– Viemos buscá-la, Málaga.

– Sumam daqui! – gritou ela, histérica. – Vão embora!

Ao mesmo tempo que gritava, se arrastava pelo chão para se distanciar dos dois.

– Málaga... – tentou Dolores mais uma vez.

– Suma! – Ela agora chorava, aflita, enquanto arranhava o chão, descontrolada. – Onde está ele? Onde está o Iago?

Ramon e Dolores se entreolharam.

– Iago, onde está ele?

Novo pranto calou-lhe a voz.

– Ele me odeia, não é? Por tudo que fiz para afastá-lo daquela cigana insuportável. Maldita! Sempre atrapalhando os meus planos. Eu a odeio! Vou sempre odiá-la.

– Málaga – insistiu Dolores sem alterar o tom.

Ramon decidiu intervir:

–Venha Málaga. Você precisa de ajuda.

– Não quero! – gritou novamente a moça. – Já disse, vão embora daqui!

– Málaga.

– Sumam!

Visto que ainda era muito cedo para ela mudar de ideia, Ramon e Dolores em espírito decidiram acatar seu pedido. Antes de partirem, porém, a cigana falou:

– Só uma coisa.

Eles se voltaram para ela.

– Rico, meu filho. Onde está ele?

Diante da ponderação de Dolores e Ramon, Málaga novamente gritou em pura histeria:

– Respondam!

Foi Dolores quem disse:

– Ele ficou com Samara e o marido. E os pais do Diego.

O olhar dela tornou-se ainda mais horrorizado e infeliz. Com ódio profundo ela novamente se fez clara:

– Até meu filho... Até o meu filho aquela cigana ordinária tirou de mim.

– Não, Málaga! As circunstâncias a fizeram ficar com o menino. A quem ela prometeu cuidar como uma mãe.

– Samara, Samara, Samara... Sempre Samara. Sempre vitoriosa.

Ela riu com asco e venenosa acrescentou:

– Mas meu filho está lá, por ter nascido de mim tem muito de mim. Há de dar um jeito nela.

– Málaga, por favor! – acudiu Dolores novamente assustada com a reação da moça.

– Só assim para eu finalmente triunfar sobre Samara. Ele há de fazer justiça por mim.

Dolores novamente tentou intervir:

– Rico não passa de uma criança...

– Pois ele crescerá e vai honrar meu nome. Vocês verão!

Visto que ela não se dobraria, Ramon e Dolores partiram, ouvindo-a gargalhar satanicamente às suas costas.

– Pra que tanta bondade, seu otários? Foram mortos sem piedade, deveriam estar revoltados, comungados com o Satanás...

Dolores novamente encarou Ramon que preferiu não dar margem à ira que Málaga tanto queria provocar nos dois.

Participaram dessa fase da história, os seguintes personagens:

Alejandro Ramirez
Maria Alice González Ramirez
Diego González Ramirez (Filho de Alejandro e Maria Alice)

Samara (Filha de Alice N. de Amburgo com Miro)
Iago (O cigano apaixonado por Samara)
Málaga (A cigana que invejava Samara e amava Iago)
Ramon (O líder da caravana cigana do qual todos faziam parte)
Dolores (A cigana prestativa)
Natasha (A cigana que criou Samara)

Florínea Jiménez (Noiva de Diego Ramirez)

Pascoal Lanzarote (O rico que não suporta a esposa)
Alcídia Lanzarote (A esposa invalida de Lanzarote)
Vermont Lanzarote (filho de Pascoal e Alcídia)
Fedora Banderas (Empregada da casa dos Lanzarote)

Ivan Ramirez (Filho de Samara com Diego)
Rico (Filho de Iago com Málaga)

E as pequenas participações de:
Edmondo Torres
Pino Pass de Leon
Luminita Cardosa
Ricardo e Lucrecia Ramirez

A Espanha permaneceu neutra durante a Segunda Guerra mundial. Ali, supostamente os judeus e ciganos ficaram livres das mãos dos nazistas. Porém, o militar, chefe de Estado e ditador espanhol Francisco Franco Bahamonde que, depois de vencer a guerra civil Espanhola tomou o poder, era aliado de Hitler, o que certamente traria, no futuro, complicações para os judeus e ciganos em terras espanholas, caso os nazistas vencessem a guerra. (Nota de esclarecimento).

Terceira Parte

Capítulo 1

Madrid, meados de 1956
11 anos depois dos últimos relatos

Ivan acenou vigorosamente pela janela do trem, gritando:
– Aqui, Rico! Estou aqui!
Ao descer do vagão, o rapaz correu até o irmão de criação, tomou-o nos braços e brincou com ele, como se fosse um filho, de quem estava morto de saudade.
Rico fitou-o de alto a baixo e exclamou, bem humorado:
– Tá bonito, sô! Bonito que só vendo!
O rosto bronzeado de Ivan estava tão bem escanhoado que a pele brilhava como madeira envernizada. Os dois tornaram a se abraçar.
– Rico, meu irmão! – exclamou Ivan, explodindo de felicidade. – Que saudade de você!
– Eu de você, nem tanto – mentiu Rico, erguendo os olhos cinicamente.
A brincadeira custou-lhe um murro no braço, o qual doeu um bocado.
– Ei – resmungou, massageando o local. E revidou à altura. Com um peteleco arrancou o chapéu do irmão e o descabelou.
Uma rajada de vento soprou o chapéu para longe e se Rico não tivesse sido rápido, teria caído nos trilhos e sido destruído pela locomotiva.
– Ufa!
– Ainda bem que você o apanhou. Custou caro, sabia?
– Esse chapeuzinho aqui?! – debochou Rico. E ao fazer menção de arremessá-lo longe novamente, Ivan tomou-o de suas mãos e o recolocou sobre sua cabeça redonda e bonita.
– E o papai e a mamãe, como estão? – perguntou a seguir. – E o vovô e a vovó?

– Todos bem, graças a Deus.

– Benza Deus.

Os dois seguiram para casa a pé, cantarolando a canção que mais gostavam de entoar juntos.

Ivan Ramirez havia se tornado um belíssimo rapaz de 18 anos de idade. Os cabelos eram cortados no estilo *razor part,* o que deixava seu rosto ainda mais masculino. Seu porte ereto e atraente vestia bem os ternos que costumava usar. Era uma cópia do pai na sua mocidade, da mesma forma que Diego fora de Alejandro.

Havia decidido cursar Direito numa das melhores Universidades de Espanha e para lá havia se mudado desde que o curso tivera início.

Rico, por sua vez, havia escolhido estudar ali mesmo, na cidade onde vivia com os pais adotivos, para não se distanciar deles, por quem tinha verdadeiro apego e adoração.

Rico também se tornara um belo rapaz. Seus olhos castanho-esverdeados eram grandes e vigilantes. A distância entre eles proporcionava-lhe uma expressão de inocência angelical. Os cabelos eram lisos e marrons como as folhas de outono. Sob o sol, pareciam brilhar como se os fios tivessem sido banhados em ouro. Era mais baixo do que Ivan, cerca de dez centímetros. A ossatura era modesta, os ombros mais contidos e as mãos pequenas em relação ao resto do corpo.

Muitos na escola o haviam apelidado de "Catatau" por influência de Ivan que o chamava assim, toda vez que se irritava com ele. Rico adorava o apelido, porque adorava o irmão de coração, por quem era capaz de tudo em nome do amor que sentia por ele.

Alejandro Ramirez costumava dizer que a bondade de Rico era tão grande que se tornava quase um defeito. Chegavam a estorvá-lo. Samara explicava então, que tamanha bondade havia sido herdada do pai. Iago fora sempre bom demais para com todos. Solícito e amoroso.

– Filho, que bom revê-lo, meu amor! – exclamou Samara, contemplando o rosto bonito de Ivan, também transformado pela alegria de rever a mãe.

Novo abraço intensificou o encontro.

– Férias! Finalmente!

– Ula, lá! – exclamou Rico no seu bom humor de sempre.

Diego, Maria Alice e Alejandro também estavam felizes pelo regresso do rapaz.

Era bom estar de volta ao seio da família Ramirez, pensou Ivan.

265

Longe dali, ele não podia se deliciar com as omeletes maravilhosas que Samara lhe preparava, tampouco com seus bolos que jamais solavam, e os biscoitos de nata, macios que só ela parecia saber fazer tão bem. A canja da avó não tinha igual, ninguém parecia conseguir temperar um guisado como ela. Os debates sobre política com Alejandro e sobre esportes com Diego também lhe faziam falta. Família era família, nada era tão bom quanto a sua.

Ivan passou o braço pelos ombros de Rico e lhe beijou a testa.

– Esse moleque aqui, por pouco não deixa meu chapéu ser esmagado pelo trem.

– Foi o vento – defendeu-se Rico no mesmo instante.

Todos riram e minutos depois estavam sentados ao redor da mesa, almoçando, felizes, por estarem novamente reunidos.

Nessa data, Alejandro Ramirez estava com 55 anos de idade, Maria Alice Ramirez com 54, Diego Ramirez com 36 e Samara com 34. Há muito também que Diego e Samara haviam adotado Rico e, por isso, ele também assinava o sobrenome Ramirez e seria herdeiro da família.

Ao cair da tarde, por sugestão de Rico, ele e Ivan foram ao parque que havia chegado à cidade. Ivan contava alegremente sobre suas experiências, morando sozinho noutra cidade enquanto Rico detalhava os planos que fizera para os dois se divertirem enquanto ele estivesse ali.

Levou quase cinco minutos até que Rico percebesse que o irmão não estava atento ao que ele dizia.

– Ivan? – chamou ele, estranhando sua reação.

– Rico, Rico, Rico... – murmurou o rapaz, olhando atentamente para uma garota lindamente vestida a poucos metros de onde os dois se encontravam. – Olha só que belezoca.

Rico rapidamente olhou na mesma direção em que Ivan concentrava seus olhos. Muitas jovens transitavam por ali. Algumas estavam paradas, comendo pipoca, cachorro-quente ou algodão doce. Para qual delas Ivan olhava, ele não podia precisar.

– De que garota exatamente você está falando, Ivan?

O sorriso bobo do irmão se ampliou:

– Daquela ali, meu irmão. Vestida de rosa.

Havia mesmo uma jovem, usando um vestido naquele tom, que volta e meia fitava Ivan, sem qualquer indício de timidez. Na opinião de Rico ela era bonita, sim, mas sem exageros. Os cabelos escuros derramavam-se sobre os ombros miúdos. A testa pequena era arredondada, as sobrancelhas eram retas. O nariz arrebitado. O queixo firme e a boca meiga como uma flor, larga e rosada. Os olhos acastanhados eram penetrantes e inteligentes, despidos de medo.

– Que garota! – murmurou Ivan, colado literalmente aos olhos dela. – Vai ser minha namorada.

A segurança com que ele falou, surpreendeu Rico.

– Como pode saber?

– Porque eu a quero e ela me quer.

– Como sabe que ela o quer?

– Ora, irmãzinho. Está escrito nos olhos dela.

– Está?! Pois eu não consigo ver nada escrito ali.

Ivan gargalhou.

– Rico, você é mesmo muito bobo! É modo de falar!

– Eu sei, bobão! Estava brincando com você. De qualquer modo, saber que ela o quer me impressiona. Acho que nunca poderia perceber isso nos olhos de uma garota.

– Porque ainda não encontrou a garota certa para você, meu caro. Quando acontecer, lerá seus olhos com a mesma facilidade que um cego lê em braile! Quer saber de uma coisa? Vou agora mesmo falar com ela. Nada de deixar para amanhã, vai que a gente não se encontre mais. Fique aí que eu já volto.

Com seu porte ereto e bonito, Ivan Ramirez se aproximou da jovem, sorrindo:

– Olá, como vai?

– Olá – respondeu ela, mirando fundo seus olhos bonitos.

– Está gostando do parque? Bacana, *né?*

– Divertido.

– Me chamo Ivan Ramirez.

– Muito prazer, Ivan. Sou Paloma Gutierrez.

– O prazer é todo meu.

Ivan pegou a mão da mocinha e a beijou. Depois, escondeu suas mãos no bolso da calça por simplesmente não saber mais o que fazer com elas. Nunca se sentira tão tímido na frente de uma garota como naquele instante. Seu espírito vivo, sua graça e beleza conquistaram a jovem de imediato.

Vinte minutos depois, Ivan voltava até o irmão, trazendo consigo

267

um sorriso de vitória pela conquista feita há pouco.

– Ivan! Por que esse sorriso bobo na cara?

– Preciso mesmo dizer, Rico? Acertei na mosca! A pequena realmente estava interessada em mim. Seu nome é Paloma Gutierrez. E vamos passar o dia de amanhã, juntos. Não é maravilhoso?

– Juntos?! Amanhã?! – surpreendeu-se Rico no mesmo instante. – Mas eu e você já tínhamos feito planos para amanhã. Combinamos de ir até o rio Manzanares, lembra?

– E iremos!

– Como se você combinou de...

– Iremos cedo para lá e à tarde me encontro com Paloma.

– Mas... Pensei que o dia seria só nosso. Há tanto tempo que não ficamos juntos.

– Haverá tempo de sobra para nos divertirmos, Rico. Não seja egoísta. E é bom já ir se acostumando a me dividir com Paloma, porque eu e ela logo estaremos namorando. Entendeu?

O rosto do rapaz escureceu e a voz com que disse "Sim!" ecoou tensa de sua garganta.

Ao chegar em casa, Ivan encontrou a mãe sentada na saleta com uma cesta de costura ao seu lado, cerzindo meias e outras peças carentes de conserto. Ao vê-lo, Samara saudou sua volta com um sorriso bonito, enquanto o rapaz se jogava no sofá, como nos velhos tempos de moleque.

– Hum! – suspirou.

Seu suspiro chamou a atenção da mãe, fazendo com que ela novamente desviasse os olhos do ovo de cerzir.

– Ivan, meu filho, por que motivo suspira assim?

– Ah, mamãe, conheci uma garota. Que garota! Paloma é seu nome e vamos namorar.

Samara largou o material de cerzir dentro da cesta e trocou de óculos. Ao ver a surpresa nos olhos da mãe, o rapazinho sorriu ainda mais abobado para ela.

– Mas vocês acabaram de se conhecer.

– Eu sei! Mas sei também que ela será minha namorada.

– O cupido flechou mesmo seu coração, Ivan – opinou Diego que naquele instante entrava na sala. – Conte-me mais sobre ela, filho.

Assim fez Ivan, enquanto o pai se acomodou numa das poltronas

268

que havia ali.

– Ainda não sei muito a respeito dela, papai, mas amanhã, durante o nosso encontro...

– Já marcaram um encontro? Isso é formidável.

– Não é? Mal vejo a hora de poder estar ao lado dela, papai.

E novamente o rapaz suspirou de alegria e entusiasmo.

No dia seguinte, após o almoço, Paloma Gutierrez se preparava para seu primeiro encontro com Ivan Ramirez. Foi difícil decidir qual roupa usar, especialmente numa ocasião tão especial como aquela. Acabou optando por uma saia florida e uma blusa de manga sanfonada, branca, com bordados de rosas. Uma rápida conferida no espelho e Paloma se achou perfeita para o encontro. Sorriu para si mesma e para a vida, com entusiasmo redobrado.

A princípio, Ivan e Paloma ficaram sentados em silêncio, olhando um ao outro nos olhos, tentando ler os pensamentos que afloravam na mente de cada um. Nele, surgiu então a vontade de tocar a mão dela e assim ele fez, intensificando o formigamento no peito dos dois, o que significa o princípio de uma grande paixão. Depois de admirar seus lábios tão lindos, clamando pelos seus, ele a beijou e disse, apaixonadamente:

– Namora comigo? É tudo o que mais quero.

– Jura?! – ela estava boba com sua determinação e rapidez.

– Juro.

Ao vê-lo sorrir, lindamente, o peito dela ferveu como se chamas houvessem surgido ali.

– Namoro – respondeu, enfim.

E novamente ele a beijou, intenso e verdadeiro. A seguir, ele foi se apresentar aos pais da moça e pedir consentimento de ambos para namorar a filha do casal. Logicamente que precisou responder a algumas perguntas feitas pelo Senhor Gutierrez, para saber qual era sua procedência, seus planos para o futuro, etc. Com seu carisma nato, Ivan conquistou o casal Gutierrez e recebeu a permissão tão desejada para namorar Paloma, a maior das vitórias para ele nos últimos tempos.

Capítulo 2

Os encontros de Ivan com Paloma foram deixando Rico cada vez mais inquieto e enciumado. Veladamente ele lutava para não deixar transparecer seus sentimentos em erupção, porém, não sendo de ferro, acabou abandonando sua cautela e revelando ao irmão sua indignação perante o fato:

– Ivan, você não tem mais tempo para mim! Depois que conheceu essa garota, você sequer me olha nos olhos.

– Não exagere, Rico!

– Não tem exagero algum, Ivan. Você sabe disso.

– Preciso firmar o namoro, só isso. Depois, teremos tempo de sobra para nos divertirmos.

– Promete?

– Prometo. Agora deixe-me ir, hoje almoço com a família da Paloma. Vou ser apresentado a todos.

– Tão cedo?!

Ivan nada respondeu, fez apenas uma careta, apanhou o chapéu e partiu.

Cada dia mais, Paloma gostava de ficar na presença do namorado, observando seu rosto masculino, lindo, enquanto ele lhe contava passagens de sua vida e compartilhava com ela suas opiniões sobre uma sociedade mais justa e civilizada. A cada encontro, os dois se isolavam cada vez mais em si mesmos. Mesmo longe um do outro, tanto ele quanto ela já não prestavam mais atenção ao que se passava ao redor. Ele estudava pensando nela, e com ela em seu pensamento também fazia as refeições e suas demais obrigações. Até nos sonhos ela estava presente. Paloma, por sua vez, vestia-se pensando em agradá-lo, em ficar bonita para ele. Penteava e se maquiava, querendo transformar seu rosto num de princesa.

Cansado de ficar em casa sem se interessar por nada, Rico decidiu seguir o irmão. Queria vê-lo ao lado de Paloma, observar seu comportamento quando junto dela, compreender, quem sabe, o que tanto o fascinava na moça.

Naquele dia, Ivan e Paloma ficaram namorando na varanda da casa da família Gutierrez, sentados no balanço de madeira que havia no local. Do outro lado da rua, por trás de um tronco de árvore, Rico observava o casal. Podia divisar os olhos bonitos de Ivan voltados para a jovem. Nada mais parecia existir no mundo senão ela. Misteriosamente, Paloma Gutierrez conseguira ofuscar tudo que havia em torno dele e Rico gostaria muito de saber como ela fizera aquilo.

Devastado pela tristeza que sentia, ao ser trocado pelo irmão, por aquela garota que ele mal conhecia, Rico voltou para casa. Entrou cabisbaixo, silencioso, e seguiu direto para o seu quarto.

A decepção com Ivan devastava-lhe o coração. O irmão não era mais o mesmo que ele tanto adorava. Tornara-se, de repente, outra pessoa e tudo por causa de Paloma.

Oh, Deus, não deixe que o Ivan se esqueça de mim por causa dela. Não quero me sentir sozinho. Não quero vê-lo distante de mim, mais do que já está por estudar fora. Santo Deus, faça alguma coisa, por favor. Eu lhe imploro! Darei qualquer coisa no mundo para que Ivan volte a ser quem sempre foi.

Lágrimas quentes e vagarosas escorriam por sua face angelical. Os músculos estavam tensos e ele fez grande esforço para evitar qualquer som de choro. Temia ser ouvido por algum membro da família e se confrontado a respeito, não saber o que responder. Então, após breve toque na porta, Samara entrou no quarto.

– Rico!? – exclamou ela, surpresa por vê-lo ali. – Não sabia que estava aqui. Desculpe!

O adolescente rapidamente escondeu o rosto, para que ela não visse suas lágrimas.

– O que foi? – perguntou Samara, estranhando sua reação. – Você estava chorando?

Ele rapidamente reagiu, encontrando uma mentira para encobrir sua verdade:

– Meus olhos estão ardendo, sabe?

– Pode ser resfriado. Está tendo calafrios?

Samara tocou sua testa, descobrindo que ele estava todo arrepiado.

– Febre não tem. Melhor assim.

Ele procurou sorrir e ela, então, guardou a roupa passada que havia levado para lá, no seu devido lugar do guarda-roupa.

– Se precisar de alguma coisa me fale – completou Samara antes de deixar o cômodo.

O jovem fez que sim com a cabeça, forçando um novo sorriso para ela.

Ao encontrar Maria Alice, Samara comentou:

– O Rico... Acabei de encontrá-lo no quarto. Acho que estava chorando e ficou sem graça quando percebi.

– Chorando?! Por que será?

– Não sei. Disse-me que estava com os olhos ardendo e por isso lacrimejavam. Não acreditei nele, não!

– Vou conversar com ele. Talvez esteja precisando de um ombro amigo para desabafar.

Minutos depois, Maria Alice batia à porta do quarto do rapaz.

– Rico? Posso entrar?

– Olá, vovó. Pode sim.

– Está tudo bem?

– Hum-hum.

– Mesmo? Você me parece entristecido. Algum problema?

– Não. Nada não.

– Não senti firmeza.

Ele riu. Ela também. Mas logo o rosto dele voltou a ficar sério e esquisito. Disse:

– Estava pensando nos meus pais... Digo, nos meus pais verdadeiros. Eu nunca entendi por que eles foram apanhados pelos nazistas se vocês os protegeram.

– Ah, meu querido... – Maria Alice achou melhor manter essa parte da história encoberta, para que o rapaz não se chocasse com o que sua mãe biológica fora capaz de fazer por ciúmes e inveja. – Os nazistas eram terríveis, Rico. Capazes de encontrar uma agulha num palheiro. Foi assim que localizaram seus pais e... O resto você já sabe.

É melhor não repetir. É triste demais. O importante é que você não foi pego pelos nazistas, sobreviveu e está aqui conosco nos dando sempre muita alegria. Amamos você, Rico. Disso nunca fizemos segredo.

Sentindo-se tocado na alma, o rapazinho abraçou Maria Alice que retribuiu calorosamente o afeto. Ela verdadeiramente tinha o garoto como se fosse seu neto, tal qual era Ivan.

Ao encontrar Alejandro, Maria Alice contou a ele o que conversara com o adolescente.

– Rico nunca havia perguntado isso a ninguém desta casa – comentou Alejandro, pensativo.

– Achei melhor continuar encobrindo a verdade para não fazê-lo sofrer. Para que continue pensando que a mãe biológica fora uma pessoa maravilhosa, humana e amorosa.

– Pergunto-me, como ele reagiria se soubesse que foi ela, a própria mãe, quem condenou a si mesma e ao marido àquela desgraça. E tudo pelos ciúmes, raiva e inveja que sentia de Samara.

– Nunca vi uma mulher tão ardilosa e má como Málaga. Nem minha madrasta e suas filhas foram tão más comigo.

– Você fez bem em não ter lhe contado nada. Deixe-o pensando que Málaga era um doce de mulher e ponto final. Nestes casos, a ignorância é uma bênção.

Nem Alejandro nem Maria Alice Ramirez sabiam que naquele instante, Rico estava parado junto à porta do quarto do casal, ouvindo tudo o que diziam. Passava pelo corredor quando os ouviu conversando e, por algum motivo, sentiu necessidade de saber o que diziam. E agora ele sabia de toda verdade.

Ao encontrar o irmão naquela noite, Ivan percebeu de imediato que algo de muito grave havia acontecido ao jovem.

– O que foi, Rico? Que cara é essa?

Com muita dificuldade, Rico relatou tudo o que descobrira naquele fim de tarde. Ivan sentou-se ao seu lado na cama, e batendo carinhosamente a palma da mão sobre sua coxa, disse:

– Tudo o que você ouviu é a mais pura verdade.

– Você sabia?! – surpreendeu-se Rico. – Sabia e nunca me contou nada?

– Para não o ferir.

– Poxa, Ivan, nós sempre compartilhamos tudo.

– Nesse caso era diferente. Uma história muito triste. E há detalhes que você desconhece. Como, por exemplo, o fato de que Málaga procurou os nazistas para dizer que Samara era uma cigana só para poder livrar-se dela. Chegou até a forjar uma mala com vestidos e penduricalhos ciganos para comprovar que Samara era mesmo cigana. Málaga queria afastar Samara de seu pai que sempre a amou. Só que Samara, por ter se casado, tinha documentos, Málaga e Iago, não. Para defender Samara, Iago acabou revelando ao nazistas a origem do casal e, com isso, foram aprisionados pelos nazistas e levados para os campos de concentração.

– Como Málaga pode ter feito isso com quem tanto lhe estendeu a mão?

– Pelo que sei, ela tinha um ciúme doentio do seu pai. Foi o ciúme que estragou tudo. Se ela não tivesse feito nada disso, estaria viva, aqui, morando conosco.

– É... Não é à toa que dizem: quem planta o mal, do mal colherá!

– Agora esqueça isso, Rico. Tudo pertence ao passado. Pense só no presente.

– Então foi por culpa de Málaga que meu verdadeiro pai morreu.

– Foi, sim. Dizem que ele era um cigano maravilhoso. De bom coração. Você puxou a ele, Rico. Ao seu pai!

– Será mesmo?

– É óbvio que sim! Em você há só bondade, qualquer um pode ver.

– O que me importa mesmo, Ivan. É que você goste de mim. Que me ache de bom coração.

– Acho sim! E repito: você puxou ao seu pai! Não o conheci, mas sei que são iguais.

E Ivan descabelou Rico para diverti-lo, fazê-lo rir, perder aquele semblante tenso e tristonho.

Naquela mesma noite, Rico procurou Samara para conversar a respeito do que descobriu.

– Ao saber do que Málaga foi capaz de fazer contra a senhora, que amorosamente acolheu a ela, Iago e a mim nesta casa, a senhora deve ter se sentido traída, não foi? A senhora deve ter odiado Málaga, não é mesmo?

– Não, Rico. Sinceramente, não.

– Mas ela quis vê-la morta.

– Eu sempre tive pena de Málaga. Havia nela algo que não lhe permitia ter paz. Algo que nem ela ao certo sabia o que era. Por outro lado, Iago realmente me amava e creio que para ela foi sempre muito difícil aceitar o fato, porque ela amava Iago loucamente.

– Se Iago amava a senhora, por que vocês não se casaram? Por que ele então se casou com Málaga?

– Porque me apaixonei por Diego e ele por mim. Ao ver Iago decepcionado com o fato, Málaga o seduziu. Mas penso, com sinceridade, que nenhuma outra mulher poderia devotar-lhe um amor tão intenso quanto ela devotou a ele.

– Ainda que esse amor tenha destruído suas vidas?

– Ainda assim.

Breve pausa e Samara falou, de coração:

– Eu não guardo ressentimentos dela, Rico. Não mesmo! Tanto que você é filho dela e eu o tenho como meu próprio filho. Em você corre tanto o sangue de Iago quanto de Málaga. Em você está um pouco de sua mãe e de seu pai. Meio a meio.

– Ivan me disse que eu puxei ao meu pai. Pelo pouco que soube dele, acredita que eu seja igual a ele que tinha bom coração.

– Sim, é verdade. Iago era puro coração.

– Eu me lembro vagamente deles.

– É que você era muito criança quando eles se foram.

O rapazinho refletiu por segundos e quando voltou a falar foi com muita sinceridade:

– Eu gostaria de pedir desculpas à senhora pelo que Málaga lhe fez.

– Oh, meu querido, não precisa.

– Acho que é meu dever. Meu pai gostaria que eu fizesse.

– Como lhe disse há pouco: não guardo ressentimentos dela. De qualquer modo, eu aceito o seu pedido de desculpas.

Ela abraçou calorosamente o garoto e o beijou.

– O importante é que você está aqui, Rico. É meu filho querido. Eu o amo! Seu pai e seus avós o amam tanto quanto. Saiba também que todos já cometeram erros na vida. Não foi somente Málaga quem

275

os cometeu. Eu já cometi, Diego já cometeu, Alejandro e Maria Alice, também. Minha verdadeira mãe também foi muito má, por ciúmes matou meu pai quem ela tanto amava. Num momento de total desatino.

– É sério? Disso eu não sabia.

– Pois é. Coisas tristes a gente procura esquecer. Mas é verdade, minha mãe, que também se chamava Alice, cometeu essa falta grave e acabou pagando muito caro por isso. Não adianta, nessa vida todos colhem o que semeiam. Se você semear o bem, colherá o bem, se semear o mal...

A frase fez Rico se arrepiar e novamente segurar a mão de Samara, como um gesto de proteção.

Capítulo 3

Na próxima vinda de Ivan para casa, Rico fez questão, mais uma vez, de ir buscá-lo na estação. Ao ver a locomotiva se aproximando, veloz, o rapaz sorriu de alegria por saber que em questão de segundos, Ivan estaria novamente ao seu lado.

Do trem desceu uma multidão com as mãos ocupadas com caixas, embrulhos, maletas e vestimentas. Ivan então surgiu à porta do vagão que ocupara para chegar ali. Ao avistá-lo, Rico teve a impressão de que o irmão havia se tornado maior do que antes, mais bonito e mais homem.

Ivan então correu na sua direção, mas passou por ele como se ele tivesse se tornado invisível aos seus olhos.

A menos de três metros de distância, parou, largou a mala no chão, tirou o chapéu e sorriu para Paloma que também havia ido à estação recebê-lo. Explodindo num sorriso de alegria e satisfação por rever a namorada, Ivan levantou a jovem do chão num abraço apertado.

Rico olhava estupefato para o casal, recusando-se a crer que a cena fosse real. Mas era, o que para ele era lamentável. Um tremor percorreu-lhe o corpo todo ao sentir sua saliva amargar, como se tivesse virado serragem.

Tanto Ivan quanto Paloma tentaram colocar em palavras o que sentiram na ausência um do outro, mas os beijos e abraços acabaram dizendo por si só.

– Ah, como é bom sentir você novamente em meus braços – murmurou Ivan, olhando apaixonadamente para ela.

– Ah, meu amor... – respondeu a jovem com voz comovida. – Estava morta de saudades.

Acariciando-lhe os cabelos, mirando fundo seus olhos, ele resumiu tudo numa frase única e singular:

– Eu amo você, Paloma. Amo!

Os olhos dela tornaram-se lágrimas e depois de um novo beijo, entrelaçados, Paloma avisou Ivan que Rico estava ali. Se não tivesse dito nada, ele não o teria notado.

– Rico, meu irmão! – exclamou Ivan, voltando-se na sua direção.

A seguir, agarrou-lhe firme pelos braços e o ergueu como costumava fazer desde que eram crianças. Seu gesto foi o suficiente para fazer com que Rico relaxasse e voltasse a sorrir, feliz, novamente, por estar ao lado do irmão adorado.

Pelo caminho, Ivan seguiu de mãos dadas com Paloma, dando preferência a ela para falar e ouvi-la. Rico seguiu à sombra dos dois, atento a tudo que o irmão dizia, deliciando-se, como sempre, com seu tom de voz único que tanto caía bem aos seus ouvidos.

Ivan deixou Paloma na varanda da casa em que ela vivia com os pais, com um beijo suave nos lábios, prometendo voltar o quanto antes.

– Como ela sabia? – perguntou Rico ao irmão, assim que tomaram o rumo da casa dos Ramirez.

– Sabia, o quê? – estranhou Ivan, ainda aéreo por ter revisto a amada.

– Que você chegaria hoje e a essa hora?

– Por carta. Escrevi-lhe contando.

– Vocês têm trocado cartas?

– Sim! Pelo menos uma por semana.

– Ah! Entendi.

A volta de Ivan para casa era sempre uma alegria para todos. Durante o almoço, entre uma garfada e outra, o assunto sempre corria solto e alegre. Naquele dia em especial, Rico mal podia ver a hora de entregar o relógio que comprara de presente para o irmão, porque sabia que ele o queria muito. Por isso, economizara arduamente para juntar a quantia necessária para comprá-lo.

Então, para surpresa de todos à mesa, Ivan anunciou sua partida.

– Aonde vai, mocinho? – atalhou Alejandro em tom de reprimenda.

– À casa de Paloma, vovô. Estou morto de saudades dela.

– Mas – balbuciou Rico, chamando a atenção de todos à mesa

para ele.

Diante dos olhos interrogativos da família, ele se avermelhou, afundando dentro de si, muito sem graça.

– Mas?... – inquiriu Diego olhando divertidamente para o rapaz.

– Eu ia dizer que Ivan e a namorada já se viram hoje. Ela foi buscá-lo na estação, assim como eu. Por isso, pensei, que já teriam matado a saudade.

Todos riram escancaradamente, enquanto Rico se sentia ainda mais envergonhado.

– Só mesmo quando você se apaixonar por uma garota, Rico – falou Alejandro bem humorado. – Você vai compreender o que é mesmo sentir saudade da namorada.

O garoto novamente se afundou dentro de si e assim que pôde, deixou o ambiente e foi para o seu quarto refazer os planos que tinha para com Ivan para aquele fim de semana. Naquele dia, Ivan gastaria mais tempo com Paloma do que com ele, mas depois de receber o presente que ele havia lhe comprado, os dias decorrentes seriam só seus.

A excitação com tudo aquilo fez com que Rico se levantasse muito cedo no dia seguinte. Para não acordar a família, saiu da casa, evitando fazer qualquer ruído. A rua estava deserta àquela hora, havia somente uns cães vira-latas ziguezagueando de um lado para o outro, farejando comida e marcando território.

– Rico?! – espantou-se Maria Alice ao descobrir que o adolescente havia madrugado e saído. – Por onde esteve?

O jovem, com os olhos ainda brilhando de ansiedade, respondeu:

– Perdi o sono, vovó. Então fui dar uma volta. Mal vejo a hora de o Ivan se levantar para nos divertirmos por aí.

– Ele lhe faz muita falta, não é mesmo? Faz falta para todos nós.

Pelas nove da manhã, Ivan tomava seu café da manhã com a família. Rico então voltou ao seu quarto, pegou o presente e se preparou para lhe fazer a grande surpresa. Ao voltar à copa, estranhou a ausência do rapaz. Perecendo seu espanto, Alejandro explicou:

– Se procura o Ivan, esqueça! Ele já foi.

– Foi?! Para onde?

– Preciso mesmo dizer? Saiu tão apressado que mais parecia atrasado para o seu próprio casamento.

Todos ali riram da observação, exceto Rico que voltou para seu quarto, fulo da vida e se jogou na cama, cobrindo a cabeça com o travesseiro.

Sem qualquer esforço, Paloma havia mais uma vez roubado o dia que ele planejara passar com o irmão. O novo dia acabaria sendo dela novamente e isso o fazia subir pelas paredes, tamanho ódio. Paloma, era sempre ela a estragar seus planos. Paloma, Paloma, Paloma... E ele ficou repetir seu nome como se pudesse destruí-la dessa forma.

Seus olhos então avistaram o presente sobre a escrivaninha, o qual ele tinha comparado com tanto sacrifício para Ivan. Naquele instante, Rico sentiu vontade de pisoteá-lo até estilhaçá-lo. Foi então que uma voz mental interveio, dizendo com serenidade: "Dê-lhe o presente mesmo assim! O presente vai trazê-lo de volta pra você, seu bobo!".

Uma pausa e ele sussurrou para si, com voz rouca:

– É isso mesmo! Ao saber do quer fui capaz de comprar para ele, Ivan perceberá que sou mais importante do que Paloma na sua vida.

Já era final de tarde, dezessete horas e nove minutos, precisamente, quando Ivan regressou para a casa da família. Foi o momento oportuno para Rico realizar seu intento:

– Ei. Isso é seu – disse firme e amorosamente.

– Para mim?! – surpreendeu-se Ivan, apanhando o embrulho de suas mãos.

Ao abrir, o jovem realmente se surpreendeu com o que havia ali.

– Rico! – exclamou, abobado. – Isso deve ter lhe custado uma fortuna. Por que gastar suas economias comigo? Eu não mereço.

O rapaz abraçou o outro, externando todo seu agradecimento. Pondo o relógio no braço, voltou-se para ele e perguntou:

– Que tal?

– Ficou perfeito!

Ivan se dirigiu até o espelho e se admirou.

– Sim, perfeito! – Sorriu. – Paloma vai adorar, mal vejo a hora de mostrar para ela.

Voltando até o irmão, dando-lhe um tapinha na bochecha, o rapaz intensificou seu agradecimento:

– Obrigado mesmo pelo presente. Amei!

Sem mais, dirigiu-se para o banheiro, acelerado.

– Desculpe a pressa. É que combinei de levar Paloma ao cinema esta noite. Vamos ver "O Rei e Eu". Dizem que é muito bom. É um musical.

Rico permaneceu ali, estático, sentindo seus pulmões se comprimirem e as palmas das mãos umedecerem de decepção e ódio. Somente quando avistou seu reflexo no espelho é que se deu conta de que lágrimas riscavam-lhe a face, dominada pela revolta.

Por que Paloma o atraía tanto? Não era a mais bonita de sua geração. Nem sequer era bonita. Mas algo nela enfeitiçava Ivan. Fazia com que ele só tivesse olhos para ela. Olhos, mente e coração. Ela o dominava, sim, completamente. E ele adorava ser submisso a ela. Como um escravo, um parasita, um dependente químico.

Por estar na saleta, trabalhando num caso, Diego Ramirez pôde ouvir o que se passara entre Rico e Ivan há pouco. Por isso, decidiu ter uma palavra com o jovem.

– Rico, meu filho, sempre fomos amigos e confidentes, não é mesmo? Por isso, tomo a liberdade de lhe falar. Não é dando presentes para o Ivan que você o fará dedicar todo o seu tempo livre para você. Não precisa comprar sua atenção com presentes, ele já o ama. É o irmão que ele sonhou ter e a vida acabou lhe dando diante das circunstâncias.

– O problema é ela, papai. Paloma! Antes de ela entrar na vida dele, éramos somente eu e o Ivan. Somente eu e ele e tudo mais bastava. Então ela veio e, sem pedir licença, intrometeu-se nas nossas vidas, quis a atenção dele só para ela.

– Ele permitiu a cntrada dcla na vida dele, Rico. Porque ela é jovem, linda, carismática. Não é de se espantar que Ivan tenha caído de amores por Paloma. Com razão, sendo ele um homem e ela uma mulher.

– Ivan é ainda muito garoto para amar uma mulher. Eu também sou muito garoto para amar uma.

– Não mais, Rico. Vocês já estão na idade de se apaixonarem pelas garotas. É normal que isso aconteça. Você só me entenderá, realmente, quando se apaixonar por uma. Aí, sim, vai compreender perfeitamente por que Ivan vem preferindo a companhia de Paloma à sua.

Rico duvidou que aquilo realmente pudesse acontecer, pelo menos, com ele. .

– É importante que saiba – salientou Diego amavelmente. – Que Ivan não deixou de amá-lo por isso.

– Deixou, sim! Se ainda gostasse de mim como antes, passaria mais tempo comigo, não com ela.

– As pessoas mudam ao longo da vida, Rico. É natural que isso aconteça. Tanto pessoas como a própria vida são feitas de mudanças. Não é fácil nos acostumarmos a essas mudanças, mas é preciso, para não sofrermos.

As palavras do pai deixaram Rico ainda mais contrariado. Para suavizar o clima, Diego adotou um tom mais leve para perguntar:

– Agora diga-me, com franqueza. Você já deve ter uma garota, pelo menos uma, por quem anda interessado, não? Vamos lá, confesse pra mim!

Visivelmente corado, o adolescente respondeu:

– Há muitas bonitas, sim, mas não acho que se interessem por mim, papai. Não sou tão bonito quanto o Ivan, o senhor sabe. Ivan é alto, imponente, fala bonito... Eu sou baixinho, franzino.

– Rico, você é tão bonitão quanto o Ivan. Apenas mais baixo do que ele, só isso. Neste mundo há gosto para todos. Fique atento e logo descobrirá uma ou mais garotas interessadas por você. Depois me conte!

Mas a única garota que Rico conseguia manter em sua mente era Paloma Gutierrez, mais pelo ódio que sentia dela do que propriamente por ser mulher.

Capítulo 4

O filme foi surpreendentemente divertido. Tanto Ivan quanto Paloma adoraram. Então, ao deixar a jovem na sua casa, o rapaz sentou-se com ela no balanço de madeira que havia na varanda, o lugar preferido dos dois para namorarem e se fez sincero mais uma vez com ela:

– Paloma, desde que a conheci, você vem se tornando muito importante na minha vida.

As palavras dele maravilharam a jovem, tanto que seus lábios tremeram de emoção.

– A distância entre nós me mata! Mal vejo a hora de me casar com você, para que nada mais nos distancie.

– Poxa, Ivan. Suas palavras me emocionam. É difícil também para mim ficar longe de você. E a ideia de nos casarmos é maravilhosa.

Ela ia dizer mais alguma coisa, mas ele a silenciou, beijando-lhe os lábios intensamente. Nada mais foi dito porque simplesmente não era mais necessário. Os sentimentos falavam por si.

Visto que a jovem se revelava, a cada encontro dos dois, alma nobre e dedicada, não havia por que não desejá-la como sua mulher.

Apesar de Diego ter lhe dado bons conselhos, Rico não conseguiu aquietar sua mente. A crescente perturbação levou-o para a rua naquela noite, em busca de algo que pudesse fazê-lo se esquecer de tudo aquilo que tanto o aborrecia em torno de Paloma e Ivan.

Pelo caminho, a pergunta que Diego lhe fez, voltou a se propagar em sua mente: "Agora me diga, com franqueza. Você já deve ter uma garota, pelo menos uma, por quem anda interessado, não? Vamos lá, confesse para mim!... Rico, você é tão bonito quanto o Ivan. Apenas mais baixo do que ele. Só isso! Nesse mundo há gosto para todos. Fique atento e logo descobrirá uma ou mais garotas interessadas em você.

Depois me conte".

– É isso! – exclamou o rapaz com certa euforia. – Preciso de uma garota. Uma garota que se interesse por mim. Como Paloma se interessa pelo Ivan.

Mais uns passos e Rico avistou uma prostituta que mexeu com ele.

– E aí, gracinha? Perdido na noite? Quer companhia? Venha!

Ele nunca estivera ali, tampouco com uma cortesã. Na verdade, nunca estivera com mulher alguma e a ideia, de repente, pareceu-lhe tentadora. Assim sendo, Rico entrou no bordel, olhando com interesse e descaso, ao mesmo tempo, para cada canto do lugar.

– Belezinha, é melhor você beber uma dose. Ajuda a descontrair, ainda mais quando é a primeira vez.

Como ela poderia saber que ele nunca fizera sexo com uma mulher? Irritou-se Rico, sem saber ao certo por que.

Como previu a cortesã, a bebida arrefeceu o nervosismo do rapaz e, assim, ela o levou para um dos quartos onde o despiu e se preparou para garantir mais um trocado na noite. Rico a deixou fazer tudo com ele, sem deixar transparecer o descaso e o nojo que sentia dela por fazer aquilo. De qualquer modo, ele queria ir até o fim para poder saber como era e, também, para provar a si que era capaz, como se isso fosse realmente necessário. Infelizmente, não teve êxito e isso o aborreceu tremendamente.

– Não fica chateado, não. Acontece! – O tom da mulher era tão sarcástico quanto seu olhar para ele. Foi isso o que mais incomodou Rico e o fez se vestir rapidamente e querer partir dali apressado.

– Ei, o meu dinheiro! Não é porque você brochou que eu não mereço receber.

A mulher conseguiu novamente provocar sua ira, tão forte que Rico podia sentir cada nervo seu, se envenenando de ódio. Rapidamente ele sacou a carteira, tirou uma nota e jogou para ela. Sem mais, partiu, apressado, querendo se ver longe dali o quanto antes.

A decepção há pouco fora tanta, que a embriaguez havia desaparecido. Ele deixara o lugar tão sóbrio quanto ali entrara. Pensou que ia chorar de raiva e ódio, mas isso não aconteceu. Tentou deixar que o choro começasse, mas as lágrimas não conseguiram passar pelo ferro em brasa que era sua cabeça.

Só mesmo depois de algum tempo, é que sua respiração se normalizou e foi mais porque ele se pôs a pensar numa forma de separar Paloma de Ivan, do que propriamente por calmaria. Um lado seu tentou reprimir o ideal, mas o outro, maléfico, foi mais forte. Ele haveria de separar os dois de algum modo, a qualquer custo.

Rico estava tão atordoado que demorou a perceber que Ivan estava parado em frente a casa, sob a luz do luar intenso da noite, aguardando pela sua chegada. Assim que voltara para casa, Diego conversara com ele, pedindo-lhe para dar mais atenção ao irmão.

Ao vê-lo, Rico diminuiu o passo, surpreso por encontrar Ivan ali, àquela hora.

— Estava aguardando por você – disse Ivan, sorrindo respectivamente para ele

— Por mim?!

— Acho que precisamos conversar. Não tenho sido justo com você. Ando distante, pensando só em Paloma. Quero que saiba que amei o presente que você me deu.

Os lábios de Rico tremeram ao perguntar:

— Mesmo?

— Sim. Você comprou exatamente o relógio que eu compraria na relojoaria. Acertou em cheio!

— Fico feliz. Imensamente feliz que tenha gostado.

— Eu adorei.

Breve pausa e Rico se empolgou:

— Amanhã! Amanhã podemos jogar bola, caçar, que tal?

— Uma ótima ideia! Vamos acordar cedo para aproveitar bem o dia.

Assim fizeram e Rico era só felicidade. A mesma que sempre o acompanhou desde que era um menino. Ele e Ivan pescaram, nadaram, tomaram banho de sol, riram e contaram piadas, eram novamente o que sempre foram desde a infância. Diante de Ivan, usando somente shorts, Rico teve novamente a impressão de que ele estava mais alto, mais bonito e mais homem.

Ao meio-dia, os dois voltaram para casa para almoçar, e quando Rico pensou que também desfrutaria da tarde na companhia do irmão, descobriu, a duras penas, que Ivan já fizera planos com Paloma.

— Um pouquinho para cada um – explicou Ivan diante do assombro na face do rapaz. – A manhã foi sua, a tarde será dela. Assim, contento os dois. Combinado?

Rico fez que sim com a cabeça, tentando parecer normal.

– Deixe-me ir, senão chegarei atrasado! – Ivan deu um beijo nos pais e nos avós e partiu.

Naquele instante, Rico se perguntou, mais uma vez, até que ponto continuaria suportando aquilo. Seus olhos, bem separados, brilharam novamente tomados de ciúme.

Capítulo 5

Desde que Ivan voltara para a Universidade, Rico, nas suas horas livres, vigiava a casa de Paloma na esperança de pegar algum deslize seu que pudesse fazer com que Ivan se decepcionasse com ela. Tinha de haver uma falha por parte dela para que Ivan não mais se sentisse submisso aos seus encantos.

Certo dia, uma chuva forte pegou Rico desprevenido e quando ele se distraiu, perguntando-se onde poderia se abrigar, Paloma o viu e chamou por ele:

– Abrigue-se aqui!

– Não, obrigado! – respondeu ele muito sem graça.

– Venha! Uma chuva dessa pode deixá-lo doente.

Querendo e ao mesmo tempo não, o jovem acabou aceitando o convite. Paloma mal sabia que Rico estava a vigiar sua casa, sua vida, em busca de algum deslize seu que pudesse decepcionar Ivan e, com isso, afastá-lo dela.

Rico e Paloma ficaram parados, lado a lado, na pequena varanda, olhando a chuva que ainda gotejava dos frondosos carvalhos. Quando as trovoadas soaram longe, a chuva já havia se tornado miúda, sinal de que não duraria por muito mais tempo.

Quando Rico achou que já transcorrera tempo suficiente, não fez qualquer rodeio. Sentou diretamente na frente de Paloma para atrair-lhe a atenção e indagou:

– Você realmente o ama?

– Ivan?! Sim! É claro que sim! – Paloma achou graça da pergunta.

– Porque Ivan realmente a ama – inteirou ele com a mesma seriedade.

– E ele está certo em me amar, porque o amor que sinto por ele é recíproco.

A certeza com que ela afirmou aquilo fez Rico perder qualquer suavidade facial.

– Ei, o que foi? – perguntou ela, notando sua transformação.

Ele, olhando muito timidamente para ela, respondeu:

– Acho bonito você e o Ivan se amarem assim. Não tenho ninguém que goste de mim como você gosta dele.

– Bobagem! Com certeza deve ter muitas garotas interessadas em você.

Ela usava o tom que os adultos costumam usar com as crianças.

– Não mesmo! E eu entendo por que. O Ivan é mais alto, mais bonito e mais simpático do que eu, por isso é mais amado. Sempre foi! Há algo nele que todos gostam e apreciam. Muitas vezes procurei o mesmo em mim e não encontrei. Olho-me no espelho e tudo o que vejo é um garoto apático.

– Eu, pelo menos, gosto de você, Rico.

– Mesmo?!

– Gosto. Gosto, sim!

– Não tanto quanto gosta do Ivan, não é mesmo?

– Bem, é que por ele estou apaixonada. Entende? Quando você se apaixonar...

– Acho que isso nunca vai acontecer comigo.

– Nunca diga nunca! De uma coisa você pode ter certeza! Ivan ama você. Você é e sempre será o irmão querido dele.

– Por um tempo, essa era a única certeza que eu tinha na vida. Que ninguém me amava mais do que o Ivan. E eu era feliz por isso.

– Pudera.

– Hoje, não sei por que, sinto-me péssimo diante do fato. Porque não acho que ele me ama como pensei que me amasse e se não me ama, não tenho mesmo, o amor de ninguém.

– Bobagem!

– Não é não! Falo sério!

– Que nada! Seus pais e seus avós o amam tremendamente. Esqueceu-se deles, por acaso?

Breve pausa e ele falou, num tom que não lhe era nada peculiar:

– Você sabe, não sabe? Que eles não são meus pais verdadeiros, nem meus avós. O Ivan não é meu irmão de sangue.

– Não, eu não sabia.

– Pois é. Os pais do Ivan me criaram. Meus verdadeiros pais eram ciganos e foram mortos pelos nazistas.

– Que horror! Eu sinto muito.

Ela tocou sua mão, carinhosamente, procurando-lhe transmitir algum conforto.

– Você e o Ivan podem não ser irmãos de sangue, ainda assim, ele o ama como se fosse, não acha?

– Antes eu pensava assim, ultimamente...

– Rico, meu querido, hoje você realmente não está bem. Deveria falar com alguém, um adulto, ou um padre que pudesse ajudá-lo a se ver livre dessas minhocas na cabeça.

– Talvez você tenha razão.

– Então procure alguém para desabafar. Faça isso, por favor.

– Está bem.

Rico olhava agora para Paloma com outros olhos. Nunca encarara a jovem tão diretamente nos olhos, tampouco ela fizera em relação a ele. Ao contrário dela, que o olhava com carinho, ele a olhava com repulsa. Não podia negar que ela era bonita. Os olhos castanhos, penetrantes e inteligentes, sobre sobrancelhas retas e sutis, o nariz arrebitado, a boca meiga como uma flor, larga e rosada e o queixo firme... Só então ele compreendia por que o irmão havia se interessado por ela. Mesmo assim, ele ainda a odiava e sentiu sua garganta se apertar de vontade de dizer a ela o que ia fundo em seu coração. "Eu não gosto de você. Quero vê-la longe do Ivan. Ele é meu! Tudo era perfeito entre nós dois até você aparecer. Sua sonsa, chata, feiosa...".

Sim, ele odiava Paloma Gutierrez. E no seu reino particular de ódio, desejava vê-la longe do Ivan o quanto antes. Recordou-se então do que havia descoberto sobre Málaga. Por ciúmes ela entregara Samara aos nazistas, mesmo depois de Samara tê-la acolhido em sua casa, para protegê-los dos alemães.

Málaga fora má com Samara, de uma perversidade sem igual. Todavia, pagou caro pelo que fez. O tiro saíra pela culatra. O feitiço virara contra o feiticeiro. No entanto, ela fizera tudo aquilo pelo amor tremendo que sentia por Iago. Por ser perdidamente apaixonada por ele.

Talvez, ele, Rico, se estivesse no seu lugar, na sua pele, teria feito o mesmo. E novamente ele se viu arquitetando um plano sórdido para afastar Paloma de Ivan Ramirez.

Preocupada com Rico, Paloma decidiu se tornar sua amiga. Convidou-o para ir à praça onde uma trupe de ciganos fazia festa para os que ali chegavam. O rapaz ficou verdadeiramente surpreso com o convite e acabou aceitando, mais por curiosidade de ver sua gente de perto, do que propriamente para desfrutar da companhia da garota.

– Minha gente... – murmurou ele, atento aos movimentos da cigana dançando lindamente o flamenco. – Essa é a minha gente! Incrível, né? Saber que nasci no meio deles e convivi, ainda que por muito pouco tempo.

– Você não se recorda dessa época?

– Não. Apagou-se por completo da minha memória. Só me recordo mesmo é do meu pai e de minha mãe, mas mais do tempo em que passamos a morar com os Ramirez do que antes.

– É... Muitas memórias se apagam, ainda mais quando somos crianças.

– Só me pergunto... Se não foi melhor eu crescer longe dessa gente. Acho que sim.

Os dois ziguezaguearam por entre os presentes e quando se distanciaram do aglomerado de pessoas, uma das ciganas que lia as mãos, chamou a atenção de Rico:

– Ei, você. Posso ler a sua mão?

Rico olhou maliciosamente para Paloma que logo compreendeu a sua ironia.

– Pode sim! – respondeu ele, irônico, estendendo a mão direita para a mulher de muitos brincos e argolas.

A cigana, observando atentamente as linhas de sua mão, comentou:

– Você é muito amado por uma garota. É um filho muito querido. Terá grande êxito nos negócios e na vida. Deve sempre cuidar da saúde, para evitar doenças.

Ao término, Rico não deixou de espicaçar a vidente.

– Deixa-me ver se entendi direito. Serei muito amado por uma garota? Sim, é obvio, sendo eu um homem, eu só poderia mesmo ser amado por uma mulher. Você disse também que sou um filho muito querido e eu te pergunto: que filho não é querido pelos pais? Você disse que terei grande êxito nos negócios e na vida, porque é o que todos querem ouvir, não é mesmo? E é óbvio que devo sempre cuidar da saúde, se eu quiser evitar doenças. Qualquer idiota sabe disso, nenhuma vidente fajuta como você precisa me dizer tal coisa. Você realmente não vale nada, só faz o que faz para arrancar dinheiro dos tolos.

Rico soltou um risinho impaciente e continuou furioso:

– Se você tivesse realmente o dom da vidência, teria descoberto que sou filho de ciganos. Que meus pais morreram nas mãos dos nazistas. Que minha mãe de criação é também de origem cigana, pelo menos por parte de pai. E que...

Paloma estava impressionada com a transformação de Rico. Nunca pensou que ele pudesse ficar tão furioso.

– Venha! – ela o chamou, puxando-o pelo braço.

Dois passos e a cigana gritou com o rapaz:

– Eu poderia ter sim lhe dito a verdade. Mas eu quis poupá-lo. Quer saber qual é? Tem coragem mesmo de encará-la?

O rapaz se voltou desafiadoramente para ela que não teve papas na língua:

– Quem você realmente ama, nunca será seu! Ouviu? Nunca!

Rico partiu para cima da mulher e se alguns passantes não o tivessem segurado, ele teria agredido a cigana.

– Posso lhe dizer mais sobre o seu paraíso, moleque – continuou a vidente também furiosa. – Nunca haverá um paraíso porque você não o merece. Destruiu muitas vidas no passado, numa outra existência e destruirá outras mais no presente. Sua alma ainda é de pirata sanguinário, como a de muitos que o cercam.

Paloma voltou a puxar Rico pelo braço.

– Venha, Rico, por favor! – sua voz soou firme e autoritária.

– Essa mulher é louca! – rilhou o rapaz, fervendo de ódio. – Pirata?! De que diabos ela está falando?

– Muitos ciganos acreditam em vidas passadas. Assim como os orientais e indianos. Creem que já vivemos anteriormente e hoje colhemos o que plantamos noutras existências. Se fomos bons, teremos uma vida mais feliz, se fomos maus...

– Quanta bobagem! Não acredito em nada disso. Ainda bem que não cresci no meio dessa gente. Não gosto deles, não mesmo, quero distância.

Ela contemplou seu rosto bonito, transtornado pela raiva e frustração e pediu:

– Está bem. Seja como você quiser. Mas agora queira se acalmar, por favor.

Ele tentou.

– Isso! – incentivou ela, carinhosamente. – Respire fundo e se acalme.

Foi mais o tom que ela usou para lhe fazer o pedido, do que propriamente a respiração que conseguiu fazê-lo relaxar. No entanto, ao se deitar naquela noite, a voz da cigana voltou a ecoar por sua mente conturbada. "Nunca haverá um paraíso para você, porque você não o merece. Destruiu muitas vidas no passado e destruirá outras mais no presente. Sua alma ainda é de pirata sanguinário, como a de muitos que o cercam."

E novamente ele ouviu o eco de suas próprias palavras em sinal de revolta: "Ainda bem que não cresci no meio dessa gente. Não gosto deles, não mesmo, quero distância."

Ele mal sabia que haveria de reencontrar suas origens muito em breve.

Capítulo 6

O fim de semana em que Ivan voltaria para rever a família e a namorada se aproximava e, isso fez com que Rico pusesse em ação seu plano para separar Ivan de Paloma. Foi até a casa da jovem com ares de bom moço, amigo e camarada e a convidou para um passeio pelo bosque rente à cidade.

– Adorei a ideia, Rico, mas vai chover, não?

– Chover?! – ele voltou os olhos para o céu nublado, visivelmente propenso à chuva e descaradamente admitiu que não.

– Tem certeza? – questionou ela também olhando para as nuvens.

– Garanto! Vamos!

Por todo trajeto, o uso despreocupado de palavras dominou o diálogo dos dois. Ao chegarem ao local, tomaram uma via que era mais uma trilha pedregosa do que propriamente uma estrada. As árvores formavam muralhas verdejantes ao longo do local pelo qual passeavam. Mais uns passos e, subitamente, Rico desapareceu. Paloma ficara tão concentrada ao que dizia e na paisagem bonita a sua frente que nem se deu conta de que o rapaz retardara os passos para ter a oportunidade de se esquivar dela.

Sobressaltada, Paloma girou o pescoço ao redor, lançando olhares assustados para todos os lados.

– Rico?! Onde está você?

Silêncio absoluto.

– Rico?! – ela ergueu a voz. – Apareça, por favor!

O silêncio continuou. Ela estremeceu. Foi então que uma forte gargalhada ecoou nas proximidades, e saindo de trás de um dos troncos de árvore dali, Rico reapareceu, rindo, olhando para ela com olhos marotos.

293

– Você me assustou! – admitiu Paloma sem achar graça da brincadeira.

– Judiação!!! – debochou ele com puro cinismo. – Fez até beicinho.

– Se me larga sozinha num lugar desses, nunca mais volto para casa. Sou péssima de direção.

– Então é uma ótima forma de eu me ver livre de você.

– Rico!

– Brincadeirinha!

Os olhos dele voltaram a brilhar tão perversos quanto sua voz. Para piorar a situação, uma revoada de pássaros se debandou subitamente, deixando a jovem ainda mais assustada.

– Às vezes você me assusta, sabia?

– Só às vezes? Pensei que fosse sempre. Você está sempre a me olhar com desconfiança e medo.

– É porque sinto medo de você.

– Não tanto, né? Se realmente sentisse não se atreveria a vir passear comigo num lugar desses.

Ela amarelou.

– Ou você vem porque gosta de viver perigosamente ou é por que gosta da minha companhia. Acho mesmo que é pelos dois motivos.

– Talvez. – E para mudar de assunto, Paloma comentou: – Veja! Que flor mais interessante. – Ela se curvou para cheirá-la. – Hum!... Ótima fragrância. Há outros tipos ali...

Nem bem deram um passo, sentiram os primeiros pingos de chuva despencando do céu.

– Oh, meu Deus! – disse ela, amargurada. – Você disse que não ia chover.

– E você acreditou?

– É melhor voltarmos.

– Que nada. Se não quiser se molhar é melhor nos abrigarmos ali, ó! É uma estufa abandonada.

– Eu, lá? Nunca!

– Larga de ser boba e vem!

Ambos correram até o local e se abrigaram ali. Paloma novamente mostrou seu desagrado com a situação.

– Rico, você me garantiu que não ia chover.

– Menti, oras! – ele riu. –Se não tivesse, você não teria vindo.

Teria? Pois é. Agora vamos ter de esperar a chuva passar. Não deve demorar.

– Está esfriando... – gemeu ela abraçando a si mesma.

– Relaxa. – De dentro do casaco, Rico tirou um cantil do tamanho de um bolso e entregou a ela. – Beba! Vai aquecê-la por dentro.

– Mesmo?!

– Sim. Pode confiar.

– Em você? Ora, por favor. Depois de hoje...

– Dessa vez você pode confiar em mim. Mas só dessa vez, ok?

Paloma limpou o gargalho e provou da bebida. Grunhiu:

– Nossa, é forte!

– Para você que não está acostumada. Beba mais, vamos!

Rico agora usava um tom autoritário, muito diferente do que estava acostumado quando queria persuadir alguém a fazer o que ele queria. Os dois se sentaram e se silenciaram por instantes. Então, ele começou a cantarolar uma canção que sempre entoava com o Ivan.

– Ivan adora cantar essa música. Eu e ele sempre cantávamos.

E o rapaz intensificou o larará.

Ao parar, voltou a olhar para Paloma e no seu tom mais amistoso, disse:

– Você é mesmo muito bonita, sabia? Por isso o Ivan é tão louco por você.

Sem lhe pedir permissão, tocou-lhe o braço que estremeceu ao seu contato.

– Sua pele... Seu cheiro... – Ele correu os olhos pelo seu corpo até alcançar seus pés. Foi tão friamente, como se estivesse examinando um objeto. – Tudo em você é mesmo perfeito, Paloma. Perfeito!

Novamente ela sentiu medo dele e se achou uma tola por temê-lo, afinal, haviam se tornado amigos nos últimos dias e ela era a namorada de Ivan, seu irmão querido. Portanto, nada de mal ele poderia fazer contra ela. Isso a fez novamente relaxar e entornar um pouco mais da bebida.

– Obrigada pelo elogio – disse Paloma, enfim, começando a ficar alta.

– Você gosta de ser elogiada, não? Que mulher não gosta?

Ela sorriu, um tanto amarelo, e para sua surpresa, ele lhe pediu algo que a deixou ainda mais surpresa:

– Me dá um beijo.

– O quê?!

– Um beijo. Quero saber o que ele sente ao beijá-la.

– Você endoidou?

– É pedir muito?

– Somos amigos, Rico.

– E amigos não se beijam?

– Não nos lábios.

– Mas eu preciso saber, Paloma. Por favor! – A respiração dele assumiu um ofegar louco. – Além do mais, um beijo é só um beijo. – E fazendo beicinho, insistiu: – Vamos lá, Paloma! Dê-me um beijo, por favor! Só um, unzinho...

Por não estar acostumada a beber, ainda mais de estômago vazio, Paloma já estava tão área, tão zonza, tão relaxada, que acabou aceitando a proposta.

– Está bem, Rico. Mas que isso fique somente entre nós dois.

– Pode crer.

E o rosto dela relaxou em meio a um sorriso suave. A seguir, ele se inclinou por sobre ela e, com muita delicadeza, beijou-lhe os lábios inseguros.

– Já está bom – disse ela, recuando. – Agora você já pode ter uma ideia do que o Ivan...

Ele não lhe permitiu terminar a frase, agarrou-a, abraçando-a com força e beijando-lhe novamente com ímpeto. Ao se debater, ele a dominou ainda com mais força, deixando-a completamente incapaz de se mover, mesmo se quisesse. A adrenalina pulsava em suas veias, enquanto a percepção do perigo aumentava.

Ao soltá-la, Paloma estava sem ar. De repente, ela começou a rir, movida pela embriaguez e ele riu com ela, tão fingindo quanto o mais ladino dos ladinos. Então, ele novamente a envolveu em seus braços, deitando-a sobre o chão empoeirado e ergueu-lhe a saia. Por estar alta, ela já não sabia mais o que estava acontecendo. Aproveitando-se do momento, Rico a possuiu, tapando-lhe a boca para impedi-la de gemer ou gritar, o que poderia chamar a atenção de quem, por ventura, estivesse passando por ali àquela hora. Quando tudo teve fim, Paloma ainda se sentia desorientada e sem ar.

– O que foi que você fez? – inquiriu ela ao se centrar novamente.

– Nada demais – respondeu ele, com a maior naturalidade do

mundo. – Queria apenas descobrir por que o Ivan é tão fascinado por você.

O tom dele, cínico e desalmado a assustou.

– Você... – ela já não conseguia falar. Lágrimas se acumulavam em seus olhos perdidos.

Ele riu, um risinho curto e triunfante.

– Você me seduziu porque gosta de mim, não é, Rico? Há quanto tempo me deseja?

Ele riu novamente.

– Diga, Rico! Há quanto...

Ele a cortou bruscamente:

– Tá louca? Eu nunca desejei você.

– Você me deseja, sim!

– Não, não e não! – a voz dele se elevou. – Eu só queria saber o que o Ivan sentia ou sentiria ao se deitar com você. Só isso!

– Você pensa que me engana.

– Ah, minha querida... – zombou ele explicitamente. – Eu já a enganei.

Sorrindo triunfante ele concluiu:

– Venha! Vamos embora!

– Mas a chuva continua forte.

– E daí? Um pouco de chuva não mata ninguém.

– Me sinto zonza por causa da bebida.

– Você quer dizer, bêbada, né? Problema seu! Eu já vou indo.

Sem mais, ele abriu a porta barulhenta nas dobradiças e saiu.

– Rico! – gritou ela, levantando-se com dificuldade. – Espere!

Ele não esperou, continuou andando debaixo da chuva como se não existisse. Paloma seguiu-o, trôpega, abraçando a si mesma para evitar o gelo da água sobre sua pele.

– Rico – tornou ela. – Me espera, por favor!

Ele continuou a passos decididos, cantarolando a canção que sempre gostava de entoar com o irmão. A bebida ainda embriagava a jovem e, por isso, ela ainda não podia pensa direito, avaliar com precisão os últimos acontecimentos.

297

Capítulo 7

Dias depois, Paloma novamente se arrastava até o vaso sanitário para vomitar. Os enjoos a fizeram consultar um médico em segredo. Depois da consulta, ela procurou Rico para lhe dizer o que descobriu.

– Rico, estou grávida. Ainda não contei aos meus pais, a ninguém. Queria que você fosse o primeiro a saber.

– Tá, e daí? – respondeu ele friamente.

– Como assim? Você é o pai da criança.

– Tira.

– Tirar?!

– É. Porque se você a tiver, Ivan saberá o que aconteceu entre nós... Acho, sinceramente, que ele não vai gostar nem um pouco do que você fez. Portanto...

– Como você é desprezível.

Ele deu de ombros.

– Pense o que quiser de mim. Problema seu! Agora, suma, tenho mais o que fazer.

A jovem estava boquiaberta, jamais poderia imaginar que um jovem tão quieto, tão tímido, aparentemente gentil e inofensivo tivesse se transformado naquele desalmado bem diante dos seus olhos.

– Rico, por favor – insistiu ela, tocando-lhe o braço. – Sei que me quer como sua mulher. Por isso fez o que fez.

Ao perceber a expressão de repulsa nos olhos dele, as mãos dela recuaram.

– Eu não quero você – respondeu ele, feliz por vê-la chocada com suas palavras. – Nunca a quis. Aquilo tudo foi só para saber como seria se fosse eu quem se deitasse com você.

A sensação de triunfo por destruir o controle da jovem, fez o rapazinho gargalhar a seguir.

– Você achou mesmo, Paloma, que eu gostaria de ficar com você? Ah, por favor!

– Você só pode estar brincando...

– Eu nunca suportei você.

– Rico, você tirou minha virgindade.

– E daí?

– E daí?!

– É. E daí? Problema seu que permitiu.

– Eu estava fora de mim. Embriagada. Agora entendo por que insistiu para que eu bebesse, para me deixar sem controle e abusar de mim.

– E consegui!

– Você não pode ser tão desprezível.

– Mas sou! Quando quero, sou, sim! Entendeu agora?

Ela se apercebeu, desmoronando novamente diante dos olhos de repulsa, raiva e triunfo sobre ela.

– Volta pra ele, vai! – tornou Rico, peitando-a com seu olhar maldoso. – Volta lá pro tontão do meu irmão, sua boba.

Paloma queria simplesmente morrer diante daquilo. E Rico percebeu e, por isso, aproveitou-se ainda mais da situação para espezinhá-la.

– Agora suma daqui, vá! Deixe-me em paz.

Paloma mal sabe como conseguiu deixar o local. Sentia-se devastada e perdida. Ao chegar a sua casa, foi direto para o seu quarto, alegando para sua mãe, que estava com forte dor de cabeça. Ainda preferia guardar segredo do que descobrira aquela manhã, porque assim achava ser mais prudente. Tão chocante quanto saber que estava grávida era descobrir que Rico a queria tão mal. Ainda lhe era difícil acreditar que ele tivesse aquela personalidade que se revelou bem diante dos olhos dela minutos atrás.

– Estou perdida... Realmente perdida... – admitiu ela, mais uma vez, para si. – Como fui burra em me deixar levar por aquele maldito. E agora, o que faço? Estou acabada.

No final de semana seguinte, Ivan estava de volta à cidade. Dessa vez, nem Rico nem Paloma foram esperá-lo na estação de trem. Disposta a pôr Ivan frente a frente com Rico, diante do que ele fora capaz de fazer, Paloma foi à casa da família Ramirez de surpresa. Ao rever a namorada, Ivan percebeu de imediato que ela não estava bem. A seu pedido, quis ter um particular com ele numa sala da casa, onde não pudessem ser interrompidos por ninguém.

Paloma pensou que seria forte o suficiente para abordar o assunto tão delicado, mas logo se viu incapaz de revelar o que a devorava por dentro de forma tão cruel. A luz havia desaparecido do rosto da jovem. Os lábios se mantinham tensos e pressionados.

– Abra-se comigo – insistiu Ivan, condoendo-se por ela. – Sou seu namorado.

O queixo dela tremeu e quando ela pensou que conseguiria realmente desabafar, Rico entrou na sala, olhando desafiadoramente para o casal.

– Rico – falou Ivan mantendo a calma. – Gostaríamos de ficar a sós. A Paloma quer me falar em particular...

O rapaz não se moveu, tampouco mudou a expressão severa de seu rosto.

– Rico – insistiu Ivan, mas o irmão continuou postado no mesmo lugar.

Paloma então começou a chorar e agitar as mãos sobre a face, como se quisesse perfurá-la, para tirar dali, de algum lugar, o que tanto a afligia.

– Meu amor, calma – preocupou-se Ivan, tentando segurar seus punhos.

Rico então se fez ouvir alto e eficaz:

– Ela está assim porque eu e ela...

Diante de sua súbita parada, Ivan o incentivou a prosseguir:

– Você e ela...

– Eu e ela nos beijamos. Foi isso! Agora você já sabe.

– Você e Paloma... – Ivan soltou a moça no mesmo instante. – Você e ela se beijaram?

Ivan ficou temporariamente sem palavras. Paloma, mais uma vez, odiou Rico pelo mal que lhe fazia.

– Não foi somente um beijo – continuou Rico sem piedade. – Fiz sexo com ela.

Ivan estremeceu.

– Rico, isso não é brincadeira que se faça.

– É a mais pura verdade. Por isso que ela está assim, toda descontrolada. Você queria saber o motivo, pois bem, o motivo é esse.

Nós nos beijamos, nos amamos e desse momento nasceu o filho que ela traz na barriga.

Ivan saltou como um cavalo nervoso.

– Vocês?! Não, isso é mentira! – O rapaz fez um gesto de descrédito. – Não acredito numa só palavra! – Voltando os olhos para Paloma, ele a confrontou: – Isso não é verdade, não é mesmo? Diga pra mim.

Ao vê-la hesitar, ele se avermelhou ainda mais.

Com um curioso sorriso enviesando-lhe o canto dos lábios, Rico voltou a falar:

– E ela dizia que o amava tanto, hein, Ivan? Que amor, hein?

Paloma finalmente conseguiu reagir a tudo aquilo:

– Ele quis um beijo meu, queria saber o que você sentia ao me beijar.

– E você permitiu que ele a beijasse?

– Ele me deixou confusa na hora. Eu havia bebido... Na verdade, ele insistiu para que eu bebesse. Sou fraca para bebida. Um golinho e já fico tonta. Isso fez com que eu concordasse com ele mais facilmente. Ao ceder, ele me agarrou e me possuiu, aproveitando-se da minha fraqueza momentânea. Foi contra a minha vontade.

– Contra a sua vontade, uma ova! – atalhou Rico, ferozmente. – Cedeu rápido e ainda gemeu de prazer. – Suas palavras tinham farpas que faziam sangrar.

– Não, isso não pode ser verdade – Ivan abanou vigorosamente a cabeça. – Você é meu irmão adorado, o cara em que eu mais confio na vida. E você é a garota que eu amo, que era louca por mim.

– Ama?! – desdenhou Rico com mais um de seus risinhos sarcásticos tão peculiares. – Se você quer mesmo continuar acreditando nisso, Ivan... Problema seu!

Paloma voltou a reagir:

– O Rico é louco! Completamente louco!

O rapaz não deixou por menos:

– Louco?! Pode ser. Mas que você gostou de gemer nos meus braços, ah, isso...

Ela foi até ele, encarou-o e o estapeou. Ele voltou a rir, debochado e cínico. Ela novamente o estapeou e ele riu ainda mais. Gargalhando dela, morrendo de prazer por vê-la sofrendo daquela forma. Paloma também não deixou por menos:

– Como você é infeliz, Rico... Não passa de um infeliz...

Ivan permanecia sem ação. Sua boca agora tremia e havia mais do que medo em seus olhos, havia paúra.

– Isso não é verdade... – murmurou Ivan com voz falha. – Não pode ser...

Rico voltou-se para o irmão e falou, tão sério que nem parecia ele:

– Ivan, seu bobo! Estou querendo ajudá-lo! Impedi-lo de se casar com uma garota falsa e fingida como essa aí.

– Fingida?!...

– É, seu bobão! Se ela realmente o amasse, não teria se entregado para mim. Acorda!

Paloma novamente se defendeu:

– Ivan, ouça-me! – Ela o segurou firme pelos braços. – Rico não quer o meu bem nem o seu. Ele é mau. Tanto que me pediu para abortar a criança. E foi de uma frieza... É duro ter de lhe dizer isso, não quero nem desejo o mal de ninguém, mas o Rico não presta.

A cor voltou violentamente ao rosto do rapaz que se inclinou para frente e disse, com cólera e frieza:

– Ivan, ouça-me. É Paloma quem não presta. Se você soubesse como ela gemeu e delirou de prazer em meus braços. Posso lhe contar em detalhes se quiser. Posso até imitá-la.

Ivan não mais se conteve, esmurrou Rico com toda força. Desnorteado, Rico massageou o rosto e quando viu suas mãos cheias de sangue, tornou-se novamente a própria fúria:

– Você! – ralhou, quase chorando. – Você, tirando o meu sangue por causa de uma garota que se deitou com o primeiro que a seduziu?

– Não diga mais nada! – berrou Ivan fora de si. – Eu posso matá-lo, tamanho o ódio que estou sentindo de você.

– Mata, vá! Não significo mesmo mais nada na sua vida. Na verdade, acho que nunca signifiquei. Por isso me mata, vá!

Os olhos de Ivan explodiam de raiva, tão forte quanto os de Rico que voltou a falar, impiedosamente:

– Paloma não é para você, seu besta! Ela o traiu! E foi com a maior facilidade do mundo. Largue dela, seu idiota!

Ivan reagiu:

– Você! Você é o culpado disso tudo. O único culpado! Não vou perdoar-lhe jamais.

A decepção de Rico com Ivan dessa vez foi total.

– Depois de tudo que vivemos juntos. Você ainda prefere ela a mim?

Rico não se conformava. Com esforço tremendo ele se levantou do chão, ajeitou a calça, os cabelos e disse, muito decepcionado:

– Saiba que você está sendo injusto comigo, Ivan. Injusto e cruel. Sou eu o cara que realmente lhe quer bem, que o ama, que o adora... Mas tudo bem, um dia você há de ver a verdade. Só espero que não seja tarde demais para se arrepender.

Sem mais, Rico deixou a sala, a passos decididos. Assim que se foi, Ivan escorou contra a parede, fechou os olhos até espremê-los e lágrimas rolarem e arderem por sobre sua pele bonita.

– A culpa foi dele, Ivan... – soluçou Paloma, sentindo-se destruída na alma. – Foi ele quem veio para cima de mim com aquelas ideias... Foi uma cilada e eu caí como tola. Perdão.

Sua voz se partiu tal como um cristal. Olhando para ela, com lágrimas a explodir em seus olhos, Ivan traduziu em palavras o que estava sentindo na alma naquele instante:

– Preciso de um tempo para pensar, para pôr a minha cabeça no lugar. Por favor, deixe-me só.

Com muito custo, Paloma se retirou e voltou para sua casa onde se trancafiou em seu quarto, deixando seus pais, mais uma vez, preo-cupados com o seu comportamento.

Nesse ínterim, Maria Alice e Samara se perguntavam o que fazer, diante dos berros que ouviram ecoar há pouco pela casa. Uma briga, sim, fora isso que aconteceu entre Ivan, Rico e Paloma. Algo de muito grave envolvera os três. Ao entrar na saleta, onde havia tido a discussão, Samara encontrou o filho largado no sofá, chorando copiosamente. Com muito custo, ele contou para ela o que havia acontecido.

– Rico não fez isso, não pode ter feito – argumentou Samara, querendo muito acreditar no que dizia.

– Também custa-me acreditar que ele tenha feito uma coisa dessas, mas... Paloma não mentiria.

– Não! – respondeu Samara enfrentando a realidade. – Paloma não mentiria.

Deixando o filho na companhia de Maria Alice, Samara foi atrás de Rico.

O rapaz ajeitava suas roupas numa mala quando Samara abriu a porta do seu quarto. Não batera, simplesmente abriu porque assim achou que deveria fazer. Ao vê-la, o jovem fechou ainda mais o cenho, os olhos, vermelhos, tornaram-se ainda mais brilhantes e a empáfia na voz foi total ao dizer:

– Ivan é um bobo. Pensei que fosse inteligente, mas não passa de um tonto.

– Não fale assim do seu irmão.

– A senhora o defende porque ele é seu filho legítimo. Jamais me defenderia igual.

– Não diga tolices, Rico.

– Digo porque é verdade.

– Eu também amo você como um filho legítimo. Jamais fiz diferença entre você e o Ivan e você sabe disso.

Ele largou abruptamente o que fazia, e respondeu, dispensando toda educação aprendida:

– A única coisa que eu sei é que o Ivan é um tremendo babaca. Nessa casa eu não fico mais.

– Rico...

– Vou fazer o que eu já deveria ter feito há muito tempo. Ir morar com a minha gente. Sou um cigano, no sangue e na alma. Devo honrar minha ascendência. Nasci numa caravana de ciganos, essa é minha origem, para lá devo voltar.

– Rico, meu filho, não tome decisões precipitadas.

Ele terminou de arrumar suas coisas, fechou a mala e fitou Samara novamente, desafiando-a pelo olhar.

– Adeus! – disse, simplesmente.

Deu um passo e o que ela lhe disse a seguir, fê-lo parar, por choque e por medo.

– Você é igualzinho a sua mãe. A mãe que tanto mal me quis e, por isso, destruiu a própria vida e a de seu pai.

Estático, sem olhar para ela, ele respondeu com raiva:

– Não sou igual a ela.

– É! – afirmou Samara bem certa do que dizia. – Igualzinha a ela em todos os sentidos. Nunca vi um filho puxar tanto a uma mãe como você puxou a sua. Posso até mesmo vê-la em seus olhos, porque são iguais aos dela... Málaga sobrevive em você.

Trêmulo de ódio, Rico voltou a se defender:

– Sou um homem! Um homem, ouviu?! Ela era uma mulher! Uma mulher!

Ela teria lhe dito mais, mas mudou de ideia. Não seria prudente continuar incitando a ira do rapaz. Levou um minuto até que ele reassumisse o controle sobre si e desse fim àquilo que esmagava seu coração.

– Se já me disse tudo o que tinha para me dizer, eu vou-me embora.

Samara pôde sentir a dor terrível na voz dele. A dor que nem ele próprio se dava conta de existir.

– Rico – tornou ela em tom decidido. – Espere seu pai chegar. Ele...

Ele a cortou bruscamente:

– Ele não é meu pai! – Desta vez as lágrimas inundavam seus olhos. – Nem Maria Alice nem Alejandro são meus avós. Eu, na verdade, não tenho parentesco nenhum com vocês. Vocês não são nada meus. Nada!

Ele apanhou novamente a mala e partiu, decidido, sem olhar para trás uma vez sequer. A Samara ainda custava-lhe acreditar que o jovem, tão aparentemente inocente e ponderado, tivesse se transformado naquele adolescente frio e perigoso. Maria Alice quis impedi-lo, mas diante de tudo que ele fora capaz de fazer, o melhor mesmo era deixá-lo partir até que os ânimos de todos ali se abrandassem.

Pelas ruas da cidade, a passos concentrados, Rico seguiu fazendo grande esforço para não chorar. Seu coração não era de pedra, nunca fora, de tão sentimental podia se dizer que era tão frágil quanto um cristal. Novamente, ele ouviu Samara lhe dizendo o que mais o feriu naquilo tudo: "Você é igualzinho a sua mãe. A mãe que tanto mal me quis e, por isso, destruiu a própria vida e a de seu pai. Nunca vi um filho puxar tanto a uma mãe como você puxou a sua. Posso até mesmo vê-la em seus olhos, porque são iguais aos dela... Málaga sobrevive em você."

Não, ele não era como a mãe. Apesar de não tê-la conhecido direito, não era como Málaga, não podia ser, jamais seria. Ela destruíra suas vidas e, por pouco, não destruíra as de outros mais. Málaga era má, invejosa, possessiva e rancorosa. Ele, não. Ele era bom e seria sempre. Sempre!

Depois de exaustiva caminhada, Rico chegou ao acampamento dos ciganos.

Capítulo 8

Ao ver o rapaz, Asunción o reconheceu de imediato.

– Ora, ora, ora – zombou ela, rindo maliciosamente. – Se não é o rapazinho que, por pouco, não me agrediu na praça, outro dia, porque lhe disse umas verdades. Verdades contidas na palma de suas mãos.

Rico se manteve compenetrado, disposto a aturar qualquer humilhação por parte da cigana.

– O que quer aqui, seu mal-educado? – o tom dela agora era severo. Prestando atenção às malas que ele segurava em cada mão, ela riu, escrachada: – Não vai me dizer que fugiu de casa? Pior! Não me diga que pretende se juntar a nós?

Rico finalmente reagiu.

– Quero falar com o chefe da caravana.

– Quer? Simplesmente quer?

– Por favor.

– Olhe só, ele sabe ser gentil quando quer!

Os dois se enfrentaram pelo olhar e foi então que Caruso, o chefe dos ciganos ali apareceu.

– O que deseja? – perguntou, olhando atentamente para o rosto do recém-chegado.

Rico limpou a garganta, respirou fundo e se fez claro:

– Sou cigano. Meus pais eram ciganos e foram mortos pelos nazistas. Fui criado por uma cigana que abandonou a raça para se casar com um sujeito da cidade. Quero voltar às minhas origens. Honrar meu sangue cigano. Gostaria de me juntar a vocês, posso?

O líder o mediu de cima a baixo, apurou melhor a história que envolvera os pais do rapaz e após apresentar as leis que regiam o acampamento cigano, aceitou Rico no meio de todos. Ali, o jovem recomeçaria sua história, apesar de acreditar que Ivan o impediria de cometer aquela loucura. Cedo ou tarde apareceria para levá-lo de volta para a casa, que fora sempre seu verdadeiro lar.

Quando Diego e Alejandro Ramirez voltaram para casa, foi Samara quem relatou para os dois os últimos acontecimentos. O choque de ambos foi tremendo. Aquilo não podia ser verdade. A Diego e Alejandro custava-lhes acreditar que Rico tivesse chegado àquele ponto.

Ivan estava em seu quarto, recostado em travesseiros junto à cabeceira de sua cama, respirando pesado e ainda transparecendo mal-estar por tudo que aconteceu. Diego, muito emotivo, colocou sua mão sobre a dele e tentou dizer-lhe algumas palavras que pudessem ajudá-lo a superar tudo aquilo. Nem bem tentou falar, Ivan olhou para ele e disse determinado:

— Tomei uma decisão, papai. Vou assumir a criança. Paloma foi feita de boba pelo Rico, enganada e ludibriada. Ela não merece sofrer mais pelo que ele lhe fez.

— Você tem razão, Ivan. Ela é uma boa jovem, sempre foi correta e, além do mais, você a ama, não a ama?

— Eu, pai? Eu a amo mais do que tudo. Sou louco por ela.

— Então, filho, faça o que seu coração manda.

— Obrigado por me apoiar.

Uma hora depois, acompanhado de seus pais, Ivan chegava à casa dos Gutierrez para conversar com Paloma e os pais da moça. Assim ele lhes falou sobre a decisão que havia tomado.

— Mas, Ivan... – murmurou a jovem, surpresa e comovida ao mesmo tempo. – Depois de tudo o que aconteceu, você ainda...

— Sim. Aceite, por favor.

— Está bem. Eu aceito. Se é isso mesmo o que você deseja, aceito.

E o casamento foi marcado e aconteceu na data determinada, com uma cerimônia religiosa modesta e apenas um bolo, na casa dos pais do noivo, para comemorar o enlace. Ainda que tudo tenha acabado bem para Paloma, ela já não era mais a mesma. Pouco olhava nos olhos daqueles que conversavam com ela, pouco dava margem para uma conversa mais demorada; estava sempre a se isolar de todos, porque a vergonha pelo que passara, ainda esmagava seu coração. Por não se achar digna do marido, não conseguia ter relações sexuais com ele. Por estar grávida, também não achava adequado ter. Ivan parecia compreendê-la e respeitar seu tempo.

Nesse ínterim, Rico se adaptava a sua nova morada. Não seria fácil, ele bem sabia, mas era sua única escolha depois de tudo o que acontecera entre ele, Paloma e Ivan.

Havia ali uma jovem de beleza sem igual, pura como a água cristalina que nascia nas montanhas. Seu nome era Jade e por Rico, ela se apaixonou em poucas semanas. Ele não a via com bons olhos, decidira não ter mulher alguma à sua sombra e ela parecia compreendê-lo, por isso o deixava à vontade, sem sufocá-lo. Um dia, então, áspero como cipó, Rico perguntou a ela:

— Você me quer como o seu marido, Jade? Está bem, eu me caso com você se aceitar as minhas condições. Não quero ter filhos em hipótese alguma, entendeu? Se você engravidar, terá de abortar. É pegar ou largar. Aceita?

E Jade aceitou, de prontidão, sem medir exatamente a extensão da promessa que lhe fizera. De tão apaixonada por ele, seria capaz de aceitar qualquer coisa. Só que ela, como a maioria das mulheres, sonhava em ter filhos, sempre quisera ter, pelo menos um, e pensou que Rico, com o tempo, mudaria de ideia. Ao se descobrir grávida, Asunción, a cigana que todos da caravana mais respeitavam, se fez clara com a jovem:

— Se Rico souber que você está grávida. Ele é capaz de matar você e o bebê.

— Que nada. Tenho a certeza de que quando ele souber...

— Ele não lhe perdoará, Jade! Escute bem o que eu lhe digo. Se você quer realmente criar um filho deste homem, vai-te embora daqui. Tenha-o longe daqui e que Rico não saiba jamais de sua existência.

— Asunción, eu amo o Rico. Não posso abandoná-lo...

— A escolha está em suas mãos, Jade. Ou você mantém o filho que sempre sonhou ter, ou o marido que tanto ama.

— Eu quero os dois, Asunción. E terei os dois!

— Vá adiante, conte a ele. Só não me diga depois que eu não a avisei.

— Asunción... – havia apelo na voz da moça.

— Jade, Jade, Jade... Ouça bem o que lhe digo.

Mas Jade não ouviu a cigana, não podia acreditar que Rico se voltaria contra ela e o filho, ao saber que estava grávida. Ao contar-lhe a novidade, Rico se transformou num demônio. Sentiu-se traído

308

porque acreditou que Jade realmente respeitaria sua condição para se casar com ela.

Antes que ele lhe desse uma surra, ela correu e foi preciso ser protegida pelos ciganos. A mando do líder da caravana, Jade foi levada para longe, para morar num outro acampamento. Dela, ninguém nunca mais soube nada. Tampouco se deu à luz ao filho que esperava. Levou semanas para que Rico se recuperasse do que aconteceu. Mesmo assim, sua decepção com Jade persistia, a ponto de deixá-lo nas trevas da inquietação e da infelicidade. Não demorou muito para que outras almas femininas se interessassem por ele, mas, dessa vez, depois do ocorrido, ele não mais parecia desejar mulher alguma.

Capítulo 9

Faltava um mês para Paloma ter o bebê, quando ela despertou na noite com um grito estridente. Seus olhos estavam vidrados e transtornados, como os de um animal à beira da morte. Bolhas grossas de saliva saíam pelos cantos da boca e seu rosto vermelho parecia arder em brasa. Ivan, sem saber o que fazer, correu em busca de ajuda. Segundos depois, Maria Alice entrava no quarto, seguida dos demais membros da família Ramirez. Descobriu a moça e apalpou seu ventre, cujos músculos estavam contraídos e duros como ferro.

– É melhor chamarmos um médico – sugeriu Diego, alarmado.

– Melhor mesmo é a levarmos para o hospital – opinou Alejandro, olhando aflito para a grávida.

– A pressão deve ter subido – comentou Ivan, desesperado.

– Vamos levá-la para o hospital – sugeriu Samara, farejando algo de sinistro no ar.

O rosto de Paloma era a própria imagem da angústia perplexa. Sua fala era praticamente inaudível. Quando ela, lentamente ergueu a mão direita, trêmula, e soltou outro som áspero e roufenho, Samara adivinhou o sentido daquilo. Por isso, chamou Ivan que, rapidamente reassumiu seu lugar junto à cama. Os sons roufenhos continuaram a se repetir. Ivan tomou a mão dela entre as suas e disse, quase chorando:

– Estou aqui, meu amor. Diga. – Ao sentir uma débil pressão de seus dedos ele acrescentou: – Não se agite. Você ficará boa.

– O bebê... – disse ela, enfim, com grande esforço.

– Ele também ficará bom. Acalme-se!

– O bebê – tornou ela tentando manter a voz firme. – Ouça.

– Estou ouvindo.

– Eu não podia tê-lo. Era filho daquele demônio. Não aguentava mais carregá-lo em mim. Vê-lo nascer, seria o mesmo que dar à luz aquele que desgraçou a minha vida. Vê-lo crescer, seria o mesmo que estar diante dele o tempo todo, novamente. Eu o odeio. Como ele sempre me odiou.

– Paloma...

– Perdão, Ivan... Perdão...

O rapaz tornou a sentir a pressão dos seus dedos sobre os seus, que depois relaxaram. A aflição desapareceu dos olhos dela, suplicantes, as pálpebras caíram, Paloma Gutierrez estava morta.

Samara pôs a mão no ombro do filho ao perceber que ele não havia se dado conta do fato.

– Ivan – ela tentou dizer, mas foi preciso Maria Alice ajudá-la.

– Meu neto. Paloma se foi.

Só então Ivan caiu em si, seus olhos se arregalaram, estava em choque. A avó acariciou sua cabeça como se ele tivesse voltado no tempo, se tornado novamente criança.

– Ela agora está com Deus, Ivan – completou Maria Alice, fazendo grande esforço para não desabar na frente do rapaz.

– O que houve, vovó? – indagou ele, atônito. – Por que ela morreu? E o bebê?

Foi a própria Maria Alice quem respondeu, o que de fato pensou ter acontecido a Paloma e ao filho que ela esperava.

– Paloma nunca superou o que lhe aconteceu meses atrás. O que a fez ficar grávida e tão triste e apagada pelos meses seguintes. A princípio ela quis a criança, depois, não mais, pois percebeu que com ela ao seu lado, Rico, dc ccrto modo, também estaria na sua presença. E ela odiava o Rico. Depois de tudo que ele lhe fez, ela o abominava.

– Aonde a senhora quer chegar, vovó?

– Olhe para a boca dela, Ivan. Está espumando. Ela deve ter tomado alguma coisa para abortar a criança, o que acabou matando a ela também.

Todos no quarto se arrepiaram com a revelação.

– Que desgraça, Santo Deus! – chorou Alejandro, levando a mão ao peito, sentindo forte pontada ali. Maria Alice correu ao seu amparo.

– Acalme-se, Alejandro. Por favor.

Com muito tato, Diego conduziu Ivan para fora do quarto, para um lugar onde ele pudesse respirar ar puro e confortar seu coração, devastado pela perda da mulher amada. A seguir, telefonou para a casa da família da moça, para lhes dar a triste notícia.

Então, subitamente, Ivan atravessou a porta da frente da casa, andando apressado, e ao chegar à calçada, correu disparado, pela escuridão da noite. Diego foi atrás dele. Temia o pior. O rapaz atravessou a praça e continuou, até onde a luzes dos postes não podiam iluminá-lo. Quando o pai finalmente o alcançou, segurou-o pelo braço, firme e forte.

— Ela está morta, papai! — explodiu Ivan em lágrimas. — Morta, morta, morta!

Seu descontrole era total. Diego o puxou contra seu tórax e o abraçou firme, chorando com ele a sua derrota.

— Chora, filho! Chora! — incentivou-o.

— Eu a adorava, papai. Eu era louco por ela! — Ivan falava e gemia ao mesmo tempo. — Paloma não tinha de morrer, eu lhe perdoei. Por que ela não resistiu?

— Porque cada um é um, Ivan. Uns são mais fortes do que os outros.

— Ela não podia ter feito uma coisa dessas. Não podia! O bebê... Eu já o tinha como se fosse o meu próprio filho.

— Eu sei, Ivan, eu sei.

E novamente ambos tentaram encontrar conforto naquele abraço tão necessitado.

— Ivan, você vai ter de ser forte agora. Muito mais do que já foi um dia. Com força de leão. É preciso, entendeu?

O rapaz concordou, sem saber ao certo se devia.

O dia do sepultamento de Paloma Gutierrez amanheceu nublado. Na capela do cemitério de aspecto ainda mais sombrio, devido a pouca claridade do dia, estavam reunidos os familiares e amigos da moça. Entre os muitos católicos presentes, havia também alguns protestantes a confortar a família e reverenciar a morta no caixão de puro ébano, cercado por quatro velas compridas. Havia tantas flores quanto olhos entristecidos e penalizados por tão prematuro fim de uma jovem que parecia ter a vida inteira pela frente.

Depois de baixarem o ataúde para a sepultura, usando um guindaste de cordas, o coveiro finalizou seu trabalho. Nesse mesmo instante, Ivan se agarrou firme a Samara, a dor devastava-lhe o peito, e na loucura da dor, ele queria ser enterrado junto com aquela que só soubera despertar amor em seu coração.

Nos dias que se seguiram, todos na casa logo perceberam que Ivan se mantinha inquieto e incomunmente sério. Olhava para tudo e para todos de maneira bastante estranha e preocupante. Com pena do rapaz, Alejandro resolveu ter um particular com ele, mas nenhum efeito bom conseguiu com suas palavras de força e fé.

Aos poucos, a luz da vida ia desaparecendo do rosto do jovem. Restava agora somente uma máscara gélida e infeliz sobre sua face que antes era jovial e bonita. Ivan parecia incapaz de falar, de se abrir, de compartilhar o que o devorava por dentro de forma tão cruel.

Pálido, e respirando com dificuldade, um dia ele conseguiu pôr pra fora sua indignação com tudo que havia acontecido a ele e a Paloma.

– Não me conformo com a morte dela, papai.

– Esqueça isso, filho – pediu Diego, amorosamente.

Vermelho, explodindo de raiva por dentro, Ivan completou:

– Não dá para esquecer, papai. Não consigo! Não vou conseguir, nunca!

– Filho – Samara tentou apaziguar a situação, mas ele a impediu:

– A culpa é dele! Daquele traiçoeiro!

– Ivan, por favor! – pediu Alejandro que também foi calado pela voz do neto.

– Rico é o único culpado por toda essa desgraça. Maldito o dia em que vocês o abrigaram nessa casa. Maldito dia!

A família Ramirez se entreolhou e, certamente que um deles ali havia pensado o mesmo que Ivan, só não tinha tido a coragem de falar.

– Que o Rico se queime no quinto dos infernos! É só isso que eu desejo para ele.

– Não deseje o mal a ninguém, Ivan, por favor! – Era Samara quem falava agora. – Não faz bem. Minha gente dizia que tudo que se deseja para o outro, cedo ou tarde acontece conosco.

De tão furioso, Ivan desprezou o alerta da mãe. Simplesmente questionou, visualizando o mapa da Espanha em pensamento.

– Por onde será que anda aquele demônio?

– Não fale assim dele, Ivan, por favor!

– Falo, falo, sim, mamãe! Só os demônios causam tanto estrago na vida de alguém, como ele fez comigo, com Paloma e com o próprio filho que ela gerava em seu ventre. Eu o odeio! Se eu encontrá-lo, sou capaz de...

Uma pontada no peito o fez calar-se. A dor intensa, logo o deixou asfixiado. Seu rosto foi se congestionando e, de repente, ele levou a mão a garganta como se quisesse rasgar a própria pele para poder respirar melhor.

Minutos depois, Diego era levado às pressas para o hospital mais próximo. O nervosismo o deixara naquele estado, o médico lhe receitou um calmante, acreditando que assim ele poderia voltar às boas. Na missa de sétimo dia de Paloma, assim que a família deixou a igreja, o rapaz, demonstrando forte tensão, avisou que ia dar uma volta de carro, para espairecer.

– Eu vou com você – prontificou-se Diego, para não deixá-lo ir só, tampouco dirigindo naquele estado. E, assim, pai e filho saíram enquanto os demais voltaram para casa.

Ao adentrarem sua morada, Samara voltou a pensar em Rico, movida pelas palavras que Ivan dissera dias atrás:

"Por onde será que anda aquele demônio?"

A lembrança a fez sentir um forte calafrio que se repetiu forte e intensamente ao se recordar do que Ivan também dissera naquele momento:

"Se eu encontrá-lo, sou capaz de...".

E Samara rogou aos céus para que esse dia nunca chegasse.

Capítulo 10

Dezoito anos depois...

Rico Ramirez, aos 37 anos de idade, tornara-se um homem maduro e tão atraente para o sexo oposto, quanto nos áureos tempos de sua juventude. Quantas e quantas mulheres não se encantavam pelo seu charme, virilidade e facilidade com que tocava o violão para alegrar a festa que os ciganos faziam pelas cidades por onde passavam.

Todavia, em cada olhar voltado para ele, Rico só buscava o prazer de reencontrar os olhos de Ivan, despertos na sua direção. A cada cidade que aportavam, ansiava loucamente revê-lo. Ainda acreditava, piamente, que ele haveria de procurá-lo para lhe pedir perdão por tudo que lhe dissera e fizera por causa de Paloma. Tudo que resultou no afastamento dos dois e causou tanta desilusão para ambas as partes.

Ao fim de mais uma apresentação dos ciganos em Mônaco, Zafira, a cigana com quem Rico havia se juntado depois de Jade tê-lo abandonado, o pegou novamente aéreo, esticando o pescoço para ver algo ou alguém nas imediações.

– O que foi, Rico? – perguntou ela, olhando na mesma direção que ele olhava.

– O rapaz... – murmurou o cigano sem deixar de observar os passantes. – Pensei que fosse ele.

– Quem, Rico?

– Meu irmão.

Ela suspirou e se perguntou se deveria mesmo dizer o que pensou. Por fim, ainda que temesse sua ira, disse:

– Você ainda acredita que ele virá atrás de você? Já se passaram tantos anos. Por que não o procura se sente tanta falta dele?

Só então ele olhou para ela, com descaso e raiva:

– Não pedi sua opinião, pedi?

– Repito o que disse, Rico. Se seu irmão é tão importante para você...

– Cale sua boca! O que você pensa ou deixa de pensar não me interessa.

– Rico, só estou querendo ajudar.

– E desde quando eu preciso de ajuda? Ainda mais, da sua ajuda?

Zafira baixou a cabeça e se afastou, Asunción, já com quase sessenta anos de idade na ocasião, aproveitou a oportunidade para cutucar o cigano:

– Seu irmão nunca virá, Rico. Nunca! Entendeu?

Ele a odiava tanto quanto ela parecia odiá-lo.

– Sai daqui, velha! Vá pro cemitério que você já passou da hora de ser enterrada.

Saboreando sua fúria, a cigana o incitou ainda mais:

– Você vai morrer esperando pela volta dele, Rico. Pois ele não virá.

– Cale sua boca!

Mas a cigana não calou:

– Zafira está certa! Se seu irmão é tão importante para você. Por que não o procura? Tome você a atitude de ir vê-lo. – Ela parou, soltou um risinho curto e matreiro e completou, tomada de satisfação: – Sei bem por que não vai atrás dele. Não preciso sequer ler a palma da sua mão para saber. Sei, sei sim! Você não vai porque tem medo de descobrir que ele não lhe perdoou pelo que fez. Porque algo de muito grave você fez a ele, caso contrário, não teria abandonado sua família num todo para se juntar a nós.

O rapaz saltou como se tivesse dado um coice.

– Rico! – chamou Caruso, o líder da caravana cigana a qual eles pertenciam. – Deixe Asunción em paz!

– Diga a ela também para me deixar em paz.

Sem mais, ele pegou o que lhe cabia levar de volta para o acampamento e partiu. A velha cigana se aproximou de Zafira e disse, com toda sinceridade que era seu forte:

– Não sei como você suporta se deitar com esse infeliz...

– Eu gosto dele, Asunción.

– Mas ele não gosta de você.

– Talvez. Mesmo assim, o desejo.

– Mulheres... Sempre loucas por aqueles que mais as desprezam.

Outra noite, noutro ponto da cidade, Rico avistou novamente a figura de um moço que já vira anteriormente, apreciando a festa cigana. Deveria ter por volta dos 35 anos de idade, era bonito de rosto e olhava sempre com muito interesse para tudo. Por muitas vezes, Rico ficou em dúvida para quem o sujeito realmente dispensava a sua atenção. Se era para as lindas ciganas a dançar o flamenco ou para ele a tocar seu instrumento festivo.

Foi durante uma pausa, quando Rico foi fumar seu cigarro de palha pelos arredores, que o fulano surgiu como que do nada, surpreendendo-o com sua repentina aparição.

– Olá – disse, cordialmente.

Rico, por sua vez, não lhe foi nada cordial:

– Você está me seguindo, por acaso?

– Eu?! – o moço se fingiu de bobo.

– Você, sim!

– Ora...

– O que deseja?

– Apenas acender o meu cigarro. Posso?

Ainda que desconfiado, Rico atendeu ao seu pedido. Depois de uma tragada, o sujeito sorriu e falou alegremente:

– Você toca muito bem o banjo. É banjo ou violão?

Rico não respondeu. Apenas disse, ainda endereçando um olhar desconfiado para o estranho:

– Tenho visto você quase todas as noites por aqui. E antes daqui, noutro bairro, você também estava a nos prestigiar, não é mesmo?

– Ah! Quer dizer que você me notou. Que bom! – O sorriso do fulano se ampliou. – Meu nome é Tairone. Tairone Celemín, a seu dispor.

– O que quer de mim, Tairone?

O sorriso do moço desapareceu. Tornara-se sério, tão sério quanto a voz que usou para responder à pergunta:

– Preciso mesmo dizer?

Rico sentiu seu corpo gelar naquele instante, como se estivesse diante de uma ameaça tamanha. Para aliviar a tensão, o sujeito voltou a sorrir:

– Eu moro só... Podemos ir para minha casa, depois que você ficar livre disso tudo.

Rico novamente gelou. Então, subitamente, agarrou o sujeito pelo colarinho e falou, com toda fúria:

– Você pensa que eu sou o quê? Pederasta?

– Você é igual a mim.

A frase foi o suficiente para Rico arremessar o rapaz contra o chão e saltar sobre ele, aos murros.

Caruso e os demais ciganos, correram para apartar a briga.

– Rico, o que deu em você? – quis saber Caruso quando conseguiu afastá-lo de sua vítima.

– Aquele ordinário. Veio para cima de mim. Falando coisas.

– Calma! Assim você denigre a nossa imagem.

Ao passar pelos dois, Tairone Celemín não deixou barato:

– Babaca! – xingou com asco e escarrou longe.

Naquela noite, Rico Ramirez não mais conseguiu se concentrar na apresentação como antes. Por diversas vezes errou as notas das canções e se pegou disperso. Também não dormiu bem, tampouco aceitou os afagos de Zafira, algo que ele há muito evitava.

Capítulo 11

Na noite do dia seguinte, a jovem Maribel Ozório foi apreciar a festança dos ciganos, especialmente o flamenco que as ciganas dançavam tão bem. Seu noivo, Patrício Capadose não se interessava muito pelas proezas da raça, mas acabou indo somente para alegrar a noiva.

A magia da noite, feita de música, dança e alegria, entusiasmou o casal apaixonado. Juntos, lado a lado, o mundo se tornava ainda mais maravilhoso de se viver.

Foi o rapaz quem primeiramente chamou a atenção de Rico, depois a moça que estava em sua companhia. Namorada ou noiva, perguntou-se Rico com repentino interesse. Pela aliança em sua mão direita, ele obteve a resposta. A seguir, examinou-a por inteira. Usava um vestido num tom amarelo canário, com estampa de flores num tom azul suave e agradável aos olhos. O rosto era forte, bonito e expressivo. Algo nela fez Rico renovar suas energias e redobrar o entusiasmo com que tocava seu instrumento.

Ao perceber o interesse com que o marido olhava para a moça, Zafira também a observou em detalhes. Nunca vira Rico tão interessado por uma mulher como se mostrava por aquela, naquele instante. Ficou curiosa para saber o que nela o atraía tanto.

Assim que teve oportunidade, Rico se aproximou do casal, tocando alegremente seu violão e sorrindo muito convidativo para os dois.

– Boa noite! – disse ele, fazendo uma reverência para o casal.

– Boa noite – responderam Maribel e Patrício ao mesmo tempo, contagiados pela simpatia do cigano.

– Uma flor para uma flor! – completou Rico, entregando à moça um botão de rosa vermelha.

– Para mim?! – exclamou a jovem, feliz. – Muito obrigada!

– Rico à sua disposição.

Leve rubor coloriu o rosto da mocinha.

– Qual o nome de tão formosa criatura?

Ela respondeu mais por impulso do que propriamente por educação:

– Maribel Ozório.

– Que nome elegante. Tão elegante quanto aquela que o possui.

A princípio, Maribel Ozório apreciou sua simpatia, depois, inquietou-se com ela. Havia algo no olhar do cigano que a fez sentir medo ou algo parecido.

Voltando-se para o noivo da jovem, Rico repetiu a pergunta, com a mesma pompa. Tão simpático quanto a noiva, o sujeito respondeu:

– Me chamo Patrício Capadose. Muito prazer!

– Patrício? Um nome propício! Opa! Até rimou! – brincou Rico, provocando riso em todos. – Vocês formam um belo casal. A próxima canção, vou dedicá-la exclusivamente a vocês.

– Muito obrigado.

Patrício agradeceu a lisonja e Rico, em meio a uma nova reverência, retomou seu lugar junto aos demais músicos que empolgavam a festa cigana.

O casal acreditou, piamente, que a canção seguinte fora entoada em sua homenagem. Com devida discrição, Rico se mantinha atento ao casal e os seguiu quando foram embora. Queria saber onde a mocinha morava e conseguiu descobrir. Era mais do que querer saber, era uma necessidade.

Zafira, de longe, acompanhou todos os movimentos do marido em relação àquele casal em especial. Ao vê-lo seguindo os dois, não foi nenhuma surpresa para ela, foi como se já esperasse por aquilo. Rico havia mesmo se fascinado pela moça que tratara com tanto galanteio. E novamente ela se perguntou o que havia de tão especial na jovem.

No dia seguinte, Rico escanhoou ou rosto com redobrada vaidade. Olhou-se por diversas vezes num pequeno espelho, verificando cada ponto da face, em busca da perfeição. Arrumou-se com mais precaução para ficar devidamente bonito em seus trajes e deixou o acampamento muito mais cedo do que o habitual.

Zafira sabia muito bem o porquê de tudo aquilo. Rico iria até a casa da moça que tanto o fascinara na noite anterior. Encontraria uma forma de lhe falar como se o destino os tivesse feito se encontrarem ao acaso. Diria a ela coisas bonitas só para encantá-la e, mais tarde, seduzi-la que era, ao fundo de tudo, seu maior propósito com tudo aquilo. E ela estava certa. Tão certa quanto dois e dois são quatro.

Ao ver Maribel, saindo de sua casa, Rico, ladinamente fingiu encontrar-se com ela por acaso. Ao vê-lo, a jovem realmente se assustou enquanto ele fingiu perplexidade.

– A senhorita, aqui?! Que coincidência!

A moça retraiu o espanto e procurou ser simpática:

– Pois é.

Mirando-a de cima a baixo, Rico não lhe poupou elogios, deixando a espanhola ainda mais corada.

– Obrigada, obrigada.

– Uma mulher bonita deve ser apreciada.

– Obrigada. Bem, preciso ir.

– A senhorita irá nos ver esta noite?

– Não, acho que não. Meu noivo tem de estudar e...

Maribel cortou o que dizia ao perceber que estava falando demais da intimidade do casal.

– Gostaria de revê-la. Não sabe o quanto é importante para nós, ciganos, ter a presença de pessoas tão ilustres nos prestigiando. Se puder convidar amigos e amigas para nos valorizar, agradeço já em nome de todos.

– Hoje não prometo, mas amanhã, certamente amanhã, farei um esforço para prestigiar novamente sua gente.

– Obrigado.

Ela sorriu e ao tomar seu rumo, ele a deteve:

– Só mais uma coisa.

Ela novamente voltou a olhá-lo com interesse e ressalva ao mesmo tempo. Rico fez certo suspense antes de perguntar, seriamente:

– Se a senhorita pudesse evitar um mal futuro, faria?

A jovem, ligeiramente assustada com sua pergunta, respondeu:

– Não entendi bem a sua pergunta.

– Vou me explicar melhor. Se a senhorita soubesse que algo de ruim vai lhe acontecer num futuro próximo, a senhorita certamente faria de tudo para evitar que isso lhe acontecesse, não é mesmo?

– Bem, sim. Certamente que sim!

– Pois bem. É por isso que os ciganos leem as mãos das pessoas e jogam as cartas. Para ajudar todos a evitarem o mal previsto ali. Se quiser, posso ler as linhas de sua mão, para adverti-la.

– Bem...

– Deixe-me ler, por favor.

– Quanto isso vai me custar?

– Para a senhorita, nada.

Por uns segundos, Maribel ficou incerta se deveria ou não aceitar a proposta, por fim, a curiosidade falou mais alto dentro dela. Rico a conduziu para um banco de praça, não muito longe dali, onde se sentou ao seu lado e tomou-lhe a mão.

– Que mão suave. – O tom de Rico era puramente sedutor.

Com o dedo indicador da mão direita, o cigano percorreu as linhas da mão da jovem, fazendo grande suspense com suas palavras.

– Vejo aqui um grande temor da sua parte.

– Temor?!

– Sim! Um medo, uma insegurança.

Maribel voltou a corar. Rico, aproveitando-se de sua fragilidade, prosseguiu:

– Esse medo, essa insegurança, diz respeito ao seu noivo, não é? O que teme em relação a ele?

– Bem... – A moça olhou para um lado, depois para o outro e só quando teve certeza de que ninguém a ouviria, desabafou: – Você me achou bonita, me fez elogios, mas eu não me acho bonita.

– Não diga isso.

– Digo, porque é verdade. Posso ter um corpo bonito, mas meu rosto não é de princesa.

A voz dela era baixa, mas com força incisiva. Parecia escolher cada palavra como se escolhesse flores num jardim para colher.

– Quando meu noivo se apaixonou por mim, fiquei surpresa. Verdadeiramente surpresa, porque jamais pensei que um moço bonito como ele seria capaz de se interessar por uma jovem não tão bonita quanto eu. Ainda mais com tantas meninas lindas por aí e solteiras.

Rico tornou a repetir, com pesar:

– A senhorita realmente não sabe o que diz. É uma moça linda. Não digo que todos os homens cairiam aos seus pés, mas uns cem, pelo menos, fariam.

– Que nada.

– Falo sério.

Ele segurou a mão dela com mais força, fazendo-a voltar rapidamente os olhos para sua mão delicada, presa à dele, quente e viril.

– Vejo aqui – continuou Rico, abrandando a voz. – Que você será muito feliz ao lado de um homem. Só não posso lhe garantir que esse homem seja o seu noivo.

– O quê?!

– Você quer ser feliz, não quer?

– Sim, é óbvio que sim! Quem não quer?

– Pois bem. Sua felicidade dependerá de uma escolha que fizer. Ela logo se revelará para você. Quando outro homem aparecer na sua vida, deixando você atraída por ele, chegará o momento de você fazer a escolha, e a escolha certa, segundo as linhas da sua mão, será esse outro sujeito, não o seu noivo.

– Não pode ser. Eu amo o Patrício. Sou louca por ele! – Ela se levantou abruptamente. – Preciso ir, se não vou me atrasar. Adeus.

Rico também se levantou e disse, firme e forte, sustentando o olhar aturdido da jovem.

– Não adianta fugir da verdade, ela falará mais alto dentro de você.

Maribel, sem mais delongas, afastou-se do cigano, estugando os passos. Rico permaneceu ali a observá-la, com um sorriso perverso de felicidade, bailando em seus lábios.

Naquela noite, em meio à apresentação dos ciganos, Maribel voltou a praça, movida pela semente da inquietação plantada por Rico em seu coração. Ao vê-la, uma chama pareceu brilhar no globo ocular do cigano. Provinha do inferno em vida, do qual Rico não conseguia escapar.

Assim que pôde, ele foi ter uma palavrinha com ela que ao vê-lo, girou nos calcanhares.

– Ei, espere! – disse ele, elevando a voz.

– Preciso ir.

– Não, você não precisa.

A resposta dele a assustou.

– Eu jamais deveria tê-lo deixado ler minha mão. Suas palavras agora me importunam. Você disse que haverá outro homem em minha vida e eu lhe digo, que nunca outro se interessou por mim. Não faz sentido.

– Mas seria bom que houvesse outro, não é mesmo?

– Não! Eu amo o meu noivo.

– Eu sei. Mas será que ele a ama do mesmo jeito?

– Sim, é lógico que sim!

Ela novamente se sentiu aflita na presença do cigano.

– Eu já vou indo.

Ele a segurou pelo braço, fazendo-a encará-lo assustadoramente.

– Não fuja de mim, Maribel. Pelo seu olhar, muito mais do que pelas linhas de sua mão, sei que se sente atraída por mim. Eu também me sinto atraído por você.

A moça gelou, engoliu em seco e muito delicadamente tentou soltar seu braço das mãos dele.

– Preciso realmente ir.

– A flor que lhe dei naquela noite, foi porque fiquei encantado por sua beleza. Por acaso me viu entregar alguma rosa para outra mulher que estava li presente? O fato de eu tê-la encontrado, hoje, ao acaso, saindo de sua casa, Maribel, prova que nossos destinos estão cruzados. Não foi uma coincidência, foi obra do destino.

Ao soltar seu braço, a jovem se manteve parada, com o mesmo olhar de curiosidade e aflição voltados para ele.

– Amanhã, às duas da tarde, quero vê-la. No parque da cidade. Nada melhor do que conversarmos, com mais calma. Esteja lá. Aguardo por você.

Sem confirmar que iria, Maribel Ozório se afastou, voltando a cabeça por sobre o ombro, por diversas vezes, para ver o cigano que se mantinha atento aos seus passos.

Naquela noite, Rico se manteve recostado numa moita, por quase uma hora, com as mãos cruzadas por trás da cabeça, sorrindo para o espaço. Zafira se mantinha atenta a ele sem que ele notasse.

Capítulo 12

No dia seguinte, na hora combinada para se encontrar com Maribel, Rico partiu para o local, mesmo sem a jovem ter confirmado que iria. Para ele, ela estaria lá, aguardando por ele, tinha certeza absoluta.

Dalila, a cigana mais próxima de Zafira havia se unido diante de uma fogueira para se aquecer e conversar. A certa altura, a prosa foi parar em Rico. Zafira, muito pensativa, comentou a respeito do marido:

— Tento entender o Rico já faz muitos anos, por mais que eu tente, ele continua sendo um mistério para mim. Quanto mais tento decifrá-lo, mais mergulho na escuridão do nada. Só sei que ele não é como as outras pessoas. Não, isso, não. Algo nele é muito diferente de todos. Tem carência afetiva, sim, sem dúvida, isso pude perceber, mas do que ele carece, exatamente, isso não sei precisar. Às vezes acho que é de amor de pai, noutras de mãe, noutras dele próprio. Se ele falasse mais de si, de seu passado, talvez eu tivesse a chance de compreendê-lo melhor. Já notei também uma chama de ódio em seus olhos, bem no fundo, quase escondida, ela está lá, sempre a brilhar. Não sei por que ou contra quem ele sente tanto ódio. Se soubesse, talvez pudesse ajudá-lo.

Naquela noite, ao ver Rico de volta ao acampamento, Zafira novamente notou a tal chama brilhando fundo em seus olhos marrons. Dessa vez parecia brilhar mais forte e, por isso, ela decidiu falar com ele a respeito:

— Rico... — chamou ela, sem fazer alarde.

Quando ele a olhou, firme e penetrante, ela perguntou, sem receio:

— Por que a deseja tanto?

A pergunta lhe causou profundo impacto, o qual tentou disfarçar, mantendo-se calmo e indiferente.

— É porque ela se parece com a tal moça que você tanto amou, não é mesmo?

Ele permaneceu calado, sustentando seu olhar com indiferença.

– Sei que houve uma mulher, provavelmente sua grande paixão. É dela que você foge. Até mesmo das lembranças do que viveu e não viveu ao seu lado, não é mesmo? Só não entendo por que vocês não ficaram juntos. A não ser que você a amou e ela não correspondeu. Foi isso, não foi? Por isso dói tanto em você, por isso guarda tanto ressentimento?

– E se for? O que você tem a ver com a minha vida?

– Você é meu marido.

– Não somos nem casados.

– Eu sei. Vivemos juntos, simplesmente. Ainda assim, como marido e mulher.

– Da minha vida cuido eu.

– Rico, Rico, Rico... Não sou aquela que entrou na sua vida para dominá-lo. Você sabe muito bem que sempre o deixei livre para ser quem é. Nunca exigi nada em troca. Só gostaria de entendê-lo para, quem sabe, libertá-lo desse mal que está aí, guardado em seu peito e que tanto o faz infeliz.

Um suspiro e ela ousou ir mais além:

– Há algo aí, sim! E sei bem que se refere a uma mulher. E tem a ver também com uma criança, por isso jamais quis ter filhos. Se quisesse não teria...

– Chega! – enfezou-se Rico ainda mais.

– O que houve realmente em seu passado, para você ter feito o que fez com Jade. Ela o amava tanto. Ela...

– Já disse: chega!

– Toda vez que falo de Jade, você fica fora de si.

– Jade não me foi correta, todos sabem.

– Só porque ela ousou contrariá-lo? Porque desejava ser mãe, por isso?

– Se ela desejava tanto ter filhos, que tivesse se casado com outro, não comigo. Pois deixei bem claro para ela que não queria ter filhos de jeito nenhum.

– Mas aconteceu apesar de ela tentar evitar.

– Não quero mais falar sobre isso.

Ele bufou e ela, com muita ousadia, fez-lhe uma nova pergunta:

– Só me diga uma coisa, essa moça, essa tal pela qual você agora anda enfeitiçado. Ela se assemelha a moça que um dia você tanto amou...

– Sim! – ele a cortou bruscamente. – É isso que você quer saber? Pois bem, eu respondo! Sim, lembra ela, sim!

– Você deve tê-la amado muito, acho que ainda a ama para não tê-la esquecido até hoje.

– Sim, Zafira, você está redondamente certa.

Sem mais, ele a deixou só e foi então que Zafira se recordou de Jade, a cigana que também fizera parte da caravana, nascera e crescera ali e por Rico se apaixonou perdidamente. Ele a evitou em todos os sentidos, e quando não pôde mais, passou a desprezá-la. E o desprezo dele fez dela ainda mais rendida aos seus encantos. Fora mais uma triste e complicada história de amor que terminou de forma ainda mais dolorosa.

Jade era linda e Maribel Ozório não. Se Maribel lembrava a moça que ele tanto amou, então a beleza estonteante de uma mulher nunca foi o forte para fazer Rico se apaixonar por ela.

Naquele mesmo dia, á tarde, ao limpar a carroça que habitava com Rico, Zafira reencontrou, em meio a um caderno que Rico guardava de longa data, uma foto dele com um casal. Não demorou muito para se recordar quem eram os dois ao seu lado: o irmão e sua namorada. Como era mesmo o nome do rapaz?

Puxou ela pela memória. Ivan, sim, agora ela se lembrava. E a moça, como era mesmo seu nome? Tentou se recordar e não conseguiu. Mas foi o rosto de Ivan que mais chamou sua atenção. O vira recente-mente... Onde e quando, mesmo?

Ela se esforçou para se lembrar e quando fez, gelou. Ela o vira numa das apresentações dos ciganos dias atrás. Ele estava ao lado da jovem por quem Rico estava enlouquecido. Mas não podia ser Ivan, ele não teria aquela idade. Era apenas um rapaz muito parecido com ele no auge da juventude.

Só então Zafira compreendeu o que se passava na mente e no coração de Rico. Desde então, ficou ansiosa para lhe falar.

– O que foi? – estranhou Rico, ao reencontrá-la. – Está com um aspecto horrível.

Zafira foi direto ao ponto:

– Você só está seduzindo essa jovem para atingir o noivo dela, não é?

– Do que você está falando, Zafira?

– Eu sei! Agora eu sei!

Ela lhe mostrou a foto.

– Esse é seu irmão de criação. Essa era a jovem que você gostava e, certamente, ele também. Eu não sei exatamente o que houve entre vocês no passado, mas algo de muito grave aconteceu.

– Você tá boba.

– Não, Rico. Por esse fato, posso ver claramente que o noivo da tal Maribel Gutierrez se parece com seu irmão. Ela, no entanto, não se parece em nada com a jovem dessa foto. Isso me leva a crer que você só a seduz para fazê-lo sofrer, depois, ao descobrir que ela acabou se entregando para você. É ele quem você quer atingir por meio dela, não ela exatamente.

Havia um ar de derrota agora pairando na face de Rico Ramirez. Subitamente, Zafira via diante dela o rosto de uma criança em corpo de adulto, uma criança assustada, ferida na alma. Era visível o esforço que ele fazia para não chorar. Restou-lhe apenas o desabafo:

– O nome da garota da foto é Paloma. Ivan, meu irmão, apaixonou-se por ela perdidamente. Eu jamais gostei dela, na verdade, eu a odiei desde o primeiro instante em que percebi que ela se tornaria mais importante do que eu na vida do Ivan, o irmão que eu tanto amava.

Uma pausa e prosseguiu:

– De repente, em tão pouco tempo, Paloma se tornara tudo na vida do Ivan. E eu, que sempre me dedicara a ele de corpo e alma, tornei-me um zero à esquerda. Eu não suportava mais aquilo, eu queria mostrar para ele que ela não era tão santa quanto parecia ser. Eu a seduzi, foi quase um estupro. Acho que na verdade foi um.

Nova pausa.

– Quando tudo veio à tona, Ivan continuou do lado dela. Sua atitude não poderia ter sido pior. Foi uma traição para mim. Por isso, parti com os ciganos, não suportaria viver ao lado dele e dela e de todos que admiravam o amor entre os dois.

Zafira deu seu parecer:

– Quer dizer que seu ódio por essa tal Paloma passou a ser também pelo seu irmão. Por ele não ter ficado do seu lado.

Rico não precisou responder.

– Agora entendo melhor você. Mas não sei se aprovo o que fez por revolta, ciúme e indignação.

– Eu por acaso lhe pedi alguma aprovação? Acho que não, né?

– A vida não é mesmo como a gente quer, Rico. Nós é que temos de ser conforme ela deseja.

Breve pausa e ela quis saber:

– Só mais uma coisa. A tal Paloma, ela ficou grávida de você, não ficou? Por isso você nunca quis ter um bebê. Por isso que quase matou Jade ao saber que ela estava grávida, sem o seu consentimento.

– Jade também me traiu!

– Jade o amava. Era louca por você.

– De que me valia todo o seu amor se foi capaz de ir contra a minha vontade? Onde já se viu querer manter o bebê se eu não o queria.

– Porque era mulher, humana, queria ser mãe, queria criar um filho seu.

– Jade foi uma estúpida. Uma ingrata. Fez-me um favor ao sumir daqui. Eu a teria matado, cedo ou tarde, ainda que eu pagasse pelo que fiz, com a minha própria vida.

– Que modo mais bronco de resolver as coisas, Rico.

– Problema meu.

– Rico.

Ele bufou.

– Você nunca mais soube deles? De seu irmão, da tal Paloma e do bebê que ela esperava?

– Não. Nem quero saber.

– Mas seus destinos ainda hão de se cruzar um dia.

– Quem diz? As cartas? Não acredito nelas.

– Não, Rico, é meu coração quem diz.

– Pois também não acredito nele. Aliás, em coração nenhum. Nenhum é sincero, nenhum é leal, nenhum realmente se apaixona.

– Aí, você se engana, Rico. O seu se apaixonou e pelo visto, você não se deu conta disso até hoje.

E novamente ela sentiu pena dele. Agora ela sabia, sim, e talvez só ela soubesse o que tanto importunava seu coração. Para poupá-lo de um mal maior, Zafira lhe fez um alerta:

– Rico, o tal noivo da moça, ele não é o Ivan. Ele apenas se parece com ele. Não é justo você querer feri-lo seduzindo sua noiva. Nem ele nem ela lhe fizeram mal. Agindo como vem agindo, você pode destruir uma união sadia por causa de uma bobagem.

Ele riu, deu de ombros e partiu.

– Rico! – chamou ela como faria uma mãe severa com um filho. Mas ele continuou desdenhando seu alerta.

Na tarde do dia seguinte, Rico partiu em busca da jovem que vinha assediando nos últimos dias. Mal sabia ele que o pai da moça já estava a par de suas más intenções para com sua filha e que havia decidido tomar medidas para afastar os dois.

O cigano estava tão concentrado na sua meta que levou minutos para perceber que era seguido por dois brutamontes. Quando percebeu já era tarde demais para fugir. O maior deles o agarrou pelo braço e o arrastou para um aglomerado de árvores. Rico tentava se safar, mas não era ágil nem forte o suficiente. Foi dominado pelas costas por um, enquanto o outro sujeito ficou na sua frente a esmurrá-lo.

– Cigano de merda! – esbravejou o brutamontes que o prendia pelos braços. – Você vai aprender a nunca mais se meter com quem não deve.

Ele fora pego de surpresa. Se tivesse percebido o que estava prestes a lhe acontecer, teria tido a chance de fugir. Pelo menos assim pensou ele enquanto era golpeado de todas as formas até perder a consciência.

Quando os dois homenzarrões perceberam que o cigano já havia perdido os sentidos, soltaram-no e o largaram ali, feito carniça para os urubus devorarem.

No acampamento, ninguém estranhou a demora de Rico. Não tinham o hábito de controlar a vida do outro. Nem mesmo Zafira se preocupou com seu sumiço. Para ela, Rico, àquela hora, deveria estar concluindo seus propósitos malignos.

Capítulo 13

Quando Rico voltou a si, seus olhos estavam embaçados devido ao inchaço e ao sangue pisoteado. Demorou a perceber que havia alguém junto dele. Para saber quem era, precisava limpar os olhos, mas a dor não lhe permitia mover um músculo sequer.

– Quem está aí? – perguntou com voz doida. – O que quer?

Fosse quem fosse, nada respondeu, apenas riu, uma risadinha esganiçada e marota.

– Quem é? Diz!

A risada se repetiu deixando Rico ainda mais irritado. Por fim, depois de muito piscar os olhos, Rico conseguiu enxergar com mais detalhe a figura prostrada a sua frente, olhando com certo prazer na sua direção. Não demorou muito para reconhecê-lo, mal podia acreditar que fosse o tal sujeito.

– Você?!...

– Eu, sim, seu idiota.

Era Tairone, quem ele esmurrara noites antes por ter ousado se insinuar para ele.

– Bem feito, seu babaca! – A voz do moço tornou-se cortante como uma lâmina afiada na pedra.

Se tivesse forças, Rico teria pulado sobre ele que, despudoradamente, desdenhava a sua pessoa.

– Seu ódio por mim é visível – voltou a falar Tairone seriamente. – Mesmo com seus olhos avermelhados de sangue e inchaço, posso ver no fundo do seu globo ocular, o ódio borbulhando por mim. Só que agora você depende de mim, seu imbecil. Sua vida está em minhas mãos. Se eu deixá-lo aqui, você morre, verme imprestável.

Rico agora espumava de raiva.

– Eu te mato antes disso!

– Mate! – Tairone riu prazerosamente. – Sabe por que você me odeia tanto, cigano idiota? Porque trago em minha alma o mesmo que você traz na sua e não admite.

As palavras fizeram Rico grunhir de ódio e estremecer, ainda que qualquer movimento lhe fizesse arder a carne.

– Você se acha muito melhor do que eu, não é? – continuou Tairone desafiador. – Só porque se faz de macho. Só porque seduz as mulheres. Mas isso não quer dizer nada, o que vale mesmo é o que você sente, aí dentro, nesse seu peito imundo.

Usando palavras ásperas e cortantes, quase como se quisesse se cortar com elas, Rico revidou:

– Prefiro morrer a ser salvo por você, seu imoral.

– É isso mesmo o que você quer? Tem certeza? Pensa bem, hein?

O rosto de Rico se apagou. Naquele momento, pela primeira vez, Tairone sentiu pena do cigano, e só agora percebia o quanto ele, num todo, era digno de pena. Por isso dispensou o ódio do coração e resolveu fazer o que no fundo faria mesmo sob o domínio do ódio: salvá-lo daquela situação.

– Vem cá, seu imundo, vou levá-lo embora daqui. Pensando bem, é melhor eu ir chamar um dos seus para me ajudar. Sozinho, não conseguirei. Apesar de ser mais baixo do que eu, você é muito pesado para mim.

E foi assim que o moço conseguiu tirar Rico dali e ele pôde ser tratado devidamente até se recuperar da surra que tomou e quase o matou. Levou semanas até que ele se recuperasse totalmente, e quando isso aconteceu, Zafira o fez se lembrar do sujeito que o havia salvado.

– Ele me salvou porque quis. Não lhe devo nada por isso – foi sua resposta imediata.

– Nem mesmo um muito obrigado? – arriscou ela.

– Nem mesmo um.

E Rico respondera aquilo porque assim ditava o seu inferno interior.

Tairone Celemín não salvara Rico com segundas intenções, fizera porque sentira mesmo na alma a necessidade de ajudá-lo.

Com a intervenção do pai de Maribel, a jovem escapou da cilada que Rico armara para destruir sua paz afetiva com seu noivo. Dessa forma, o casal continuou junto inabalados, amando-se e casando, mais tarde, como tanto desejavam. Foram felizes.

Capítulo 14

Dois anos após os últimos relatos

O vento soprava firme do sul, revirando as partes inferiores e prateadas das folhas que o outono tirava das árvores. A caravana da qual Rico fazia parte, chegava a mais uma cidade europeia, contagiando todos que paravam para vê-los com sua indescritível e esplendorosa magia. Havia um rosto ali, observando Rico com olhos mais apurados. Demorou para que ele percebesse e reconhecesse quem era. Quando o fez, gelou.

– Mãe... – falou por impulso e por hábito.

Era Samara, sim, quem estava ali. Aos 54, 55 anos de idade, ainda era bonita, os cabelos se mantinham viçosos e o corpo ainda conservava certos contornos da juventude. Seus olhos límpidos convergiam-se atentamente para Rico, satisfeitos por revê-lo. Na visão dele, o reencontro era bom e, ao mesmo tempo, não. Por algum motivo obscuro, ele o temia como a própria morte.

Com muito custo, Rico voltou se concentrar no instrumento que tocava. Diante das notas erradas e mal feitas, os demais ciganos instrumentistas, chamaram sua atenção. Ao término da festança, falaram com ele:

– O que deu em você essa noite, Rico? Não acertou uma nota.

– Deve ter sido algum rabo de saia – sugeriu outro, caçoando do companheiro.

Rico não se ateve ao que diziam, apressava-se em apanhar suas coisas para sumir dali, o quanto antes. Quando deu por si, Samara estava ao seu lado, aguardara pacientemente a apresentação terminar para poder lhe falar.

– Olá, Rico.

A voz dela penetrou-lhe a alma, inquieta e assustada, como uma

333

flecha certeira. Foi preciso muita coragem por parte dele, para encará-la. E seus olhos estavam tristes e mareados quando isso aconteceu.

– Mamãe... – Sua respiração assumiu um ofegar louco.

– Quanto tempo, Rico.

O destino os havia unido novamente. Todo o passado reaparecia com violência. O carinho imenso que ele sentia por Samara, aquela que o havia criado, ressurgia forte e comovente, a emoção do reencontro descompassava-lhe o coração.

Samara o reteve num abraço apertado e Rico foi relaxando aos poucos. O calor humano foi derretendo suas defesas até não restar mais nenhuma. Ficou pendurado nos braços da mãe como fazia quando criança ou quando estava carente de afeto.

Só então ele percebia o quanto ela fez falta em sua vida, o quanto sentiu saudades dela durante os anos que passaram distantes um do outro.

Ele foi o primeiro a romper o silêncio:

– Quando a vi, pensei estar delirando.

Ela sorriu, afetuosamente, e novamente o abraçou com saudade. Novas palavras interromperam o curto silêncio repentino que existiu entre os dois, naquele instante.

– Pensei que a senhora não quisesse falar comigo.

– Você ainda é meu filho, Rico.

– Mesmo depois de tudo que aconteceu entre nós?

Ela assentiu, enquanto lágrimas escorriam por sua face. Ao vê-las, novas também afloraram aos olhos dele, avermelhados de emoção.

– Fale-me de você – disse Samara a seguir. – Casou-se?

– Sim, sim... – respondeu ele, apressado.

– Teve filhos?

– Não. Nunca os quis.

– Por que não, Rico?

Ele deu de ombros, como quem faz quando não sabe ou não quer explicar um porquê.

Ela novamente contemplou seu rosto bonito, transformado pela alegria e a emoção do reencontro e quis saber:

– Você é feliz?

A pergunta surpreendeu o cigano.

– Feliz?!... Nunca ninguém me fez essa pergunta, mamãe. Nem eu mesmo.

Ela riu, ele também. A seguir, Samara comentou:

– Pelo visto, você se adaptou muito bem à vida cigana.

– Sim, afinal, eu sempre fui um deles.

– Eu também, meu querido. Nasci e fui criada pelos ciganos, só depois é que me afastei de todos. Com você aconteceu justamente ao contrário de mim.

– Pois é. Só agora percebo que sempre estive ligado a eles, mesmo estando longe, afinal, fui criado pela senhora que é, em parte, cigana.

– Pois é.

O rosto dele relaxou em meio a um sorriso suave. Houve uma breve pausa até ela confessar com muito entusiasmo:

– Gostaria de conhecer seu acampamento, posso? Tenho saudades do meu. O qual os nazistas destruíram brutalmente.

– Pode sim, vamos!

Pelo caminho, os ciganos quiseram saber quem era Samara, que foi apresentada por Rico, com muita alegria e satisfação. No acampamento, ele a apresentou à esposa e demais membros da comunidade. A seguir, Samara admirou o acampamento em cada detalhe. As carroças com lindas gravuras, os cavalos, a beleza da vestimenta cigana, tudo ali, enfim, a fez se sentir saudosa.

Viu-se aprendendo o flamengo com Natasha, dançando com Iago ao desabrochar da adolescência e sendo admirada e amparada por Dolores e Ramon a vida toda. Ainda custava-lhe acreditar que tivessem morrido daquela forma estúpida. Que tudo que fora tão belo e esplendoroso tivesse terminado tão triste por causa dos malditos nazistas. Ela enxugou as lágrimas rapidamente, não queria se entristecer, não mais. Fora até lá para se alegrar, especialmente com Rico.

Quando os dois voltaram a ficar a sós, saíram para caminhar sob a intensa luz do luar. Temporariamente em silêncio, ambos ficaram a ouvir os grilos e rãs coachando. Demorou até que Rico finalmente encontrasse forças para perguntar a ela, o que ele tanto queria saber:

– E o Ivan, mamãe? Como ele está? Apesar de sua revolta comigo, pelo que fiz para mostrar a ele que Paloma não era grande coisa, eu pensei que ele viria trás de mim. Que me impediria de partir com os ciganos. Quão tolo fui eu em acreditar nisso, não? Em manter alguma esperança de que nossas vidas pudessem voltar a ser como antes de ele conhecer e se apaixonar por Paloma. Doce ilusão. Ela o tirou de mim, o tirou de todos nós.

Seu rosto voltou a escurecer de mágoa e tristeza:

– Desde que ela entrou nas nossas vidas, Ivan nunca mais se importou comigo.

– Foi por amor, Rico. Por amor...

– Que amor é esse que ao invés de aproximar as pessoas, separa? Desculpe. Ainda guardo ressentimentos por isso. Mentira se eu dissesse à senhora que não.

– Eu o compreendo. Ivan era seu irmão querido. Você o amava.

– Sim e acho que ainda o amo. Apesar de termos nos desentendido, ele nunca deixou de ser o meu irmão amado.

Samara assentiu, entre lágrimas, e novo silêncio acompanhou seus passos. Então, Rico parou, voltou-se novamente para ela, ansioso por sua resposta:

– A senhora não me respondeu. E o Ivan, como está? Antes de eu partir da cidade com os ciganos, soube que ele havia decidido se casar com Paloma, mesmo depois de ela ter... A senhora sabe. Pois bem, suponho que eles tenham se casado, como ele estava disposto a fazer.

– Sim, Rico, eles se casaram.

– Então ele realmente cometeu essa loucura.

– Ivan adorava Paloma. Era louco por ela. Por isso a quis como esposa, de qualquer maneira.

– Bobo! Jamais pensei que Ivan pudesse ficar tão bobo por uma mulher, ainda mais por aquela...

Ele não conseguiu completar a frase, juntou saliva e cuspiu longe. Samara tentou falar:

– Rico.

– Bobo ele, muito bobo.

– Rico, ouça-me!

Só então ele se deteve no olhar dela, e a tristeza que avistou ali, o fez estremecer.

– O que foi? – perguntou sem esconder a aflição.

Com muito custo Samara conseguiu dizer:

– O Ivan está morto.

O espasmo no rosto dele foi notável.

– Morto?! Como assim, morto?! Morto, não! Que brincadeira é essa?

– Não é brincadeira, filho. Eu jamais brincaria com algo tão sério.

– Não, o Ivan está com a mesma idade que eu. Apenas uns meses mais velho, só isso, mas....

– Rico! O Ivan está realmente morto. Morreu meses depois de ter se casado com Paloma.

– Não, isso não!

– Infelizmente é verdade, filho. Foi num acidente, uma semana depois da morte dela. Precisamente no dia de sua missa de sétimo dia.

– Morte, dela?! – o cigano se recusava a acreditar.

– Sim, Rico. Paloma também morreu, um mês antes de dar à luz à criança.

O cigano engoliu em seco, enquanto Samara revisitou o passado em pensamento.

Capítulo 15

Resurgindo do passado, Samara voltou a falar com profundidade:

– Lembro-me de tudo com tanta clareza, que até parece que foi ontem que tudo aconteceu.

Rico continuava prostrado, tamanho choque com a realidade.

– Não posso acreditar que o Ivan esteja morto... Eu me recuso a acreditar.

– Ele já está morto há mais de quinze anos, Rico.

– Não pode ser verdade. É tempo demais.

– Mas é verdade. Ele tinha apenas 19 anos quando tudo aconteceu.

– Quer dizer que ele não viveu nada. Nada do que imaginei que ele poderia ter vivido durante todos esses anos?

– Infelizmente, não.

– Ele era mesmo louco por ela, não é? Bastou ela morrer para ele se entregar. Foi isso, não foi? Isso não é amor, é loucura!

– Seja o que for, filho, aconteceu! Temos de encarar os fatos.

Ele levou as mãos à cabeça, mergulhou os dedos por entre os fios de cabelo, num gesto desesperador, de pura aflição.

– A senhora pode pensar que a culpa foi minha, que fui eu quem desencadeou toda essa desgraça, mas não foi, a verdadeira culpada por tudo foi ela. Paloma. Maldita hora em que os dois se conheceram naquele maldito parque de diversões.

– Rico. Se não fosse por ela, Ivan se apaixonaria por outra garota. Todos se apaixonam um dia. É a vida.

Ele poderia dizer que aquilo nunca havia acontecido a ele, mas estaria mentindo. O amor o tomara e o domara também só que de outra forma.

– Ivan, não... Não posso acreditar que ele...

Ficou perdido em pensamentos por um curto tempo antes de prosseguir.

– E o papai? Ele compreendeu por que fiz aquilo com Paloma? Os motivos que me levaram a fazer aquilo com ela?

– Seu pai também está morto, Rico. Estava no mesmo acidente que matou Ivan. Ivan havia deixado a missa de sétimo dia da Paloma, e quis dar uma volta de carro para espairecer. Percebendo que ele não estava bem para dirigir sozinho, Diego quis ir com ele. Ele perdeu a direção numa curva, desabaram, morreram na mesma hora.

– Que horrível.

– Seu avô Alejandro morreu de enfarto dois anos depois da morte de Diego e Ivan. Maria Alice, sua avó, ainda está viva, idosa, certamente, mas bem lúcida. Edmondo Torres, após a morte do sogro e da esposa, acabou indo morar conosco para nos fazer companhia e nós a ele. Assim que soube da tragédia que nos envolveu, jamais deixou de nos prestar auxílio. Para ele, que fora um segundo pai do Diego, vê-lo morto foi também horrível.

Ela enxugou os olhos e respirou fundo.

– E para a senhora, mamãe?

Novo respiro e ela lhe respondeu com toda franqueza:

– Depois de tantas que a vida me fez, acho que me tornei mais forte para superar travessias amargas. Além do mais, acredito que a vida não termina com a morte. Há uma vida além. Sei disso, porque Alejandro, ao salvar Diego do incêndio, provocado por Alice Namiaz, minha verdadeira mãe, viu o espírito de Miro, meu pai tentando ajudá-lo. Por isso sei, com certeza, de que sobrevivemos à morte.

– Será mesmo?

– Certeza mesmo, não temos, Rico. Só fatos com esse para comprovar.

Ele pareceu refletir no minuto seguinte. Só então, questionou-a:

– A senhora me odeia, não me odeia?

– Não, Rico.

– Me odeia, sim! Porque fui eu, de certo modo, que levei todos a essa desgraça.

– Ainda que tenha sido, Rico, eu lhe perdoo. Porque o amo como a um filho.

– Eu não mereço seu perdão.

– Eu lhe perdoo, mesmo assim.

– Não! Eu sou mau. A senhora tinha toda razão. Eu puxei a Málaga, sou igualzinho a ela que, por pouco, não a fez vítima dos nazistas. Eu sempre quis ter bondade dentro de mim, só bondade, mas ela nunca existiu. Porque meu sangue é tão ruim quanto o de Málaga.

– Rico, ouça-me!

– Dê-me um momento, por favor. Preciso ficar só.

– Está bem. Só não esqueça que eu ainda o amo, que assim que soube que havia uma caravana de ciganos na cidade, pensei: Rico pode estar nessa. Preciso averiguar. Não foi a primeira caravana em que pensei reencontrá-lo. Há dez, doze anos eu visito todas que aportam na cidade em sua busca. Eu sempre quis revê-lo, sempre quis reencontrá-lo.

Ele foi se afastando e logo estava a correr. Zafira, aproveitou o momento para se unir a Samara.

– Desde que Rico se uniu a essa caravana, ele aguardou pela vinda do irmão durante todos esses anos. Acho mesmo que ele só se manteve vivo para poder revê-lo um dia. Saber agora que ele está morto, que durante todos esses anos de esperança, ele estava morto o tempo todo, vai destruí-lo em questão de dias.

– Pobre Rico. Imagino o quanto esse momento deve estar sendo sofrido para ele. Talvez tivesse sido melhor ele nunca ter sabido da verdade.

– Foi ele o culpado, não foi? Por tudo de ruim que lhes aconteceu, não é mesmo?

Samara preferiu não opinar.

– Ele amava o irmão. Mas acho que ninguém percebeu, nem ele próprio, que o seu amor por ele era muito maior do que um amor de irmão para irmão.

– Aonde você quer chegar?

– Penso que ele amava o irmão de forma carnal.

– Você quer dizer... Não, isso não!

– Sim, e como lhe disse, nem ele próprio se deu conta do fato até hoje. Por isso, ele se esforçou tanto em separar o rapaz da jovem que ele tanto amava.

Samara ainda se recusava a aceitar aquela possibilidade. Zafira prosseguiu.

– A senhora perguntou a ele sobre filhos, não é? Se ele teve algum, não foi?

– Sim.

– E ele respondeu para a senhora que não. Correto?

– Sim. Afirmou categoricamente.

– Pois é. Mas ele provavelmente teve um filho, sim. Teve, sim, uma criança. Com Jade sua primeira esposa. Ele quase a matou quando soube que ela estava grávida. Quando digo "quase a matou!", digo, literalmente. Se não fosse Caruso, o líder da caravana ter protegido a jovem, ele a teria agredido, teria feito perder o bebê e, talvez, a própria vida. O ódio que Rico sentiu dela, naquele momento, o deixou sem noção.

– Quer dizer... – Samara estava perplexa.

– Sim. Rico furioso é o próprio demônio em vida.

– O que aconteceu depois?

– Jade foi aconselhada a ir embora do acampamento, caso quisesse realmente manter a cria. Com dor no coração ela partiu e nunca mais voltou.

– Quer dizer que vocês nunca mais a viram?

– Não.

– E quanto à criança? Ela deu à luz ao bebê?

– Acreditamos que sim. Mas nunca mais se falou a respeito por aqui, para não atiçar a fúria do Rico. Até hoje, ninguém daqui entende por que ele odeia tanto a ideia de ter um filho. Eu mesma nunca o compreendi.

– Talvez eu possa lhe explicar.

E Samara relatou tudo o que Rico havia feito para afastar Paloma de Ivan.

– Judiação. Quer dizer que tanto a mãe quanto a criança morreram. E de forma tão estúpida.

– Infelizmente.

Às margens do rio que banhava as terras onde os ciganos acampavam, estava Rico, parado, com os olhos fechados, chorando por dentro, sentindo sua alma gritar. Durante todos aqueles anos em que ele pensou que Ivan iria procurá-lo para que fizessem as pazes, voltassem a ser novamente companheiros, ele estivera morto. O tempo todo, morto. Já não havia mais nada dele sobre a Terra senão os ossos.

De repente, ele podia ver Ivan em pensamento, com seus lábios pálidos, seus olhos tristonhos, por entre as pálpebras semicerradas e

341

sua face respingada de sangue. Já não havia nele mais o sopro da vida, estava morto.

Os olhos de Rico se contraíram totalmente, para não chorar sua derrota, sua tristeza, seu arrependimento. Quando a forte emoção finalmente derrubou suas defesas, ele caiu de joelhos, grunhindo feito um animal em dor e gritou, agoniado:

– O que foi que eu fiz, Santo Deus? O que foi que eu fiz?

Mas já era tarde para lamúrias, tarde demais para se arrepender de seus atos. A desgraça já havia sido feita, nem mesmo a dor que sentia era o suficiente para pagar pelo mal que fizera a todos. Seus olhos, brilhantes, pareciam repentinamente, derramar lágrimas de sangue.

Quantas e quantas proezas os dois não haviam aprontado juntos quando crianças. E por quantas vezes não haviam sido severamente advertidos, especialmente quando chutavam as pernas da mesa com os bicos dos sapatos, enquanto faziam as refeições. Ou quando amassavam o guardanapo em forma de bola, e o largavam displicentemente sobre a mesa. Em tudo na sua vida estivera Ivan. Nos altos e baixos, nas alegrias e tristezas, ele sempre permaneceu ao seu lado. E, agora, estava morto. Morto e enterrado há mais de 15 anos. Rico recordou-se, então, de Diego, o homem que o adotou como filho e foi sempre tão amoroso e presente na sua vida. Que morrera também em desgraça pelo que ele, Rico, causou. Lembrou-se também de Alejandro que cumprira impecavelmente o papel de avô. E que morrera de desgosto pela perda do filho e do neto. Ele amava a todos e por amar demais, talvez, destruíra suas vidas.

– Rico – chamou-lhe Samara, aproximando-se dele cautelosamente.

Esta aproximação o fez chorar ainda mais agoniado.

– Ouça-me, filho... – tornou ela amorosamente.

Ele interpelou suas palavras.

– Não foi somente Paloma, a culpada de toda essa desgraça, mamãe. Eu também desgracei a vida de todos.

– São águas passadas, Rico. Esqueça isso.

Seu pedido o fez estremecer.

– Rico – insistiu Samara. – Ouça bem o que tenho a lhe dizer. Se Ivan estivesse vivo, ele certamente voltaria as pazes com você. Ainda que morto, tão precocemente, tenho a certeza de que ele, em espírito também lhe perdoou.

342

– Isso nunca a senhora vai saber com certeza. Nem eu, nem ninguém.

– Filho!

– Deixe-me aqui, por favor.

– Não cometa nenhuma loucura, por favor. Eu já perdi gente demais na minha vida. Gente que amava muito. Você é o único que me restou, Rico. Por isso, eu lhe peço, por favor, mantenha a calma.

Só então ela se afastou, sentindo-se mais segura de que ele nada faria contra si próprio diante da terrível colisão com a verdade. E também porque percebeu que ele precisava de tempo para absorver a ideia e lidar com ela da melhor forma possível.

Naquela noite, Rico dormiu junto ao leito do rio e despertou aos primeiros raios de sol do amanhecer. Havia lágrimas se acumulando de novo em seus olhos, dessa vez, lágrimas de raiva de si mesmo, de tudo que fez para consertar o que o destino não lhe permitiu ter. O destino fora mais forte do que ele, o vencera na batalha, ele agora era um derrotado, desmoralizado e infeliz.

Ao retornar ao acampamento, todos ali ainda dormiam. Só mesmo os cavalos estavam despertos, pastando sossegadamente sob as árvores frondosas onde os pássaros brincavam por entre as folhagens. Naquele instante, ele pensou em abandonar tudo, sumir do mapa, para sempre, mas sua alma cigana foi mais sensata. Seu povo precisava dele como músico, haveria de continuar ajudando todos como sempre fizera desde que ali chegara.

Quando Zafira despertou e o viu sentado, tomando uma caneca com leite de cabra, ela pensou em se aproximar dele para lhe dizer algumas palavras de conforto. Algo, no entanto, a fez reprimir seu gesto.

Ao despertar, Samara se juntou ao filho, beijou-lhe a bochecha carinhosamente como sempre fizera desde que era garoto e lhe desejou bom dia. Contou-lhe então passagens do seu tempo de menina, de quando vivera entre os ciganos, aprendendo a dançar o flamenco e preservar os segredos da arte e da magia cigana. Falou também da saudade que sentia de todos e do quanto se orgulhava por ter nascido no meio da raça.

Rico ouviu tudo em silêncio, apreciando suas palavras, e sua companhia. Então, ela olhou bem para ele e disse, com olhos emocionados:

– Rico, meu filho, eu amo você. Obrigada por ter me ouvido ontem à noite. Por não ter feito nada de errado contra si mesmo.

Ele foi sincero com ela:

– O meu desejo mesmo, mãe, era morrer.

– Eu sei, filho. Mas você foi mais forte e isso é maravilhoso. Sinto orgulho de você.

Ele engoliu em seco e ela novamente o beijou, afetuosamente.

Depois de reviver a época em que residiu com os ciganos, chegou a hora de Samara decidiu voltar para sua casa em Madrid. Se demorasse mais, Maria Alice e Edmondo ficariam preocupados com ela. Para Rico ela perguntou:

– Quer vir comigo? Aquilo tudo ainda pertence a você. Depois que eu e o Diego o adotamos, você também se tornou herdeiro dos Ramirez. Uma vez que só você continua vivo, você agora é o herdeiro de tudo o que nos restou. O casarão será seu, alguns outros imóveis de aluguel também, tudo, enfim, que Alejandro e eu herdamos de Alice Namiaz de Hamburgo.

– Não há mais por que voltar, mamãe. Isso aqui se tornou meu lar, porque sempre foi, na verdade, o meu verdadeiro lar.

– Tem mesmo certeza?

– Sim. Obrigado por se preocupar comigo.

– E alguma vez deixei de me preocupar com você, Rico?

– Não. Nunca! E sei. A senhora foi sempre uma mãe prestimosa e amorosa. A senhora e o papai. E também o vovô e a vovó.

– Ainda bem que você os tem em alta conta em seu coração, filho.

Ele assentiu, fazendo grande esforço para não chorar.

– Promete-me uma coisa? – tornou Samara num tom sério que não lhe era peculiar. – Tente voltar a ser feliz. Quando a caravana partir para um novo ponto, uma nova cidade, deixe o passado e todas as suas mágoas aqui. Não leve nada consigo. Deixe tudo aqui, como se fosse um físico desprovido de vida. Vai ser melhor para você, filho. Vai lhe dar a chance de ser feliz novamente.

– E algum dia, mamãe, eu fui feliz realmente?

– Se não foi, pode ser a partir de agora. Tente! Pelo menos, tente! Lembre-se do conselho desta mãe que só lhe quer bem. E se por ventura precisar de mim, sabe onde me encontrar. O mesmo endereço, o mesmo local, o mesmo coração de mãe.

– Está bem. Obrigado.

Novas lágrimas escorreram pela face dos dois. E um novo abraço encerrou o reencontro de ambos. Samara voltou para Madrid, com a certeza de que havia feito o melhor por aquele cujo destino pusera em suas mãos, para ser cuidado como um filho legítimo.

Depois de a verdade vir à tona, Rico continuou se movimentando, mas estava morto por dentro. Toda esperança contida fora destruída e um homem sem esperanças, não sobrevive por inteiro. Zafira, que muito o amava, aconselhou-o:

– Siga o conselho da sua mãe, Rico.

Sua sugestão o surpreendeu.

– Sim – insistiu ela. – Quando partirmos, deixe todo o seu passado aqui. Como um morto enterrado. Recomece a vida, só assim você poderá reencontrar a felicidade. Quero muito que seja feliz. Meu intuito ao me juntar a você, foi sempre o de fazê-lo feliz. Se não pude, se não posso, é porque você esteve sempre preso às amarguras do passado. Livre-se delas. Seja feliz.

E as palavras da esposa o tocaram profundamente, tanto que conseguiram amolecer seu coração de pedra.

Capítulo 16

Os ciganos partiram para uma nova cidade, sob uma chuva persistentemente fria, por estradas transformadas em lodo, dificultando a marcha dos que por ali passavam. Era o prenúncio de mais um inverno europeu.

Dessa vez, Rico partia para um novo destino, com o desejo intenso de deixar toda amargura vivida até então para trás. Uma nova cidade, um novo começo, era disso que ele precisava para recomeçar a vida.

Então, ao desbravar a nova cidade, suas ruelas, encantos e mistérios, Rico foi parar no local onde homens, de todas as idades, encontravam-se com outros homens naquela época (1978).

Ele já vira o mesmo tipo de lugar em outras cidades pelas quais a caravana aportou e, mesmo se sentindo curioso para saber o que se passava ali, como se comportavam aqueles que na alma, preferiam amar os do mesmo sexo, ele jamais pusera os pés no local.

Dessa vez, porém, Rico não via mais por que se refutar daquilo. A vida lhe havia sido ingrata desde garoto, destruíra sua fé da mesma forma que sua personalidade maldosa destruíra a vida de tantos que amava, portanto...

Ele adentrou o local, olhando cuidadosamente para cada rosto que contemplava sua beleza. Haviam muitos homens ali, de diversas idades, e quando um veio lhe falar, ele recuou, aflito, deu meia volta e partiu, tão apressado que por pouco não colidiu com outros que transitavam pelo lugar.

Ao ganhar a rua, precisou se dar um tempo para respirar. Recostou-se a uma parede enquanto arquejava, violentamente. Havia um rapaz ali, enfrentando a mesma situação.

– É tão difícil, não é? – comentou o jovem, lançando-lhe um olhar camarada. – Aceitar que queremos e, ao mesmo tempo, temer o que queremos.

Só então Rico prestou mais atenção ao indivíduo. Era jovem e bonito, olhos vivos e corpo atlético. No mesmo tom afetuoso o rapaz voltou a falar:

– Se eu pudesse deixar de desejar o que desejo, talvez, então, eu pudesse viver em paz plenamente. Mas nem bêbado consigo silenciar o que sinto.

Rico ouviu o desabafo, calado. Algo no jovem lembrava Ivan. Provavelmente seu corpo atlético. Breve pausa e Rico perguntou:

– Você já teve uma relação com outro homem?

O jovem respondeu prontamente:

– Não, mas estou sempre desejando ter. Dizem que é por falta de um pai que muitos desejam se relacionar com outros homens, mas isso não é verdade. Eu sempre tive um pai muito presente, muito amigo e confidente. Penso mesmo que essa necessidade que sentimos, encarada por muitos de anormal, vem da alma, já está nela desde que nascemos. Como um inferno interior.

Rico concordou:

– Eu entendo você.

– Obrigado por me compreender.

Nova pausa e Rico quis saber:

– Você nunca teve relação com uma mulher?

– Tive, tive sim. Com uma garota fácil da faculdade. Não foi ruim, mas também não foi tudo o que eu esperava. Tenho minha namorada, mas com ela só depois do casamento.

– Então você também se sente atraído por mulheres.

– Não exatamente. Eu a namoro porque todo rapaz da minha idade deve ter uma namorada. Ela não é má pessoa, é adorável, a mulher perfeita para um cara. Às vezes me culpo por fazê-la acreditar que eu a amo da mesma forma que ela me ama. Sinceramente não sei até quando vou continuar levando essa farsa adiante. Às vezes penso que será para sempre, porque, afinal, que chances tem um homem como eu, como você e muitos outros de ser feliz numa sociedade preconceituosa como a nossa? Concorda?

Rico assentiu, balançando em concordância sua cabeça já tomada de fios grisalhos. Foi novamente o rapaz quem tomou a iniciativa de falar:

– Quer tomar alguma coisa? Uma cerveja, por exemplo?

– Pode ser. Você ainda não me disse seu nome.

– Ranieri. E o seu?

– Rico.

– Muito prazer.

– O prazer é todo meu.

– Não sou muito de beber, Rico, por causa do atletismo...

– Atletismo, como assim?

– Estou me preparando para as próximas Olimpíadas. Salto ornamental.

– Que bacana. Conte-me mais.

– Antes me diga. Você é mesmo um cigano? Pois se veste como um.

Rico respondeu que sim, achando graça do jeito pueril do jovem. De repente, era como se ele estivesse novamente em frente a Ivan Ramirez, como nos velhos tempos em que os dois eram irmãos-amigos-inseparáveis. Época em que ele, Rico, era um jovem amoroso com todos e plenamente feliz com a vida. Era como se ele houvesse regressado no tempo, reencontrado a felicidade que um dia o destino lhe roubara sem dó nem piedade.

Duas semanas se passaram e depois de muito bate-papo entre os dois, Rico conseguiu dizer a Ranieri o que ele tanto quis dizer para Ivan, no passado, e não conseguiu:

– Eu amo você, Ranieri.

E num lugar propício e discreto, ambos descobriram as purezas e impurezas de um amor proibido. A paz finalmente renascia no coração do cigano, porque ele finalmente podia amar e deixar ser amado.

Os dois traçaram planos para o futuro e o fato de Rico ser vinte anos mais velho do que Ranieri, não importou nem para ele nem para o rapaz. Só o amor que os unia importava naquele momento.

Certa tarde, ao voltar para o acampamento, Rico encontrou Caruso aguardando por ele.

– Tem alguém esperando por você, Rico.

– Por mim?!

Por um minuto, ele pensou ser Ranieri, que fora até lá fazer-lhe uma surpresa.

– Pois não? – perguntou ao avistar uma mulher elegantemente vestida, de costas para ele.

348

Apesar dos quase vinte anos sem se verem, o cigano a reconheceu de imediato.

– Jade... – balbuciou sem esconder a surpresa. – O que faz aqui?

A cigana olhou-o com interesse e afeto.

– Olá, Rico. Quanto tempo, hein?

– Sim, quase 20 anos.

– Aposto que nunca mais pensou que me veria. Acho mesmo que sequer se lembrou de mim nesses anos todos.

– Eu deveria ter me lembrado?

– Não, acho que não.

– Que motivos eu teria para me lembrar de você, Jade? Depois de me trair.

– Eu não o traí, Rico. Aquilo não foi traição.

– Traiu. Traiu, sim! Não fez o que me prometeu.

– Eu o amava, Rico. Era louca por você. Queria muito ter um filho seu. Esse filho seria a prova definitiva do nosso amor. Mas você, sempre tão egoísta, quis vê-lo morto a ser contrariado.

– Minha exigência foi clara desde o início. Não queria ter filhos, ponto final.

– É muito tarde para discutirmos a respeito. Não vim até aqui para enfrentá-lo. Vim para rever minha gente. Há tempos que tentava localizá-los e não tinha oportunidade.

Ela tomou um minuto para estudar atentamente o semblante do ex-marido, podendo assim perceber que não havia raiva em seus olhos, nem mesmo rancor, seu estado de espírito era tão bom que Rico mais parecia outra pessoa.

– Você me parece mudado, Rico. Difícil acreditar que isso possa ter acontecido a você.

– É... Sinto-me mesmo muito melhor ultimamente.

– Estimo.

Houve uma pausa até ela dizer:

– Você não me perguntou, porque não lhe interessa saber, eu sei, mas eu quero que saiba. Sim, é meu dever informá-lo. Eu tive o bebê. Sim, Rico, a criança que você tanto quis ver morta veio ao mundo. Hoje posso lhe contar sem medo algum, você já não pode mais feri-la. A criança hoje já é um homem feito, sabe muito bem se defender. Fisicamente se parece mais comigo do que com você, o que para mim foi ótimo. Não seria agradável olhar para ele, todos os dias e me lembrar de toda sua ingratidão para comigo e o nosso filho.

– Então você levou mesmo aquilo adiante. Desrespeitou totalmente a minha vontade. Se desejava tanto ter filhos, tivesse se casado com outro, não comigo.

– Eu sei. Fui uma tola em acreditar que você pudesse mudar de ideia depois de casado, ou ao saber que eu estava grávida. Que o fato pudesse amaciar esse seu coração de pedra. Mas que pedra até hoje, na história do mundo, amoleceu?

O desabafo fez Jade derramar algumas lágrimas que, rapidamente enxugou com um lenço fino e rendado. Rico, retomando sua agressividade costumeira, falou a seguir:

– Se pensa que mudei de ideia em relação a ter filhos, está muito enganada. Continuo achando-os desnecessários em minha vida. Se veio atrás de mim, na esperança de que eu aceite essa criatura que você decidiu pôr no mundo, contra a minha vontade, está muito enganada. Esqueça!

– Ele não precisa de você, Rico. Nunca precisou. É um rapaz sensacional, viu no pai que o criou, um exemplo a seguir.

– Pai?

– Sim, Rico. Eu me casei com outro. Não da nossa raça e com ele sou muito feliz.

– Fez bem.

– Obrigada.

– Agora entendo por que você me procurou. Para me jogar na cara que longe daqui, especialmente de mim, você fez algo de bom da sua vida.

– Não, Rico. Não mesmo. Já lhe disse por que vim. Fui sincera.

– Sei que me odeia, Jade. Pra que mentir? Está escrito nos seus olhos.

– Não, Rico. Eu não o odeio. Tenho é pena de você. Da sua infelicidade, da sua derrota, da sua falta de capacidade para amar. Mas lhe sou grata. Ao fugir de você, para proteger meu filho, tive a oportunidade de mudar a minha vida e a dele para melhor. Sim, para melhor, Rico! Hoje sou uma mulher feliz, e ele também é.

O olhar de descaso do cigano era total.

– Moram nessa cidade?

– Sim. Num belo local.

– É o que importa. Agora preciso ir me banhar, tenho ainda muito que fazer. Adeus, Jade!

– Adeus, Rico.

Jade ficou a observar o cigano, sentindo seu coração se apertar de amor, resquícios da paixão que sentira por aquele que um dia fora seu marido. Paixão que Rico jamais deu o devido valor.

Naquela noite, ao reencontrar o marido, Jade lhe contou aonde havia ido.

– Jade, meu bem – admitiu Faustino Piexotto amorosamente. – Deve ter sido muito emocionante para você rever todos, não?

– Sim, Faustino, foi sim.

– Ele estava lá? Aquele que foi seu marido?

– Sim, estava.

– E como foi o reencontro? Você não sentiu medo?

– Sim e não ao mesmo tempo. Mas eu precisava dizer a ele que, mesmo depois de todas as ameaças que me fez, eu sobrevivi e sou muito feliz ao seu lado. E tão importante quanto isso, é que o filho que ele me deu, ainda que contra a sua vontade, sobreviveu e é hoje um rapaz de caráter e brio.

– Fez bem, Jade. E como ele reagiu?

– Com a grosseria de sempre. Foi melhor, assim ele se mantém longe do...

Ádamo Piexotto interrompeu o casal.

– Papai, mamãe – disse o rapaz na sua alegria de sempre. – Não queria atrapalhar.

– Ádamo, meu filho, você nunca nos atrapalha. Venha cá!

O rapaz deu um beijo na mãe, outro no pai e disse, entusiasmado:

– Vou ao cinema com a Carmen. Vamos ver "Amargo Regresso", dizem que é muito bom.

– Vá mesmo, meu querido. Aproveitem!

Sem mais, o rapaz subiu para tomar seu banho.

– Ufa! – suspirou Jade, temerosa de que o filho tivesse ouvido parte da conversa dela com o marido. – Não quero que ele saiba da minha origem cigana. Não porque eu me envergonhe dela, mas pelos motivos que distanciaram de lá.

– Você não quer mesmo que ele saiba que o pai dele é um cigano?

– O pai dele é você, Faustino. Você o criou. Você lhe ensinou tudo que fez dele um jovem responsável, estudioso e de caráter.

– Se ele soubesse da verdade, você acha que ele gostaria de conhecer o pai?

– Para quê, se o próprio pai não faz questão de conhecê-lo? Esqueça isso, por favor! Foi e ainda é melhor que os dois não tenham qualquer tipo de contato.

– Certo.

O marido abraçou a esposa e assim ficaram por um tempo.

– Se ele souber que o próprio pai não o quis, que me pediu para abortá-lo e quando recusei, correu atrás de mim para me agredir, para nos matar, toda sua vitalidade pode ruir. Por isso lhe digo, mil vezes, Faustino, é melhor que ele nunca saiba da verdade. Ele não merece conhecer o pai que tem. Você, sim, é o pai que ele merece, sempre foi, e por mais esse detalhe, sou-lhe eternamente grata, meu amor. Eternamente grata.

E o homem novamente a abraçou e a beijou carinhosamente nos lábios.

Capítulo 17

Rever Jade, saber que ela tivera um filho dele, balançou Rico muito além do esperado. Jamais pensou que se sentiria tocado com a notícia. Tampouco, curioso para saber como era o rapaz que repudiou, desde o primeiro instante que soube que nasceria. Conversando com Caruso, o chefe dos ciganos lhe perguntou:

– Como foi rever Jade?

– Não tão impressionante quanto saber que ela teve um filho meu.

– O filho que você não quis.

– Mas que agora tenho curiosidade de saber como é.

– Tem mesmo?

– Sim.

– Então procure o rapaz.

– Onde? A cidade é imensa. Se soubesse onde moram.

– Eu sei onde eles moram. Jade me deixou seu endereço para qualquer eventualidade.

– Mesmo?

– Sim. Posso ir com você até lá se quiser?

– Amanhã. Pois hoje tenho compromisso.

– Está bem. Amanhã.

Caruso estava surpreso com a curiosidade repentina de Rico, de conhecer o filho. Se tivesse percebido que ele queria encontrar o rapaz para lhe fazer mal, não teria se mostrado disposto a levá-lo até ele. A vontade de conhecer o jovem era sinal de que por de trás de toda frieza e crueldade do cigano, havia um coração bondoso e paterno como o do Pai Celestial.

Naquele fim de tarde, ao reencontrar Ranieri, o rapaz logo percebeu que algo afligia o amante.

– O que houve? Algo o preocupa.

– Você é bem perspicaz, hein?

– Às vezes. O que foi?

– Apesar da sua pouca idade, o que você faria se descobrisse que tem um filho, o qual nada sabe a seu respeito?

– Bem, eu... Por que, você tem um filho?

– Sim, Ranieri. Até então não sabia.

– E isso mexeu com você, não?

– Sim, muito, mais do que eu esperava. Na verdade, jamais pensei que me importaria com o fato, mas... Acho que ando mais emotivo ultimamente e é tudo por sua causa.

– É mesmo?

– Sim. Você tem me feito muito bem. Ao seu lado me sinto mais humano e mais feliz. Me sinto amado, entende?

– Porque você também me ama.

– É, provavelmente.

– Qual o nome do rapaz?

– Eu não sei.

– Tem como descobrir? Ir até ele?

– Sim, tenho. Farei isso amanhã.

– Que Deus o abençoe.

Naquele dia, Rico mal dormiu a noite, tamanha ansiedade de conhecer o filho que tanto desprezou.

No dia seguinte, lá estavam ele e Caruso em frente ao casarão onde Jade vivia com sua pequena família.

– A casa é esta – explicou o líder dos ciganos. – Uma bela casa, não?

Rico não conseguiu responder, arrepiou-se estranhamente enquanto sentia seu coração se apertar.

– Ei, calma! Assim você vai passar mal.

– Eu... – Rico calou-se, porque avistou Jade saindo pela porta da frente da casa. Um rapaz a acompanhava.

– Veja! Lá está Jade ao lado do filho. Seu filho, Rico.

O coração de Rico disparou. Então aquele era o rapaz. Bem mais alto do que ele e de porte muito mais elegante. Ao avistá-los do outro lado da rua, Jade parou, estarrecida.

– O que foi, mamãe? – perguntou o filho, olhando na mesma direção que ela. – São ciganos. O que querem?

– Nada, não, filho.

– A senhora os conhece?

– Não, meu querido. Mas vou falar com eles, para saber o que desejam.

O jovem voltou a olhar com curiosidade para Rico e Caruso parados, lado a lado, do outro lado da rua. Caruso foi o primeiro a falar, assim que Jade se aproximou.

– Perdoe-me, Jade. Rico queria ver o rapaz. Achei que era um direito dele, afinal é seu filho.

Ela se manteve calada, Rico também, enquanto forte tensão envolvia a todos. por fim, ela disse, autoritária:

– Vão embora daqui, por favor! Meus filhos nada sabem sobre o meu passado. Não quero que saibam.

– Iremos, sim. Perdoe a nossa intromissão.

Jade Piexotto estava branca quando os dois ciganos se afastaram.

Com o amante, naquela tarde, Rico lhe contou sobre o filho que conhecera, ainda que de longe, naquela manhã.

– Deve ter sido uma grande emoção para você, Rico, não foi?

– Foi, sim, Ranieri. Jamais pensei que sentiria o que estou sentindo.

– É tão bom quando algo nos surpreende, não é mesmo? Como o que vem acontecendo entre mim e você.

Ranieri sorrindo, completou:

– Por você, Rico, sou capaz de largar tudo, ignorar o mundo e viver só de amor. Você me faz feliz, você me completa. Ao seu lado me sinto mais pleno. Que mundo mais tolo é esse em que vivemos, onde homens como nós não podem assumir que se amam. Será que um dia, um dia, eu me pergunto, haverá respeito para gente como a gente?

– Eu não sei. Penso, sinceramente, que pederastas nunca serão aceitos pela sociedade. Serão sempre mal vistos, perseguidos e massacrados.

– Você quer dizer "nunca"? Nunca, mesmo?

– Nunca.

– É uma pena.

– Que se há de fazer? A vida é mesmo assim, traiçoeira, sagaz. Tantas já me fez que, por muitas vezes eu já a odiei tanto, tanto... Só agora, depois de conhecê-lo, é que estou achando que alguém lá em cima, finalmente, resolveu ter compaixão de mim.

Os dois deixavam o local onde se encontravam às escondidas, quando Ranieri avistou sua mãe, do outro lado da rua, admirando a vitrine de uma loja.

– Que coincidência! – exclamou, abrindo um sorriso bonito. – Queria tanto que você conhecesse minha mãe e lá está ela.

– Onde?! – empertigou-se Rico, girando o pescoço ao redor.

– Lá, na calçada, do outro lado da rua. Gostaria tanto de poder apresentá-lo a ela. Mas ela suspeitaria da nossa ligação, ainda mais sendo você bem mais velho do que eu e cigano. Mas um dia, um dia vocês terão de se conhecer e...

Rico estremeceu e parou de súbito.

– O que foi?

– Um mal-estar... – respondeu ele, tenso, atento às mulheres que admiravam as lojas do outro lado da rua. – Qual das mulheres ali é sua mãe?

A resposta de Ranieri Piexotto foi imediata:

– Aquela ali, veja! De vestido verde claro.

Ali estava Jade, sua Jade, constatou Rico Ramirez, gelando até a alma.

– O rapaz que está ao lado dela, Ranieri? – perguntou a seguir. – Quem é ele?

Ranieri foi novamente rápido e preciso na resposta:

– É meu irmão, Àdamo. Somos fisicamente diferentes, não acha?

– Sim! Agora diga-me. Qual de vocês é o filho mais velho?

Dessa vez Ranieri Piexotto achou graça da sua pergunta.

– Por que quer saber?

– Responda-me, por favor.

Mesmo estranhando sua reação, o jovem atendeu ao seu pedido:

– Sou eu o filho mais velho. Ádamo Piexotto é o caçula de casa.

Rico, por pouco não perdeu os sentidos. Sua visão pretejou e o ar lhe pareceu escasso.

– Rico, o que foi? – assustou-se Ranieri, olhando apreensivo para ele.

Sem conseguir olhar novamente para o rapaz, o cigano simplesmente disse, com grande esforço:

– Preciso ir.

– É melhor eu acompanhá-lo. Você não me parece nada bem.

– Não, não... Obrigado.

– Tem certeza mesmo de que não quer que eu o acompanhe?

– Sim, sim. Adeus.

Ranieri lhe fez um aceno com a mão e perguntou:

– Até amanhã, no mesmo local, certo?

Mas Rico nada confirmou, partiu, apressado, a passos largos, a cabeça em remoinho. Aquilo não podia ser verdade. Não estava acontecendo. Era apenas um equívoco. Um pesadelo. Repetia ele ininterruptamente para si. Ranieri não podia ser o filho de Jade. Não o seu filho. A vida não podia lhe ter sido tão cruel! Não mais do que já fora antes. Quando ele finalmente encontrou a paz e o amor tão almejado ao lado de alguém, esse alguém era seu próprio filho. O filho que ele quis matar a pontapés, antes mesmo de nascer. Quis vê-lo morto, a qualquer custo. Aquilo tudo era cruel demais. Desumano e cruel.

Ao chegar ao acampamento, Rico estava irreconhecível. Zafira quis saber o motivo, mas, dessa vez, sentiu medo de lhe perguntar.

No dia seguinte, o cigano não apareceu ao encontro com Ranieri Piexotto. Nem na tarde posterior, nem nas subsequentes. Diante do abatimento do rapaz, Jade quis saber o que o entristecia.

– Nada não, mamãe – mentiu Ranieri se esforçando para não chorar na frente da mãe. – Estou apenas preocupado com os estudos.

Ela lhe fez um afago, dispersando um pouco da tristeza que afligia seu coração. O que ele mais desejava, naquele instante, era poder se abrir com ela, compartilhar seus sentimentos, obter seu apoio. Mas nem com a própria mãe nem com ninguém, ele, e muitos outros como ele poderiam contar, pois nessa época, confessar que havia se apaixonado por alguém do mesmo sexo era tal qual assumir a própria desgraça.

Mais um dia e Ranieri foi até o acampamento dos ciganos em busca do amante. Foi Zafira quem o recebeu:

– Pois não?

– Olá. O Rico está?

Zafira o mediu novamente de cima a baixo.

– Não! – respondeu. – O que quer com ele?

– Eu... Nada. Nada sério.

O jeito que a cigana olhava para ele, fez Ranieri se sentir ainda mais desconfortável diante da situação. Tão atrapalhado ficou que explicou coisas para Zafira como se ela realmente tivesse lhe pedido.

– Conheci o Rico na rua, dia desses, começamos a conversar e acabamos nos tornando amigos. Há dias que não o vejo e, por isso, vim aqui saber se ele está bem, se ficou doente, se está precisando de alguma coisa...

– Rico partiu. Não está mais conosco.

– Partiu?!

– Sim, já faz uns quatro, cinco dias.

– Quando você diz "partiu" você quer dizer...

– Quero dizer que ele abandonou de vez a nossa caravana. Não pretende mais voltar.

– Eu não entendo... O que o levou a tomar essa decisão?

– Ninguém sabe. Foi repentina. De uma hora para outra. O motivo real, isso provavelmente ninguém nunca saberá, pois o Rico nunca foi de se abrir com ninguém, nem comigo que fui sua esposa durante anos.

A decepção de Ranieri era visível.

– Você sabe, pelo menos, para onde ele foi?

– Ninguém sabe. Eu sinto muito.

Zafira estava verdadeiramente com pena do rapaz. A perplexidade com o que acabara de descobrir deixou Ranieri temporariamente ausente. Para despertá-lo do transe, a cigana perguntou-lhe:

– Posso ajudá-lo em mais alguma coisa?

– Não, não... Obrigado. Eu já vou indo. Adeus.

– Adeus.

Ao partir do local, Ranieri Piexotto, por duas vezes voltou a cabeça por sobre o ombro, na direção da cigana que se mantinha no mesmo lugar, observando-o com seus olhos atentos. Estava ali realmente um rapaz que amava Rico de verdade, sentiu Zafira em seu coração.

Para mascarar sua realidade, meses depois, Ranieri Piexotto se casou com sua namorada e tentou ser feliz ao seu lado, apesar de não desejá-la sexualmente, como faria um heterossexual. Ele nunca soube por que Rico Ramirez agira tão estupidamente com ele. Mas em seu coração, Rico ainda estava presente e estaria pela eternidade.

Capítulo 18

Só havia um lugar onde Rico poderia reencontrar um resquício de paz: a casa onde ele fora criado por Samara Ramirez. Ao vê-lo, bem diante da sua porta, Samara se emocionou tanto quanto ele.

– O bom filho a casa torna – disse ela, já com lágrimas nos olhos.

Ele então a abraçou forte, como uma criança assustada e carente de afeto.

– Ainda posso morar aqui? – perguntou ele, quase sem voz. – A senhora ainda me aceita de volta?

Mirando fundo em seus olhos, Samara respondeu ternamente:

– É claro que sim, filho. Essa casa foi sempre sua. O meu coração também.

E novamente ele a abraçou e chorou em seu ombro. A seguir, Rico caminhou até Maria Alice que ao revê-lo também se emocionou.

– Vovó ele falou, ajoelhando-se aos pés do sofá em que ela se encontrava sentada. – A senhora pode me perdoar?

A mulher, pura emoção, assentiu prontamente:

– Quem já não meteu os pés pelas mãos nessa vida, Rico? Quem já não careceu de perdão? É claro que lhe perdoo, meu neto. Eu o amo, sempre o amei.

Ele então a beijou e a abraçou, como se dependesse daquele abraço forte e sincero para continuar vivo.

A seguir foi a vez de ele encarar Edmondo Torres que, naquele instante, lembrou-se de tudo o que o Senhor Pino Pass de Leon lhe ensinara sobre espiritualidade. Conhecimento que adquiriu por meios dos livros espíritas. Dessa forma, Edmondo também conseguiu encontrar o perdão em seu coração para acolher Rico de volta ao seio daquela família.

O momento mais difícil para Rico foi, sem dúvida alguma, a hora em que ele contou para Samara a respeito de tudo o que se passou entre ele, Jade e o filho do casal. Junto dela, ele chorou sua desgraça e Samara, de todas as formas possíveis, tentou consolá-lo com seu amor eterno por ele.

Dias depois, mãe e filho estavam em frente ao túmulo em que Ivan, Diego e Alejandro haviam sido sepultados. Chorando imensamente, Rico depositou flores nos vasos e fez uma prece como aprendera nos velhos tempos em que frequentara a igreja católica. Ele e Samara já estavam de partida do local, quando ela lhe perguntou, porque achou necessário:

– Rico. Não quer também levar uma flor para ela? Para ela e o bebê?

A pergunta o paralisou. Seu rosto endureceu. Era novamente a expressão daquele Rico impiedoso e cruel do passado.

– Não! – respondeu secamente. – Para ela nem uma flor nem uma lágrima. Ela não merece. Eu posso ter desgraçado nossas vidas, mas foi por causa dela que tudo aconteceu. Ela não deveria sequer ter nascido.

O rancor por Paloma ainda era enorme em seu coração, e Samara duvidou que um dia, na eternidade, ele pudesse deixar de existir. Rico fizera de Paloma, o recipiente de toda desgraça que, na verdade, ele próprio atraiu para si e para todos por causa do seu infinito ciúme.

Sem mais, os dois voltaram para casa.

Com o mesmo afeto e dedicação de sempre, Samara cuidou de Rico até ele morrer de tanto beber três anos depois de ter retornado para junto dela. Então, ela atendeu ao seu último desejo. Procurou Ranieri Piexotto para lhe informar que Rico deixara para ele a herança que lhe caberia por direito. O moço se espantou com a notícia. Com muita emoção, leu a carta que Rico Ramirez lhe deixou.

Meu querido, Ranieri.
Quando estiver lendo esta carta, eu já estarei morto.
Foi melhor assim. Acredite.
Não pude permanecer ao seu lado, não seria certo. Apesar de amá-lo, infinitamente como eu o amei, jamais poderíamos ter ficado juntos. Tudo que é meu agora é seu. Deixei em testamento. Sei que dinheiro não substitui o amor, mas foi a única forma que encontrei

para compensar a minha ausência na sua vida. Perdoe-me pelo que fiz e pelo que não fiz por você. O destino não nos foi ameno. Ou fui eu mesmo que fez do nosso destino um caminho sem volta.

Mais uma vez lhe peço perdão e aceite, de bom grado, tudo o que lhe deixei.

Com carinho, Rico Ramirez.

Os olhos do moço transbordavam de lágrimas quando os tirou do papel.

– Rico... Meu Deus... Quer dizer que ele...

– Sim, ele está morto.

O rapaz precisou de um minuto para se recompor do baque. Só então perguntou:

– A senhora era o que dele?

– Mãe. Mãe adotiva, mas mãe.

– A senhora não me parece uma cigana.

– Mas sou. Há muito que vivo longe da minha raça. Casei-me com um sujeito que não era cigano, por isso, acabei deixando minha gente de lado. Então veio a Segunda Guerra Mundial e os pais do Rico, velhos conhecidos meus do acampamento cigano, chegaram até mim, pedindo proteção. Não sei se sabe, mas os nazistas também perseguiram os ciganos durante o holocausto.

– Não sabia.

– Pois bem. Os pais do Rico acabaram sendo pegos pelos nazistas e morrendo num dos campos de concentração. O garoto ficou comigo e com meu marido. Assim o criamos até ele se tornar adulto.

– Que história mais impressionante.

– Sim.

Breve pausa e Ranieri, um tanto sem graça, perguntou:

– A senhora sabe, não sabe, por que Rico fez isso por mim, não é mesmo? Onde e quando nos conhecemos e o que significou para nós esse encontro.

– Sim, eu sei. Sei também que todo amor é sagrado. Essa é a minha opinião. Por isso, não julgo mal nem a você nem a ele. Apenas aceito a forma que a vida encontrou para unir vocês dois.

Breve pausa e ela acrescentou:

– E pode ficar tranquilo. Tudo o que sei levarei para o túmulo. Num mundo preconceituoso como o nosso, um amor como o que vocês viveram um pelo outro deve ser resguardado. Se alguém lhe perguntar por que Rico lhe deixou tudo o que tinha de herança, diga que foi pela amizade que fizeram quando a caravana por essa cidade passou, há três, quatro anos atrás.

O rapaz assentiu.

– A senhora tem uma foto dele? Gostaria de guardar pelo menos uma de recordação.

– Só tenho fotos dele de quando era jovem. Antes, bem antes de ele deixar nossa casa para ir morar com os ciganos.

– Entendo. Gostaria de tê-lo conhecido um pouco mais. Nosso convívio foi tão curto.

– Que pena... – Samara voltou os olhos para a casa, admirando o lugar e disse: – É uma bela residência. Vejo que se casou, tem filhos.

– Sim. Um acabou de nascer.

– Rico se sentiria muito feliz em saber que você está bem e é um pai maravilhoso.

– Isso eu posso mesmo dizer que sou. Segui o exemplo do meu pai. O grande Faustino Piexotto.

– Ah, sim, seu pai.

Samara, que sabia da verdade, naquele instante se perguntou, mais uma vez, se Ranieri também não deveria tomar conhecimento dela, ainda que pudesse chocá-lo e amargurá-lo.

– O Rico, bem... – ela sentiu sua língua coçar.

– Sim.

– Eu preciso ir.

– A senhora ia dizer alguma coisa?

– Ia dizer que é mesmo uma pena vocês terem convivido por tão pouco tempo.

– Pois é.

– As coisas nem sempre acontecem como gostaríamos, não é mesmo? A vida tem lá seus mistérios, seus enigmas.

– Concordo.

Samara já ia se retirando quando o dono da casa lhe perguntou:

– Só me diga uma coisa. Se ele me amava tanto, por que me abandonou sem sequer me dizer adeus?

E Samara novamente sentiu vontade de lhe contar tudo, nos seus mínimos detalhes. No entanto, a ponderação predominou:

– Penso que foi por amá-lo demais que ele não conseguiu lhe dizer

362

adeus. Sim, Ranieri, por amá-lo demais.

Os olhos dele novamente lacrimejaram.

– Preciso ir – tornou ela também lacrimosa. – Adeus.

– Adeus.

Samara partiu, certa de que havia feito o seu melhor, cumprido o que prometera a Rico, em nome do amor que os uniu.

Ranieri Piexotto permaneceu na porta de sua casa, vendo Samara Ramirez partir. Ainda custava-lhe acreditar que Rico, depois de ter desaparecido da sua vida, tivesse feito aquilo por ele, antes de morrer. Que história mais fascinante e estranha ao mesmo tempo.

Ele não possuía nenhuma foto do Rico, apenas a imagem dele gravada na memória. Aprendera com o tempo a se contentar com ela, fora tudo o que restou do amor vivido pelos dois.

Samara tomou um táxi e seguiu para a estação. Chorava calada, relembrando Rico e sua triste história de vida. Estaria ele no céu depois de tudo o que fez? Seria perdoado por Deus ou fora apenas mais uma vítima de vítimas? Ou simplesmente um mero fantoche nas mãos do destino? Quem saberia dizer?

Com a morte de Maria Alice e Edmondo Torres, Samara não quis mais viver na casa cercada pelas recordações de tudo que viveu ali. Ranieri Piexotto foi chamado então para tomar posse de tudo que lhe cabia por herança. Foi assim que os dois se reencontraram (1982).

– Para onde vai a senhora? – perguntou Ranieri a Samara que, rapidamente lhe explicou os motivos que a faziam querer viver longe dali.

– Pensei em voltar para minha gente, mas com essa idade, acho que não mais me adaptaria à vida nômade dos ciganos.

– Venha morar conosco – disse ele de bom grado. – Eu e minha esposa ficaremos muito felizes em tê-la em nossa companhia.

– Não se preocupe. Já sou praticamente uma velha. Só lhes darei trabalho.

Ele a tocou no braço e seriamente falou:

– Aceite meu convite, por favor. Rico foi uma pessoa tremendamente importante para mim, a senhora foi mãe dele, sentir-me-ei honrado em cuidar da senhora agora que não tem mais nenhum familiar.

Os olhos dela se encheram d'água.

– Você é mesmo um rapaz de muito bom coração. Lembra e muito o pai do Rico, seu nome era Iago, foi também um grande homem. Um grande cigano.

Iago, na verdade, fora o avô do moço, mas por Ranieri não saber de sua verdadeira origem, ele não poderia compreender exatamente porque Samara o comparara ao cigano.

Ranieri Piexotto novamente insistiu:

– Aceite meu convite, por favor.

Ela refletiu e, por fim, acabou concordando com ele.

– Que bom... – o moço sorriu tão satisfeito e feliz para ela que Samara retribuiu o sorriso também com grande satisfação.

Um dia ela acolhera Rico, o pai de Ranieri, naquela casa, e agora o filho do Rico a acolhia na casa dele, com o mesmo afeto. Quem poderia ter previsto um final como aquele? Nem mesmo o próprio Rico, nem Diego, Ivan, Maria Alice, Alejandro, Iago ou Málaga, onde quer que estivessem no universo.

Naquela casa ela vivera grandes alegrias, inúmeras, mas também muitas tristezas. Mudar-se dali não apagaria de sua memória os dramas que ali viveu, mas lhe permitiria se esquecer deles temporariamente toda vez que se visse envolta pelas novidades que sua nova família, sua nova casa numa nova cidade lhe trariam.

Pela estrada até sua nova morada, Samara foi se recordando de quando ela dançava o flamenco e todos ficavam fascinados por ela. Áureos tempos da juventude. Recordou-se também de quando se apaixonou por Diego e da alegria que sentiu ao dar à luz a Ivan, o filho do casal. Da amizade calorosa que fez com Maria Alice e Alejandro Ramirez e do filho que adotou e criou com todo amor que lhe ia à alma: Rico Ramirez. Tudo agora era só passado e memórias. Mas o sangue cigano ainda era o mesmo que corria intensamente por suas veias e alimentava sua alma. Alma que por muitas reencarnações ainda se serviria dos encantos e da magia cigana.

Final

Do outro lado da vida, no Vale dos Suicidas, onde Málaga também foi parar e se recusou a deixar o local, quando Ramon e Dolores tentaram resgatá-la de lá, se encontrava também Rico Ramirez. Cercado de almas desesperadas e arrependidas, histéricas e perdidas, desnorteadas e infelizes.

Alguém precisava ajudá-lo a sir de lá. A libertar-se daquele lugar tão lúgubre e solitário, tão triste e infeliz. E ninguém poderia fazer isso por ele, senão Ivan. Ele próprio se prontificou, porque já não guardava mais rancor ou mágoa de Rico, depois dos grandes ensinamentos que obteve na colônia que se tornou sua morada temporária no plano espiritual.

Quando Rico o viu, todo vestido de branco, a poucos metros de onde ele se encontrava rastejando, ele parou, e foi preciso grande esforço para encará-lo novamente e dizer num tom audível:

– Finalmente você veio! Finalmente você se lembrou de mim! – As lágrimas escorriam por sua face. – Eu esperei tanto por isso. Tanto... – faltava-lhe voz para prosseguir. – Eu te amei tanto, tanto e você nunca notou. Se eu não tivesse sentido nada por você, teria sido tudo tão diferente. Nenhuma desgraça teria nos acontecido. Que pena que o destino nos desprezou e nos pisou até morrermos de desgosto, revolta e paixão. A vida nos foi cruel, traiçoeira, maldita.

Ivan tentava, mas não conseguia falar. A emoção era forte demais, amputava-lhe a voz.

– Você ainda está lindo... – continuou Rico, admirando novamente o espírito do irmão. – Eu me tornei esse traste, horrível e caquético. Você não. Que bom! Pelo menos isso.

Ivan finalmente conseguiu se pronunciar:

– Vim buscá-lo, Rico.

– Buscar?...

– Sim. Levá-lo comigo para longe desse lugar.

– Pra longe?...

– Sim. Para um lugar onde possa se reerguer, se purificar...

Estendendo-lhe a mão, Ivan completou:

– Venha, Rico!

Rico olhou para sua mão, tão amigavelmente estendida na sua direção, depois mirou novamente seus olhos e disse, com dor no coração:

– É tarde demais, Ivan... Tarde demais. Deixe-me aqui.

– Nunca é tarde, Rico. Venha, por favor.

– No meu caso, é sim! Talvez um dia eu mude de ideia. Se eu encontrar dentro de mim algo pelo que realmente possa fazer com que meus semelhantes sintam orgulho de mim. Até lá... Até lá eu fico aqui, Ivan. Siga o seu destino, meu irmão. Que você encontre realmente a felicidade de alguma forma, em algum lugar. Comigo ao seu lado, você corre novamente o risco de vir a ser infeliz. Por isso vá, por favor. Nunca mais volte. Adeus.

– Rico – tornou Ivan, relutante com a ideia de deixar o irmão ali naquelas condições tão deploráveis. – Não torne tudo novamente tão difícil para nós. Estou aqui por você. Atenda ao meu pedido, venha comigo.

Foi pelo seu olhar, pelo simples olhar que Ivan percebeu que o melhor mesmo a se fazer, pelo menos por hora, era atender ao pedido de Rico. Com um leve aceno, Ivan se despediu e partiu.

Naquele instante, Rico se recordou do que a cigana lhe disse quando leu a palma de sua mão:

"Nunca haverá um paraíso porque você não o merece. Destruiu muitas vidas no passado, numa outra existência e destruirá outras mais no presente. Sua alma ainda é de pirata sanguinário, como a de muitos que o cercam."

E ela estava certa, sempre esteve. Que pena que ele fizera aquilo de seu passado. Que pena... Poderia ter sido tudo tão diferente...

Participaram da terceira fase da história, os seguintes personagens:

Alejandro Ramirez
Maria Alice González Ramirez
Diego Ramirez
Samara Ramirez
Ivan Ramirez
Rico
Paloma González (Namorada de Ivan)
Jade (Primeira esposa do Rico)
Zafira (Segunda esposa do Rico)
Caruso (O chefe dos ciganos da segunda caravana da história)
Asunción (A cigana vidente)
Maríbel Ozório (A jovem que Rico tentou seduzir)
Patrício Capadose (Noivo de Maríbel)
Tairone Celemín (O sujeito que salvou Rico)
Faustino Piexotto (Marido de Jade)
Ádamo Piexotto (Filho de Jade com Faustino)
Ranieri Piexotto (Filho de Jade com Rico Ramirez)

Sucessos de Américo Simões

Até onde você iria por amor?
O amor tudo suporta?
Posso recomeçar a vida?
De onde viemos e para onde vamos?
Qual o sentido disso tudo?
O mundo espiritual pode nos ajudar?

A resposta para essas e outras questões você encontra nas obras fascinantes de Américo Simões. Para saber mais, leia, a seguir, o resumo de cada romance.

QUEM EU TANTO AMEI

Miguel Mietto tem duas paixões na vida, uma é sua esposa, a belíssima Beatriz, a outra é o jogo, no qual mais ganha do que perde. Eis que surge então, Henrique Quaresma, um agiota impiedoso que se apaixona perdidamente por Beatriz que sente repugnância só de vê-lo.

O tempo passa e uma inesperada falta de sorte no jogo faz com que Miguel tome emprestado dinheiro de Henrique, a juros altíssimos.

Ao perceber que o marido não tem como pagar o que deve, Beatriz pede clemência ao agiota que lhe propõe perdoar a dívida, se ela se deitar com ele. Indignada, Beatriz volta para casa, mas, ao ver o marido à beira da loucura pela falta de dinheiro, ela acaba por aceitar a proposta indecente.

Henrique Quaresma propõe, com mais ousadia ainda, que Beatriz abandone o marido para ficar com ele, mas Beatriz se recusa, terminantemente, por amar Miguel, incondicionalmente.

Ao perceber que ela realmente não quer nada com ele, Henrique acaba se mudando para a Europa onde se casa e tem um filho. Vinte anos se passam e ele decide voltar para o Brasil, e é quando conhece a jovem e belíssima Helena e se apaixona por ela. Tudo vai bem até que Henrique descobre que seu filho, Rodrigo Quaresma, também está apaixonado pela moça. E as coisas se complicam ainda mais quando ele descobre que Helena é filha de Beatriz, a mulher que ele tanto amou no passado.

QUEM EU TANTO AMEI é um daqueles romances de tirar o fôlego do leitor a cada página, especialmente quando os personagens embarcam no famoso transatlântico Titanic.

SEM VOCÊ, É SÓ SAUDADE

Alba Marineli não consegue ter filhos, por isso, adota Cirilo, um menino que se torna sua alegria e a do marido. Em meio a tanta felicidade, Alba finalmente engravida como tanto sonhou. Depois do nascimento da filha, ela devolve Cirilo para o orfanato, uma vez que só o adotara porque até então não conseguira ter filhos.

Quando o marido tem conhecimento desse fato, por ter se apegado ao menino, com a convivência diária, vai buscá-lo de volta no orfanato e descobre, a duras penas, que o pequeno Cirilo foi adotado por um casal que faz parte de um circo que roda o país.

Os anos passam e Cirilo se torna um dos palhaços mais queridos do circo brasileiro. É quando Giovana Marineli, filha de Alba, procura o rapaz para informar-lhe que a mãe quer muito revê-lo. Nesse reencontro Alba lhe pede desculpas por tê-lo devolvido ao orfanato e lhe informa que receberá parte da herança que lhe cabe. Ao saber da decisão dos pais, Giovanna se revolta e obriga Cirilo a abrir mão da herança que recebeu.

Por não ser obcecado por dinheiro, o rapaz atende ao seu pedido. Sua única ambição é conquistar Wanderleia, a filha do dono do circo em que trabalha, que não aceita Cirilo como seu futuro genro, por ser ele simplesmente um palhaço.

Nesse ínterim, o noivo de Giovanna se envolve numa briga e por matar um sujeito é condenado a cinco anos de prisão. Giovanna promete esperar por ele, até que seja liberto, mas por medo de que ele contraia alguma doença transmissível enquanto preso, ela acaba se casando com outro, com quem tem um filho.

Os caminhos de todos voltam a se cruzar no futuro, ensinando preciosas lições para a evolução espiritual de cada um.

SEM VOCÊ, É SÓ SAUDADE vale cada página, cada capítulo. Uma história fascinante que emociona o leitor do começo ao fim.

POR AMOR, SOMOS MAIS FORTES

Augusta Bonini recebe uma carta anônima dizendo que seu marido tem uma amante. Dias depois, ao vê-lo na rua conversando com uma mulher muito simples, ela deduz ser aquela a sua amante e manda lhe dar uma surra. Ao descobrir que se enganou, ela procura a vítima para lhe pedir perdão e fica impressionada com a pobreza em que ela vive com os dois filhos: Maria, uma linda garota e Jonas, um menino com síndrome de Down.

Desde então, Augusta passa a ajudá-los e quando descobre que a pequena Maria dos Reis canta belissimamente bem, investe na sua carreira de cantora. Esse é o primeiro passo para a menina se tornar num futuro próximo, uma das maiores cantoras de rádio do Brasil.

Enquanto isso, noutra cidade do interior paulista, a pequena Cândida Moniz anda apavorada com algo. Sua mãe então desconfia que ela foi aliciada por um sujeito da vizinhança e, por isso, põe a boca no mundo. Por esse motivo, o rapaz perde sua noiva, emprego e acaba em depressão. Mas seria esse realmente o motivo que vinha assustando a pequena Cândida? Ou haveria algo muito pior do que aquilo para apavorá-la tanto?

O tempo passa e a garota, com dezesseis anos na ocasião, é posta para fora de casa pelo pai, que não a aceita grávida, sendo ainda solteira. Sem ter para onde ir, Cândida pede ajuda em um bordel onde acaba trabalhando como faxineira, até dar à luz ao bebê. Depois, para sobreviver, ela também acaba se prostituindo e decide, tempos depois, mudar-se para o Rio de Janeiro, onde poderá ganhar muito mais dinheiro com o que faz. É na cidade maravilhosa do final dos anos trinta, que ela conhece Maria dos Reis, a cantora revelação do Brasil e se tornam grandes amigas.

Maria então se casa com Vladimir, sem saber que ele não gosta de trabalhar. Seu único trabalho é jogar na loteria, pois acredita, piamente, que fará os treze pontos. Maria então, impede, que seu vizinho cometa suicídio, por estar deprimido com a morte de um ente querido. É então que suas vidas tomam outros rumos.

POR AMOR, SOMOS MAIS FORTES aborda o abuso sexual infantil de forma clara, como um alerta para os pais que possam vir a passar por situação similar. Descreve também o preconceito existente na época, contra os artistas, por parte da sociedade brasileira que tanto defendia a moral e os bons costumes. Mostra também o preconceito que muitos pais têm de seus filhos com síndrome de Down. Um romance, enfim, que vale a pena ser lido com muita atenção, pois tem muito a contribuir para o crescimento espiritual de todos nós.

HORA DE RECOMEÇAR

José Augusto Bianucci é um dos homens mais ricos da cidade de São Paulo. Participante assíduo da elite paulistana, vê sua vida virar de ponta cabeça, quando vai à falência. Ao descobrirem o que aconteceu, sua esposa e dois de seus filhos se revoltam contra ele. Apenas Danilo, seu filho que cursa Medicina, permanece ao seu lado, dando-lhe apoio moral para continuar a viver.

Eles perdem tudo: a mansão maravilhosa no bairro do Jardim Europa, os carros luxuosos, os empregados e até mesmo, aqueles que consideravam seus melhores amigos. Tudo o que lhes resta, é uma casa velha no bairro da Vila Mariana onde vão morar.

Para continua a faculdade de Medicina, Danilo Bianucci começa a vender cachorro-quente na rua, para ter com que pagar as mensalidades. Inês, sua irmã, decide se casar com um sujeito milionário só para se garantir financeiramente, enquanto que, Juliano, seu irmão, entra para a política para poder tirar proveito próprio dos cofres públicos.

HORA DE RECOMEÇAR é um romance que conta uma história atual, de um Brasil atual e estimula todos a dar a volta por cima, porque é baseado em fatos reais, e nada melhor do que o real para nos ajudar a sair do fundo do poço quando precisamos.

AMANDO EM SILÊNCIO

Hamilton e Michael são irmãos por parte de pai. Ambos se adoram. Hamilton está noivo de Edith e Michael namora seriamente a adorável Melissa.

Tudo vai bem até que Hamilton vai fazer um estágio em Londres e encontra Melissa fazendo um curso ali. Dispostos a fazer companhia um para o outro, ambos começam a sair juntos para conhecerem os pontos mais atrativos da cidade londrina. É por meio dessa aproximação que um acaba se apaixonando pelo outro, uma paixão proibida, afinal, Melissa é a namorada adorada de Michael e ele, Hamilton, está noivo de Edith, moça muito direita e apaixonada por ele.

Mesmo assim, Hamilton e Melissa se tornam amantes e quando decidem revelar tudo, para que possam ficar juntos e se casarem, Michael descobre que precisa de um transplante de medula para sobreviver.

Visto que o rompimento afetivo só o deixaria ainda mais fragilizado diante das circunstâncias, Hamilton pede a Melissa que mantenha em sigilo, o amor que um sente pelo outro. Pede a ela também que se case com Michael, pois esse é o seu maior sonho. Quer pelo menos realizá-lo, caso, porventura, o transplante não surta efeito.

E por aí segue este tocante e maravilhoso romance que fará o leitor sentir na pele o drama de cada personagem, perguntando-se, também, o que faria se estivesse na mesma situação que eles.

SEGREDOS

Depois da morte do marido, a matriarca da família se casa novamente, só que dessa vez, com um rapaz que tem idade para ser seu filho. Diante da revolta da família, ela exige que seus filhos aceitem e respeitem o novo cônjuge.

Halima é quem mais se aproxima do padrasto e, logo, essa aproximação desperta o ciúme da mãe. Pouco tempo depois ocorre um assassinato, seguido de diversas mortes misteriosas, deixando a família em pânico.

Estaria o lugar amaldiçoado?

Haveria dentre eles um assassino dissimulado e inescrupuloso cometendo assassinatos em série?

Só mesmo o tempo poderia lhes dar a resposta e a libertação para o que tanto traumatizou suas vidas.

Em Segredos fala de paixões proibidas e sobrenatural. Movido pelo suspense, o leitor vai devorar cada página tamanha ansiedade para chegar ao final dessa surpreendente e fascinante história.

Um romance perfeito para quem procura emoção, paixão e suspense até o final.

O DOCE AMARGO DA INVEJA

Belinha tem duas irmãs: Assunta e Durvalina. Enquanto Belinha se casou com um sujeito bacana, tem dois filhos maravilhosos, mora numa casa nova e confortável, tem carro e faz viagens até para o exterior, suas irmãs não tiveram a mesma sorte.

Uma, o noivo não compareceu no dia do casamento, sumiu misteriosamente sem deixar paradeiro; a outra, o pai não permitiu que se casasse por querê-la ao seu lado, para cuidar dele na velhice. Conclusão, Assunta e Durvalina vivem infelizes dentro de uma casa velha, num sítio onde o maior contato das duas é somente com vacas, porcos e galinhas.

Revoltadas com a vida que levam, elas acabam desejando a morte do próprio pai, por acreditarem que, só assim, poderão alcançar a felicidade que tanto almejam. Por fim, o homem acaba morrendo de morte natural e a convite de Belinha, suas irmãs se mudam para a cidade onde ela vive, para que possam ficar mais em contato. É aí que piora a inveja que ambas sentem da irmã. Inveja essa que poderá causar transtornos irreversíveis a vida de todos.

O DOCE AMARGO DA INVEJA é um daqueles romances para se descontrair, apesar de o tema, a inveja, ser muito sério. Destaca também o amor, amor capaz de fazer com que qualquer invejoso se torne mais humano e feliz.

Romance indicado pelos leitores.

POR UM BEIJO ETERNO

Cristal sofreu muito, desde menina, por poder ver e se comunicar com os espíritos dos mortos. Foi preciso seus pais procurarem tratamento espiritual para ela, o que muito a ajudou a superar tudo aquilo.

Anos depois, ao visitar um crematório, Cristal encontra um rapaz que está desesperado por não ter conseguido chegar a tempo de participar da cerimônia do adeus ao seu irmão morto. Nessa hora, Cristal também conhece Mark, com que passa a conversar sem perceber, a princípio, que ele é o espírito do irmão do rapaz desesperado.

De volta a Nova York, a cidade onde Cristal mora e trabalha, Mark reaparece para ela e ambos vão se tornando cada vez mais íntimos. Tudo vai bem até que John, o namorado da Cristal, volta de seu estágio na Europa e começa a ter surtos de loucura.

Estaria ele usando drogas, bebendo demais ou sendo obsediado por um espírito obsessor?

Cristal precisa encontrar a resposta, antes que John possa fazer mal a ela, a si mesmo e a terceiros.

POR UM BEIJO ETERNO é um romance cheio de suspense, de tirar o fôlego do leitor a cada página. Fala de obsessão, precipitação, egoísmo e os danos causados pelo alcoolismo. Uma leitura interessante e importante também para os jovens e todos aqueles que desejam conhecer um pouco mais sobre mediunidade.

DÍVIDAS DE AMOR

Num reino persa, a rainha finalmente dá à luz ao herdeiro do trono. Grande festa é feita em sua homenagem, mas quando o menino fica maior, a mãe logo percebe que ele tem um desvio de caráter, pois está sempre fazendo maldades e culpando os outros pelo que fez.

O rei não acredita na esposa até que ele próprio vê o filho tentando assassinar a irmã. Aí, sim, ele compreende que o garoto realmente é um perigo para todos, especialmente para o reino, se vier a ocupar o trono, num futuro próximo.

Para evitar a desgraça, o rei pede à filha, que é muito semelhante ao irmão, que se passe por ele, quando ele tiver de assumir o trono. Sem ver outra escolha, a garota aceita o pedido do pai, enquanto o verdadeiro herdeiro é mantido preso numa masmorra.

O plano segue bem até a chegada de Dario com sua noiva. Ao se perceber apaixonado pelo novo rei, Dario se sente mal e, por isso, o rei conta-lhe que na verdade é uma mulher se passando por um homem e lhe apresenta seus motivos. Os dois passam então a viver uma linda e secreta história de amor até que a noiva de Dario descobre o romance e decide desmascarar a farsa.

Para evitar confusões, o verdadeiro rei é solto e quando ele conheceu a ex-noiva de Dario, apaixona-se por ela, casam-se e têm um filho. Tudo vai bem até que o marido tira dela o menino, levando-o para um lugar em segredo, e passa a exigir dela, atitudes desumanas, caso ela queira rever a criança.

DÍVIDAS DE AMOR é uma fascinante história de rei, rainha, príncipe e castelos suntuosos do reino persa. O leitor sentirá na pele, as emoções vividas por cada personagem e se tornará mais forte, por meio da superação que aprenderá com cada um deles.

TRILOGIA PAIXÕES

Altamente elogiada pelos leitores, a trilogia "Paixões" conta a saga de duas famílias que atravessaram períodos de vida muito árduos, mas que vão emocionar o leitor e inspirá-lo a superar os seus próprios desafios.

PAIXÕES QUE FEREM

1º livro da trilogia Paixões

O marido de Gianluza Nunnari decide abandonar tudo na Itália para tentar a vida no Brasil do final do século dezoito. A bordo do navio, o marido passa mal e morre, deixando desesperados a esposa e os três filhos do casal. Por sorte, eles são ajudados por Margarita e Mário Corridoni que também estão de mudança para o Brasil, onde pretendem fazer a vida.

Impossibilitada de voltar para a Europa, porque sua filha caçula adoece, Gianluza e os filhos acabam indo parar na fazenda dos Corridoni até que tenham condições de enfrentar novamente uma viagem tão longa de navio. É ali que Gianluza e Mario se tornam amantes, ainda que lutem contra o desejo que os uniu.

Nesse ínterim, Roberto Corridoni, filho de Mario e Margarita, apaixona-se por Liberata Nunnari, um grande amor que se destrói, assim que o rapaz descobre que a mãe da jovem é amante de seu pai. Ao saber de tudo, Margarita Corridoni se revolta com Gianluza, por ela não ter tido consideração a sua pessoa que a ajudou quando ela mais precisou.

Após a morte do pai, por vingança, Roberto vende a fazenda que é de sua propriedade, abandonando o lugar sem se despedir de Liberata que, quase morre de desgosto com sua atitude.

O novo proprietário da fazenda, por pena de Gianluza e de seus filhos, acaba permitindo que eles continuem morando ali, desde que trabalhem para ele. Eis que a jovem esposa do sujeito se apaixona por Maurizio Nunnari, filho de Gianluza, complicando a situação de todos ali, algo que pode acabar em tragédia.

PAIXÕES QUE FEREM é o primeiro livro da trilogia "Paixões" que conta a emocionante história das famílias Corridoni e Nunnari que atravessará quatro gerações. A cada volume, grandes emoções serão vividas tanto pelos personagens quanto pelos leitores que acompanharão a saga dessa gente.

O LADO OCULTO DAS PAIXÕES

2º livro da trilogia Paixões

Roberto Corridoni se casou, teve seis filhos, e na hora de repartir sua herança, como manda a tradição de sua família, ele deixa suas fazendas apenas para os filhos homens; as filhas recebem apenas uma casa como herança. Complicações surgem quando sua filha caçula descobre que Roberto tem uma amante, algo que ele tanto recriminou em seu pai no passado. A situação se complica ao saber que ele teve um filho com essa amante, o qual exige parte da herança após a sua morte.

Roberto Corridoni então reencarna, reencontra Inaiá que foi sua esposa na existência passada para que juntos possam melhorar seu convívio. Entretanto, quando os filhos nascem, Roberto volta a ser o homem severo e impiedoso de outrora, condenando-se novamente a crescer espiritualmente pela dor.

O LADO OCULTO DAS PAIXÕES conta mais um pedaço da saga das famílias Corridoni e Nunnari, surpreendendo o leitor, mais uma vez, com suas reviravoltas e ensinamentos impostos a todos pelo destino.

A ETERNIDADE DAS PAIXÕES

3º e último livro da trilogia "Paixões"

No Brasil da época do regime militar, Roberto Corridoni reencarna numa das comunidades de morro do Rio de Janeiro, envolvido com o maravilhoso carnaval carioca. Durante um desfile na Sapucaí, ele reencontra Liberata Nunnari, sua grande paixão de uma existência anterior. Próximos a reatar o elo que os une, Roberto descobre que seu verdadeiro pai é um alemão que veio passar o carnaval no Rio, apaixonou-se por sua mãe, casaram-se e foram morar na Alemanha. Por Roberto ter nascido preto, puxado a família da mãe, seu pai o rejeitou e o enviou para o Brasil para que fosse criado por seus avós maternos. Disposto a conhecer seus pais verdadeiros, Roberto se envolve com o tráfico de drogas para conseguir dinheiro para chegar à Alemanha. Quando lá, ele é ajudado por uma alemã, bem mais velha do que ele, a realizar seus propósitos.

De volta ao Rio de Janeiro, Roberto ainda terá de saldar sua dívida com os traficantes, caso queira poupar a si e sua família de uma revanche por parte deles. Dessa vez, será Liberata Nunnari e sua família que o ajudarão a atravessar seus desafios.

A ETERNIDADE DAS PAIXÕES une novamente as famílias Nunnari e Corridoni, para que juntos possam transpor obstáculos antigos, renovar o espírito e evoluir. Comprovar, mais uma vez, que somente por meio das reencarnações, o espírito pode se redimir de seus erros do passado.

DEPOIS DE TER VOCÊ

Nicholas Clark é um dos atores mais famosos de Hollywood. Apesar de ser bonito, rico e famoso, ele não está feliz com a sua vida e decide passar um tempo, longe de todos, na esperança de encontrar a felicidade tão almejada.

Celina Adams é uma mulher de cinquenta e poucos anos, desencantada com o marido que só pensa no trabalho, futebol e cerveja, e pela saudade dos filhos que cresceram, casaram e já não têm mais o mesmo tempo de antes para ela.

Diante do seu dia a dia tão deprimente, Celina é aconselhada a passar um tempo numa linda pousada nas montanhas do Arizona onde conhece Nicholas Clark. Por ele estar de barba e cabelos compridos, Celina não percebe ser ele o famoso astro de Hollywood. Os dois acabam se envolvendo, em segredo, mas quando Nicholas ganha o Oscar de melhor ator e dedica o prêmio à mulher que mudou seu destino, o país inteiro descobre o envolvimento dos dois. A confusão em suas vidas começa a partir de então, especialmente na de Celina.

DEPOIS DE TER VOCÊ é um romance que retrata de forma singela, o desejo que muitas mulheres têm de voltar a ser feliz depois que o marido e os filhos crescidos tiveram novas responsabilidades e prioridades na vida.

Uma história para se perguntar, também, o que você faria se um astro da TV ou do Cinema norte-americano se apaixonasse por você.

CASTELOS DE AREIA

Primeiro veio o amor, contagiando cada parte do seu ser. Depois os planos para o futuro, o casamento e onze meses depois, o nascimento do filho tão querido – Hugo - cujos olhos azuis pareciam dois topázios valiosos. A criança se tornou a alegria dos pais e o colírio para os olhos cansados dos avós paternos. Veio então o acidente: o pai morreu na hora, a mãe, meses depois.

A fim de esquecer a tragédia, os avós se mudam com o neto para o litoral onde, Hugo conhece Emiliano, o qual se torna seu melhor amigo. Apaixonados pelo futebol, ambos logo se revelam dois futuros craques.

Então, a mãe de Emiliano cisma que Hugo é gay e, por isso, obriga o filho a se afastar do rapaz. Acuado pela mãe, Emiliano se casa para lhe dar o neto que ela tanto sonha ter e provar, definitivamente para ela que ele é mesmo heterossexual e não gay, como ela chegou a pensar.

Nesse ínterim, Hugo é contratado por um time profissional de futebol e se torna um dos jogadores mais famosos do mundo, causando inveja àquele que um dia foi seu melhor amigo.

CASTELOS DE AREIA fala da dificuldade que muitos têm, especialmente os pais, em aceitar as diversidades dos próprios filhos; e os danos irreversíveis à alma humana quando o próprio ser humano não se aceita como é, e faz de tudo para esconder, até de si mesmo, sua verdadeira essência. Uma história tocante, instrutiva e importante para todos num mundo onde a diferença impera e deve ser aceita, cada dia mais, em respeito à tolerância e à diversidade.

QUANDO O CORAÇÃO ESCOLHE

Quando Sofia Guiarone se apaixona, sua família não aceita seu relacionamento porque o rapaz é negro. Quando todos lhe dão as costas, a revolta faz com que ela jogue para o alto todo o conforto, *status*, estudos e até mesmo sua herança para não deixar de viver esse grande amor.

É então que Fabrizio Guiarone, seu irmão impiedoso, após um acidente de trem, é socorrido por uma família muito humilde que vive de favor numas terras ao longo da ferrovia. Mal sabe ele que essa família teve fortes ligações com seu avô no passado e, justamente por causa dele, acabaram na miséria e na dor.

Eis que Ettore, o irmão de Sofia e Fabrizio, que se tornou padre, recebe a confissão de um sujeito disposto a se vingar de sua família. O que fazer? Romper o sigilo da confissão para salvar os seus ou se calar?

QUANDO O CORAÇÃO ESCOLHE fala da lei da semeadura. Plantou o bem, colherá o bem. Se plantar o mal não terá como colher coisas boas.

SUAS VERDADES O TEMPO NÃO APAGA

No Brasil do Segundo Reinado, em meio às amarguras da escravidão, Antônia Amorim descobre que está gravemente doente e se sente na obrigação de contar ao marido, Romeu Amorim, um segredo que guarda durante anos. Sem coragem de lhe dizer olhos nos olhos, ela opta por escrever uma carta, revelando tudo, porém, para ser entregue somente após a sua morte. Romeu se surpreende com o segredo, mas, por amar muito a esposa, perdoa-lhe.

Tempos depois, os filhos do casal, Breno e Thiago, atingem o ápice da adolescência e para Thiago, o pai prefere Breno, o filho mais velho, o que o faz se revoltar contra os dois.

O desgosto leva Thiago para o Rio de Janeiro onde conhece Melinda Florentis, moça rica e de família nobre e europeia.

A ardente paixão entre os dois torna-se o centro das atenções da Cidade Maravilhosa; pois nenhum casal parece ser tão perfeito quanto eles. Tudo rui, quando Melinda descobre que o marido esconde algo de muito grave em seu passado e passa a chantageá-lo por causa disso, fazendo-o provar de seu próprio veneno.

Suas verdades o tempo não apaga é um dos romances mais elogiados por leitores de todas as idades, especialmente porque retrata o Brasil do Segundo Reinado, com os costumes da época de forma realista e surpreendente.

SE NÃO AMÁSSEMOS TANTO ASSIM

No Egito antigo, 3400 anos antes de Cristo, Hazem, filho do faraó e herdeiro do trono, se apaixona perdidamente por Nebseni, uma linda moça, exímia atriz. Com a morte do pai, Hazem assume o trono e se casa com Nebseni.

O tempo passa e o filho tão necessário para o faraó deixar como herdeiro do trono não chega. Nebseni se vê forçada então a pedir ao marido que arranje uma segunda esposa para poder gerar a criança, algo tido como natural na época.

Sem escolha, Hazem aceita a sugestão e se casa com Nofretiti, jovem apaixonada por ele desde menina e irmã de seu melhor amigo.

Não é somente o filho que Nofretiti quer dar ao marido, ela quer também destruir sua primeira esposa, apagá-la para todo o sempre de seu coração para que somente ela reine ali.

Mas pode alguém realmente apagar do coração do outro, quem ele tanto ama? E tão facilmente?

SE NÃO AMÁSSEMOS TANTO ASSIM vai deixá-lo intrigado a cada página e surpreendido com seu final avassalador.

Indicado pelos leitores.

A LÁGRIMA NÃO É SÓ DE QUEM CHORA

Christopher Angel, pouco antes de partir para a guerra, conhece Anne Campbell, uma jovem linda e misteriosa, que se tornou muda depois de ter presenciado uma tragédia que abalou profundamente sua vida.

Os dois se apaixonam perdidamente e prometem se casar, assim que a guerra tiver fim. Nos campos de batalha, Christopher, por momento algum, tira Anne dos pensamentos e anseia arduamente voltar para casa, para se casar com ela e ter os filhos com quem tanto sonham.

É ali que ele conhece Benedict Simons de quem se torna grande amigo. Ele é um rapaz recém-casado que também anseia voltar para a esposa que deixara grávida.

No entanto, durante um bombardeio, Benedict é atingido e antes de morrer implora a Christopher que ampare sua esposa e o filho que já deve ter nascido.

É assim que Christopher Angel conhece Elizabeth Simons e, juntos, descobrem que quando o amor se declara nem a morte separa quem tanto se ama.

A Lágrima não é só de quem chora é um romance imprevisível, sensível e fará o leitor, ainda que não queira, julgar até onde se deve ir para se conquistar seu grande amor.

VIDAS QUE NOS COMPLETAM

Com a morte de seus pais, a jovem Izabel da Silva é convidada por Olga Scarpini, proprietária da fazenda onde Izabel nasceu e cresceu, a viver com a família no Rio de Janeiro.

Izabel se empolga com o convite, pois vai poder ficar mais próxima de Guilhermina Scarpini, filha de Olga, por quem nutre grande afeto.

No entanto, os planos são alterados assim que Olga percebe que o filho está interessado em Izabel e, para afastá-los, ela manda a jovem ir morar em São Paulo, por meio de uma desculpa.

É lá que Izabel conhece Rodrigo Lessa, por quem se apaixona perdidamente, sem desconfiar que o rapaz vem a ser o grande amor da vida de Guilhermina Scarpini. Quando tudo vem à tona, a culpa cai sobre Izabel, que por estar grávida do rapaz é obrigada a abortar a criança a mando de Olga.

VIDAS QUE NOS COMPLETAM é o romance ideal para quem deseja conhecer mais sobre as leis espirituais que regem a nossa vida, por meio de uma história interessante e cheia de emoção.

PAIXÃO NÃO SE APAGA COM A DOR

No contagiante verão da Europa, Ludvine Leconte leva a amiga Barbara Calandre para passar as férias na casa de sua família, no interior da Inglaterra, onde vive seu pai, um homem apaixonado pelos filhos, viúvo e atormentado pela saudade da esposa morta ainda na flor da idade.

O objetivo de Ludvine é aproximar Bárbara de Theodore, seu irmão, que desde que viu a moça, apaixonara-se por ela.

O inesperado acontece quando seu pai vê em Bárbara a esposa que ele perdeu no passado. Um jogo de sedução tem início e um duelo entre pai e filho começa.

De repente, um acidente muda a vida de todos, e um detetive é chamado porque se suspeita que não foi um acidente e, sim, um assassinato. Haverá mesmo um assassino à solta? É preciso descobrir antes que o mal se propague outra vez.

Paixão Não se Apaga com a Dor é um daqueles romances que não se consegue deixar de ler por um minuto sequer, tamanha ansiedade para saber seu final.

NINGUÉM DESVIA O DESTINO

Heloise e Álvaro se casam porque realmente se amam. Mudam-se para uma casa lindíssima construída sobre um penhasco, onde o casal pretende viver maravilhosamente bem. Então, pesadelos começam a perturbar Heloise. Seria um aviso de que algo de mal vai lhe acontecer num futuro próximo? Ou lembranças de fatos de uma vida passada que marcaram profundamente sua alma?

O pior acontece quando ela percebe que o homem que tenta matá-la em seus pesadelos, é seu marido. Estaria ela dormindo com um psicopata? Capaz de persegui-la e matá-la num amanhã próximo? O que fazer para escapar daquilo, caso seja verdade?

Ninguém desvia o destino conta também os horrores da época em que as mulheres eram acusadas de bruxaria e queimadas vivas em fogueiras em praças públicas. É, enfim, um romance empolgante do começo ao fim, por isso vem sendo elogiado pelos leitores desde sua primeira edição.

SÓ O CORAÇÃO PODE ENTENDER

Bianca namorou por quase dez anos um rapaz que, subitamente terminou o namoro com ela para se casar com outra, em menos de oito meses. Receosa de ficar solteira pelo resto da vida, Bianca decide namorar outro sujeito, mesmo não gostando dele. O pior acontece quando ele morre, pouco antes de começar a cerimônia religiosa do seu casamento.

Para se recuperar da tristeza vivida, Bianca vai passar um tempo na casa dos tios no interior de São Paulo, onde ela conhece um caipira chamado José Rufino que percebe seu desespero para se casar e passa a atazaná-la por causa disso, a ponto de ela querer vê-lo morto. O duelo entre os dois toma, então, proporções gigantescas e cômicas...

Só o coração pode entender é um daqueles romances para se ler sempre que se está de baixo astral. Porque é divertido e altamente verdadeiro, além de transportar o leitor para a doçura da vida no campo que é tão saudável para a mente e para o corpo.

A SOLIDÃO DO ESPINHO

Fadrique Lê Blanc foi preso, acusado de um crime hediondo. Alegou inocência, mas as evidências o incriminaram. Veredicto: culpado! Sentença: prisão perpétua! Na prisão, ele conhece Virgínia Accetti, irmã de um dos carcereiros, que se apaixona por ele e acredita na sua inocência. Visto que não há como prová-la, ela decide ajudá-lo a fugir dali para que possam construir uma vida juntos, uma família linda, num lugar bem longe das injustiças do passado.

O plano é posto em ação, mas não sai como esperado. Virgínia então se vê obrigada a se casar com Evangelo Felician que sempre foi apaixonado por ela, mas ela nunca por ele.

Só que com o tempo, Evangelo ganha fama com sua arte e o casal acaba se mudando para Paris, onde Virgínia terá novas surpresas que mudarão radicalmente os rumos de sua vida e de seu coração.

A solidão do espinho é um romance cheio de suspense, com um final surpreendente e arrepiante. Conta, enfim, uma história de amor como poucas que você já leu ou ouviu falar.

POR ENTRE AS FLORES DO PERDÃO

No dia da formatura de segundo grau de sua filha Samantha, o Dr. Richard Johnson recebe uma ligação do hospital onde trabalha, solicitando sua presença para fazer uma operação de urgência, numa paciente idosa que está entre a vida e a morte.

Como bom médico, Richard vai atender ao chamado de emergência e é quando sua esposa e filha são surpreendidas por assaltantes na casa. Algo que muda suas vidas radicalmente.

Por entre as flores do perdão fará o leitor sentir na pele o drama de cada personagem e se perguntar, o que faria se estivesse no lugar de cada um. A cada página, viverá fortes emoções e descobrirá, ao final, que só mesmo pelo perdão é que podemos nos libertar dos lapsos do destino e renascer para a vida e o amor.

Um romance vivido nos dias de hoje, surpreendentemente revelador.

A OUTRA FACE DO AMOR

Verônica Linhares só conhecia a riqueza e o luxo. Não sabia o que era a pobreza tampouco fazia questão de conhecê-la. Tanto que jamais visitara as dependências dos empregados. Mas sua melhor amiga, Évora Soares era paupérrima e, mesmo assim, ela gostava dela, sempre gostou, sua condição financeira nunca prejudicou a amizade das duas como a própria Verônica pensou que aconteceria.

Quando Évora foi apresentar à amiga seu noivo, na esperança de que ela lhe conseguisse um emprego, ainda que de jardineiro na sua casa, Verônica se interessa pelo rapaz tímido e tão pobre que não tem aonde cair morto. Verônica acaba se casando com ele, para indignação total de Évora.

No entanto, quando o casal vai passar a lua de mel na Europa, Évora aparece para atazaná-los, o que pode levar os três a um trágico fim.

Prepare-se para viver fortes emoções com este romance favorito dos leitores. **A OUTRA FACE DO AMOR** ficará para sempre marcado na sua memória.

SEM AMOR EU NADA SERIA...

1939. Explode a segunda guerra mundial. Um alemão, nazista, para proteger Sarah, sua mulher amada, dos campos de concentração, por ela ser uma judia, esconde a moça num convento. É onde Sarah conhece Helena, uma freira grávida, que assim que tem o bebê, pede a ela que crie seu filho como se tivesse nascido dela própria. Diante do desespero da freira, Sarah acaba aceitando o pedido.

Helena, por se achar pecadora e imoral, acaba abandonando o convento, mas ao passar por um bairro judeu, subjugado pelos nazistas, com pilhas e mais pilhas de judeus brutalmente assassinados, espalhados pelas ruas, ela ouve o choro de um bebê.

Ao encontrar a criança que foi protegida pela mãe diante do seu próprio extermínio, Helena a leva consigo por acreditar que Deus a fez salvar aquele menino para se redimir do seu maior pecado.

Assim sendo, ela cria a criança como se fosse seu filho, ao lado de sua mãe, uma católica fervorosa.

O filho legitimo de Helena, no entanto, acaba sendo criado no judaísmo. O tempo passa e o destino une todos, no futuro, para mostrar que não importa qual seja sua raça, condição financeira ou religião, somos todos irmãos, pois somos filhos de um mesmo Deus.

SEM AMOR EU NADA SERIA fala de preconceito, racismo e as voltas que a vida dá para mostrar a todos que ninguém deve menosprezar o próximo por ele não praticar os mesmos hábitos que o seu.

SOBRE O AUTOR

Américo Simões, sob orientação de seus amigos espirituais, já escreveu mais de quarenta romances espíritas e espiritualistas.

Suas obras fortalecem o ser para a superação dos obstáculos durante sua jornada espiritual.

OBRAS DO AUTOR

1. A ETERNIDADE DAS PAIXÕES
2. AMANDO EM SILÊNCIO
3. AS APARÊNCIAS ENGANAM
4. A OUTRA FACE DO AMOR
5. A VIDA SEMPRE CONTINUA
6. A SOLIDÃO DO ESPINHO
7. A LÁGRIMA NÃO É SÓ DE QUEM CHORA
8. AS PAZES COMIGO FAREI
9. DÍVIDAS DE AMOR

10. DEUS NUNCA NOS DEIXA SÓS
11. DEPOIS DE TUDO, SER FELIZ
12. E O AMOR RESISTIU AO TEMPO
13. ENTRE O MEDO E O DESEJO
14. FALSO BRILHANTE, DIAMANTE VERDADEIRO
15. HORA DE RECOMEÇAR
16. MULHERES FÊNIX
17. NENHUM AMOR É EM VÃO
18. NEM QUE O MUNDO CAIA SOBRE MIM
19. NINGUÉM DESVIA O DESTINO
20. O QUE RESTOU DE NÓS DOIS
21. O AMIGO QUE VEIO DAS ESTRELAS
22. O DOCE AMARGO DA INVEJA
23. O AMOR TUDO SUPORTA?
24. O LADO OCULTO DAS PAIXÕES
25. PAIXÃO NÃO SE APAGA COM A DOR
26. POR ENTRE AS FLORES DO PERDÃO
27. POR UM BEIJO ETERNO
28. POR AMOR, SOMOS MAIS FORTES
29. PAIXÕES QUE FEREM
30. QUANDO É INVERNO EM NOSSO CORAÇÃO
31. QUANDO O CORAÇÃO ESCOLHE
32. QUEM EU TANTO AMEI
33. SE NÃO AMÁSSEMOS TANTO ASSIM
34. SEM VOCÊ, É SÓ SAUDADE
35. SEM AMOR EU NADA SERIA
36. SÓ O CORAÇÃO PODE ENTENDER
37. SUAS VERDADES O TEMPO NÃO APAGA
38. SOLIDÃO, NUNCA MAIS
39. VIDAS QUE NOS COMPLETAM
40. CASTELOS DE AREIA
41. O AMANTE CIGANO
42. SEGREDOS
43. DEPOIS DE TER VOCÊ

Mais infomações pelo site
www.barbaraeditora.com.br

Para adquirir um dos livros ou obter informações sobre os próximos lançamentos da Barbara, visite nosso site:

www.barbaraeditora.com.br

E-mail: editorabarbara@gmail.com

BARBARA EDITORA
Rua Primeiro de Janeiro, 396 – 81
Vila Clementino – São Paulo – SP
CEP 04044-060
(11) 2309 90 50
(11) 9 5905 5842